Obra de Gabriel García Márquez
1985

El amor en los tiempos del cólera

加西亚·马尔克斯 著
杨玲 译

霍乱时期的爱情

南海出版公司

新经典文化股份有限公司
www.readinglife.com
出　品

自然，此书献给梅塞德斯

这些地方走在众人之前，

它们已经有了自己的花冠女神。

——莱昂德罗·迪亚斯[1]

①莱昂德罗·迪亚斯（1928－ ），哥伦比亚盲人音乐家。

不可避免，苦杏仁的气味总是让他想起爱情受阻后的命运。刚一走进还处在昏暗之中的房间，胡维纳尔·乌尔比诺医生就察觉出这种味道。他来这里是为了处理一桩紧急事件，但从很多年前开始，这类事件在他看来就算不上紧急了。来自安的列斯群岛的流亡者赫雷米亚·德圣阿莫尔，曾在战争中致残，是儿童摄影师，也是医生交情最深的象棋对手，此刻已靠氰化金的烟雾从回忆的痛苦中解脱了。

医生看到死者身上盖着一条毯子，躺在他生前一直睡的那张行军床上。旁边的凳子上放着用来蒸发毒药的小桶。地上躺着一条胸脯雪白的黑色大丹犬，被拴在行军床的床脚。狗的尸体边是一副拐杖。闷热而杂乱的房间，既是卧室也是工作室，此刻，随着晨曦从打开的窗子照进来，才开始有了一丝光亮。但只这一丝，已足以让人即刻感觉到死亡的震慑力。另外几扇窗子和房间的所有缝隙，不是被破布遮得严严实实，就是被黑色的纸板封了起来，这更加重了压抑的气氛。一张大桌上，堆满了没有标签的瓶瓶罐罐。两只已经掉皮的白镴小桶，笼在一盏红纸罩的普通聚光灯下。尸体旁边的那第三只桶则是用来装定影液的。到处都是旧杂志和报纸，还有一摞摞夹在两块玻璃片之间的底片，家具也破败不堪，但所有这些都被一双勤劳的手收拾得一尘不染。尽管窗外吹来的凉风使空气变得清新了一些，但熟悉的人仍旧能够闻到苦杏仁的气息中那种不幸爱情的温热余味。胡维纳尔·乌尔比诺医生曾不止一次地在无意中想过，这里并不是蒙上帝恩召而死去的合适场所。但随着时间的推移，他最终揣摩到，或许这里的混乱无章，也正是遵从了全能上帝的秘密旨意。

一名警官带着一个正在市诊所进行法医实习的年轻学生，已先行赶到这里。正是他们，在乌尔比诺医生到来之前，打开窗子通风，并把尸体遮盖起来。两人庄严地向医生致意。这一次，这庄严中的哀悼之意多过崇敬之情，因为无人不知医生和赫雷米亚·德圣阿莫尔之间的深厚友谊。德高望重的医生和两人握了握手，就像一直以来，他在每天的普通临床课前都会和每一位学生握手一样。接着，他用食指和拇指肚像拈起一枝鲜花似的掀开毯子的边缘，以一种神圣的稳重，一寸一寸地让尸体显露出来。赫雷米亚·德圣阿莫尔浑身赤裸，躯体僵硬而扭曲，两只眼睁着，肤色发蓝，仿佛比前一晚老了五十岁。他瞳孔透明，须发泛黄，肚皮上横着一道旧伤痕，还留有很多缝合时打的结。由于拄着双拐行动十分吃力，他的躯干和手臂就像划船的苦役犯一样粗壮有力，而他那无力的双腿却像孤儿的两条细腿似的。胡维纳尔·乌尔比诺医生注视了尸体片刻，内心感到一阵刺痛，在与死神做着徒劳抗争的漫长岁月中，他还极少有这样的感触。

“可怜的傻瓜，”他对死者说，“最糟的事总算结束了。”

他盖上毯子，又恢复了学院派的高傲神情。去年，他刚刚为自己的八十大寿举行了三天的正式庆典。在答谢辞中，他再次抵制了退休的诱惑。他说：“等我死了，有的是时间休息，但这种不虞之变还没有列入我的计划当中。”尽管右耳越来越不中用，也尽管他得靠一根银柄手杖来掩饰自己蹒跚的步履，但他的穿着依旧像年轻时一样考究：亚麻套装，怀表的金链挂在背心上。他的巴斯德式胡子是珍珠母色的，头发也是，梳理得服服帖帖，分出一道清晰的中缝，这两样是他性格最忠实的体现。对于越来越令他不安的记忆力衰退，他通过随时随地在零散的小纸片上快速记录来做弥补，可最后，各个口袋都装满了混在一起的纸片，难以分辨，就像那些工具、小药瓶以及别的东西在他那塞得满满的手提箱里乱作一团一样。他不仅是城中最年长、声望最高的医生，也是全城最讲究风度的人。然而，他那锋芒毕露的智慧以及过于世故地动用自己大名的方式，却让他没能得到应有的爱戴。

他给警官和实习生下的指示明确而迅速。不必解剖验尸。房里的气味足以确定，死因是小桶中某种照相用酸液引起的氰化物挥发，赫雷米亚·德圣阿莫尔对这些事十分清楚，所以绝不可能是意外事故。面对警官的犹疑，他用自己典型的方式斩钉截铁地打断了他：“您别忘了，在死亡证明上签字的是我。”年轻的医生非常失望：他还从来没有机会在尸体上研究氰化金的作用。胡维纳尔·乌尔比诺医生惊讶于自己竟从未在医学院见过这个学生，但那动不动就脸红的样子和安第斯口音立刻便使他明白了：也许这年轻人才刚刚来到这座城市。他说：“要不了几天，这里的某个爱情疯子就会给您提供这样的机会。”话一出口，他这才意识到在自己所记得的数不清的自杀事件中，这还是第一起不是因爱情的不幸而使用氰化物的。于是，他一贯的口吻有了一丝改变。

“到时候好好留意，”他对实习生说道，“死者的心脏里通常会有金属颗粒。”

接着，他就像对下属说话似的同警官交谈起来。他命令警官绕过一切程序，以便葬礼能在当天下午举行，而且要尽可能秘密地举行。他说：“稍后我会去和市长说。”他知道，赫雷米亚·德圣阿莫尔是个极端俭省的人，生活近乎原始化，他靠手艺挣来的钱远远超过他的生活所需，因此，在房间的某个抽屉，想必会有绰绰有余的存款来支付安葬的费用。

“没找到也没关系。”他说，“全部费用由我承担。”

他让警官告诉报界，摄影师是自然死亡，尽管他相信这消息根本不会引起记者们的丝毫兴趣。他说：“如果有必要，我会去和省长说。”警官是个严肃而谦卑的公务人员，知道医生对公事向来一丝不苟，有时甚至因此激怒最亲近的朋友，所以很惊讶他竟会如此轻率地为了加快安葬进程而跳过法律手续。他唯一不愿做的，便是去和大主教商量，让赫雷米亚·德圣阿莫尔葬在圣地。警官对自己的失礼有些后悔，试图做出解释。

“我知道，他是一位圣人。”

“更为罕见的是，”乌尔比诺医生说，“他是一位无神论的圣人。但这些就是上帝的事了。”

远处，在这座曾经的殖民城市的另一端，教堂里响起了召集人们去望大弥撒的钟声。乌尔比诺医生戴上半月形的金丝眼镜，看了看挂在金链上的怀表——方形的怀表做工精致，盖子是靠弹簧打开的——再不走就要错过圣神降临节的弥撒了。

客厅里有一架底座带轮子的巨型照相机，就像公园里用的那种。幕布上用手工作坊的颜料画着黄昏海景。墙上挂满了孩子的照片，拍的是各种值得纪念的时刻：第一次领圣体，戴兔子面具，幸福的生日。年复一年，乌尔比诺医生就在这里，在下午全神贯注的棋局中，看着墙壁逐渐被照片覆盖。有很多次他都心痛地想，在这个由一张张不经意间拍下的照片组成的画廊里，就孕育着这座城市的未来：它将由那些性格不定的孩子们统治，并最终被他们毁灭，连一丝昔日荣耀的灰烬也不复存在。

写字台上，一个装了几支水手烟斗的罐子旁边，是一盘还没下完的棋。尽管乌尔比诺医生急于离开，而且心情阴郁，但还是抵不住对这盘残局研究一番的诱惑。他知道这一定是前一晚留下来的，因为赫雷米亚·德圣阿莫尔每天黄昏都下棋，而且每星期至少跟三个不同的人对弈，但他一向都会把棋下完，然后把棋盘和棋子收进盒子，放进写字台的一个抽屉。医生知道他惯执白子，而这一局，白棋在四步以内必输无疑。“如果真是谋杀，这里面一定有不错的线索。”他自言自语道，“我认识的人中只有一个能布下如此精妙的埋伏。”为何这位向来战斗到最后一滴血、从不屈服的战士，竟没有完成生命中的最后一次战斗？若不调查清楚，他简直会活不下去。

早晨六点，巡夜人在做最后一圈巡逻时，看见钉在临街大门上的一块牌子上写着：请进，无需敲门，并请通知警察。很快，警官和实习生就赶来了。两人把房子搜查了一遍，试图在无可置疑的苦杏仁味之外寻找由其他原因致死的证据。就在医生驻足分析那盘未下完的棋局的短短几分钟里，警官在写字台上的纸堆中发现了一封写给胡维纳尔·乌尔比诺医生的信。信封被厚厚的火漆封得严严实实，为取出信，不得不撕烂信封。为了让屋里的光线亮一点儿，医生拉开黑色的窗帘，先飞快地扫了一眼这沓工工整整写满了正反两面的十一页纸。而当他开始读第一段时，就明白自己肯定赶不上圣神降临弥撒的圣餐了。他读着信，激动得气喘吁吁，时而为找回中断的头绪往回翻上几页。等读完后，他看上去就好像刚刚从很远的地方、花了很长的时间回来似的。尽管努力克制，但他的沮丧显而易见：嘴唇发蓝，一如尸体的颜色；而把信折起来放进背心口袋时，他也无法控制手指的颤抖。这时，他才又想起身边的警官和年轻的医生来，透过一片沉痛的迷雾，他冲他们笑了笑。

“没什么特别的。”他说，“不过是他最后的一些嘱托。”

这只是一半的真相，但他们却把它当作事实的全部接受了，因为他们按医生的指令揭开一块地砖，果然在那里找到了一本陈年账簿，上面记着保险箱的密码。死者的钱虽没有他们想象的多，但也足够应付葬礼并结清一些小额账目。这时，乌尔比诺医生意识到，在神甫宣讲福音之前，自己也无法赶到教堂了。

“自我懂事以来，这还是第三次错过星期日弥撒。”他说，“但上帝会原谅我的。”

尽管他几乎按捺不住想与妻子分享信中秘密的急迫心情，但还是宁愿再耽搁几分钟，把细枝末节安排妥当。他答应去通知城里为数众多的加勒比流亡者，因为或许他们会想向这样一位最受人尊敬、最活跃、也最激进的人表达最后的敬意，尽管很显然，他最终还是向令人绝望的坎坷屈服了。他还会去通知死者的棋友，无论是杰出的专业棋手还是无名小卒，另外，也会通知其他一些和死者交往不那么频繁但也可能想参加葬礼的朋友。在看那封遗书之前，他本决定要做主事的第一人，但读过信后，他什么也不敢确定了。不过不管怎样，他还是要送一个栀子花的花圈，因为也许赫雷米亚·德圣阿莫尔在最后一刻表达了悔意。葬礼安排在下午五点，在炎热的季节，这是一个合适的时间。如果有事找他，他从中午十二点起就会一直待在拉希德斯·奥利维利亚医生的乡间别墅，他这位爱徒那天将举办豪华午宴以庆祝自己从医二十五周年。

自从度过最初艰苦奋斗的岁月，赢得了全省无人能及的尊敬和名望，胡维纳尔·乌尔比诺医生便过起了规律的生活，每日的行踪都有律可循。他每早鸡鸣即起，并从那一刻开始服用一些秘方：溴化钾以提神醒脑，水杨酸盐以缓解阴雨天的骨痛，几滴黑麦角汁以克制眩晕，颠茄以保证良好睡眠。他在不同时刻服用不同药物，而且总是背着人偷偷服下，因为在漫长的医生和教师生涯中，他向来反对为人开具延缓衰老的药方：对他来说，忍受别人的病痛要比忍受自己的容易得多。他的兜里总是带着一小包樟脑，没人看见时便取出来深吸上一口，以消除那么多药物混在一起带来的恐惧。

他会先在书房里待上一个小时，为星期一至星期六每早八点在医学院讲授的普通临床课备课，这门课他一直教到了去世前一天。他也是文学新作的忠实读者，他在巴黎的书商会把书邮寄给他，本地书商也会为他从巴塞罗那订购，尽管他并没有像关注法语文学那样关注西班牙语文学。但不管怎样，他从不在早晨阅读文学，而是在午睡后读上一小时，晚上睡觉前再读一会儿。备完课，他在浴室里对着敞开的窗子，做十五分钟呼吸运动，冲着鸡鸣的方向吸进呼出，因为那边空气清新。然后，他洗澡，整理胡子，在正宗法里纳·赫赫努贝古龙水的香味中为胡子上胶，接着，穿上白色亚麻套装，搭配背心和软帽，以及一双鞣制的软山羊皮靴。八十一岁的他仍旧保持着温文尔雅的风度和振奋的精神，一如当年大霍乱后不久他刚从巴黎回来时的样子。他的头发从中间分开，梳得十分整齐，就和年轻时一样，只不过颜色变成了金属色。他在家中用早餐，但食谱是单独的：一杯用以养胃的大苦艾花茶，外加一头大蒜，一瓣一瓣地掰下来，就着面包有意识地细细咀嚼，以预防心脏衰竭。上完课，他很少没有活动，要么去践行市民的参与精神，要么去尽教会中的义务，再不就是与他的艺术和社会革新事业有关。

他几乎总是在家中吃午餐，然后坐在院子的露台上午睡十分钟。睡梦中，他听见女仆们在枝繁叶茂的芒果树下唱歌，听着街上的叫卖声，以及海湾里燃油机和马达发出的轰鸣声——炎热的下午，它们排出的废气在整座房中弥漫，就像一个被判腐烂而死的天使在扑腾翅膀。之后，他会花一个小时阅读新书，特别是小说和历史书籍。然后，他给家里养的鹦鹉上法语和声乐课，这只鹦鹉从很多年前起就是当地的一道风景。四点钟，他喝下一大杯加冰柠檬水后，就出门去看望病人。虽然上了年纪，他还是坚持不在诊所接诊，而是继续到病人家里出诊。自从城市建设得越来越方便，人们可以步行到达城中的任何地方以来，他就一直这样做。

他第一次从欧洲回来时，是用家中那辆由两匹泛着金光的枣红马拉的四轮马车代步。后来车坏了，他便改用一辆单匹马拉的敞篷车。后来，马车开始从世界上消失，城中也仅剩下几辆以供游客观光或在葬礼上运送花圈，他却仍旧带着某种对时尚的轻蔑，继续使用这辆马车。尽管拒绝退休，但他心里很清楚，现在人们只在基本上已无力回天的情况下才请他前往，不过他认为这也是一种专业的体现。只需看一眼病人的气色,他便知道病情如何。他越来越不相信特效药，而眼瞅着外科手术得到推广，他感到非常不安。他常说:“手术刀是药物无效的最有力证明。”他认为，从严格意义上说，所有药物都具有毒性，而百分之七十的日常食物也会加速死亡。“事实上，”他常在课堂上说，“只有少数医生真正了解为数不多的几种药物。”他从年轻时的热血青年变成了他自己所谓的宿命论的人道主义者:“每个人都是自己死亡的主宰者，时间一到，我们唯一能做的就是帮助他们没有恐惧和痛苦地死去。”尽管拥有这些极端思想（它们甚至都已成为当地民间医学传说的一部分了)，但他昔日的学生即便已经开了自己的诊所，也还是会来向他请教，因为他们视他为当时人们所谓的那种具有“诊断慧眼”的人。总而言之，他一直是位收费昂贵、出类拔萃的医生，病人都集中在总督区的名门望族。

他每天的工作井井有条，所以在下午出诊期间，如果出现什么紧急事件，他的妻子向来知道该往哪儿给他捎口信。年轻时，他回家前总会在教区咖啡馆逗留一会儿，他的象棋技艺就是在那里同岳父的狐朋狗友以及几个加勒比流亡者一起精进的。但从新世纪伊始，他便不再去教区咖啡馆了，而是试图组织由社交俱乐部赞助的全国性比赛。而正是在这个时期，赫雷米亚·德圣阿莫尔来了，那时他双膝已经坏死，还不是儿童摄影师，但不到三个月时间，所有只要会在棋盘上摆弄个一兵半卒的人全都认识了他，因为根本没人能下赢他一盘棋。对胡维纳尔·乌尔比诺医生来说，这是一次奇迹般的相识，因为那时的他已无法自拔地迷上了象棋，而能使他满意的对手却没有几个了。

多亏了医生，赫雷米亚·德圣阿莫尔才成为这里的一员。胡维纳尔·乌尔比诺医生成了他无条件的保护人和一切事务的担保者，甚至都没去调查一下他是个怎样的人，以前是做什么的，究竟在怎样一场不名誉的战争中流落成这副残废而茫然的模样。最后，医生借钱给他开了一家照相馆，而赫雷米亚·德圣阿莫尔自从为第一个被镁光灯的闪光吓了一跳的孩子拍照以来，像编制绳索般严谨地还清了最后一分钱。

这一切都是因为象棋。起初，他们从晚餐后的七点钟开始下，赫雷米亚·德圣阿莫尔的棋艺明显更胜一筹，所以他合理地让给医生几步。但让得越来越少，直到最后一步不让。后来，加利略·达孔特开了第一家电影院，赫雷米亚·德圣阿莫尔成了那里最准时的观众之一，二人的对弈便被挤到没有电影首映的夜晚。那时，他已成为医生的挚友，医生甚至心甘情愿地陪他去看电影。但医生从不带妻子，一方面是因为妻子没有耐心跟随复杂的情节线索，另一方面也因为他仅凭敏锐的嗅觉，便能感觉到对于其他任何人来说，赫雷米亚·德圣阿莫尔都绝非一个好伙伴。

唯一与平时安排不同的是星期日。他会到教堂去望大弥撒，然后回家，一整天都在院子的露台上休息、读书。若非极端紧急的情况，安息日他很少出诊，而且从很多年前起，除非迫不得已，他也不再在安息日参加社交活动。但在这个圣神降临节，出于意外巧合，两件罕有的事赶在了一起：朋友之死和得意门生从医二十五周年纪念。然而，他并没有像自己预计的那样，签署完赫雷米亚·德圣阿莫尔的死亡证明后就直接回家，而是听任了好奇心的驱使。

一上马车，他便迫不及待地又看了一遍那封遗书。接着，他命令车夫带他前往奴隶老区的一个偏僻地址。这个决定与他平日里的习惯迥然不同，以至于车夫不得不确认自己是否听错了。确实没错：地址很清楚，而且，写下这个地址的人有充足的理由对它再熟悉不过了。乌尔比诺医生又翻回到遗书的第一页，再次沉浸在信中披露的那段不堪回首的秘密往事之中。倘若他能让自己相信，这些并非一个将死之人的胡言乱语，那么，尽管到了这把年纪，生活也还是有可能因此改变。

从一大早开始，天空就没有好心情，阴云密布，透出阵阵凉意，但好在中午之前还没有下雨的危险。车夫试着抄近道，拐进了这座殖民城市崎岖的石子路。有好几次，为了不让马儿受惊，他们不得不停下车，因为从圣神降临节的庆祝活动中归来的学生和宗教团体造成了一片混乱。街道被纸花环、音乐和鲜花填满了，还有撑着各色阳伞、身穿荷叶边薄纱裙、站在阳台上观礼的姑娘们。在大教堂广场上，解放者的雕像被淹没在非洲棕榈树和崭新的球形路灯之中，几乎已经辨认不出。教堂的出口处堵满了汽车，庄严而又喧闹的教区咖啡馆里连一个空位也没剩下。那里唯一的一辆马车便是胡维纳尔·乌尔比诺医生的，和城中屈指可数的那几辆剩余的马车区别明显：它的漆皮顶棚总是闪闪发亮，把手等装饰物也都是铜制的，以防被硝腐蚀，轮子和车辕则都漆成了红色，还镶着金边，仿佛在参加维也纳歌剧院的盛装演出一般。此外，那个时候就连那些最喜欢装模作样的家庭都已经允许司机穿上干净的衬衫，可他却仍旧要求自己的车夫身穿软塌塌的丝绒制服，头戴马戏团驯兽师那般的礼帽，这种做法不仅让人觉得不合潮流，而且在加勒比地区的酷暑季节，显得尤为缺乏怜悯之心。

尽管胡维纳尔·乌尔比诺医生对这座城市的热爱近乎疯狂，也尽管他比其他任何人都更加了解它，但他很少有机会像那个星期日那样毫无顾忌地来到这片喧嚷的奴隶老区探险。车夫绕了很多圈，打听了一次又一次才找到地址。乌尔比诺医生也终于切近地体会到泥沼的阴郁可怕，它那不祥的寂静，以及那令人窒息的恶臭，这种气味曾在无数个不眠的清晨，混着院中的茉莉花香飘进他的卧室，而他却总觉得它就像昨日的一阵风一样转瞬即逝，和他的生活没有半点关联。然而，当马车在街道的泥泞中颠簸，几只兀鹫争夺着被海水裹挟的屠宰场残渣时，那种曾无数次被他的思乡情怀美化了的恶臭变成了令人无法忍受的现实。与总督区的石砌房屋不同，这里的房子都是由褪色的朽木和锌皮屋顶盖成，而且大部分建在木桩上，以免西班牙人遗留下来的那些露天污水沟里的臭水漫到屋里来。一切都显得凄凉无助，可那一间间肮脏的小酒馆里却传来震耳欲聋的鼓乐声，那是穷人的狂欢，既无涉上帝，也无涉圣神降临节的诫命[①]。等他们终于找到地方，马车后面已经跟了一群光着身子的小孩，他们哄笑着车夫戏剧式的装扮，迫使他不得不用鞭子吓跑他们。本打算做一次私密拜访的胡维纳尔·乌尔比诺医生，此刻为时过晚地领悟到，没有哪一种天真比他这个年龄的天真更危险了。

这是一座没有门牌号的房子，从外表看，除了镶花边的窗帘和一扇从某座古老教堂里卸下来的大门，其余并没有什么能把它和其他更为破败的房子区别开来。车夫叩了叩门环，确认地址正确后才

①圣神降临节是纪念耶稣复活后第五十日圣神降临的日子，也是纪念上帝在西奈山向摩西颁布十诫的日子。

扶医生下车。大门悄无声息地打开了，门里的昏暗处站着一个妇人，全身上下穿着丧服，耳边别着一枝玫瑰。这是个黑白混血女人，年纪不下四十，但身材依旧高挑，金色的眼睛有些冷酷，头发紧紧地贴在头上，仿佛戴着一个棉制头盔。乌尔比诺医生没能认出她来，尽管在摄影师的工作室里，他曾在那些云山雾罩的棋局间见过她几次，有一次甚至还给她开过几服医治间日热的奎宁药方。他向她伸出手，而她用双手握住，但与其说是为了向他表示问候，倒不如说是为了扶他走进屋子。客厅里的氛围让人仿佛置身于一片看不见的树林，到处是鸟语花香，摆满了精致的家具和器物，每一件东西都在它应在的位置。乌尔比诺医生由此毫无感伤地想起了上世纪一个秋日的星期一，他所经过的那爿坐落在巴黎蒙马特大街二十六号的古董商小店。女人在他的对面坐下来，开始用不流利的卡斯蒂利亚语[①]和他交谈。

“医生，您把这儿当成家里就行。”她说，“我没想到您这么快就来了。”

乌尔比诺医生瞬间感到自己的意图暴露无遗。他用心打量了女人一番，注意到她一身素孝，以及她悲痛中的不卑不亢。于是，他明白了，这次拜访早已注定是徒劳的，因为对于赫雷米亚·德圣阿莫尔在遗书中所提到和指明的一切，她比他知道得更多。的确如此。她一直陪伴着他，直到他死前几个小时，一如她半生都怀着仰慕和谦卑的温柔陪伴着他一样。这种情感几乎与爱情无异，但在这座连国家机密都处于众人掌控之中的昏睡省城，竟然无人知晓。他们是

①卡斯蒂利亚语，即通常意义上的西班牙语，同时也是大部分拉丁美洲国家的官方语言，其中包括哥伦比亚。

在太子港的一家慈善医院认识的，她在那里出生，而他在那里度过了最初的流亡岁月。她比他晚一年来到这座城市，声称是短期拜访，但二人心照不宣，都明白她是要永远地留下。她每星期打扫整理一次他的工作室，可就连那些最爱捕风捉影的邻居都混淆了表象与真实，因为他们和所有人一样，都以为赫雷米亚·德圣阿莫尔的残疾不仅仅是无法走路。甚至连乌尔比诺医生也从医学的角度合理地做出了这样的推测。要不是赫雷米亚·德圣阿莫尔自己在信中吐露了实情，医生永远也不会相信他竟会有一个女人。但无论如何，他还是很难理解，两个没有过往包袱的自由的成年人，并且处在这个封闭社会的偏见之外，却像那些禁忌之爱一样选择了这样一种飘忽不定的方式。对此她解释说："他就喜欢这样。"况且，同这个始终也不曾完全属于她的男人分享这份秘密恋情，加之两人都不止一次地从中享受到那种瞬间爆发的喜悦，这在她看来并不是一种难以接受的方式，恰恰相反：生活已然向她证明，这或许倒是一种典范。

前一晚他们还去了电影院，各付各的账，座位也是分开的。自从那个意大利移民加利略·达孔特在一座十七世纪的修道院废墟上建起了露天电影院，他们每个月都至少像这样去两次。那晚，他们看的是《西线无战事》，一部由上一年流行的小说改编的电影，那本小说乌尔比诺医生也读过，并为书中战争的野蛮悲痛不已。之后，他们在工作室会合，她发现他心事重重，怅然若失，以为是电影中受伤的士兵在淤泥中垂死挣扎的残酷场面所致。她邀他下棋，借以分散他的注意力。而为了让她开心，他答应了，但下得心不在焉，当然，他还是用白子。最终，他比她先看出，再有四步自己就要输了，于是毫无颜面地投了降。这时，医生才明白，那最后一盘棋局的对手是她，而不是他之前猜想的赫罗尼莫·阿尔戈特将军。他惊奇地嘟囔了一句：

“那盘棋下得真是精妙！”

她坚持说，那并不是她的本事，而是赫雷米亚·德圣阿莫尔被死亡的迷雾弄得晕头转向，移动棋子的时候心中已没有了爱。对弈中断时大约十一点一刻，因为公共舞会的音乐已经停止。他请求她让他单独静一静。他想给胡维纳尔·乌尔比诺医生写封信。他一直把医生视作他所认识的最值得尊敬的人，而且，就像他常说的，尽管能将两人联系起来的不过是象棋这个嗜好，但医生是他真正能够交心的朋友。在他和医生看来，下棋与其说是一门学问，不如说是一种理性的对话。于是，她知道赫雷米亚·德圣阿莫尔已经走到了解脱的边缘，他的生命所剩下的不过是写一封信的时间。医生对此简直无法相信。

“这么说，您早就知道！”他惊呼道。

她证实说，她不仅早就知道，而且还曾怀着爱意帮他分担过这种垂死的痛苦，就像她也曾怀着同样的爱帮他发现幸福。因为他生命中最后十一个月的情况就是这样：一种残酷的垂死挣扎。

“您的责任应该是把这件事通报给大家。”医生说。

“我不能这样做，”她有些震惊，“我太爱他了。”

自认为什么话都听过的乌尔比诺医生，却从未听谁说过这样的话，而且还说得如此坦荡。他全神贯注地直视着她，想把这一刻铭记心中：她就像一尊河神的雕像，眼睛如蛇眼一般，无所畏惧地裹在一袭黑衣之中，耳边别着玫瑰花。很久以前，在海地一片荒凉的沙滩上，两人做爱后赤裸地躺在那里，赫雷米亚·德圣阿莫尔突然感叹道："我永远也不会变老。"她把这句话理解为他要与时间的劫掠进行殊死搏斗的英勇决心，但接下来他说得更为清楚直白：他决定，要在六十岁结束自己的生命。

事实上，他在这一年的一月二十三日刚刚年满六十。于是，他把圣神降临节的前一晚定为最后的期限，对于这座将自己奉献给圣神的城市来说，这是最大的节日。昨晚发生的事，没有一个细节是她事先不知道的。他们经常谈起它，一同承受着时间流逝的痛苦，可无论他，还是她，都无法阻止这不可逆转的岁月洪流。赫雷米亚·德圣阿莫尔以一种毫无意义的热情热爱着生活，他爱大海，爱爱情，爱他的狗，也爱她。随着死期临近，他越来越向绝望屈服，就仿佛他的死并不是当初由他自己决定的，而是无情的命运使然。

"昨晚，我把他一个人留在那里的时候，他就不属于这个世界了。"

她曾想过把狗带走，但他看了看它在拐杖边瞌睡的样子，用指尖轻抚了它几下，说："对不起，伍德罗·威尔逊先生得跟我在一起。"他写信时，让她把狗拴在行军床的床脚上，可她却系了个活扣，好让狗能够自己松脱。这是她对他唯一的一次不忠，但情有可原，因为她希望今后还能从狗那双冰冷的眼睛里忆起它的主人。乌尔比诺医生打断了她，告诉她狗最终没有挣脱。她说："那就是它自己不想了。"随后，她又高兴起来，因为她宁愿如他请求的那样去纪念这位死去的恋人，昨晚，他写信时突然停下笔，最后看了她一眼，说：

"请用一枝玫瑰纪念我。"

她到家时，刚过半夜。她和衣躺在床上抽烟，不断用烟蒂点燃另一支香烟，以给他足够的时间写信，她知道，那一定是封又长又难写的信。快到三点时，街上的狗开始狂吠，她把用来煮咖啡的水放到火炉上，从上到下换上丧服，并在院中剪下清晨绽放的第一枝玫瑰。乌尔比诺医生早就意识到自己有多么厌恶这个无可救药的女人的回忆，他认为他自有他的理由：只有没有原则的人，才会从痛苦中得到满足。

拜访结束前，她又对医生讲了很多事。她不会去参加葬礼，因为她答应了自己的情人，尽管乌尔比诺医生认为，信中有一段话的意思正好相反。她不会流一滴眼泪，不会浪费自己的余生，在慢火煮炖的回忆的蛆肉汤中煎熬，不会把自己活活埋葬在四面墙壁之间，成日为自己缝制寿衣，尽管这是当地人乐见寡妇做的事情。她打算卖掉赫雷米亚·德圣阿莫尔的房子：根据遗书上的安排，这座房子连同里面的一切从现在起都属于她了。之后，她会像以前一样继续住在这座穷人等死的墓穴中，无怨无悔，因为在这里，她曾体验到幸福。

回家路上，这句话一直在胡维纳尔·乌尔比诺医生的耳边回响："穷人等死的墓穴。"这个评价绝非信口胡言。因为这座城市，他的城市，至今仍处在时代的边缘：它依旧是当初那座炎热干燥的城市，夜晚也仍旧充斥着那些让他觉得恐怖不已的事，但同时，也仍能让人感受到青春期那种孤独的快乐。在这里，鲜花会生锈，盐巴会腐烂。四个世纪以来，除了在凋谢的月桂树和腐臭的沼泽间慢慢衰老，这里什么都没有发生。冬天，瞬间而至、席卷一切的暴雨使厕所里的污水漫溢，把街道变成令人作呕的泥塘。夏天，有一种看不见的灰尘，粗糙得就像烧红的白垩粉，被狂风一吹，便会从各个缝隙钻进屋里，堵得再严实也无济于事。此外，狂风还会掀开屋顶，把小孩抛向空中。星期六，那些黑白混血的穷人们会乱哄哄地离开用纸板和锌铜合金板搭建在沼泽边的棚屋，带着牲畜和吃饭饮水的家什，一窝蜂兴高采烈地去占领殖民区那布满岩石的海滩。直到前几年，一些上了年纪的人身上还带着真真正正的奴隶印记，那是用烧红的烙铁印在胸口的。整个周末，这些人都毫无节制地纵情跳舞，拼命用自家蒸馏酿制的烧酒把自己灌得烂醉，在梅子丛中交欢。而到了星期日的半夜，他们会以一场血腥的群体争斗来结束自己的方丹戈舞。一周的其他几天，这群风风火火的人则混迹于老城区的广场和大街小巷，摆起小摊，做起各式各样的生意，为这座死气沉沉的城市注入一种散发着炸鱼味的集市的躁动：一种新的生活。

先是从西班牙的统治中取得独立，而后又废除了奴隶制，这些都加速了贵族的衰落，胡维纳尔·乌尔比诺医生便是在这种环境中出生和成长的。昔日的显赫家族在他们撤消了守卫的城堡里渐渐归于沉寂。一条条铺着石砖的崎岖街道曾经那么有效地抵御了突然来袭的战争和登陆的海盗，而如今，杂草从阳台上沿街垂落，石灰和石块砌成的城墙裂开一道道缝隙，即便是最好的府邸也难逃衰败的厄运。下午两点，唯一有点儿生气的迹象，就是在午休的昏暗中传来的阵阵无精打采的钢琴练习声。府邸里，凉爽的卧室中弥漫着熏香的味道，女人们躲避着阳光，就像躲避某种令人不齿的传染病，就连在清晨的弥撒中，她们也用纱巾遮着脸。她们的爱情迟缓而艰难，常常被不祥的预兆干扰，生命对她们来说简直没完没了。傍晚，街上车水马龙，一大群嗜血的蚊子从沼泽中飞起，带着一股柔柔的人粪气味，温热而感伤，扰得灵魂深处泛起对死亡的坚信。

因此，这座殖民城市的所谓独特生活不过是记忆中的一种幻觉，年轻的胡维纳尔·乌尔比诺医生每每在巴黎心生伤感之时，总是把它美化了。十八世纪，这座城市的商业在加勒比地区最为繁荣，尤其是靠着那项令人厌恶却又得天独厚的优势，即它是美洲最大的非洲奴隶市场。此外，它还是新格拉纳达王国总督的常驻地。总督们喜欢待在这里，面对大洋施行统治，而不是在遥远且天寒地冻的首都，那里的连绵阴雨会扰乱他们对现实的感知。在这座城市的辉煌时期，每年，满载着波多西、基多和维拉克鲁斯各地财富的大帆船船队都会在这里的海湾聚集多次。一七〇八年六月八日，星期五，下午四点，圣何塞号大帆船载着当时价值五千亿比索的宝石和贵金属，刚刚起锚开往加的斯，就被英国舰队击沉在港口的入海处，漫长的两世纪后依旧没被打捞上来。这批躺在珊瑚丛中的珍宝，连同侧着身子漂浮在驾驶舱的船长尸体，常常被历史学家们提起，作为这座淹没在记忆之中的城市的象征。

在港湾另一边的拉曼加住宅区，坐落着胡维纳尔·乌尔比诺医生的家，这里的一切仿佛属于另一个时代。房子又大又凉爽，只有一层，室外的露台上有着多利克式的柱廊，站在那儿可以将海湾里弥漫瘴气的水域和沉船残骸尽收眼底。从门口到厨房，铺的是象棋棋盘式的黑白相间的地砖——人们不止一次地将之归因于乌尔比诺医生的个人嗜好，却忘了这也是加泰罗尼亚建筑大师们的通病，而在本世纪初，这个地区暴发户的房子都是由他们建造的。大厅很宽敞，天花板像所有其他房间一样很高，还有六扇面向大街的落地窗。大厅和厨房之间，由一扇装饰繁复的巨大玻璃门隔开，上面雕着葡萄藤枝蔓和一串串的葡萄，铜制树林里，几个少女正陶醉在农牧神的笛声之中。主客厅中的所有家具，连同大厅里那座像个活岗哨的摆钟，全都是十九世纪末的正宗英国货。吊灯上装饰着水晶坠子，塞弗勒的瓷瓶、花瓶以及以情爱为主题的雪花石膏异教小雕塑也随处可见。不过，这种欧式风格在房子的其余地方就见不到了，那些空间混杂着藤制扶手椅、维也纳摇椅和当地手工制作的皮凳子。卧室里除了床，还有张精致的圣哈辛托吊床，上面用丝线绣着主人的名字，哥特式字体，两边还垂着彩色的流苏。饭厅一侧原本是设计用来举办豪华晚宴的，后来变成了一个小音乐厅，每逢有著名的演奏家来到此地，都会受邀来这里举行私人音乐会。地砖上铺着从巴黎世博会上买回来的土耳其地毯，为的是让环境显得更加幽静。摆放整齐的唱片架旁是一台最新款的电唱机。角落里放着一架钢琴，上面盖着一块马尼拉披肩，乌尔比诺医生已经有很多年没弹琴了。整座房子里，随处可以看出一个脚踏实地的女人的精明与细心。

然而，没有一个地方能像书房那样尽显庄严与肃穆。在衰老将乌尔比诺医生掳获之前，那里曾是他的圣地。在父亲的胡桃木写字台和带皮制软垫的安乐椅四周，他让人用上釉的隔板架把墙壁连同窗子都挡得严严实实，然后以一种近乎癫狂的秩序，往上面整整齐齐地码放了三千册书，每一册都装裱着小牛皮，书脊上用烫金字印着书名的首字母缩写。其他房间都不得不忍受着港口的嘈杂和各种难闻的气味，书房却截然相反，永远弥漫着修道院的幽静气息。加勒比地区的人有一种迷信，以为打开门窗可以将实际上并不存在的凉爽引至屋内。在这里出生并长大的乌尔比诺医生和他的妻子，起初也曾因门窗紧闭而感到压抑，但最终，他们还是采纳了罗马人抵御炎热的绝妙法子，即在令人昏昏欲睡的八月紧闭门窗，不让街上炽热的空气钻进来，等到了晚上再全部敞开，让凉风入户。从那时起，他们家便成了拉曼加区炎炎烈日下最为凉爽的处所。先在卧室的昏暗中睡个午觉，然后下午坐在门廊上，望着来自新奥尔良的沉甸甸的灰色货船和带木制桨轮的内河船来来往往，简直是一种享受。一到黄昏，那些内河船便灯火通明，伴随着隆隆的轰鸣声，将淤积在海湾里的垃圾卷走。每年的十二月到次年三月，北方的信风会肆意地掀开屋顶，夜里像饥饿的狼群一样在房子周围呼啸盘旋，寻找可以钻进来的缝隙。在这种时候，医生的家也是保护得最好的。从来没有人想过，安居在这样一座坚实牢固的房子里的夫妻，会有什么理由不幸福。

但不管怎样，那天早上乌尔比诺医生在十点之前回到家时，并没有感到幸福。两次拜访搅得他心烦意乱，还不仅仅是因为让他错过了圣神降临弥撒，而是在这样一个一切似乎都应该尘埃落定的年纪，它们险些把他变成另一个人。他本想在拉希德斯·奥利维利亚医生的豪华午宴前凑合睡上一会儿，却赶上仆人们乱哄哄地在捉鹦鹉。那只鹦鹉趁着人们把它从鸟笼里抓出来修剪翅膀上的羽毛时，飞到了芒果树最高的枝杈上。这是一只毛羽稀疏且性情怪僻的鹦鹉，别人求它开口，它偏不说，而就在人们最意想不到的时候，它却说个没完，而且表达得十分清楚明白，那种条理甚至在人类身上都难得一见。它是由乌尔比诺医生亲自训练的，这让它拥有了家中谁都没有的特权，就连医生的孩子们小时候都没有享受过。

它在这个家已待了二十多年，但谁也不知道这之前它还活过多少年。每天下午午觉醒来，乌尔比诺医生都与它为伴，坐在整个家中最凉爽的地方，院子的露台上。医生怀着教育家的热情，借助了最为艰辛的手段，一直训练到鹦鹉能把法语讲得像个学者一样好。之后，纯粹是出于对美德的癖好，他又教鹦鹉学会了拉丁弥撒中的伴唱和从《玛窦福音》[1]中挑出来的几段经文，甚至试图机械地向它灌输四则运算法则，可惜最终没有成功。他最后几回到欧洲旅行时，有一次带回了城中第一台带喇叭的留声机，还有许多流行唱片和他最喜欢的古典作曲家的唱片。接下来的几个月，他日复一日，一次又一次地让鹦鹉聆听上个世纪风靡一时的依维特·吉尔贝和阿里斯蒂德·布里昂的歌曲，直到鹦鹉最终把这些歌都背了下来。唱那位女歌手的歌，它用女人的嗓音，唱那位男歌手的歌，它则用男高音，最后，还用一阵放荡的笑声来收场，和女仆们听完它用法语演唱的歌曲后爆发出的哄笑声一模一样，惟妙惟肖。这只鹦鹉美名远扬，常有一些乘内河船从内陆远道而来的尊贵客人要求一睹它的风采。那时期，有很多英国旅游者乘坐来自新奥尔良的运输香蕉的船只途经此地。有一次，几个英国佬甚至不惜任何代价想要把它买走。然而，鹦鹉最为荣耀的时刻还得数共和国总统马尔科·菲德尔·苏亚雷斯带着他的全体内阁部长来到这座府邸，想亲眼证实它声誉的那天。他们大约下午三点钟到达，个个头戴礼帽，身穿呢子长礼服，热得喘不过气来。三天以来，他们一直在进行正式会晤，在八月炽热的天空下始终不曾脱去这身装束。可最终,他们却不得不怎么带着好奇心来，还怎么带着好奇心回去，因为在两小时的绝望等待中，不管乌尔比诺医生如何恳求或威胁，鹦鹉始终一言不发，仿佛在说“嘴长在我自己身上”，可就连这句话也绝不宣之于口。医生当众出了丑，怪只怪他当初不听妻子明智的提醒，执意发出了这个莽撞的邀请。

在那次历史性的无礼举动之后，鹦鹉仍旧保持了在家中的特权，这充分证明了它的神圣地位。在这个家，除了它和一只陆龟，不许

---

① 《玛窦福音》即《马太福音》，是天主教的通常译法。

饲养其他任何动物。那只陆龟曾消失过三四年时间，大家都以为永远地失去它了，可它竟又在厨房里出现。不过，它并不被视作一件活物，而更像是一种矿物质，一个能带来好运的护身符，且向来没人能说清它究竟待在什么地方。乌尔比诺医生拒不承认自己厌恶动物，相反，他用各种杜撰的科学或哲学借口来掩饰这一点。这些理由总是能说服很多人，只除了他的妻子。他常说，过分爱动物的人可能会对人类自身做出至为残忍的事来。还说狗并非忠诚，而是卑躬屈膝；猫则是机会主义者和叛徒；孔雀是死神的传令官；金刚鹦鹉不过是惹人厌的装饰物；兔子助长贪婪；长尾猴会传染欲火；公鸡则该遭天谴，因为正是它造成了基督三次被人否认[①]。

与此相反，他的妻子费尔明娜·达萨却是个热带花卉和家养动物的盲目热爱者。她如今七十二岁了，早已失去年轻时小母鹿一样的身姿。刚结婚时，她利用两人间爱情的新鲜劲儿，在家里养了许多动物，远远超出了理性范畴。最先养的是三只达尔马提亚斑点狗，分别给取了三个罗马皇帝的名字。它们为了在一只母狗面前争宠，撕咬得你死我活。而那只名叫麦瑟琳娜[②]的母狗也真无愧于它的名字，刚刚产下九只狗崽，就又迅速怀上了十只。之后，费尔明娜·达萨又养了几只集老鹰轮廓和法老风范于一身的阿比西尼亚猫、几只斜眼的暹罗猫和橘黄色眼睛的宫廷波斯猫。它们像幽灵的影子一般在各个卧室里窜来窜去。到了发情期，从它们的妖魔聚会上传来的号叫声搅扰着夜晚的平静。有几年，在院子里的芒果树上，竟还有一只

①据《新约》记载，耶稣在受难前夕，曾预言他的门徒中最忠诚的伯多禄（即圣彼得）会在天亮鸡叫前三次背叛他。结果预言应验，耶稣被抓走后，伯多禄被人问起时，三次否认自己认识耶稣。

②麦瑟琳娜，古罗马皇帝克劳狄一世的第三任妻子，以狠毒和放荡著称。

用铁链拴着腰的亚马逊长尾猴，由于其痛苦的面容、天真的眼神和极其丰富的肢体语言都酷似大主教奥布杜利奥－雷依，常常引来人们的某种同情。但费尔明娜·达萨最后之所以抛弃它，还并不是因为这些，而是因为它有向女人们献殷勤并自鸣得意的坏毛病。

走廊的鸟笼里养了各种各样的危地马拉鸟，此外，家中还有几只未卜先知的石鸻、几只黄腿修长的沼泽草鹭和一只常常从窗外探进头来啃咬花瓶中的火鹤的小鹿。在最后一次内战爆发前不久，当第一次有传言教皇可能会来到此地时，他们从危地马拉弄来了一只天堂鸟。可当得知教皇来访的传闻不过是政府为了恐吓图谋不轨的自由党人而散布的谣言时，这只鸟又被送回了故土，去得比来得还快。还有一次，他们从库拉索岛走私者的帆船上买回六只关在一个金丝鸟笼里的香乌鸦，和费尔明娜·达萨小时候起就在父亲家养的香乌鸦一模一样，她希望嫁人以后还能继续养这种鸟。可它们总是不停地扇动翅膀，弄得家里充满了它们身上那种殡葬花圈似的气味，谁都无法忍受。他们还曾带回来一条四米长的蟒蛇，为的是用它那死亡的气息吓跑蝙蝠、蝾螈，以及雨季里侵入家中的多种害虫。尽管也达到了目的，可这位不眠猎手嗤嗤的呼吸声扰乱了卧室黑暗里的宁静。当时正怀着职业道德忙得不可开交，并且醉心于社交和文化事业的胡维纳尔·乌尔比诺医生，虽然身处这样一大堆令人厌恶的活物之中，但只要想想他的妻子不仅是加勒比地区最美，而且也是最幸福的女人，他也就知足了。然而，一个雨天的下午，他筋疲力竭地结束了一天的工作，回到家竟撞进一场将他推回现实的灾难。从客厅一直到他目所能及的地方，动物的尸体连成了串，漂浮在血泊之中。女仆们都爬到了椅子上，满脸的不知所措，显然，是对这场大屠杀惊魂未定。

事情是这样的：几只德国獒中的一只突然得了狂犬病，发起疯来，不管见到什么动物都扑上去咬，最后还是邻居家的园丁挺身而出，挥刀把它砍成了碎片。谁也不知道它究竟咬过哪些动物，又或者它嘴里吐出的那些绿色泡沫沾染过哪些，于是，乌尔比诺医生下令杀掉所有幸存的动物，并把尸体带到偏远的旷野焚烧，还请仁爱医院的工作人员到家里进行了一次彻底消毒。唯一幸免于难的就是那只象征好运的雄性美洲陆龟，因为根本没人想起它来。

费尔明娜·达萨头一次在家庭事务上完全赞同丈夫，并且很长一段时间里都小心翼翼地没再提过动物的事。她用林奈《自然史》中的彩色插图聊以自慰，还叫人把这些图镶上画框，挂在大厅墙上。若不是有天清晨几个小偷打破浴室窗子，偷走了一套五代家传的银制餐具，或许她早已断了念头，以为再也没有希望在家中看到动物了。胡维纳尔·乌尔比诺医生在窗子的铁环上装了双锁，各道门也都用铁闩加固，并把最贵重的物品放进保险箱，还养成了某种迟来的战时习惯：睡觉时把左轮手枪放在枕头底下。但他反对再买一条烈狗，无论是否注射过疫苗，也无论是散养还是拴着：就算让贼把家里偷个精光，他也绝不同意。

“凡是不会说话的，一律不许进这个家。”

这么说是为了让妻子不再为此事纠缠，因为她又固执地想买一条狗回来，可他万万没有想到，这句自己匆忙说出并且意义过于宽泛的话竟会有朝一日要了他的命。费尔明娜·达萨那桀骜不驯的性格随着年龄的增长有了微妙的变化，她立刻抓住丈夫用词轻率的疏漏：失窃案发生几个月后，她又去了一艘来自库拉索岛的帆船，买下一只帕拉马里博皇家鹦鹉。虽然它只会说些水手的粗话，但说得竟和真人一模一样，也算值了十二生太伏的高价。

这只鹦鹉的确品种优良，而且比看上去还要灵巧，长相上唯一区别于热带丛林鹦鹉的地方就是它头黄舌黑，可即使用松节油栓剂也无法让丛林鹦鹉学会说话。乌尔比诺医生向来是个输得起的人，他在妻子的才智面前低了头，并惊讶地发现，自己也觉得鹦鹉在女仆们的嬉笑中取得的进步十分逗趣。雨天的下午，这只羽毛被淋透的鹦鹉尤其欢快，放开了舌头，滔滔不绝地说出很多它不可能在这个家里学到的老话儿，让人觉得它恐怕比看上去要老得多。乌尔比诺医生的最后一丝保留终于在某天晚上被彻底瓦解。那天夜里，几个盗贼再次试图从屋顶平台的天窗钻进屋里，而鹦鹉用几声德国獒的狂吠把他们吓得落荒而逃，即使是真狗也无法叫得更逼真了，而它一边叫，还一边喊着“有贼”、“有贼”，这两种有趣的救命本事可都不是在这个家学的。自那以后，乌尔比诺医生就亲自接管了它。他命人在芒果树下搭起栖木，上面放两个容器，一个盛水，一个盛熟香蕉，此外，还挂了根吊杆供鹦鹉练习杂耍。尽管乌尔比诺医生怀疑，它的慢性鼻疽病对人的正常呼吸有害，但从十二月到翌年三月，夜晚转凉，当北风使得鹦鹉无法再在室外待下去时，它便会被放进一只罩有毯子的笼子里，接进卧室睡觉。多年来，他们总是为它剪短翅膀的羽毛，放它自在地迈着那老骑士般的步伐，曲着腿走来走去。但有一天，它正在厨房的横梁上兴致勃勃地耍着杂技，却一下子掉进了炖杂烩的锅里，嘴里还念叨着它那一串叽里呱啦的水手呼救语。幸而它的运气足够好，厨娘用做饭的大勺把它捞了起来。它被烫得全身通红，羽毛也掉光了，但还活着。从那以后，就连大白天它也被关在笼子里，顾不上民间流传的关于笼中的鹦鹉会忘记所学东西的说法了，只有在凉爽的四点钟，乌尔比诺医生在院子的露台给它上课时，它才会被放出来。谁也没有及时发现它翅膀上的羽毛已经过长，而就在那天早晨，大家正准备给它修剪羽毛，它逃到了芒果树的树冠上。

他们花了三个小时还没有捉住它。女仆们在邻居家女仆的帮助下，用尽各种办法想把它哄下来，可它依旧固执地待在原地，一边放声大笑，一边高喊着："自由党万岁！他妈的自由党万岁！"近来，因这种莽撞的呼号而丢了性命的快活酒鬼已不下四个。乌尔比诺医生几乎看不清繁叶中的鹦鹉，他试图用西班牙语、法语，甚至拉丁语来说服它，而它则用同样的语言、同样的重音和同样的音色回答他，却始终寸步不离树梢。乌尔比诺医生见谁也无法让鹦鹉心甘情愿地下来，便下令找消防队员来帮忙，这是他作为一名爱国市民，最新搞出来的一项玩意儿。

事实上，直到不久前，火灾还是由自发的人们用泥瓦匠的梯子和一桶桶随便从什么地方运来的水扑灭的。那种混乱无序的法子有时甚至会造成比火灾本身更大的危害。而从去年起，多亏了胡维纳尔·乌尔比诺医生担任荣誉主席的公共改善协会发起的一项募捐，这里开始有了一支专业的消防队，外加一辆带有汽笛、警铃和两条高压水管的蓄水卡车。这些东西红极一时，甚至每逢听到教堂敲响警报的钟声，学校都会停止上课，好让学生们前去观看消防员如何救火。起初，他们唯一的任务便是灭火。但乌尔比诺医生告诉市政当局，他曾在汉堡看到消防员们救活了一个于三天的大雪后在地窖中冻僵的孩子，还在那不勒斯的小巷里看见过他们从十层楼的阳台上抬下一口装着死人的棺材，只因那座楼的楼梯太过曲折，死者的家人无法将棺木抬到街上。就这样，本地的消防员们开始学习提供其他紧急服务，比如撬开门锁、杀死毒蛇等等，医学院还专门为他们开设了一期小事故急救课程。因此，请他们帮忙从树上捉下一只像绅士一样品格高贵的鹦鹉并不能算过分之举。乌尔比诺医生说："告诉他们，是我请他们来的。"说完便径直走到卧室去换衣服，准备参加午宴。事实上，此时此刻，他正被赫雷米亚·德圣阿莫尔的那封信弄得晕头转向，根本无心顾及鹦鹉的命运。

费尔明娜·达萨穿了件宽松的丝绸衬衣，下摆长至臀部，并戴了一条货真价实的长珍珠项链，在脖子上绕了大大小小六个圈，脚下一双缎面高跟鞋，是在极为庄重的场合才穿的，因为年龄已经不允许她经常如此大费周章地打扮了。这身时髦装束似乎并不适合一个备受敬重的老妇人，但在她身上却十分得体。她骨架修长，身材依旧苗条挺拔，富有弹性的手上连一块老人斑都没有，一头紧贴脸颊的短发泛着钢铁般的蓝色光芒。和新婚时的照片相比，她此刻还能保持不变的就只剩下那一双清澈的杏核眼和她那民族特有的高傲了，但她因年龄而减损的，又因性格而弥补回来，更因勤劳赢得了更多。她觉得现在这样很好：那穿铁丝紧身胸衣、束起腰身、用布片将臀部垫高的岁月已经一去不复返了。身体得到解放，呼吸也变得顺畅，原本什么样就表现出什么样。尽管她已经七十二岁了。

乌尔比诺医生看见她坐在梳妆台前，在缓缓转动的电风扇扇叶下，正把一顶饰有紫罗兰毡花的钟形帽往头上戴。卧室宽敞而明亮，英式大床上挂着玫瑰色的针织蚊帐，两扇敞开的窗正对着院里的几棵树。知了们被即将下雨的征兆扰得惊慌失措，刺耳的鸣声阵阵传进屋来。自从新婚旅行回来后，费尔明娜·达萨便一直根据天气和场合为丈夫挑选合适的衣服，并在前一晚把它们按顺序整齐地放在椅子上，好让丈夫从浴室出来时能方便地穿上。她也不记得自己是从什么时候起开始帮他穿衣服，而后又变成完全替他穿。她心里很清楚，起初她这样做只是因为爱，而自五年前起，却是无论如何不得不这样做了，因为他已经不能自己穿衣。两人才刚刚庆祝完金婚，谁离开谁都无法生存片刻，甚至每一刻都不能不想着对方，而且随着年纪越来越老，就越来越是如此。可无论他，还是她，都无法说清这种相互依赖究竟是建立在爱情的基础上，还是习惯使然。他们从不曾为此问过自己，因为两人都宁愿不知道答案。她早就发觉了丈夫脚步的日益蹒跚，脾气的反复无常，记忆中出现的裂痕，以及新近养成的在睡梦中抽泣的习惯，但她并没有把这些当作他最终衰老的确凿标志，而是视之为一次幸福的返老还童。她把他当作一个老小孩，而非一个难以伺候的老人。这种自欺欺人对两人来说或许都是一种上天的恩赐，因为这让他们避免了互相同情。

如果两人能及时明白，比起婚姻中的巨大灾难，日常的琐碎烦恼更加难以躲避，或许他们的生活完全会是另一副样子。而如果说，他们在共同的生活中也多少学到了点什么，那就是智慧往往在已无用武之地时才来到我们身边。多年来，费尔明娜·达萨一直痛苦地忍受着丈夫每天清晨起床时的快乐。她竭力抓住自己的最后一丝困意，以免去面对一个新的充满了不祥之兆的早晨所预示的宿命，而他却带着一个新生儿的天真醒来了：新的清晨，意味着他又赢得了一天的时间。她听着他伴随着鸡鸣醒来，活着的第一个标志就是一声无缘无故的咳嗽，好像故意要把她吵醒似的。她听着他一边摸索应该就在床边的拖鞋，一边嘟嘟囔囔地发着牢骚，唯一的目的就是要扰得她不得安宁。她听着他在黑暗中一路跌跌撞撞地摸向浴室，然后，他会在书房待上一个小时，可她才刚刚重新入睡，就又听见他回来穿衣服，仍旧没有开灯。（有一次，在玩沙龙游戏时，人们问他如何定义自己，他说："我是一个在黑暗中穿衣服的男人。"）她就这样听着他，心里清楚，这些声响中没有一个是必要的。他假装无意，但其实是有意弄出这许多动静，就像她明明醒着，却假装没有醒。他的理由十分明确：他从未像这些不安的时刻里那样迫切地需要她，需要她活着，并且头脑清醒。

没有人比她的睡姿更优雅，一只手搭在前额上，像一幅舞蹈的素描。但是，若有人打扰了她将醒未醒时浅浅的睡意，她又会比任何人都凶悍。乌尔比诺医生知道，她正侧耳等着他发出哪怕最微小的一丝响动，甚至还会为此感谢他，因为这样，她就可以把清晨五点被吵醒的责任全部推到他身上了。而事实也的确如此，有几次，他由于没有在老地方找到拖鞋，正在黑暗中摸索，她突然用半梦半醒的声音说："你昨晚把它们放在浴室里了。"接着，她又用愤怒而清醒的声音骂道：

"这个家里最倒霉的事，就是从来不让人好好睡觉。"

于是，她在床上翻来覆去，对自己不抱一丝怜悯地打开灯，为这一天的头一个胜利而扬扬得意。事实上，这是两人间的一种游戏，神秘而邪恶，但也正因为如此，他们才能重新振奋起来：这是居家爱情的众多危险性快乐的一种。然而，也正是一次类似这样的日常消遣，差点让他们头三十年的共同生活走到尽头。事情的起因是有一天，他们的浴室里没香皂了。

一切本和平常没有两样。胡维纳尔·乌尔比诺医生从浴室回到卧房，那时，他还能自己洗澡而无需别人帮助。他开始穿衣服，没有开灯。她则跟往常这个时候一样，像胎儿似的躺在温暖的被窝里，闭着眼睛，呼吸很轻，那只跳着神圣舞蹈的手臂放在头顶。她正处于半梦半醒之间，而他心里十分清楚这一点。黑暗中，浆过的亚麻衣服窸窣了好一阵子后，乌尔比诺医生自言自语道：

"差不多有一个星期了，我洗澡的时候都没有香皂。"

于是她想起这件事，醒了，然后对全世界都没好气地翻了个身，因为她的确忘记往浴室里放上新的香皂了。她是在三天前发现这件事的，那时她已经站在了淋浴喷头下，于是想之后再放上，但过后却忘了，直到第二天淋浴时才又想起。而第三天又发生了同样的事。事实上并不到一个星期，他这样说是为了夸大她的错误，但三天确实是有的，而且不可原谅。那种被人当场抓住错误的感觉让她老羞成怒。像往常一样，她以攻为守。

"这几天我每天都洗澡，"她失态地叫嚷道，"一直都有香皂。"

尽管他太了解她的战术，但这一次却无法再忍了。他编了个冠冕堂皇的理由，搬到了仁爱医院的实习医生宿舍里去住，只在黄昏出诊前回家换衣服。而她每一听到他回来的声音，就立刻跑到厨房里去，假装在忙着什么，直到街上再次响起马车的铁蹄声。接下来的三个月里，每次他们试图解决分歧，结果都是把怒火越拨越旺。只要她不承认浴室中没有香皂，他就不打算回来；而她呢，只要他不承认自己为折磨她而故意说了谎，她就不准备接受他回来。

当然，这次事件也让他们有机会联想起其他无数个朦胧清晨发生的无数次口角。一阵反感掀起另一阵反感，旧伤疤被揭开，变成了新伤口。两人都十分惊愕，因为他们痛苦地证实了，在这么多年的夫妻争斗中，他们所做的一切都不过是培养了仇恨。他甚至提出，如果有必要，他们可以去大主教先生那里做一次公开忏悔，让上帝裁决浴室的香皂盒里到底有没有香皂。这一下，本来还很好地保持了理智的她，终于爆发出一声历史性的叫喊：

“让大主教先生见鬼去吧！”

这声辱骂震动了城市的地基，引起各种各样难以澄清的流言蜚语，而且像说唱剧中的顺口溜一样变成了民间俚语：“让大主教先生见鬼去吧！”她意识到自己越了界，于是先发制人，抢在她预料丈夫会有的反应之前，威胁他说，自己要一个人搬到父亲的老房子里去住，虽然那里现在租出去成了公家的办公室，但仍旧是属于她的。这并非虚张声势：她真的想走，根本不会顾及什么社会舆论。而她丈夫及时发现了这一点。他没有勇气去挑战这一有失偏颇的判断，于是让步了。当然，他并没有承认浴室中确有香皂，因为那是对真理的侮辱，而只是接受两个人继续生活在同一幢房子里，但分房住，而且互不说话。于是吃饭时，为避免尴尬，他们巧妙地通过孩子们从桌子一头传话到另一头，而孩子们竟然也从未发现，他们彼此间从不搭腔。

书房里没有浴室，这反倒避免了因早晨的声响而引起摩擦，因为乌尔比诺医生改为备课后再进屋洗澡，并且小心翼翼，唯恐吵醒妻子。有好几次，他们睡前撞到了一起，于是便轮流刷牙。四个月后的一天，她从浴室中出来，发现他在他们那张大床上看书（这是常有的事）竟看睡着了。她在他身边躺下，动作很大，希望能吵醒他，让他离开。而他也的确迷迷糊糊地醒了，但并没有起身，而是关掉床头灯，然后又舒服地倒在了他的枕头上。她晃了晃他的肩膀，提醒他该去书房了，但此时此刻，他再次回到了祖传的羽毛床上，感觉是那么的舒服，宁愿缴械投降。

“让我留在这儿吧。”他说，“的确有香皂。”

当他们步入老年，回忆起这段往事时，无论他还是她，都无法相信这样一个惊人的事实，即那次吵架竟是他们半个世纪的共同生活中最为严重的一次，也是他们唯一一次萌生了放弃的念头，希望开始过另一种人生。尽管现在他们老了，已经心平气和，但还是注意不去提它，因为那刚刚愈合的伤口会再次流血，仿如就发生在昨日。

他是让费尔明娜·达萨听到小便声的第一个男人。那是新婚之夜，在那艘载着他们前往法国的轮船的舱室中。当时，她正因晕船萎靡不振，而他那公马一般的小便声是那么的强劲威严，这更增加了她对那场一直令她提心吊胆的灾难的恐惧。随着年龄的增长，他那股泉水声越来越弱，可那段记忆却频繁地浮现在她的脑海中，因为她从来都无法忍受他在用马桶时把池子的边缘弄湿。乌尔比诺医生试图用一个任何有意听懂的人都能明白的浅显道理说服她，告诉她这种事故并非如她坚持认为的那样，是他每天不小心才造成的，而是身体机能的原因：年轻时，他尿得又准又直，在学校里，他曾是瞄准瓶子撒尿的冠军，但随着岁月的消磨，不仅小便的势头减弱，而且还歪歪斜斜，分成许多支流，最后变成了一股无法驾驭的虚幻之泉，尽管他每次都做出极大努力想让它走直线。他说：“抽水马桶一定是某个一点儿也不了解男人的人发明的。”他只好用日常行动来为家庭和平做出贡献，但这更多的是出于屈辱，而非谦恭：每次小便后，他都会拿卫生纸去擦干马桶池的边缘。她对此心知肚明，但只要卫生间里的氨气味不过于明显，她便从来都不说什么，而一旦出现那种情况，她就会像发现一桩罪行似的宣告：“这儿的味道呛得就像个兔子窝。”在步入老龄的前夕，乌尔比诺医生终于找出了对抗这项身体障碍的终极解决办法：像她一样坐着撒尿，如此一来，不仅保持了马桶池的清洁，他自己的姿势也惬意了许多。

那个时候，他的自理能力已经很差了，在浴室中滑上一跤都可能是致命的，所以他警惕地反对淋浴。他们家是现代化的，没有在老城区的宅子里普遍使用的带狮子腿的白镴浴缸。当初，他出于卫生的理由拒绝了它：他认为浴缸是欧洲人最肮脏的发明之一，他们只在每个月的最后一个星期五洗澡，却还把自己浸泡在一缸污水里，里面尽是些他们费力从身上褪下来的脏东西。因此，他让人用实心愈疮木做了一只特大号的木桶。而费尔明娜·达萨就用这只桶，依照给新生儿洗澡的程序给丈夫洗澡。每次沐浴都长达一个多小时，水中掺入用锦葵和橙皮煮沸的汤水，这对他有很好的镇静效果，有时，他甚至会在香气四溢的汤水中睡着。洗完澡，费尔明娜·达萨帮他穿衣：先在两腿间撒上滑石粉，在灼伤的红疹上涂上可可油，然后温柔地给他穿上衬裤，就仿佛那是一块尿布，接着，再从袜子一直穿到别着黄玉别针的领带。终于，夫妻俩的清晨恢复了平静，因为他又回到被儿女夺走的童年，而她呢，最终也和家庭日程协调起来，只因岁月同样也在她身上流逝：她睡得越来越少，还没满七十岁，她就醒得比丈夫早了。

圣神降临节的那个星期日，当掀开毯子看到赫雷米亚·德圣阿莫尔的尸体时，胡维纳尔·乌尔比诺医生发现了某种自己在光辉的医生生涯和信徒生活中一直都否认的东西：即在和死神熟识了那么多年，在同它战斗，翻来覆去与它接触了那么久之后，那还是他第一次敢于直视它，而与此同时，它也在注视着他。这并不是对死亡的恐惧。不，不是：自从很多年前的一天晚上，他从噩梦中惊醒，意识到死亡并非仅仅如他所感觉的那样，是一种始终存在的可能，而是一个切近的现实时，这种恐惧就已经在他心里、与他共存了，就像他影子之上的另一个影子。事实上，那天他所看到的是一个真切的存在，而在那之前，死亡不过是他想象中的某种确定的东西。他很欣慰，全能的上帝出其不意地向他揭示这个奥秘所用的工具竟然是赫雷米亚·德圣阿莫尔，他一直认为赫雷米亚·德圣阿莫尔是个圣人，只不过他从不自知所蒙受的恩宠罢了。然而，那封信却又向他揭示了他的真实身份、他黑暗的过去和他那令人难以置信的伪装能力，这让医生突然觉得，自己的生活中发生了某种决定性的、无可挽回的事情。

不过，费尔明娜·达萨并没有感染他的忧郁。当然，他也试过要感染她，就在她帮他把两条腿塞进裤筒，又为他扣上衬衫那排长长的纽扣时。但他没有成功，因为费尔明娜·达萨不是那么容易被打动的，更何况这只是一个她并不喜欢的男人的死。她从没见过赫雷米亚·德圣阿莫尔，仅仅知道他是一个拄拐的残疾人，是在安的列斯群岛众多岛屿中的一座，众多起义里的一次，从行刑队的枪口下逃出来的，因生活的需要当上了儿童摄影师，并最终成为全省最受欢迎的一位；她还知道，他曾经赢过一个她记得好像叫托雷莫里诺的人一盘象棋，尽管那个人实际上叫卡帕布兰卡。

"他其实是卡宴的一名逃犯，因犯了重罪而被判终身监禁。"乌尔比诺医生说，"你能想象吗，他居然还吃过人肉呢。"

他把那封信交给她，信中的秘密他打算一直带到坟墓里去。可她并没有看，而是把折得整整齐齐的信纸收进梳妆台的抽屉，用钥匙锁了起来。她已经习惯了丈夫那深不可测的大惊小怪的能力，习惯了他那随着年龄的增长而越来越错综复杂的小题大做，以及他那种与他的公众形象大相径庭的狭隘见解。而这一次，他甚至比以往表现得更糟。她本来以为，丈夫敬重赫雷米亚·德圣阿莫尔，并非因为他之前是个怎样的人，而是因为他除了一个流亡者的背包以外身无别物地来到这里之后的所作所为，于是她不明白，为何这个人迟迟曝光的身份会让丈夫如此沮丧。她也不理解，丈夫为何会对他私下里有一个女人这件事如此厌恶。这可以说是赫雷米亚·德圣阿莫尔那类人世代相传的一个习惯；更何况，丈夫自己也曾在某个忘恩负义的时候这样干过；再者，她觉得那个女人能够帮助他践行死亡的决定，这本身便是令人心碎的爱的明证。她说："如果你也像他那样，因为如此严肃的理由而决定去死，那我的责任便是做和她同样的事。"乌尔比诺医生又一次处在茫然的十字路口，妻子这种武断的不理解已经让他恼火了整整半个世纪。

"你什么都不懂。"他说，"我生气的并不是他以前是谁，曾经做过什么，而是他竟然骗了我们所有人这么多年。"

他的眼睛里开始噙满瞬间而来的泪水，但她装作没有看见。

"他做得对。"她反驳说，"如果他说了实话，那么无论是你还是那个女人，以及这里所有的人，都不会像曾经那样爱他了。"

她帮他把怀表链挂在背心的扣眼上，又为他最后调整了一下领带结，扣上黄玉别针。接着，她用喷了香水的手绢为他擦干眼泪，又弄干净胡子上沾着的泪珠，然后把手绢的四角打开，折成一朵洋玉兰的形状，放进他的上衣口袋。这时，摆钟敲响的十一下钟声在整座房子里回荡。

“快点。”她边说边挽起了他的手臂，“我们要迟到了。”

拉希德斯·奥利维利亚医生的妻子阿敏塔·德昌普斯和他们那七个一个赛一个机敏的女儿已经筹划好一切，志在让这次二十五周年纪念午宴成为当年的社交大事。他家的房子坐落在历史悠久的老城区正中心，是过去的造币厂所在，经一位佛罗伦萨建筑师的捣鼓而改头换面。这位建筑师像一股革新的邪风途经此处，把不下四处十七世纪的遗址变成了威尼斯式的大教堂。医生家有六间卧室和两个用来会客兼用餐的大厅，十分宽敞，而且通风效果极佳，但还是接待不了人数众多的城内来宾，更何况还有一批着意挑选的外埠宾客。至于他家的院子，则如同修道院里带回廊的院落一般，中央有一座石砌的喷泉在低声吟唱。黄昏时，花坛中香水草的芬芳在整幢房子里弥漫。但拱廊下的这片天地仍不足以容纳那些姓氏显赫的贵宾。因此，他们最终决定把午宴设在乡间别墅，开车走皇家公路需要十分钟。那里有一个几千平方米的大院子，种着高大的印度月桂树，缓缓流淌的小河中漂浮着土生土长的睡莲。堂桑丘餐厅的伙计们在奥利维利亚夫人的带领下，在没有树荫的地方支起彩色的帆布篷，而在月桂树下则用许多张桌子拼起了长长的餐台，全部铺上亚麻桌布，摆了一百二十二套餐具，主宾席上还摆放着一簇当天采下的玫瑰花。他们为乐队搭了一个台子，其中，管乐队只负责演奏对舞舞曲和民族华尔兹，还有一支从艺术学校请来的四人弦乐队，是奥利维利亚夫人专门为丈夫德高望重的老师准备的惊喜——午宴将由老师主持。尽管这天并非医生实际的毕业纪念日，但他们还是选择了这个圣神降临节的星期日，为的是突出喜庆的气氛。

准备工作早在三个月前就开始了，生怕有什么必要的事因为时间不够而不能完成。他们派人从希耶纳加·德奥罗带来了活母鸡。这些鸡在整个沿海地区都很有名，不仅仅因为个大味美，更因为殖民时期，它们在冲积土区域觅食，从它们的砂囊中可以找出纯金的沙粒。奥利维利亚夫人还在几个女儿和仆人的陪伴下，亲自登上豪华的远洋轮船，挑选来自世界各地的最好的东西，以颂扬丈夫的成就。一切都在她的预料之中，只除了一点，那就是庆典设在六月的一个星期日，而这一年的雨季姗姗来迟。当天早晨，她出门去望大弥撒时便感到危机四伏。空气中的潮湿让她惶恐，接着又发现天空阴沉，气压很低，甚至连海平线都看不见了。尽管出现这些不祥的征兆，她在望弥撒时碰见的天象观测台台长却提醒她，在本城多灾多难的历史当中，即便在最严酷的冬天，圣神降临节这天也从来没下过雨。然而，十二点的钟声刚刚敲响，正当很多客人在露天开始品尝开胃酒时，一声孤独的霹雳震颤了大地，一阵从海上席卷而来的恶风掀翻了桌子，把篷布吹到了天上，灾难性的暴雨倾泻而下，天仿佛塌了下来。

胡维纳尔·乌尔比诺医生和他在路上碰见的最后一拨客人一起，终于在暴风雨的混乱中艰难到达。他本想和那些客人一样，下车后踩着一块块石头，跳着跃过一片汪洋的院子冲进屋去，但最终还是难堪地被堂桑丘的伙计们遮在一顶黄色帆布的华盖下，用胳膊抱了进去。七零八落的桌子已经被尽可能完善地重新安置在室内，就连卧室也摆满了，而客人们没有做出丝毫努力来掩饰他们那副落难的模样。屋里热得像船上的锅炉房一样，因为所有的窗子都关上了，以免雨水被风斜吹进来。在院子里时，桌上每一个位置都摆放着写有宾客姓名的卡片，并且按照习惯，一侧是男士，另一侧是女士。但到了屋里，名签被混在一处，众人只得随便找个地方坐下，这场人力不可抗拒的天灾造成了男女混坐的局面，破天荒头一遭地打破了我们的社交迷信。在这场灾变中，阿敏塔·德奥利维利亚[①]仿佛时时刻刻都无处不在似的。尽管头发被淋得透湿，华美的衣服上也溅满了泥点，但她从容地承受着这场不幸，脸上始终挂着从丈夫那里学来的不可战胜的微笑，不让厄运有片刻得意的机会。她靠着和她在同一个熔炉里锻造出来的女儿们的帮助，尽可能地重新安置了主宾席，让胡维纳尔·乌尔比诺医生坐到正中间，大主教奥布杜利奥－雷依坐在他的右首。费尔明娜·达萨则像往常一样紧挨着丈夫落座，因为她担心他会在午宴上睡着或是把汤洒在翻领上。对面的位子坐着拉希德斯·奥利维利亚医生。他已年过半百，略带女人气，保养得非常好，那股子爱热闹的劲头与他精湛的医术毫不相称。主桌的其余位置都被省市要员占满了，还有一位前一年的选美皇后，省长挽着她的手臂，把她安排在自己身边。尽管当地并没有习惯要求来宾的穿着，更何况这还是一次乡间宴会，但女人们个个都身着晚礼服，佩戴着全套的珠宝首饰，而男人们大部分身穿深色礼服，打着黑色领带，有的还穿上了呢子长礼服。只有那些见过世面的人才会穿日常的服装，这其中就包括胡维纳尔·乌尔比诺医生。在每一个座位上，都有一份烫着金边的法文菜单。

奥利维利亚夫人担心闷热难耐，走遍整个屋子恳求客人们在用餐时脱掉外套，但没有谁敢率先轻举妄动。大主教提醒胡维纳尔·乌尔比诺医生，在某种程度上这是一次具有历史意义的午宴：在这里，

①即前文的阿敏塔·德昌普斯，这是冠夫姓后的名字。

自独立以来一直把国家弄得血雨腥风的内战双方，头一次抚平创伤，摈弃仇恨，坐到了同一张桌子上。这种想法颇合那些激情澎湃的自由党人，尤其是年轻党员的意，在保守党独揽大权四十五年之后，他们终于选出了一位自己党派的总统。乌尔比诺医生却不以为然：他完全不觉得一位自由党总统和一位保守党总统有何不同，最多是前者的衣着稍差一点。但他不想反驳大主教，尽管他本想向他指出，午宴中的所有人之所以来到这里，并非由于他们的思想，而是因为他们的家世，而后者向来都是凌驾于政治的动荡和战争的恐怖之上的。事实上，也正是因为如此，这里才会座无虚席。

暴雨骤然停息，就像它突然开始那样。太阳立刻炽热地燃烧起来，万里无云。只是刚才的暴风雨太过猛烈，有几棵大树被连根拔起，泛滥的积水把院子变成了沼泽。最大的灾难发生在厨房。有几个烧柴火的炉灶是用砖在后院里露天搭建的，厨师们没来得及把上面的锅从大雨中抢救出来。他们紧张地忙乱了好一阵儿，才把被大水淹了的厨房清理干净，并在后廊上临时架起了几个新炉灶。不过等到下午一点，紧急情况已经解决，只差由圣克拉拉修道院的嬷嬷们负责的饭后甜点了，她们原本承诺会在十一点之前送达。大家担心皇家公路旁的溪水又漫上来，就像在不太冷的冬天那样，果真如此，那甜点便不可能在两小时内送来了。雨刚一停，窗子就马上打开，被暴雨中的硫磺清洁过的空气吹进来，屋里一下子变得清爽了。随后，乐队奉命在门廊的露台上演奏节目单上的华尔兹舞曲，但他们唯一起到的作用却是加剧了人们的躁动，因为铜管乐器发出的声响回荡在整座房子里，人们不得不大声叫嚷才能交谈。阿敏塔·德奥利维利亚已经厌倦了等待，微笑得快要落泪，于是下令立即上菜。

接下来轮到艺术学校的乐队演奏。在为最初的弦律争取来的一阵表面的肃静中，一曲莫扎特的《狩猎》缓缓响起。尽管人们的说话声越来越高、越来越嘈杂，也尽管堂桑丘的黑人仆役们端着一盘盘热气腾腾的菜肴在餐桌间挤来挤去、磕磕碰碰，乌尔比诺医生却始终能保持一条畅通的渠道，把所有曲目听完。他集中精力的能力一年不如一年，甚至下棋时都必须把每一步记录在纸上，才能知道自己走到哪儿了。然而，他竟仍然能够在进行一场严肃交谈的同时，不错失音乐的旋律，尽管还没有达到他的一位挚友那种炉火纯青的地步——他在奥地利结交了一名德国管弦乐队的指挥，能够一边听着《唐豪瑟》，一边看《唐璜》的乐谱。

第二首曲子是舒伯特的《死亡与少女》，乌尔比诺医生觉得他们把戏剧性表现得过于肤浅了。他一边透过餐具和盘子发出的新一轮噪音，艰难地听着演奏，一边把目光落到一位正向他微微点头致意的面色微红的年轻人身上。无疑，他在什么地方见过他，但又想不起究竟在哪里。这种事情经常发生，特别是对人名，即便是那些他最熟悉的人，而对过去听过的某段旋律也常常如此。这给他带去了极大痛苦，某天夜里，他甚至宁愿死掉，也不愿忍受失忆的煎熬直到天亮。正当他又差点落到如此不堪的地步时，一道仁慈之光照亮了他的记忆：这个年轻人去年曾做过他的学生。他很惊讶在这里见到他，在这个被拣选者的王国里。可奥利维利亚提醒他，那是卫生部长的儿子，来这里准备法医论文的。胡维纳尔·乌尔比诺医生高兴地向他挥手致意，年轻的医生站起身，鞠躬回礼。但无论那时还是以后，乌尔比诺医生从未意识到这个年轻人就是那天早上和他一起在赫雷米亚·德圣阿莫尔家的实习医生。

由于再一次战胜了衰老，他感到轻松了许多，陶醉在最后一支曲子那清澈而流畅的抒情旋律中，虽然他并没有听出是什么曲子。后来，乐队中年轻的大提琴手告诉他，那是一首加布里埃尔·福雷的弦乐四重奏。乌尔比诺医生一直十分关注欧洲的新鲜事物，但这位作曲家的名字他甚至听都没听人说起过。费尔明娜·达萨像往常一样时刻留意着他，特别是看到他当众陷入沉思时。她停止用餐，把自己的手放在他的手上，将他拉回现实，对他说："别再想那件事了。"乌尔比诺医生茫然失神地冲她笑了笑，在这时，他才再次想起那件她所担心的事。他想起了赫雷米亚·德圣阿莫尔，仿佛看见他此刻正穿着那身假军装，戴着那些道具勋章，躺在棺材里，暴露在墙上照片里孩子们指责的目光下。他转过身，把自杀事件告诉大主教，可大主教早已经知道了。大弥撒一结束人们就议论纷纷，大主教甚至接到了赫罗尼莫·阿尔戈特将军的申请，代表所有加勒比流亡者请求把赫雷米亚·德圣阿莫尔安葬在圣地。大主教说："我认为这申请本身就是缺乏敬意的表现。"接着，他又用更具一点儿人情味的口吻问医生，是否有人知道自杀的原因。乌尔比诺医生则用一个自认为瞬间发明但准确无误的词回答了他：衰老恐惧症。一直把注意力放在身边几位客人身上的奥利维利亚医生，此刻稍稍怠慢了他们，加入到老师的谈话中来。他说："现在还能碰见不是因爱情而自杀的人，真是遗憾。"乌尔比诺医生见爱徒的想法竟和自己如出一辙，并没有感到惊奇。

"而且，最糟的是，"他说，"他用的是氰化金。"

说这话时，他感到对死者的同情再次战胜了那封信带来的痛苦，对此他并不感谢妻子，而是感谢音乐的奇迹。于是，他向大主教说起这位他在对弈的漫长下午认识的世俗圣人，说起他用自己的艺术为儿童的幸福所做的奉献，说起他对一切世事罕见的博学，以及他那简朴的生活习惯。说着说着，医生自己突然也对赫雷米亚·德圣阿莫尔那纯洁的灵魂惊讶不已，这种纯洁早已彻底地将他同他的过去割裂开来。随后，医生又向市长提议，应当买下摄影师所有照片的底片，以把一代人的形象保存下来——或许这代人在照片以外再也无法获得幸福，但这座城市的未来掌握在他们手中。大主教对一位有教养的天主教战士竟会将一个自杀者称为圣徒感到十分恼火，但他赞同留存底片的提议。市长想知道该向谁去购买底片。乌尔比诺医生的舌头被秘密之火灼烧着，但他咬紧牙关，没有把底片的秘密继承人说出来。他说："我来负责此事。"并为自己对那位女士保持了忠诚而感到释然，因为就在五小时前，他还鄙视过她。费尔明娜·达萨看出了这点，她低声让他保证会去参加葬礼。当然会去，他轻松地说，责无旁贷。

宴会上的讲话简短而浅白。管乐队开始转为通俗风格，演奏起节目单上没有的曲子来。宾客们在露台上散着步，等待着堂桑丘餐厅的伙计们把院子里的积水排干，然后看谁有兴致跳上一曲。唯有主宾席的客人们还留在大厅里，正为在最后祝酒时把小半杯白兰地一饮而尽的乌尔比诺医生喝彩。谁也不记得他曾有过这样的举动，平常，只有为了搭配极为特殊的菜肴，他才会偶尔喝上一杯上好的葡萄酒。但那天下午，心情使然，他的懦弱被很好地弥补了：过了那么多、那么多年之后，他终于再一次有了唱歌的兴致。若不是因为一辆崭新的汽车突然到来，他无疑会应自告奋勇为他伴奏的年轻大提琴手的邀请高歌一曲。汽车穿过泥泞的院子，溅了乐师们一身泥浆，并用它那鸭子叫似的喇叭声，把围栏里的鸭子惊得一阵乱叫，最终停在了门廊前。马可·奥雷里奥·乌尔比诺·达萨医生和妻子一边笑得前仰后合，一边从车上走下来，四只手各端着一个用镂空花边布盖着的托盘。还有很多同样的托盘放在车里副驾驶的位置上，一直摆到了司机脚边。原来，这些就是迟来的餐后甜点。在众人的掌声和亲切的哄笑声停息后，乌尔比诺·达萨医生一本正经地解释道，圣克拉拉修道院的修女们在下雨之前就请他帮忙把甜点带过来，但他开上皇家公路后又折了回去，因为有人告诉他，他父母家中失火了。还没等儿子把话讲完，胡维纳尔·乌尔比诺医生便大惊失色。但妻子及时提醒他，是他自己把消防员叫去抓鹦鹉的。尽管大家都已经喝过了咖啡，但阿敏塔·德奥利维利亚容光焕发，决定让客人们再去露台上享用餐后甜点。不过，胡维纳尔·乌尔比诺医生和妻子没有去，因为几乎已经不剩什么时间能让他在葬礼前睡上他那神圣的午觉了。

他终究还是睡了，但睡得很短，而且很糟，因为回家时，他发现消防员造成的灾害不亚于一场火灾。他们为了吓唬鹦鹉，用高压水管把一棵树冲得光秃秃的，还有一股水流瞄错方向，射进了主卧室的窗子，对家具和墙上那些对他们来说完全陌生的祖先画像造成了无可挽回的损坏。邻居们听见消防车的鸣笛，还以为发生了火灾，纷纷从家中赶来。幸好，学校星期日关门，这才没有造成更大的混乱。当消防员们发现，即使站在加长梯上也仍旧够不到鹦鹉时，便开始用砍刀砍断树枝。幸亏乌尔比诺·达萨医生及时出现制止，他们才没有连树干都一并砍倒。他们留下话说，五点钟后还会回来，看到时是否需要他们继续修剪枝叶。出门时，他们把内阳台和客厅踩得满是泥巴，还弄破了费尔明娜·达萨最爱的一块土耳其地毯。而最糟的是，这一切灾难性的破坏都是徒劳无功的，因为大家普遍认为，鹦鹉已经趁乱逃到邻居家的院子里去了。的确，胡维纳尔·乌尔比诺医生又在树丛中找了好一会儿，却始终都没有得到鹦鹉用任何语言做出的回应，就连吹口哨和唱歌也无济于事。他认定它丢了，快到三点时才回去睡觉。上床前，他去小便，还快乐地闻到他那被温热的芦笋净化了的尿液中那种神秘花园的芬芳。

他被悲伤惊醒了。不是上午他站在朋友尸体前的那种悲伤，而是一种无形的伤感迷雾，在午觉后充斥着他的灵魂。他将之理解为一种神谕，预示他正在度过自己一生中最后的几个下午。五十岁前，他从未感觉过自己各个内脏器官的大小、重量和状态。但五十岁后，慢慢地，每天午觉后他闭着双眼躺在那里，开始一个接一个地感觉到它们存在于自己体内，甚至能感觉到他那不眠不休的心脏的形状，以及他那神秘的肝脏和密封的胰脏。他逐渐发现，周围就连最老的人也比他小，在他们那富有传奇色彩的一代人中，他已经成了唯一的幸存者。当他发现自己开始健忘，便求助于在医学院时从一位老师那里听来的方法："没有记性的人，便靠纸来代替。"然而，这不过是个短暂的幻想，因为到最后，他连兜里那些纸条们究竟想说些什么都忘了。他会戴着眼镜却满屋子找眼镜，锁上门后又把钥匙转回来，看书时也会丢掉线索，因为忘了情节的前因后果或人物间的关系。而让他最不安的，是他无法再信任自己的理智：他感到自己正逐渐失去判断力，陷入不可抗拒的灾难之中。

尽管没有科学根据，但胡维纳尔·乌尔比诺医生仅凭经验就知道，大部分致命的疾病都有一种特殊的味道，却没有一种像衰老这样独特。这种味道他在解剖台上开膛破肚的尸体中察觉得到，甚至在那些极好地掩饰了年龄的病人身上也辨认得出，在自己衣服上的汗气和妻子熟睡时毫无戒备的呼吸中，他也闻得到。若非骨子里是一个传统的老基督徒，或许他也会赞同赫雷米亚·德圣阿莫尔的看法：衰老是一种不体面的状态，应当及时制止。唯一的一点安慰——即便是对他这样一个曾是床上好手的男人来说——就是性欲缓慢而又仁慈的消亡：性的平静。八十一岁时，他仍旧足够清醒地意识到，把自己拴在这个世界上的，仅剩下几根细细的丝线，睡梦中简单地改变一下姿势都可能让它们毫无痛苦地断开。而如果说，他还在尽可能地维持它们，那完全是出于在死亡的黑暗中找不到上帝的恐惧。

费尔明娜·达萨一直忙着收拾被消防员毁得一塌糊涂的卧室。快到四点钟时，她让人给丈夫送去一杯他每日都喝的加碎冰块的柠檬水，并提醒他该穿好衣服去参加葬礼了。这天下午，乌尔比诺医生的手边有两本书：亚历克西·卡雷尔的《人体未解之谜》和亚克塞尔·蒙特的《圣米歇尔的故事》。后一本书的书页尚未裁开。乌尔比诺医生吩咐厨娘蒂戈娜·帕尔多把他忘在卧室里的象牙裁纸刀取来。刀子取来时，他正在读《人体未解之谜》中用信封夹着的那一页：只差几页，这本书就要读完了。由于头部隐隐作痛，他读得很慢，他将这如河流一般连绵曲折的头痛归咎于最后碰杯时的那小半杯白兰地。在阅读间隙，他不时地呷上一口柠檬水，或是慢慢嚼上一块冰。他已经穿好了袜子，但衬衫还没有装上假领，绿色条纹的松紧背带也还耷拉在腰身两侧。一想到要换衣服去参加葬礼，他就心烦不已。他很快停止了阅读，把手上的书放到另一本书上，然后靠在藤条摇椅上慢慢摇晃，心情沉重地看着一片汪洋的院子，以及院子里的香蕉树丛、被砍得光秃秃的芒果树、雨后出现的飞蚁和又一个一去不返的下午所释放出的短暂而华美的光辉。他都已经忘了自己曾经拥有一只帕拉马里博鹦鹉，他曾像爱一个人一样爱它，但突然，他听见它的说话声：“皇家小鹦鹉。”声音很近，几乎就在他身边，随即，他在芒果树最低的树枝上看到了它。

“不知羞耻的家伙！”他对它喊道。

而鹦鹉用一模一样的声音反驳道：

“你更不知羞耻，医生。”

他一边目不转睛地继续和它说话，一边小心翼翼地穿上短靴，以防吓跑它。他把两条背带搭在肩上，来到满是泥泞的院子里，走下露台的三级台阶时，他用手杖试探着，以免绊倒。鹦鹉没有动。它站得很低，于是他把手杖伸过去，好让它像往常一样站到银手柄上来，可它却躲开了。它跳到相邻的树枝上，虽然高了一些，但更容易够到了，因为家里的梯子在消防员来之前就支在那儿了。乌尔比诺医生估摸了一下高度，认为只需登上两级，就能够到它了。他登上第一级，嘴里唱着表示友好的歌，用来分散这只不听话的动物的注意力。鹦鹉没有跟唱，只是重复着歌词，并在树枝上往远处横挪了几步。他用两手抓牢梯子，没费劲就登上了第二级。鹦鹉开始完整地唱起整首歌来，没有挪地儿。他爬上第三级，接着又爬上第四级，因为他错误地估计了树枝的高度。接着，他左手紧紧地握住梯子，右手则试探着去抓鹦鹉。老女仆蒂戈娜·帕尔多走过来提醒他葬礼就要迟到了，却看见梯子上一个男人的背影，要不是那两条绿色条纹的松紧背带，她简直不敢相信那就是乌尔比诺医生。

“至圣的上帝啊！”她喊道，“您会摔死的！”

乌尔比诺医生抓住鹦鹉的脖子，发出一声胜利的感叹：总算好了[1]。但随即又放开了它，因为梯子在他脚下滑了出去。他在空中悬留了片刻，意识到自己来不及领受圣体，来不及为任何事忏悔，来不及向任何人告别就要死掉了，死在圣神降临节的星期日下午四点零七分。

费尔明娜·达萨正在厨房里品尝晚餐的汤，忽然听见蒂戈娜·帕尔多的一声惨叫和仆人们的骚乱，紧接着是邻居们的喧闹。她丢下尝汤的勺子，拖着她这个年龄不可战胜的沉重身躯，尽可能快地跑了出去，疯了似的叫喊着——尽管她还不知道芒果树的枝叶下到底发生了什么。当看到丈夫仰面朝天地躺在泥水之中，她的心仿佛要爆裂一般。丈夫已经奄奄一息，但还在坚持与死神这致命的一击做着最后一分钟抗争，好让她及时赶来。要这样撇下她独自离去，他感到无比痛苦，透过泪水，他在慌乱的人群中认出了她。他诀别地看了她最后一眼，在两人半个世纪的共同生活中，她从未见过他的眼神如此闪亮，如此悲痛，而又如此充满感激。他用尽最后一口气，对她说道：

"只有上帝知道我有多爱你。"

胡维纳尔·乌尔比诺医生的死是值得纪念的，这无可非议。刚从法国学成归来，他就运用全新的有力手段，制止了本省最后一次霍乱的流行，由此声誉传遍全国。前一次霍乱流行时他还在欧洲。那次疫情在不到三个月的时间里就造成了四分之一城市居民的死亡，其中就包括他的父亲，一位同样受人尊敬的医生。胡维纳尔·乌尔比诺医生靠着迅速获得的声望，并从家产中捐赠出可观的数目，创建了医学协会，这是加勒比各省开办的第一家医学协会，而且在很多

①原文为法语。

年内都是唯一的一家，乌尔比诺医生担任协会的终身主席。他督促建设了城里的第一条高架水渠、第一个下水道系统，还建起了有篷顶的市场，使原本垃圾成堆的灵魂湾符合了卫生标准。此外，他还是语言学院和历史学院的主席。而由于他对教会做出的贡献，耶路撒冷拉丁教长封他为圣墓骑士团骑士。法国政府则授予他指挥官级别的荣誉军团勋章。他是本城所有宗教团体和市民团体的积极支持者，特别是爱国委员会。这个委员会由具有影响力且没有政治利益的市民组成，以在当时来讲相当大胆的进步思想对政府和商界施加压力。在这些想法中，最值得纪念的莫过于一次浮空气球试验。首次气球飞行就把一封信带到了圣胡安·德拉希耶纳加，比人们最终把航空通邮视作一种理性的可能要早得多。成立艺术中心也是医生的主意。后来，艺术中心又在同一座房子里开设了艺术学校，至今还屹立在那里。另外，很多年来，他都是四月花会[①]的赞助者。

看似不可能在一个世纪里办到的事，只有他办到了，即重建从殖民时期起就变成了斗鸡场和公鸡饲养场的喜剧剧院。那是一次壮观的市民运动高峰，本城各界人士无一例外地参与了这次全民总动员，很多人认为它堪称伟业。最终，焕然一新的喜剧剧院举行了落成典礼，尽管当时剧院里还没有座椅和灯光，来看演出的人不得不自带座椅和供场间休息时照明用的灯具。剧院照搬了欧洲人那套盛大的首演礼仪，贵妇们利用这个机会在加勒比的伏天里炫耀她们长长的礼服和皮大衣。但同时，剧院也不得不允许仆人进入，以便让他们搬座椅和灯具，并带上他们认为必要的吃食，以应付无休无止的演出：要知道，有的节目甚至会演到次日首台弥撒的时候。首季度的演出由

①四月花会，为纪念花神芙洛拉而举办的庆祝活动，起源于古罗马。

一个法国歌剧团拉开序幕。剧团管弦乐队中的一把竖琴让人大开眼界，而令人无法忘怀的荣耀，则属于剧团中一位土耳其女高音，她拥有完美无瑕的嗓音和戏剧天赋，赤着脚演唱，脚趾上还戴着贵重的宝石戒指。一盏盏椰油灯散发出浓浓的烟雾，从第一幕起，人们就几乎看不清舞台，歌手们也因此走了音，但城中的记者巧妙地忽略了这些微不足道的瑕疵，赞颂了值得纪念的东西。无疑，这堪称乌尔比诺医生最富感染力的一次倡议，戏剧热甚至感染到本城那些最意想不到的阶层，由此产生了一代形形色色的特里斯坦们和奥赛罗们、阿依达们和齐格弗里德们。不过，热潮也从未达到过乌尔比诺医生所期待的那种极端程度，即见到意大利派和瓦格纳派在幕间休息时棍棒相见，大打出手。

胡维纳尔·乌尔比诺医生从不接受任何官方职位，虽然有人经常无条件地提供给他这样的机会。他向来无情地批评那些依靠职业威信爬上政治高位的医生。尽管他一直被视作自由派，选举中也通常会把票投给自由党人，但他这样做更多的是出于传统而非信念。在那些显赫家族中，他或许是唯一一个遇到大主教华丽的四轮马车经过时会在街上跪下来的人。他把自己定义为一个天生的和平主义者，主张为了国家的利益，自由党和保守党之间应该彻底妥协。然而，他在公众面前表现出的特立独行却让任何一方都不把他当自己人：自由党视他为山洞里的哥特人，保守党则认为他基本上算是共济会成员，而共济会的人不接受他，认为他是为罗马天主教廷服务的秘密教士。那些不那么刻薄的批评者则认为，他不过是一个当民族在无休止的战争中倾流鲜血之际，却依旧醉心于四月花会的贵族而已。

只有两件事似乎与他的这一形象不符。第一件是他把家搬到了暴发户的居住区，离开家族居住了一个多世纪的古老的卡萨尔杜埃罗侯爵府。另一件则是他和一位既没有高贵姓氏也没有万贯家产的平民姑娘结了婚，这位姑娘曾被那些有着一长串姓氏的夫人们背地里嘲笑了很久，直到她们最终折服，承认她的出众和品行比她们所有人都要胜过数倍。乌尔比诺医生对于他的公众形象在这些以及其他很多方面所受的微词一直十分清楚，而且他比谁都明白，自己是这个濒临灭绝的姓氏最后的一位主角。他的两个孩子是家族的终结，而且没有任何闪光之处。儿子马可·奥雷里奥和他一样是个医生，与家族历代的长子一样毫无建树，而且现已年过五十，膝下却连一儿半女都没有。唯一的女儿奥菲利娅嫁给了一个人品不错的新奥尔良银行职员，现在已经到了更年期，有三个女儿，没有儿子。虽然家族的血统在历史的长河里就此消亡令乌尔比诺医生痛心不已，但对于死亡，他最担心的，还是费尔明娜·达萨失去他后的孤独生活。

总而言之，这场悲剧不仅震动了医生的家人，而且感染了平民百姓。他们纷纷来到大街，幻想一睹医生的风采，哪怕那风采只是一种传说。全城宣布哀悼三天，公共机构降半旗，所有教堂的钟声都响个不停，直到家庭墓地的墓穴被封上为止。艺术学校的一班学生为遗体做了一个面部模型，打算以此为模子塑造一尊真人大小的半身像，但最后又放弃了这个计划，因为大家都认为真实地塑造这最后一刻的惊恐有失庄重。一个前往欧洲恰好途经此地的知名画家用感人至深的现实主义手法画了一幅巨大的油画，画中乌尔比诺医生站在梯子上，定格在伸手去抓鹦鹉的那个死亡瞬间。唯一和冷酷的现实不符的是，他没有穿无领衬衫，也没有戴绿色条纹背带，而是头戴常礼帽，身着黑色呢子长礼服外套，这个形象参考自霍乱时期一份报纸上的插图。这幅油画在悲剧发生几个月后就展出在“金丝”商店宽敞的长廊里，为的是让所有人都能看到，因为“金丝”是一家卖进口物品的商店，全城人都会光顾，络绎不绝。之后，油画又出现在所有自认为有义务纪念这位杰出人士的公共和私人机构的墙上。最后，它被挂在了艺术学校，那里还为医生举行了第二次葬礼。而多年以后，同样是那里的美术系学生把油画搬出学校，作为某个令人厌恶的时代和某种美学的象征，在大学广场上一把火烧掉了。

从成为寡妇的第一刻起，费尔明娜·达萨便没有表现得像丈夫担心的那样无依无靠。她下了不可动摇的决心，不允许用丈夫的遗体为任何事业谋取利益，甚至对共和国总统在唁电中发出的命令也不予理会，即把遗体置于棺木中，停放在省政府的大厅里供人瞻仰。她以同样的冷静反对在教堂守灵，但由于大主教亲自提出请求，她同意在举行为亡者祈祷的葬礼弥撒时将遗体停放在教堂里。甚至当儿子被各种请求弄得不知所措，出面说项时，费尔明娜·达萨仍旧毫不动摇地坚持着她的乡土观念：死者不属于任何人，只属于他的家人；他们将在自己家里，喝着苦咖啡、吃着奶酪饼为他守灵，并且每个人都有想怎么哭就怎么哭的自由。他们将免去传统的九日守夜礼，下葬后就紧闭大门，除了接待最亲近的来访者，否则不会敞开家门。

家里笼罩在一片丧葬的气氛之中。所有贵重物品都被妥善地保管起来，墙上光秃秃的，只剩下一幅幅绘画曾挂在那里的痕迹。自家的和从邻居家借来的椅子靠墙放着，从客厅一直摆到卧室。大家具都被搬走了，只留下一架三角钢琴蒙着白布躺在角落里，空旷的房间仿佛没有边际，声音像幽灵似的回荡着。在书房中央，胡维纳尔·乌尔比诺·德拉卡列的遗体躺在他父亲的写字台上，没有棺木，脸上凝固着那最后的惊恐，身穿黑色披风，佩戴着圣墓骑士团战斗的长剑。在他旁边，全身孝服、颤颤巍巍、但自制力仍然很强的费尔明娜·达萨接受着吊唁，毫无失态之举，甚至都没有移动过身子，直到次日上午十一点。那时，她站在门廊上，挥挥手帕，说一声“再见”，送别了丈夫。

自从听见蒂戈娜·帕尔多在院子里的喊叫声，看见心爱的老头儿在泥水里垂死挣扎，到如今她能恢复如此自控的状态实属不易。起初她的第一反应是仍有希望，因为丈夫还睁着眼，而且他眼中那四射的光芒是她从来没有见过的。她恳求上帝能够给她哪怕片刻的时间，好让丈夫在离去之前知道，无论两人间有过什么样的猜疑，她始终是那么爱他。她感到一种无法抗拒的强烈愿望，希望能与他从头再来，重新开始生活，好让两人把所有没说出口的话都告诉对方，把所有过去做错了的事重新做好。但面对毫不让步的死神，她只得投降。她的痛苦化作一股对世界、甚至对自己的盲目怒火，而这反而给她注入了自控的力量和独自面对孤独的勇气。从那时起，她心头没有片刻安宁，但她小心翼翼地不让自己的任何表情泄露出内心的痛苦。唯有那么一瞬间她身不由己地流露出某种凄楚，那就是星期日晚上十一点钟，人们把那口只有主教才有资格使用的棺材抬走的时候。棺木散发出轮船上那种萨波林油漆的味道，配有铜制把手，衬里是带夹层的丝绸。乌尔比诺·达萨医生下令立即盖棺，因为天气热得难以忍受，那许许多多鲜花散发出的气味使得整个家里的空气都稀薄了，而且他隐约在父亲脖子上看到了最初的紫色斑痕。沉静之中，一个漫不经心的声音说道：“活到这把年纪，人还在的时候就已经腐烂一半了。”盖棺前，费尔明娜·达萨摘下结婚戒指，把它戴在了亡夫手上，然后把自己的手盖在他手上，就像往常发现他在公共场合信口开河时一样。

“我们很快就会再见面的。”她对他说。

隐身在众多社会名流中的弗洛伦蒂诺·阿里萨，突然感到体侧仿佛被刺了一刀。费尔明娜·达萨在第一批吊唁者的混乱中没有认出他来，尽管在那个慌乱的晚上，没有人比他出现得更及时，也没有人比他更尽力。是他把人满为患的厨房安排得秩序井然，让咖啡供应充足。当从邻居家借来的椅子不够用时，是他找来更多的椅子；当屋里的花圈堆得多一个也放不下时，又是他让人把余下的都放在院子里。他忙前忙后，留意不让拉希德斯·奥利维利亚医生家的客人缺少了白兰地。这些客人在二十五周年庆典的高潮时听闻噩耗，惊慌失措地赶来，围坐在芒果树下继续他们的欢闹。当逃跑的鹦鹉昂着脑袋，张着翅膀，大半夜出现在客厅中时，全屋人都不寒而栗，认为那是被悔恨所驱使，唯有弗洛伦蒂诺·阿里萨知道如何及时应对。他一把抓住鹦鹉脖子，让它来不及叫出任何一句愚蠢的口号，便被关进一个盖着布的笼子，带到了马厩。他就这样打理着一切，那般地谨慎有效，谁也没有认为他是在干涉别人的家事，恰恰相反，在这个家庭处于危难的时刻，他的所作所为被视作一种让人无以为报的帮助。

一如看上去的那样：他是一个乐于助人且举止稳重的老人。他身体硬朗挺拔，皮肤是褐色的，汗毛稀少，银色金属架的圆眼镜后面藏着一双充满渴望的眼睛，唇上留着浪漫的小胡须，胡子尖上涂着胶，虽然这种做法已有些过时。他把最后几绺鬓发向上梳起，用发蜡粘在光亮的脑壳中央，以此作为解决完全秃顶的最终办法。他那天生的文质彬彬和忧郁的气质能让他迅速地赢得好感，但也往往被视作一个顽固的单身汉身上的两种可疑品质。为了不让人察觉在刚刚过去的三月他已达七十六岁高龄，他花了很多金钱，也费了很多心思，并付出了坚毅的努力。作为一个仍处在孤独中的灵魂，他坚信自己比世界上任何一个人都默默爱得更深。

尽管六月热得如同地狱，但在乌尔比诺医生去世的那天晚上，他始终都穿着自己刚刚听到消息时穿的那身衣服。他平时也总是这身打扮：配有背心的深色呢子外套，赛璐珞衣领上系着一条丝带，一顶毡帽，手里一把兼作拐杖的黑绸雨伞。但当天蒙蒙亮时，他从守灵的地方消失了两个小时。而伴随着第一缕阳光，他又神采奕奕地回来了，胡子刮得整整齐齐，身上散发着沐浴露的馨香。他换上了一件黑色呢子长礼服，这样的衣服他平时已经不穿了，只有参加葬礼和复活节圣周活动时才穿。他没有打领带，而是在翼领上打了一个艺术家式的蝴蝶结，头上戴了一顶常礼帽。他仍旧带上了雨伞，但这次并不仅仅是出于习惯，而是他确定当天十二点以前就会下起雨来。他把可能下雨的事告诉了乌尔比诺·达萨医生，看他是否可以把葬礼提前。弗洛伦蒂诺·阿里萨来自航运世家，本人就是加勒比河运公司的董事长，可以说对预测天气十分在行，因此他们也的确尝试这么做了。但实在是没有办法在政界、军界、公共和私人团体、军乐队和艺术学校的乐队、各教会学校和宗教团体间进行及时协调，因为大家本已商定在十一点举行葬礼。于是，这场预计将成为一个历史性事件的葬礼最终被一场毁灭性的暴雨浇得七零八落，狼狈不堪。只有很少的几个人哗啦哗啦地踩着泥泞，最终到达乌尔比诺医生家的墓地。墓地被一株殖民时期的木棉守护着，它那繁茂的枝叶一直延伸到围墙之外。就在这同一片树荫下，在墙外的一小块专门用来埋葬自杀者的土地上，加勒比的流亡者们前一天下午刚刚安葬了赫雷米亚·德圣阿莫尔，并且按照他的遗愿，把狗葬在了他身边。

弗洛伦蒂诺·阿里萨是最终到达墓地的少数几个人之一。他连内衣都被淋透了，惊恐万分地回到家，担心自己会染上肺炎，让这么多年小心翼翼、一丝不苟地保护身体的努力付之东流。他让人为自己准备了一杯加白兰地的热柠檬水，坐在床上用它冲服了两片阿司匹林，然后裹在羊毛被里出了一身大汗，直到恢复了体力。再次回到守灵处时，他感到精神饱满。费尔明娜·达萨重新执掌起家务来。家里已经打扫过，准备接待客人。书房的小祭台上摆放了一张已故男主人的画像，是用蜡笔画的，画框上系着黑丝带。晚八点时，宾客满堂，天气就像前一晚一样炎热。念过玫瑰经后，有人四下请求大家早些回去，以便让亡者的遗孀好好歇歇，因为她从星期日下午以来还不曾休息过。

对大部分客人，费尔明娜·达萨站在祭台旁向他们告了别，而对那些留到最后才走的挚友亲朋，她一直送到了街边的大门口，并准备像往常那样，亲自将大门关好。正当她打算用最后一丝力气把门合上时，看见了身穿丧服站在空荡荡的客厅中央的弗洛伦蒂诺·阿里萨。她高兴起来，因为在很多年前，她就已将他从自己的生活中抹掉了，而此时是第一次真切地看见他，看见他的样子从遗忘中清晰地显现出来。可费尔明娜还没有来得及对他的到访表示感谢，他便颤抖而又庄重地将帽子放到胸口的位置，让许久以来支撑他活下来的相思之苦一股脑儿迸发出来。

“费尔明娜，”他对她说，“这个机会我已经等了半个多世纪，就是为了能再一次向您重申我对您永恒的忠诚和不渝的爱情。”

若不是有理由认为弗洛伦蒂诺·阿里萨那一刻是受到了圣神恩典的启示，费尔明娜准会以为站在自己面前的是一个疯子。她即刻的反应是想咒骂他在自己丈夫尸骨未寒时就来亵渎自己的家庭。但盛怒带来的威严制止了她。“你滚开！”她对他说，“在你的有生之年，都别再让我看见你。”她将正要关闭的大门再次完全敞开，斩钉截铁地说：

“我希望这也没有几年了。”

她听着脚步声在寂静的街道上渐渐消失，然后慢慢地关上大门，上了门闩，别好锁头，独自面对自己的命运。在这一刻之前，她从未充分认识到自己年仅十八岁时造成的那个悲剧的分量和后果，从未意识到它竟会一路跟随自己直至死亡。从丈夫出事的那个下午以来，她第一次哭了，哭的时候没人在场，这也是唯一能让她哭出来的方式。她为丈夫的死而哭，为自己的孤独和愤怒而哭。走进空荡荡的卧室时，她又为自己而哭，因为自从她不再是处女之身以后，很少独自睡在那张床上。和丈夫有关的一切都令她触景伤怀：带穗的拖鞋，枕下的睡衣，梳妆台上没有了他身影的镜子，以及他留在她皮肤上的味道。一个莫名的念头使她浑身一颤：“当被人爱着的人死去时，真该带上他所有的东西。”她不想让别人搀扶她上床，也不想在睡前吃任何东西。痛苦压得她喘不上气来，她祈求上帝今晚就让她在睡梦中死去。带着这个幻想，她脱掉鞋，和衣躺下，顷刻间便睡着了。她在不知不觉中入睡，但她知道自己仍旧活着，她知道床空出了半边，自己像往常一样躺在左边，却没有了右边的另一个身体来保持平衡。她一边睡，一边想。当想到自己再也不能像以前那样睡觉了，她在睡梦中哭了起来。她一边睡，一边抽泣，却始终没有变过姿势，仍旧躺在床的左边。直到公鸡打鸣，直到这个没有了他的清晨那不受欢迎的阳光惊醒了她。之后，她又躺了许久。到了这时，她才发现自己睡了很久却并没有死去，而是一直在梦中哭泣；才发现自己边睡边哭，想得更多的竟是弗洛伦蒂诺·阿里萨，而非她那死去的丈夫。

至于弗洛伦蒂诺·阿里萨，自从当初费尔明娜·达萨在两人那段长久而受阻的爱情之后不留余地地拒绝了他，便没有一刻不在思念她。从那时起，已经过去了五十一年九个月零四天。无需每天在地下室的墙上划条线备忘，因为没有哪一天不发生点什么让他想起她来。决裂那年，他和母亲特兰西多·阿里萨住在窗户街一座租来的普通房子里。母亲从年轻时起就在那儿开了一家杂货铺，还拆些旧衬衫和破布，卖给战争中的伤员当药棉用。他是独生子，是母亲和那位鼎鼎有名的船主皮奥第五[①]·罗阿依萨先生一次偶然结合的产物。后者兄弟三人曾共同创建了加勒比河运公司，为马格达莱纳河上的蒸汽机船航行事业注入了新的活力。

皮奥第五·罗阿依萨先生去世的时候，这个儿子只有十岁。虽然他一直暗中承担着儿子的抚养费用，但从未在法律上承认过他，也没有为他的前途做好安排。因此，弗洛伦蒂诺·阿里萨只用了母亲的

①教皇“庇护五世”在西班牙语中的叫法。

姓氏，尽管他真正的出身人人皆知。父亲死后，弗洛伦蒂诺·阿里萨不得不辍学到邮电局当了学徒。在那里，他被安排给邮袋拆封，分发信件，并负责在邮件到达时通知大伙儿，哪个国家的邮件到了，他就要在邮局门口升起哪个国家的国旗。

他的聪明伶俐引起了电报员洛达里奥·图古特的注意。洛达里奥是个德国移民，除了这份报务工作，还在大教堂的重要仪式上弹管风琴，并兼做音乐家教。他教弗洛伦蒂诺摩尔斯电码，教他发电报，还教他拉小提琴。弗洛伦蒂诺·阿里萨只上了几堂课，就能像一个职业小提琴手那样，耳听乐曲，跟着旋律拉琴了。他在十八岁认识费尔明娜·达萨时，是他那个圈子中最讨人喜欢的小伙子，最会跳时髦的舞曲，还会朗诵伤感的诗歌，而且随叫随到，用小提琴为朋友的女友献上一曲小夜曲独奏。从那时起，他就一直骨瘦如柴，印度人似的头发上打着飘香的发蜡，一副近视眼镜更让他显得楚楚可怜。除了视力上的缺陷，他还患有长期便秘，这迫使他一辈子都依靠灌肠剂。他只有一套像样的礼服，是父亲的遗物，但特兰西多·阿里萨把它打理得很好，弗洛伦蒂诺每个星期日穿起来都像新的一样。尽管他身材瘦削，性格内向，衣衫简陋，他那个圈子里的姑娘们却都靠私下里抽签来决定谁做他的女伴，而他也一直这样与她们厮混。直到有一天，他遇见了费尔明娜·达萨，天真的日子就此结束。

他第一次见到她是在一个下午。洛达里奥·图古特让他去给一个叫洛伦索·达萨的人送一封电报，电报上未写明住址。他最终在福音花园找到了这位洛伦索·达萨。他家是福音花园中最古老的房子，旧得几乎要倒塌下来，里面的院子也像个修道院的内院。花坛里杂草丛生，石砌的喷泉池里一滴水也没有。弗洛伦蒂诺·阿里萨跟着赤脚的女佣走在走廊的拱顶下，没有听见一点儿人声。走廊上堆着尚未打开的搬家箱子，泥瓦匠的工具扔在用剩的石灰和一包包堆起的水泥中间，因为当时那所房子正在进行一次彻底修缮。院子尽头有一间临时办公室，一个男人正坐在写字台前午睡。男人很胖，鬈曲的络腮胡和嘴上方的胡子连在一起。他的名字正是洛伦索·达萨。这个人在城中并不出名，因为他不到两年前才来到这里，而且不喜欢交际。

他收下电报时的样子就仿佛仍处在一场噩梦当中。弗洛伦蒂诺·阿里萨带着礼貌的同情看着他那双青紫色的眼睛，看着那颤抖的手指费劲地撕开封口处的邮票。这种内心的恐惧弗洛伦蒂诺在很多收信人身上都看到过，他们始终无法不将电报同死亡的消息联系到一起。但读罢电报，他恢复了情绪，长吁一口气说："好消息。"他递给弗洛伦蒂诺·阿里萨实打实的五个里亚尔，并用一个轻松的微笑让他明白，若是坏消息，自己绝不会如此慷慨。接着，他和弗洛伦蒂诺握手道别，这可不是通常和电报邮递员告别的方式。女佣把他送至临街的大门口，但与其说是为给他领路，不如说是为了监视他。他们原路返回，又走过那个带拱顶的走廊。但这一次，弗洛伦蒂诺·阿里萨发现房子里还有其他人，因为敞亮的院子中回响着一个女人的声音，正在反复朗读一篇课文。从缝纫室前经过时，弗洛伦蒂诺透过窗子看见一个上了年纪的妇人和一个少女。两人坐在两把紧挨的椅子上，一起读着一本摊开在妇人裙兜上的书。这一幕看上去颇为奇特：竟然是女儿在教妈妈读书。但弗洛伦蒂诺其实只猜对了一半，这位妇人是女孩的姑妈，并非母亲，虽然一直以来，她就像母亲一样抚养着她。朗读没有中断，但女孩抬眼看了看是谁走过窗前。正是这偶然的一瞥，成为这场半世纪后仍未结束的惊天动地的爱情的源头。

关于洛伦索·达萨，弗洛伦蒂诺·阿里萨唯一打听到的就是在霍乱后不久，他带着自己的独生女儿和独身妹妹，从圣胡安·德拉希耶纳加来到这里。当初看见他们下船的人毫不怀疑他们是来此定居的，因为这家人把一个配备齐全的家所需要的一切都带来了。女儿还很小时，他的妻子就去世了。妹妹名叫埃斯科拉斯蒂卡，四十岁，因为正在还愿，上街时总是身穿圣方济各会的修士服，回家后则只在腰间系上修士服的腰带。女孩十三岁，和已故的母亲同名，叫费尔明娜。

大家推测洛伦索·达萨是个有钱人，因为没人知道他有什么职业，但他生活却很富足。他用真金白银买下了福音花园的房子，而修缮费用至少是他买房所用的二百个金比索的两倍。女儿在至圣童贞奉献日学校上学。两个世纪以来，上流社会的小姐们都会到那里去学习相夫教子的艺术和职责。在殖民时期和共和国初期，那里只接收名门望族的千金。但后来，那些被独立战争搞垮了的古老家族不得不向新时代的现实妥协，于是学校向所有付得起学费的人敞开大门，不再忧心她们的门第出身。但仍有一个基本条件，即入学的姑娘们必须是天主教家庭合法所生。不管怎样，那都是一所昂贵的学校，仅仅是费尔明娜·达萨在那里上学就表明了她家的经济实力，即便其社会地位未必出众。这些消息令弗洛伦蒂诺·阿里萨受到鼓舞，因为这一切都表明，这位长着一双杏核眼的美丽少女是他梦寐以求的姑娘。然而，他很快就发现姑娘父亲的严厉管教造成了难以逾越的障碍。其他女孩们都是结伴或是由一位年长的女佣陪伴上学，而费尔明娜·达萨不同，她的身边总跟着那位独身的姑妈，而且她的言行举止处处表明，她不被允许参加任何娱乐活动。

正是在这种情况下，天真的弗洛伦蒂诺·阿里萨开始了他孤独狩猎者的秘密生涯。从早七点起，他就独自一人坐在花园中一条不易被发现的长椅上，在杏树的树荫下假装读一本诗集，直到看见那位可望而不可即的姑娘走过。她身着蓝色条纹校服，带吊袜带的长袜一直拉到膝头，脚下一双系着交叉鞋带的男士短靴，一条粗粗的辫子从后背垂至腰间，辫梢上系着一个蝴蝶结。她走起路来有一种天生的高傲，昂首挺胸，目不斜视，步履轻快，鼻翼微收，交叉的双臂紧抱着胸前的书包。她走路的样子就像一头小母鹿，仿佛完全不受重力的束缚似的。在她身旁，身穿圣方济各会的褐色修士服、系着修士腰带的姑妈以吃力的步伐紧紧跟随，不给别人留出丝毫靠近她的空当。弗洛伦蒂诺·阿里萨每天看着她们来回经过四次，星期日还有一次看着她们望完大弥撒从教堂走出来的机会。只要能看见自己心爱的姑娘，他就心满意足了。慢慢地，他将她理想化了，把一些不可能的美德和想象中的情感全都归属于她。两个星期后，除了她，他已经什么都不想了。他决定给她写一张简短的便条，便条两面都被他用书记员般漂亮的字体写得满满当当。但便条在口袋里装了好几天，他却一直不知该如何交给她。就在想法子的过程中，他每晚临睡前又会写上好几页。于是，最初的一封短信变成了一部写满甜言蜜语的宝典。里面词句的灵感都来自在花园等待时因反复阅读而背下来的书籍。

为找到送信途径，他试图认识几个奉献日学校的学生。可是，她们和他的世界相距太远了。而且，反复衡量后，他觉得让其他人知道自己的意图并非明智之举。他还打听到，费尔明娜·达萨刚到这里不久，有人邀请她参加一次星期六舞会，而她的父亲只说了一句斩钉截铁的话就阻止了她："什么时候，做什么事。"信已经正反两面写了六十张纸了，此时，弗洛伦蒂诺·阿里萨再也无法承受心事的负担，将自己的秘密一股脑儿地倾诉给了母亲，他唯一可以交心的人。特兰西多·阿里萨被儿子的纯真爱情感动得老泪纵横，尝试用自己的智慧之光为儿子引路。她首先说服儿子不要把那沓写满情诗的信纸交给她，因为那样只会吓着他梦中的姑娘。她猜想在有关心灵的事上，姑娘和他一样是个嫩瓜。第一步，她对儿子说，应该首先让她发现他的热情，这样他的表白才不会令她感到唐突，而且也让她有时间考虑。

"但最重要的是，"她对儿子说，"你首先要攻克的不是她，而是她的姑妈。"

两个忠告无疑都很明智，只是来得晚了点儿。事实上，就在那天，就在费尔明娜·达萨从正在教姑妈阅读的课文中失神，抬头去看是谁经过走廊的那一刹那，弗洛伦蒂诺·阿里萨那副无依无靠的可怜样儿已经在她的脑海中留下了深刻的印象。晚饭时父亲谈起电报的事，于是她也就知道了他从事什么职业，来她家干什么。这些信息增加了她的兴趣，因为同那个时代很多人的想法一样，她觉着电报的发明与魔法有着某种关联。所以当她第一次看到弗洛伦蒂诺·阿里萨坐在花园的树下看书时，一眼就认出了他。但若非姑妈告诉她，他已经在那里好几个星期了，她也不会感到心中不安。后来，她们星期日望弥撒出来时又看见了他，姑妈这才恍然大悟，明白了那么多次的相遇绝非偶然。她说："他肯定不是为了我而如此大费周章。"埃斯科拉斯蒂卡·达萨姑妈虽然行事严厉，身上还穿着忏悔服，但对生活的敏感和参与热忱是她最大的美德。单单是想到一个男人对自己的侄女感兴趣，她便生出一种无法抑制的激动。然而，费尔明娜·达萨却连对爱情基本的好奇心都没有。她对弗洛伦蒂诺·阿里萨唯一怀有的是一丝同情，因为她觉得他是得了什么病。但姑妈告诉她，要想看清一个男人的真正性情需要很长时间，而且她敢肯定，那个为了看她们经过而坐在花园中的小伙子得的只可能是相思病。

对于这个源自一场没有爱情的婚姻的孤独女孩来说，埃斯科拉斯蒂卡姑妈是她倾吐心事的对象和情感的避风港。自从母亲死后，是姑妈一手将她带大。而在同洛伦索·达萨的关系上，埃斯科拉斯蒂卡表现得更像是女孩的同谋，而非姑妈。于是，弗洛伦蒂诺·阿里萨的出现成了她们俩私下里发明的又一种打发沉闷时光的消遣。她们每天经过福音花园四次，每一次两人都用快速的眼神急切地寻找那位清瘦的哨兵。他腼腆害羞，毫不起眼，不管天气有多炎热，始终穿着一身黑衣。他总是坐在树下假装看书。“他在那儿！”两人中最先发现他的那个会这样说，同时强忍住不让自己笑出声来。而这一切都发生在他抬眼看她们之前。等他抬起头，看到的则是两个一本正经、与他的世界相距遥远的女人，穿过花园时甚至看都不会看他一眼。

“可怜的孩子，”姑妈说，“因为我在你旁边，他不敢走过来。但如果他是认真的，总有一天，他会过来交给你一封信。”

预见到将来种种可能的困境，姑妈教女孩如何用手语和人交流，对于受阻的爱情来说，这是必须借助的手段。这种漫不经心、几近幼稚的嬉闹，令费尔明娜·达萨产生了一种从未有过的好奇。但几个月过去了，她没有想到这种好奇心竟会有所发展。不知从哪一刻起，这种消遣竟然变成了渴望。她浑身热血沸腾，急切地想要见到他。

一天夜里，她惊醒了，因为她看见他就站在床脚，在黑暗中凝视着她。于是，她一心盼望姑妈的预言能够成真。祈祷时，她甚至祈求上帝赐予他勇气，让他把信交给她，只因她想知道他到底会写些什么。

然而她的祈祷并没有被接纳。事与愿违：这一切恰好发生在弗洛伦蒂诺·阿里萨向他的母亲倾诉心事之时，而后者正劝他不要交出那封近七十页的情书，于是，在那一年余下的日子里，费尔明娜·达萨只能是等待。随着十二月假期的临近，她的渴望慢慢变成了绝望。她反复不安地问自己，在不上学的三个月里，要怎么做才能见到他，并让他见到自己。到了圣诞夜，这个问题依然没有得到解决，直至她感觉到他正在子时弥撒的人群中凝视着她。她浑身战栗，紧张得心都要跳出来了。她不敢回头，因为她坐在父亲和姑妈之间。她必须极力克制自己，以免让他们察觉出她的慌乱。但当人们在一片混乱之中走出教堂时，她感到他和她的距离是如此之近，他的身影在躁动的人群中显得那般清晰，就在她迈出正殿时，一股不可抗拒的力量迫使她回过头，从肩膀上方望去。于是，在距离自己的双眼两拃远的地方，她看见了他那冰冷的眼睛、青紫色的面庞和因爱情的恐惧而变得僵硬的双唇。她被自己的胆大吓得魂不附体，一把抓住埃斯科拉斯蒂卡姑妈的手臂才没有摔倒。透过女孩的蕾丝无指手套，姑妈感觉到她冷汗涔涔，于是用一个不被人察觉的暗号安慰了她，向她表示自己无条件的支持。在举国上下一片爆竹和鼓乐声中，在家家门口悬挂的彩灯灯光中，在渴望平安的人群的欢呼声中，弗洛伦蒂诺·阿里萨像个梦游者般徘徊到天亮。他透过泪眼打量着眼前的节日景象，被幻觉弄得精神恍惚，仿佛那一夜降生的不是上帝，而是他自己。

接下来的一周，他的神志更加恍惚。午休时分，他无望地走过费尔明娜·达萨家，看见她和姑妈正坐在门廊旁的杏树下。此情此景正是在露天再现了那天下午他第一次在缝纫室见到她时的画面：女孩正在教姑妈读书。但没有穿校服的费尔明娜·达萨变了个样，她穿着一件针织长袍，许许多多的褶皱从肩膀处垂下来，就像古希腊女子穿的袍子。她头上戴着新鲜的栀子花编成的花环，看上去就像一位头顶王冠的女神。弗洛伦蒂诺·阿里萨坐在花园中，断定她们能看见自己。这次他没有假装看书，只是将书打开，眼睛则始终盯着自己朝思暮想的姑娘。可她却连一个怜悯的眼神都没有给他。

起初，他认为她们在杏树下读书只是个偶然变化，或许是因为房子在不断修缮。但接下来的几天，他看出费尔明娜·达萨在三个月的假期里，每天下午的同一时刻都会出现在那里，出现在他的视线中。这种确信给他注入了新的勇气。在他的印象中，她似乎并没有看见过他，他也从没察觉到她有任何感兴趣或者反感的表现。但是，在她的冷漠中闪烁着某种别样的东西，鼓励着他坚持下去。忽然有一天，在一月份的一个下午，姑妈将手中的活计放在椅子上，把侄女独自留在门廊旁边，留在了那散落一地的黄色杏树叶之间。这也许是一次故意安排好的机会，受到这个鲁莽假设的鼓舞，弗洛伦蒂诺·阿里萨穿过大街，来到了费尔明娜·达萨面前。他离她那么近，甚至能听到她每一次的呼吸声，闻到她身上散发的馨香，在此生余下的岁月中，他正是靠着这种馨香来辨认她。他扬着头，坚定地对她说了一句话，这种坚定他半个世纪以后才再次拥有，而且为的是同一个缘由。

“我对您唯一的请求，便是请您收下我的一封信。”他对她说。

他的声音与费尔明娜·达萨期待的不同：口齿清晰，透出一股和他那忧郁的行为方式截然不同的自制力。她的目光没有离开手上的刺绣，回答他说：“没有父亲的允许，我不能收。”她温暖的声音使得弗洛伦蒂诺·阿里萨浑身颤抖，低沉的音色令他终生难忘。但他努力让自己站稳，马上又说：“那就去征得他的同意。”接着，他又将命令的语气转为柔声恳求，说：“这是生死攸关的大事。”费尔明娜·达萨没有看他，也没有停下手中的刺绣，但她的决定却像打开了一道门缝，足以让整个世界通过。

“请您每天下午都到这里来，”她对他说，“等待我换椅子的时刻。”

直到第二周的星期一，弗洛伦蒂诺·阿里萨才弄明白她的意思。那天，坐在花园的长椅上，他看到了与以往同样的场景，只有一处改变：在埃斯科拉斯蒂卡姑妈进屋的时候，费尔明娜·达萨站起身来，坐到了另一把椅子上。弗洛伦蒂诺·阿里萨身穿长礼服，扣眼上别着一朵白色山茶花。他穿过街道，站到她的面前，说：“这是我一生中最重要的时刻。”费尔明娜·达萨没有抬头看他，而是环顾了一下四周。旱季的一片昏沉中，街上空无一人，风席卷着枯叶。

“把信给我吧。”她说。

弗洛伦蒂诺·阿里萨本想把自己那读了太多遍、已背得滚瓜烂熟的七十页情书全都带给她，但后来还是决定只给她一封简明扼要的半页纸的短信。在这半页纸中，他对最为本质的东西做出了承诺，即他那可以经受住任何考验的忠诚和至死不渝的爱。他把信从长礼服的内兜里掏出来，放到备受煎熬的绣花姑娘眼前。直到这时，她都不敢看他一眼。她看见蓝色的信封在他那只因害怕而僵硬的手上颤抖，于是举起绣花绷子，好让他把信放在上面，因为她无法接受让他发现自己的手指也在颤抖。就在这时发生了一件事：一只鸟儿在杏树的枝叶间抖动了一下身子，于是，一摊鸟粪不偏不倚正掉在绣花布上。费尔明娜·达萨立刻撤回了绣花绷子，将它藏到椅子后面，以免让弗洛伦蒂诺·阿里萨注意到这件事。她第一次抬起她那羞得通红的脸颊，瞥了他一眼。弗洛伦蒂诺·阿里萨若无其事地用手举着信，说："这是个好兆头。"她又第一次用微笑向他表达了感激之情。随后，她几乎可以说是把信从他手中夺了过来，折好塞进紧身背心里。他将扣眼上别着的那朵山茶花献给她。她拒绝了："这是定情之花。"随即，她意识到时间已到，于是又恢复了原先的姿势。

"现在，您走吧，"她说，"没有我的通知，请您不要再来了。"

自从弗洛伦蒂诺·阿里萨第一次见到她后，他的母亲其实还没等儿子说起，便发现了他的心事，因为他开始寡言少语，茶饭不思，辗转反侧，夜夜难眠。但在他等待姑娘的第一封回信时，焦虑使情况变得更为复杂了。他腹泻，吐绿水，晕头转向，还常常突然昏厥。这一次可把他的母亲吓坏了，因为这状况不像是因为爱情而心神不宁，倒像是染上了霍乱。弗洛伦蒂诺·阿里萨的教父是一个精通顺势疗法的老头儿，从特兰西多·阿里萨还在当地下情人时起，就一直是她最信赖的人。老人看到病人的情况也吓了一跳，因为弗洛伦蒂诺·阿里萨脉搏微弱，呼吸沉重，像垂死之人一样冒着虚汗。但经检查后得知，病人并没有发烧，浑身也没有哪一处疼痛，唯一确切的感觉就是迫切地希望自己死掉。老人随后探询了隐情，先是向弗洛伦蒂诺·阿里萨，而后又向他的母亲，于是再一次证实了相思病具有和霍乱相同的症状。他开出方子，用椴树花熬水来镇定神经，并且建议病人外出去散散心，希望通过距离让他得到安慰。可弗洛伦蒂诺·阿里萨的愿望却恰恰与之相反：他甘愿享受煎熬。

特兰西多·阿里萨是个随性的黑白混血女人，向往幸福，却为贫穷所累。她对儿子的痛苦感同身受，并从中得到满足。儿子神志不清时，她喂他喝椴树花水；儿子浑身发冷时，她为他裹上羊毛毯子。与此同时，她还为他鼓劲，让他在灰心丧气时也能得到安慰。

“趁年轻，好好利用这个机会，尽力去尝遍所有痛苦，”她对儿子说，“这种事可不是一辈子什么时候都会遇到的。”

但邮局里的人当然不这样想。弗洛伦蒂诺·阿里萨自甘堕落，成了一个懒汉。他总是心不在焉，以至于把通告邮件到达的旗子都搞混了。一个星期三，他升起了德国旗，而到达的船只却是利兰[①]公司的，运来的邮件是利物浦的；还有一天，他升起了美国旗，而来船却是大西洋轮船总局[②]的，运送的是来自圣纳泽尔[③]的邮件。爱情扰得他心神不宁，频频出错，引起了众人的抗议。他没有丢掉工作，完全是因为洛达里奥·图古特把他留在了电报室，还带他去教堂唱诗班拉小提琴。他们之间的友谊令人费解，毕竟，两人年龄悬殊，几乎是爷孙两辈。但他们无论在工作中，还是在港口的小酒馆里，都相处融洽。港口的小酒馆是那些彻夜不归的人的去处，三教九流的人都有，从靠人施舍的酒鬼到衣着考究的少爷，而后者往往是从社交俱乐部的豪华宴会中溜到这里来吃炸梭鱼和椰汁饭的。洛达里奥·图古特常常在电报室值完最后一班后到这里来，一边喝着牙买加甜酒，一边和那些在安的列斯群岛跑船的疯狂水手们一起拉手风琴，直到天亮。他身材高大，动作有点像老乌龟，胡子是金黄色的，每次晚上出门，

①利兰，英国西北部城镇。

②大西洋轮船总局，法国航运公司。

③圣纳泽尔，法国西部城市。

总带着一顶弗里吉亚帽。就差在头上插一串风铃草，否则他就和圣尼古拉[①]一模一样了。每个星期，他至少要和一只“夜鸟”过上一晚，他就是这么称呼那些在小旅馆里向水手出卖应急爱情的姑娘们的。刚认识弗洛伦蒂诺·阿里萨时，他以言传身教的喜悦带着他做的第一件事，就是把他领到自己的秘密天堂。他为他挑选自己认为最好的夜鸟，同她们讨价还价，商定方式，还用自己的钱提前付了账。但弗洛伦蒂诺·阿里萨没有接受：他还是童男，并且决心除非因为爱情，否则绝不失掉童贞。

这家旅馆是一座殖民时期的贵族府邸，如今辉煌不再。宽敞的大厅和大理石房间被硬纸板隔成了一个个小房间，硬纸板上满是大头针刺出的小孔。房间租给来此寻欢作乐的人，同样也租给那些偷窥的人。据说，有些偷窥者被毛衣针戳瞎了一只眼睛，还有的竟发现窥到的是自己的妻子，也有一些出身名门的贵族，化装成淫荡的女人来到这里，为的是寻找途经此地的水手长们发泄一番。此外，还有种种关于偷窥者和被偷窥者不幸遭遇的传说，以至于弗洛伦蒂诺·阿里萨单是想到探头去偷看一下隔壁房间，都吓得心惊肉跳。因此，洛达里奥·图古特最终也没能使他相信，看别人和让别人看都是欧洲皇室和贵族的雅好。

与他高大的身材使人产生的联想相反，洛达里奥·图古特有一个只有天使才有的那种小玩意儿，就像玫瑰花的骨朵儿。但这恐怕是一个幸运的缺陷，因为那些最放荡的夜鸟都争先恐后地抢着跟他睡觉。她们像被扼断了喉咙似的叫声震动了整座宫殿的立柱，吓得鬼魂们都直打哆嗦。据说，他是用了一种用蛇毒配制的油膏，能让女

①圣尼古拉，天主教圣人，被视为水手的保护神。

人们欲火焚身，但他发誓说，除了上帝赐予的东西，他没有使用其他任何手段。他大笑着说："这完全是因为爱。"弗洛伦蒂诺·阿里萨还要经过很多年，才能理解洛达里奥·图古特或许说得不假。而直到他受到更进一步的感情教育，认识了一个同时压榨三个女人、过着皇帝般生活的男人时，才彻底相信了这句话。那三个女人每天清晨都向这个男人交账，跪在他脚边，请求他原谅自己收入之微薄。而她们唯一能够期待的奖赏就是，他将同她们中给他挣钱最多的那个女人睡觉。弗洛伦蒂诺·阿里萨本以为只有恐惧才能造成这样的屈辱。然而，其中一个女人的回答却令他大吃一惊。

"这一切，"她对他说，"只可能是因为爱。"

洛达里奥·图古特之所以成为旅馆中讨人喜欢的客人，与其说是因为他床笫间的本事，倒不如说是因为他的个人魅力。而弗洛伦蒂诺·阿里萨呢，由于他沉默寡言，且个性难以捉摸，也受到旅馆主人的青睐。在那些最痛苦艰难的日子里，他常常把自己关在旅馆闷热的房间中，朗读催人泪下的诗歌或连载的爱情小说。他的梦幻在阳台上筑起黑燕子的巢穴，在午睡的昏沉中留下亲吻和扇动翅膀的窸窣。黄昏时，酷热渐渐退去，他不可避免地听到隔壁传来的谈话声，人们来此借由片刻的欢愉以缓解一天的疲劳。就这样，弗洛伦蒂诺·阿里萨听到了许多私下议论，甚至有一些是国家机密，由那些身份显赫的客人甚或地方官员透露给他们一夜情的爱人，却没有想到隔墙有耳。也正是由此，弗洛伦蒂诺·阿里萨得知，索塔文托群岛以北四西班牙海里的地方，躺着一艘十八世纪的西班牙沉船，上面载有五千多亿纯金比索还有宝石。这个故事令他惊诧不已，但要等到几个月后，他才会再次想起这件事。爱情的疯狂魔力激起了他打捞这座沉没宝藏的欲望，为的是能让费尔明娜·达萨在金子池里打滚。

多年以后，当他试图回忆那个被诗歌的魔力理想化了的姑娘原本的模样时，却发现自己无法将她从昔日那些支离破碎的黄昏中分离出来。即便是在急切等待着她的第一封回信的那些日子里，在他悄悄地望着她却不让她发现的那些日子里，他看到的也只是午后两点的阳光下和纷纷扬扬的杏花中她隐约的轮廓，无论季节如何变化，那情景始终都停留在四月。而他之所以愿意站上唱诗楼的首席位置，用小提琴与洛达里奥合奏，唯一的目的就是看她的长裙如何在赞美诗的歌声中轻轻飘动。但他的出神最终让他丧失了这种愉悦的机会：神秘的宗教音乐对他当时的灵魂来说是那么不痛不痒，于是他试着用爱的华尔兹为它注入激情，最后，洛达里奥·图古特不得不把他从唱诗班中开除了。就是在那个时候，他屈从于自己的欲望，偷食了特兰西多·阿里萨在院中花坛里种的栀子花。就这样，他知道了费尔明娜·达萨的味道。同样也是在那个时候，他偶然间在母亲的一个箱子里找到一瓶一升装的香水，是汉堡至美国航线的海员的走私品。他禁不住诱惑尝了尝，想从中寻找深爱的女人其他的味道。他喝了一口又一口，细细品味直到天亮，最终醉倒在费尔明娜·达萨的芬芳之中。他先是在港口的小酒馆里喝，然后又来到海边的防波堤上。在那里，无家可归的恋人们通过做爱彼此安慰。弗洛伦蒂诺·阿里萨出神地望着大海，最终失去了意识。特兰西多·阿里萨提心吊胆地等他到早晨六点，然后跑遍各个意想不到的角落去找他。午后不久，她终于在一个常有人跳海的海湾找到了他，当时他正在一摊散发着香气的呕吐物中翻滚。

她在儿子身体康复期间，训斥了他被动等候回音的消极状态。

她提醒他，弱者永远无法进入爱情的王国，因为那是一个严酷、吝啬的国度，女人只会对意志坚强的男人俯首称臣，因为只有这样的男人才能带给她们安全感，她们渴望那种安全感，以面对生活的挑战。弗洛伦蒂诺·阿里萨领会了这一课的精神，甚至也许领会得有些过头。当特兰西多·阿里萨看到儿子身穿黑色礼服，头戴呢帽，赛璐珞衣领上打着富有诗意的蝴蝶结，走出杂货铺的那一刻，她难以掩饰心中的骄傲，内心生出的爱欲甚至多过母亲的慈爱。她戏谑地问儿子是不是要去参加葬礼。儿子面红耳赤地说："差不多。"她注意到他紧张得几乎喘不上气来，但决心是不可动摇的。她最后叮嘱了儿子几句，祝福了他，还嬉笑地向他许诺，会再给他弄瓶香水以庆祝他的凯旋。

其实自从一个月前把信交给费尔明娜·达萨，他已经多次违背不再去小花园的承诺，只不过加倍小心不让自己被发现罢了。一切与以往并无不同。费尔明娜·达萨和姑妈在树下读书，到下午两点左右、全城刚刚从午睡中醒来时结束，然后一起刺绣直到热浪退去。弗洛伦蒂诺·阿里萨不等姑妈走进屋，便迈着英姿飒爽的步伐穿过马路，这种步伐帮助他那软软的膝盖支撑住身体。但他没有走向费尔明娜·达萨，而是径直朝姑妈走去。

"请让我单独和小姐待片刻，"他说，"我有重要的事要对她说。"

"放肆！"姑妈对他说，"她的事没有什么是我不能听的。"

"那么我就不说了，"他说，"但我要提醒您，您要对此负责。"

埃斯科拉斯蒂卡·达萨心目中的理想爱情并非如此，但她还是吓得站了起来，因为她生平头一次被这样一个想法震慑住了，即弗洛伦蒂诺·阿里萨是在圣神的启示下讲话。于是，她走进屋去换绣花针，把两个年轻人留在门口的杏树下。

事实上，对这位像冬天的燕子一样出现在她生活中的默默追求者，费尔明娜·达萨了解得很少。要不是信上的落款，她甚至连他的名字也不知道。那以后，她打听到他是一个没有父亲的孩子，母亲是一位勤劳而正派的独身女人，无奈却被年轻时唯一的一次不检点打上了永久的烙印。她还得知，他并非像她猜想的那样是一个送电报的邮递员，而是电报室出色的副手，而且很受器重。她甚至认为他那天来给父亲送电报，只是一个为了见到她的借口。这个猜测让她感动不已。她还知道他是唱诗班的乐师之一。尽管在望弥撒时，她从不敢抬眼去证实一下。但一个星期日，她突然发现其他乐器都是在为众人演奏，只有小提琴是为她一个人拉的。他原本不是她会选择的那种人，但他那过时的眼镜、神甫似的长袍，以及举手投足间的神秘感激起了她难以抵抗的好奇心，而她却从来没有想过，好奇心也是爱情的种种伪装之一。

她自己也无法解释为什么要收下他的信。她并不为此自责，但越来越急迫的作答需要成了她生活中的一个负担。父亲的每一句话，每一个偶然的眼神，每一个再普通不过的动作和表情，在她看来都像是为套出她的秘密而设下的陷阱。她惊恐万分，在饭桌上尽量避免讲话，唯恐一不小心暴露了自己的秘密。她甚至对埃斯科拉斯蒂卡姑妈也闪烁其词，虽然姑妈像对待自己的心事一样，分担着她压抑在心中的烦恼。她常常动不动就把自己关在卫生间里，一遍又一遍地读那封信，试图从中发现某种秘密代码，某种隐藏在那三百一十四个字母、五十八个单词间的神秘暗语，希望这些词句能表达出比它们原本所表达的更多的含义。然而，她并没有发现比她初读时所理解的更多的意思。当初刚拿到信时，她冲进卫生间，把自己锁在里面，心怦怦跳个不停。她撕开信封，幻想这必定是一封感情丰富、热情似火的长信，但看到的却只是一页散发着芳香的纸，不过信中表露的决心着实吓了她一跳。

起初她都没有认真想过一定要回信，但信上说得清清楚楚，她无法逃避。正是在这时，在她反反复复犹豫不决时，她惊讶地发现自己想念弗洛伦蒂诺·阿里萨的频繁和深切程度已经超过了原本的意愿。她甚至痛苦地问自己，他为什么没有在往常的时间出现在小花园，竟忘记了正是自己让他在她思考如何回信的这段日子不要再来。她从未如此这般地思念某个人。他明明没有在那里，她却设想他在；她盼望他出现在根本不可能出现的地方；她从梦中惊醒，真真切切地感觉到，她睡觉时他就在黑暗之中凝视着自己。如此种种，以至于当她觉察到他坚定的脚步踏在小花园那黄色的落叶中时，费了很大努力才相信这不是幻觉对她的又一次戏弄。但当弗洛伦蒂诺·阿里萨以一种和他的郁郁寡欢极不相称的威严向她索要回信，她终于从惶恐之中回过神来，试图逃避，直言说，她不知道如何答复。然而，弗洛伦蒂诺·阿里萨并没有知难而退。

"既然您收下了信，"他说，"那么，不回信是不礼貌的。"

于是，兜兜转转到此结束。费尔明娜·达萨终于下定了决心，为自己的拖延致歉，并郑重承诺：假期结束前他一定会收到答复。她也的确履行了承诺。二月的最后一个星期五，就在学校开学前三天，埃斯科拉斯蒂卡姑妈来到电报室，询问发一封电报到磨盘村需要花多少钱，而这个地名甚至都不在电报服务的区域范围内。她让弗洛伦蒂诺·阿里萨接待了她，装作完全不认识对方。临走时，她假装把一本用蜥蜴皮装裱的弥撒经书落在了柜台上，里面夹着一个烫着金色花纹的亚麻信封。弗洛伦蒂诺·阿里萨被幸福弄得神魂颠倒，一边嚼着玫瑰花瓣一边读信，度过了整个下午。他逐字逐句、反反复复地读着，读得越多，吃下的玫瑰花瓣也越多，以至于他的母亲不得不像对付小牛犊一样强按着他的头，逼他吞下一剂蓖麻油。

这是爱情之火熊熊燃烧的一年。无论在他还是她的生活中，除了想念对方、梦见对方、焦急地等信并回信，便再没有其他事情。在那个如痴如醉的春天，以及接下来的第二年，他们再没有面对面地讲过话。甚至于，自从他们第一次见到彼此，直到半个世纪后他对她重申自己的誓言，在此期间他们再也没有单独见过一面，互诉爱语。但在最初的三个月，他们没有一天不在给对方写信，有一段时间甚至一天两封。面对自己助燃的这把吞噬一切的烈火，埃斯科拉斯蒂卡姑妈都有些害怕起来。

自从她带着心中残存的那点儿对自己命运的报复之心，将第一封回信带到电报室起，她便开始允许两人每天看似偶然地在街上相遇，交换信件。但她始终没有勇气为他们安排一次哪怕是平常而又短暂的谈话。就在第三个月末尾的时候，她明白了侄女的所作所为并非像她起初认为的那样是青春期一时的心血来潮，而她自己的生活也受到了这场爱情之火的威胁。事实上，除了哥哥仁慈的接济，埃斯科拉斯蒂卡·达萨并没有其他生活来源。她知道，以哥哥专横的性格，他绝不会原谅自己如此嘲弄他的信任。但到了最后抉择的关头，她还是不忍心让侄女遭受自己从年轻时起就遭受的那种无可挽回的不幸。于是，她允许侄女采用一种可以给她带来天真幻想的策略。方法很简单：费尔明娜·达萨把信放在每天从家到学校途中某个隐秘的地方，同时在信上向弗洛伦蒂诺·阿里萨指明她希望在哪里取到回信。弗洛伦蒂诺·阿里萨也如此照做。就这样，在那一年余下的日子里，埃斯科拉斯蒂卡·达萨内心矛盾地看着他们从教堂的圣水池转移到树洞，再到殖民时期城堡废墟的裂缝中。有时候，他们找到信时，它已被雨水淋湿，沾满泥点，或是不幸被弄烂了。还有时，由于种种原因信丢了，但他们总有办法重新建立起联系。

弗洛伦蒂诺·阿里萨每晚都不顾自己的身体拼命地写信。在杂货铺的里间，忍受着椰油灯散发出的有损健康的烟雾，他一字一句地写着。他越是努力模仿自己喜爱的"人民图书馆"那几位诗人近八十册的作品，信就写得越长，且越混乱。他的母亲曾那般热情地鼓励他尽情享受痛苦，如今也开始为他的健康忧心。"你把脑子都要耗尽了，"天明鸡叫时，她在卧室对他喊道，"没有哪个女人值得你这样。"她从不记得有谁曾如此迷失。但他没有理会母亲的话。有时，他彻夜不眠，为了能让费尔明娜·达萨在上学路上拿到信，他一大早就将信放到约定的秘密地点，然后带着一头因爱情而蓬乱的头发，来到办公室。而费尔明娜·达萨则在父亲的监视和修女们不怀好意的窥探下，把自己关进洗手间，或是在课堂上假装做笔记时，用练习本写上不到半页。但不仅由于时间紧迫和害怕,更由于性格使然，她的信从不触及感情问题，而只是像工工整整的航海日志一样讲讲日常琐事。事实上，这些信对她而言只是一种消遣，用来维持炭火不灭，但不必把手伸到火中，而弗洛伦蒂诺·阿里萨却在信中的每一行里把自己燃烧殆尽。他渴望用自己的狂热感染她，用大头针在山茶花的花瓣上为她刻下微型诗句。是他而非她，大胆地将自己的一缕头发夹进信中，却没有收到渴望的回赠——费尔明娜·达萨一根完整的秀发。不过，他至少让她向前迈了一步，因为从那之后，她开始给他寄来用字典夹干的叶脉、蝴蝶的翅膀和奇异的羽毛。在他生日时，她甚至送了他一块一平方厘米大小的圣佩德罗·克拉维尔[①]曾经穿过的教士服上的布料，那是那个时期人们私下买卖的，对于她这个年龄的学生来说，绝对是个不小的数目。一天晚上，在毫无征兆的情况下，费尔明娜·达萨被一首小提琴独奏的小夜曲惊醒，曲中不断重复着一段华尔兹的弦律。她颤抖了，因为她听得分明，每一个音符都表达出感激之情，感激她送的花瓣，感激她占用算术课的时间给他写信，感激她因想他胜过了关心自然科学而造成对考试的恐惧。但她还是不敢相信弗洛伦蒂诺·阿里萨竟会做出如此莽撞的事来。

第二天早上吃早餐时，洛伦索·达萨抑制不住自己的好奇心。一是他不知道在小夜曲的语言中，反复演奏同一段弦律有何深意，二是虽然他听得专注，但还是不知道乐曲是为哪户人家而奏。埃斯科拉斯蒂卡姑妈的冷静让侄女恢复了心神。她肯定地说自己透过卧室的纱帘看到那个孤独的小提琴手坐在花园的另一边，还说不管怎样，单曲重复代表的是决裂。在当天的信中，弗洛伦蒂诺·阿里萨证实了自己就是献上小夜曲的人，那曲华尔兹是他自己写的，曲名代表着费尔明娜·达萨在他心目中的形象：花冠女神。他再也没有在花园中拉过小提琴，但常常会在有月亮的夜晚，精心选择合适的地方献上一曲，既让她在卧室里就能听到，又不必再提心吊胆。他最喜欢的地方之一就是贫民墓地。它坐落在一座贫瘠的小山上，整日经受着日晒雨淋，很多秃鹫栖息在那里。从那里奏出的音乐有一种空灵的回声。后来，他

①圣佩德罗·克拉维尔（1580－1654），西班牙天主教耶稣会传教士，曾在哥伦比亚的黑奴中传教。

还学会了分辨风向，以确定他的乐声能到达它应该到的地方。

那年八月，一场新的内战即将再次危及全国。半个世纪以来，一场接一场的战争不断蹂躏着这个国家。政府施行军事管制，在加勒比沿岸的几个州从下午六点起开始宵禁。虽然已经发生过几次骚乱，军队多次滥用暴行，可弗洛伦蒂诺·阿里萨仍然迷迷糊糊，对世界的状况一无所知。一天清晨，他正在用他那爱情的呼唤扰乱亡者的宁静时，一支军事巡逻队逮捕了他。他被指控为间谍，以高音谱号的形式向在附近水域游弋的自由党船舰发送暗号，但他奇迹般地逃过一劫，没有被当场处决。

“什么间谍？什么乌七八糟的玩意儿？”弗洛伦蒂诺·阿里萨说，“我不过是个可怜的恋人。”

他被带上脚镣，在当地警备队的牢房里睡了三个晚上。但当他被释放时，却为囚禁的时间太短而感到沮丧。甚至在上了年纪以后，那一次又一次的战争早已在他的记忆中混淆，他却仍旧在想，他是这个城市，或许是整个国家中唯一一个因爱情而戴上五磅重的镣铐的人。

狂热的通信即将满两年时，在一封只有一段话的信中，弗洛伦蒂诺·阿里萨向费尔明娜·达萨正式求婚了。之前的六个月里，他曾给她寄过好几次白色山茶花，但她都在下一封信中还给了他，为的是既让他不要怀疑她愿意继续给他写信，又不愿背上承诺的重负。事实上，她一直把山茶花的一来一回当作一种调情，而从未视之为决定自己命运的十字路口。但当接到正式求婚的那一刻，她感觉自己仿佛第一次被死神抓伤了。她大惊失色，把这件事告诉了埃斯科拉斯蒂卡姑妈。姑妈勇敢而睿智地担起了为侄女答疑解惑的责任，这两种品质是当初二十岁的她被迫决定自己命运时所不曾具有的。

“回答他说你愿意，”她对侄女说，“即便你害怕得要死，即便你以后可能后悔。因为如果你说不，无论如何你都会后悔一辈子。”

然而，费尔明娜·达萨是那么茫然，她请求给她一段时间考虑。先是要求一个月，而后又是一个月，接着再是一个月。四个月过去了，她依旧没有回复，这时她再一次收到了白色山茶花。和前几次不同，这次信封中装着的不只是山茶花，还有一份最后通牒：要么现在，要么永远都不。这一次，换作是弗洛伦蒂诺·阿里萨看到了死神的面孔，因为当天下午，他收到一个信封，里面是一张从学校练习本的边缘撕下来的纸条，上面只有一行用铅笔写的回答：好吧，我同意结婚，只要您保证不逼我吃茄子。

这个回答令弗洛伦蒂诺·阿里萨措手不及，但他的母亲却早有准备。自从他六个月前第一次说起结婚的打算，特兰西多·阿里萨就开始着手张罗，把之前一直和两家人合租的房子整幢承租下来。这是一座十七世纪的民用建筑，上下两层，曾是西班牙人治下的烟草专卖商店。它的所有者破产后，无力维持房子的日常开销，只好将它分成几小块空间租出去。房子的一部分临街，是曾经的店面所在；另一部分位于地上铺着方砖的院子深处，是原来的厂房所在；另外还有一个很大的马厩，如今被房客共用来洗晒衣服。特兰西多·阿里萨租的是临街部分，虽然是最小的，却也是整幢房子中最有用且保持得最好的部分。昔日烟草店大厅的位置正是现在的杂货铺，有一扇临街的大门，旁边那间只靠一扇天窗通风的古老库房是特兰西多·阿里萨睡觉的地方。店铺里间是原大厅的一半，是用一道木隔扇隔出来的，那里有一张桌子和四把椅子，既是餐桌又是写字台。弗洛伦蒂诺·阿里萨如果不写信写到天亮，就会在那里支起一张吊床。对两个人来说，这个空间还不错，但再多一个就有些不够了，特别是对一个就读于至圣童贞奉献日学校的小姐来说。而且，这位小姐的父亲还曾把一座瓦砾中的房子修缮一新，要知道，当时一些头顶七个姓氏的家族，睡觉时都要提心吊胆，生怕房顶塌下来压到他们身上。于是，特兰西多·阿里萨征得房东的同意，占用了院子的走廊，条件是五年内保持房子处于良好状态。

她有资本这样做。杂货铺和拆旧衣做止血药棉所带来的殷实收入已足够维持她节俭的生活，此外，她还把自己的积蓄借给那些新沦落为穷人却爱面子的主顾们。他们为感激她口风严密而愿意接受高额利息，特兰西多·阿里萨借此让积蓄翻了好几番。在杂货铺门前，那些夫人们像王后一般雍容华贵地从华丽的四轮马车上走下来，身边并不带着碍手碍脚的奶妈和仆人。她们装作来买荷兰的花边和金银绦子的边饰，然后一边抽泣几声，一边把自己那失落的天堂中最后的几件仿金首饰典当掉。特兰西多·阿里萨为她们排忧解难的同时，对她们的家世仍毕恭毕敬，以至于很多人临走时更多地是感激她的尊重而非帮助。不到十年时间，她对那些几次赎回又几次含泪典当的首饰已经熟悉得如同自家的东西一样了。当儿子决定结婚时，她的收益早已变成法定标准的黄金，埋在床下的一只罐子里。她盘算了一下，发现这笔钱不仅够她把别人的这座房子维持五年，而且靠着她的小聪明和再多一点好运气，或许还能在死前把整座房子买下来，留给她满心期盼的十二个孙子孙女。而弗洛伦蒂诺·阿里萨也已被任命为电报室的临时第一助理，如果洛达里奥·图古特能到来年即将成立的电报磁力学校去当校长，他希望弗洛伦蒂诺·阿里萨留下来当电报室的头儿。

因此，结婚的物质基础已经具备。但特兰西多·阿里萨认为慎重起见，还有两个条件需要考虑。第一，要调查一下洛伦索·达萨到底是个什么样的人，他的口音无疑表明了他来自哪里，但他的身份、他谋生的手段却没有人准确知道。第二，这对恋人的恋爱期应当更长一些，这样才能让两人通过亲身交往彼此更加了解；同时，他们要对此段恋情严格保密，直到已经非常确定自己的感情。她建议他们等到战争结束再结婚。弗洛伦蒂诺·阿里萨同意绝对保密，因为母亲说得很有道理，也因为他自己向来不愿多言的性格。另外，他也同意延长恋爱时间，但他认为要等到战争结束再结婚是不现实的，因为独立后的大半个世纪以来，国家没有一天是太平的。

“我们会等老的。”他说。

他那位精通顺势疗法的教父偶然加入了他们的谈话，他并不认为战争是什么障碍。在他看来，那不过是被领主像赶牛一般驱使的穷人跟被政府驱使的赤脚的士兵在打架罢了。

“仗是在山上打的。”他说，“自打我生下来，在城里杀我们的就从来不是子弹，而是法令。”

不管怎样，结婚的细节问题在接下来这个星期的信中得以商定。费尔明娜·达萨接受埃斯科拉斯蒂卡姑妈的忠告，同意以两年为期，保持绝对贞洁，并建议弗洛伦蒂诺·阿里萨在她完成中学学业的圣诞节假期里向她求婚。届时她将征得父亲的同意，两人可以根据她父亲赞同的程度，决定如何正式订婚。与此同时，他们以一如既往的热情和之前一样频繁通信，但再不像以前那样动不动就担惊受怕，信中的口吻慢慢变得如同夫妻之间。已经没有什么会扰乱他们的梦想。

弗洛伦蒂诺·阿里萨的生活变了。得到回报的爱情给予了他前所未有的安全感和力量。他在工作中表现出色，洛达里奥·图古特没费吹灰之力就使他被任命为自己的终身助手。那时，电报磁力学校的计划失败了，于是，这个德国人把全部空闲时间都献给了他唯一真正喜欢的事情，即到港口去和水手们一起拉手风琴、喝啤酒，最后再到小旅馆过上一夜。又过了许多时候，弗洛伦蒂诺·阿里萨才发现，洛达里奥·图古特在那个欢愉场所有很大的影响力，是因为他已经变成那栋建筑的主人，而且还成了那些港口夜鸟的老板。他用自己多年的积蓄把那里一点一点买了下来，但替他出头露面的是一个又瘦又小、头发像刷子一样的独眼人：这个人心地善良、性格温顺，谁也想不到他会是一位出色的经理。但事实的确如此。至少，弗洛伦蒂诺·阿里萨是这样认为的，因为这位经理在他没有要求的情况下，告诉他说他在这里长期拥有一个房间，不仅可以供他在确定有需要时解决下半身的问题，还可以供他安静地阅读和写情书。因此，在等待正式订婚之前的一个个漫长的月份里，弗洛伦蒂诺·阿里萨在这里度过的时光比在办公室和家里都多。有那么一段时间，特兰西多·阿里萨只有在他回家换衣服时才能见到他。

阅读是他永远无法得到满足的一项嗜好。自从教会他认字，母亲便给他买来很多北欧作家写的配有插图的书。它们是作为故事书卖给孩子们看的，但其实里边都是些极其残忍、邪恶的故事，各个年龄段的人都可以看。五岁时，弗洛伦蒂诺·阿里萨就能在课堂上或学校的晚会上背诵它们。但对它们的熟悉并没有减少他的恐惧。相反，是更加重了。因此，转向诗歌对他来说是一种心灵上的舒缓。青春期伊始，他就按到手顺序读完了“人民图书馆”的所有诗集。

那些书是特兰西多·阿里萨从“代笔人门廊”的二手书商那里买来的，从荷马史诗到当地诗人最名不见经传的作品，应有尽有。但他没有区别对待，而是哪本来了，就读哪本，仿佛命中注定一般。他阅读的年头还不足以让他在自己读过的众多图书中分辨出好坏。他唯一清楚的，便是在散文和诗歌中，他更喜欢诗歌，而在诗歌中，他又更喜欢爱情诗。凡爱情诗他每读到第二遍，就能不知不觉地背诵下来，越是讲究格律和用韵，越让人撕心裂肺的诗，他背得越容易。

这就是他写给费尔明娜·达萨最初几封信的源泉。在那些信中，他曾整段照搬西班牙浪漫主义作家的诗篇，而直到现实迫使他更加关注尘世琐事而非心灵的苦痛，他才朝着当时那些催人泪下的连载小说和一些更为世俗的散文作品靠拢了一步。他学会了跟母亲一起一边落泪一边朗读当地诗人的作品，这些诗作在广场和各个城门口花两个生太伏就可以买上一册。但同时，他也会背诵黄金世纪最经典的卡斯蒂利亚语诗歌。总之，他严格按照到手顺序阅读一切能够到手的书籍。甚至在他那初恋的艰难岁月过去很久之后，他早已不再年轻，却还会把二十卷《青年宝库》、全套翻译过来的加尔涅尔·诺斯社的经典著作，以及维森特·布拉斯科·伊巴涅斯收在普罗米修斯文丛中的较为简单的作品，从第一页读到最后一页。

但不管怎样，他在那所小旅馆中度过的青年时光并非仅限于阅读和书写炽热的情书，还初识了那种没有爱情的爱的秘密。中午过后，旅馆里生机勃勃起来，他的那些夜鸟朋友如降生时一般赤裸着身子起床了。弗洛伦蒂诺·阿里萨下班回来，会看到一座到处都是光着身子的仙女的宫殿。她们大声地谈论着当事人向他们透露的这座城市里的秘密。其中很多人的裸体上展示着岁月留下的痕迹：小腹上的刀疤，子弹留下的疤痕，爱情留下的刀痕，以及剖腹产后惨不忍睹的缝合痕迹。有些人白天会把最小的孩子带在身边，这些孩子是她们年轻时叛逆或失足带来的不幸果实。孩子刚一进来，她们就把他们的衣服脱光，以免他们在这个裸体的天堂里感到与众不同。她们各烧各的饭，所以没有人比弗洛伦蒂诺·阿里萨吃得更好，因为她们邀请他时，他总是从每个人那里挑最好的吃。每天都像过节，直到黄昏。那时，她们便光着身子，唱着歌，排着队去盥洗室梳洗。她们互相借香皂，借牙膏，借剪刀，互剪头发，互相换衣服穿，再把自己的脸化得跟可怜的小丑似的，出门去捕捉当晚的第一批猎物。从这时起，旅馆里的生活就变得没有人格、无情无义了，没有钱就休想参与其中。

自从认识费尔明娜·达萨以来，没有什么地方比这里更让弗洛伦蒂诺·阿里萨感到自在了，因为这儿是唯一不让他觉得孤独的地方。甚至可以说，这里最终成了唯一能让他感到仿佛和她待在一起的地方。或许是出于同样的原因，一位上了年纪、举止优雅、有着一头漂亮银发的妇人也住在这旅馆里。她从不参与裸体女人们的日常生活，她们对她则怀有一种神圣的敬意。她年轻时，一位少不更事的恋人把她带到这里，享用了一段时间后抛弃了她，任她自生自灭。不过，虽然带着这个污点，她还是嫁得不错。成为寡妇时，她已经年纪一大把了。两个儿子和三个女儿都争相让她和自己一起生活，可她却想不出有什么地方比自己年轻时曾在此放荡过的这个旅馆更合适了。她在这里的房间是她唯一的家，这让她立刻在弗洛伦蒂诺·阿里萨身上找到了共鸣。她说弗洛伦蒂诺·阿里萨有朝一日会成为闻名世界的学者，因为他可以在淫荡的天堂里用阅读来丰富自己的灵魂。

弗洛伦蒂诺·阿里萨也很喜欢她，常帮她去市场买东西，而且经常和她一聊就是一下午。他觉得她在爱情方面是个智者，因为尽管他没有向她透露自己的秘密，她却已经多次为他的爱情指点迷津。

如果说在爱上费尔明娜·达萨以前，他都不曾陷入那么多唾手可得的诱惑之中，那么如今费尔明娜·达萨已成为他的正式恋人，他就更不可能如此了。弗洛伦蒂诺·阿里萨同那些姑娘们共同生活在旅馆里，分享她们的喜悦和愁苦，但无论他还是她们，都没有想过要越雷池一步。一次意外事件证明了他的决心之坚定。一天下午六点，就在姑娘们穿衣准备接待晚间客人的时候，旅馆中负责清洁的女孩走进了他的房间。她是一个年轻姑娘，但看上去衰老而憔悴，在那些裸体女人的光芒之中，就像一个穿着忏悔服的罪人。他每天都能看见她，但从没感觉到她也注意到了自己：她走过每个房间，手里拿着几把扫帚，一只装垃圾的桶，还有一块专门用来从地上捡起用过的避孕套的抹布。她走进房间，弗洛伦蒂诺·阿里萨正像往常一样在读书。而她也像平时一样小心翼翼地扫着地，以免打扰他。突然，她朝床边走过来。他感到她那只温热而柔软的手放在了自己的小腹上，在寻找着什么，接着它找到了，便开始解他的扣子，同时，她的呼吸声充满了整个房间。他装作读书的样子，直到再也装不下去，只好挪开身子。

她害怕了，因为当初他们给她这份清洁工作时提出的第一个警告就是不能跟客人上床。其实，他们没有必要对她说这个，因为她属于那样一类女人，认为当妓女不是为了钱，而是为了跟陌生人上床。她有两个儿子，是和不同的男人生的，并非因为她生性水性杨花，而是因为她从来没能爱上一个来了三次以后再来的男人。在来这里之前，她并不是一个在那方面有急迫需要的女人。她生性平和，始终耐心等待，并没有绝望。然而，旅馆中的生活比她的美德更强大。她每天下午六点来这里上班，整晚都在房间之间穿梭，用四把扫帚清扫房间，捡避孕套，换床单。很难想象，男人们在爱情过后会留下那么多东西。呕吐物和眼泪是她可以理解的，但他们还留下了各种隐私的谜团：血污、排泄物、玻璃眼球、金表、假牙、藏着一缕金发的遗物盒、情书、商务信函和吊唁信等各种信件。有些人会回来寻找他们丢失的东西，但绝大部分物品都会被遗忘在这里。洛达里奥·图古特把它们锁起来保存好，认为就算有一天这座宫殿不幸衰落，单靠这数千件被遗忘的私人物品，它也早晚能成为一座爱情博物馆。

她的工作艰苦，酬劳很低，但她做得很好。她不能忍受的是床笫之间的抽泣和呻吟，还有床下弹簧嘎吱作响的声音。这一切在她的血液中沉淀堆积，令她热血沸腾，痛苦不堪，天亮时恨不得跟大街上碰到的第一个乞丐睡上一觉，或者不求其他、不问究竟地找个烂醉如泥的酒鬼助她完成心愿。像弗洛伦蒂诺·阿里萨这样一个身边没有女人、年轻而又干净的小伙子出现，对她来说简直是上天的恩赐，因为从第一眼看见他的那一刻起，她就发现他和自己一样，迫切需要爱情的抚慰。但他却对她的急切渴望毫无察觉。他一直为费尔明娜·达萨保持着童贞，这世界上没有任何力量和理由能改变他的决心。

这就是他在两人约好的正式订婚时间的四个月前所过的生活。可就在这个时候，一天早上七点，洛伦索·达萨突然出现在电报室里，点名要见他。当时他还没到，洛伦索·达萨就坐在长凳上等，一直等到八点十分，不停地把他那只镶嵌着名贵蛋白石的沉甸甸的金戒指从一根手指摘下，又戴到另一根手指上。弗洛伦蒂诺·阿里萨走进来时，他立刻就认出了这个曾给他送过电报的小伙子，一把将他拉了过去。

“年轻人，跟我来。”他对他说，“我们聊五分钟，这是男人和男人之间的对话。”

弗洛伦蒂诺·阿里萨的脸乌青得像死人一般，跟着他去了。对这次会面，他毫无准备，因为费尔明娜·达萨根本没有机会也没有办法提前告诉他。事情是这样的：上星期六，至圣童贞奉献日学校的校长弗兰卡·德拉路斯修女像蛇一样悄无声息地溜进了“世界之本源”课的课堂，从各位女学生的肩膀上方窥探她们，正好抓到费尔明娜·达萨假装在本子上做笔记，实则是在写情书。根据学校的规定，犯了这种错误的人要被开除。洛伦索·达萨被紧急叫到校长办公室，由此发现自己铁一般的家规出了疏漏，瓦解在即。费尔明娜·达萨带着她骨子里的倔强承认了自己写信的错误，但拒绝说出这位秘密恋人的身份。由于她在教会法庭上再次拒绝说出恋人是谁，法庭批准了将她开除的处罚决定。父亲对她的房间进行了搜查，而在此之前，那里一直被视作不可侵犯的圣地。他在一只箱子的夹层里找到了三年来累积的一摞摞信件，显然，它们用爱写成，同样也被用爱收藏着。信上的签名确凿无疑，但洛伦索·达萨当时及以后永远都无法相信，女儿对她这位秘密恋人的了解仅仅限于他是个电报员和他喜欢拉小提琴，再无其他。

他确信只有在自己妹妹的同谋下，两人才有可能维持这种艰难的联系。于是，他甚至都没有给妹妹解释的机会，便把她塞上了开往圣胡安·德拉希耶纳加的轻便船。费尔明娜·达萨永远也忘不了那天下午，发着高烧的姑妈在门廊上向自己告别的情景。姑妈穿着她那件褐色修士服，脸色苍白而憔悴。她看着姑妈消失在小花园的蒙蒙细雨中，手里拿着生活中仅剩的东西：一包单身女人的铺盖和只够用一个月的钱。钱被她用手绢包着，攥在手中。后来，费尔明娜·达萨一从父亲的淫威下解脱出来，就派人到加勒比各省四处去寻找她，向一切可能认识她的人打听消息，但一直没有任何音讯。直到三十年后，她才收到一封经多人之手费了很长时间辗转到她手中的信，信上说她的姑妈已经在“上帝之水”麻风病院去世了。洛伦索·达萨没有想到自己这次不公的惩罚会造成女儿如此强烈的反应，他让姑妈成了牺牲品，而女儿因对母亲的记忆所剩无几，一直是把姑妈视为母亲的。她将自己锁在卧室里，不吃不喝。洛伦索·达萨先是威胁，然后用蹩脚掩饰的恳求。当她终于把房门打开，他看到的不再是曾经的那个十五岁少女，而是一个受了伤的坚强女人。

他说尽了各种好话来打动她，试图让她明白她这个年龄的爱情不过是海市蜃楼，一厢情愿地希望能说服她退回那些情书，回到学校去，跪下来求得校方原谅。他还许诺说，到时他会第一个为女儿找一位配得上她的求婚者，让她得到幸福。但他仿佛就像在对着一个死人说话。他被彻底打败了。于是，星期一午餐的时候，他终于失控了，就在他极力忍住那些就要破口而出的辱骂和诅咒时，费尔明娜·达萨把切肉的刀子架在了自己的脖子上。她并没有表现得很激动，但十分坚定，呆滞的眼神吓得他不敢再发出挑战。也就是在那时，他决定试试去找那个不知天高地厚的浑小子，与他男人对男人地谈上五分钟。他根本不记得曾经见过这个不合时宜地闯进他生活来的小伙子。纯粹是出于习惯，他在出门前带上了左轮手枪，但小心地把它藏在了衬衣下面。

当弗洛伦蒂诺·阿里萨被洛伦索·达萨拉着胳膊穿过教堂广场，直走到教区咖啡馆的拱廊下，并被邀请坐在露台上时，他连气都喘不上来了。这个钟点还没有其他客人，一个黑女人正在冲洗宽敞大厅的地砖。大厅的彩色磨砂玻璃满是裂痕和灰尘，厅里的椅子四脚朝天地放在大理石桌子上。弗洛伦蒂诺·阿里萨曾经好几次看见洛伦索·达萨在这里跟集市上的阿斯图里亚斯人一边赌钱，一边喝桶装的红酒，还大声地为连年的战争而争吵，但吵的是其他地方的战争，并不是我们这里的。他相信爱情的宿命，很多时候他都会问自己，迟早有一天他会和洛伦索·达萨见面，那情形将是什么样子。这场会面没有任何人的力量能够阻止，因为它是两人命中注定的。他设想会有一场不平等的争吵，因为不仅费尔明娜·达萨在信中提醒过他她父亲性格暴躁，他自己也亲眼见识过：即便是在牌桌上大笑的时候，洛伦索·达萨的眼神看起来也像暴怒一般。他全身上下都是粗鲁的明证：丑陋可憎的大肚子，拿腔拿调的说话声，像猞猁一样的络腮胡子，粗糙的双手，以及无名指上那只蛋白石的戒指。他唯一能打动人的地方，也是弗洛伦蒂诺·阿里萨第一次看见他走路时便注意到的，就是他和女儿一样，走起路来像头小母鹿。然而，当他指了指椅子示意弗洛伦蒂诺·阿里萨坐下时，他觉得他没有看上去那么粗鲁了。当他邀请弗洛伦蒂诺·阿里萨喝一杯茴香酒时，后者恢复了平稳的呼吸。弗洛伦蒂诺·阿里萨从没在早上八点钟喝过酒，但他还是心存感激地接受了，因为此时此刻他正迫切地需要喝上一杯。

事实上，洛伦索·达萨没用五分钟就说明了来意。他放下架子，说得那么诚恳，以至于弗洛伦蒂诺·阿里萨一时间不知所措。自从妻子死后，他给自己定下的唯一目标，就是让女儿成为一位高贵的夫人。

而对一个大字不识、靠贩卖骡子为生的商人来说，这条路漫长而且没有把握，更何况在圣胡安·德拉希耶纳加省，他那盗马贼的名声虽没有坐实却流传很广。他点燃了一支脚夫的雪茄，感慨地说："唯一比坏身体更糟的，就是坏名声。"然而他又说，他变得富有的秘密就在于，在他那众多的骡子中，没有哪一头能像他本人这样勤劳和坚韧，即便是在最艰苦的战争时期，在村庄一夜间被烧为灰烬，田园荒芜殆尽的时候，他仍旧如此。虽然女儿并不知道父亲对自己前途的高瞻远瞩，但她却一直表现得像一个积极的同谋。她聪明，而且做事有条不紊，甚至刚一学会认字就想到要教父亲识字。十二岁时，她就已经非常懂事，甚至不需要埃斯科拉斯蒂卡姑妈的帮忙就能操持家务。洛伦索·达萨感叹道："这真是一头金骡子啊。"当女儿以门门功课都是五分的成绩小学毕业，并且在毕业典礼上获得荣誉奖状时，他意识到圣胡安·德拉希耶纳加太狭小了，在那里无法实现他的梦想。于是，他变卖了田地和牲口，怀着全新的热情，揣着七万金比索，来到了这座破败的城市。尽管城市的昔日辉煌已不复存在，但在这里，一个美丽的、受过古典教育的女人尚有机会通过一桩美满的婚事获得新生。而弗洛伦蒂诺·阿里萨的闯入给这个需要全力一搏的计划带来了意想不到的障碍。"所以，我是来恳求您的。"洛伦索·达萨说。他把雪茄的烟头浸到茴香酒中，然后又吸了一口已经没有烟雾的烟，用忧伤的口吻最后说道：

"请您别挡我们的路。"

弗洛伦蒂诺·阿里萨一边听他说，一边小口呷着茴香酒，完全沉浸在对费尔明娜·达萨过去生活的勾勒之中，甚至都没有思忖一下轮到自己开口时该说些什么。但到了这个时候，他意识到无论说什么都会牵动自己的命运。

“您跟她谈过吗？”他问道。

“这您可管不着。”洛伦索·达萨说。

“我这样问您，”弗洛伦蒂诺·阿里萨说，“是因为我认为她才是有权决定的人。”

“根本不是这么回事，”洛伦索·达萨说，“这是男人的事，应该在男人之间解决。”

他的语气变得带有威胁性，邻桌的一位客人回过头看了看他们。而弗洛伦蒂诺·阿里萨的语调却是再温和不过了，但表现出他所能表现的最坚定的决心。

“无论如何，”他说，“如果不知道她是怎么想的，我无法给您任何回答。否则，那就是背叛。”

洛伦索·达萨朝身后的椅背靠去，眼皮通红而湿润，左眼在眼眶里转了一下，歪向外眼角。他同样也压低了声音，说：

“您别逼我给您一枪。”

弗洛伦蒂诺·阿里萨感到腹中充满寒气。但他的声音没有颤抖，因为他觉得自己此刻被圣神之光照亮了。

“您朝我开枪吧。”他把手放在胸膛上说，“没有什么比为爱而死更光荣的了。”

为了让歪了的眼睛看到他，洛伦索·达萨不得不侧过头来，就像鹦鹉一样。他说出的仿佛不是一个词，而是从他嘴中吐出的一个一个字：

“婊——子——养——的！”

就在那个星期，他带着女儿去旅行了，为了让她忘掉一切。他没有向女儿做出任何解释，而是冲进她的房间，嘴唇上方的胡子沾着因暴怒而嚼碎的雪茄沫，命令女儿收拾行李。她问他去哪里，他回答说："去死。"她被这个听上去过于真实的回答吓了一跳，试图用前几天的勇气面对他，但他解下自己带有实心铜扣的皮带，在拳头上绕了一圈，然后狠狠地在桌子上抽了一下，声音像来复枪的枪声一样响彻整座房子。费尔明娜·达萨很清楚自己的力量所能发挥的限度和时机，于是将两张草席和一个吊床打成铺盖卷，把所有的衣服都装进两个大箱子，她确信这是一次永远不会再回来的旅行。穿上衣服之前，她把自己锁在卫生间里，匆忙地从卫生纸卷上撕下一张，给弗洛伦蒂诺·阿里萨写了一封简短的告别信。接着，她用修枝条的剪子从后颈处齐根剪下自己的发辫，将它卷好装在绣有金线的天鹅绒盒子里，连同那封信一起寄给了弗洛伦蒂诺·阿里萨。

那是一次疯狂的旅行。最初，他们同安第斯山的脚夫们组成骡队，同行了十一天。一行人骑在骡背上，在内华达山的悬崖峭壁上前行，一时被炎炎烈日烤得皮肤干裂，一时又被十月的水平雨浇得浑身湿透，几乎每时每刻都被陡峭山峦上那令人昏昏欲睡的雾气弄得呼吸艰难。上路第三天，一头母骡子被牛虻叮后发了疯，连同背上的骑手一起摔下了悬崖，还把同它拴在一起的几头骡子也带了下去。骑手和七头畜生的惨叫声在山谷和峭壁间回荡了好几个小时，而后又在费尔明娜·达萨的记忆中年复一年地回响着。她的全部行李都同骡子一起坠入了深渊，但在那个仿佛持续了几个世纪的永恒瞬间，在从骡子和骑手掉下去，直到他们惊恐的惨叫声消失在深谷中的这段时间里，费尔明娜·达萨心里想的并不是那位摔死的可怜骑手，也不是那队粉身碎骨的骡子，而是遗憾自己骑的骡子没有和它们拴在一起。

那是她第一次骑牲口，但若不是想到肯定再也见不到弗洛伦蒂诺·阿里萨、再也得不到他的信带来的慰藉，旅途的可怕以及数不清的艰辛原本也不会令她如此痛苦。从旅行一开始，她就再没和父亲说过一句话，而他自己也心烦意乱，只在必要时和她说上两句，或者让脚夫给她捎个口信。运气好时，他们会在路边遇到一家客栈，那里提供一些山里的食物，而她却拒绝吃。客栈还租给他们几张铺着麻布的床，上面被发霉的汗渍和尿渍弄得污秽不堪。但更多时候，他们只能在印第安人的村落过夜。那里有一些建在路边的露天公共住所，用粗树枝架起围墙，苦棕榈叶搭成屋顶，所有路过的人都可以在里面睡上一晚，直到天亮。旅途中，费尔明娜·达萨没有睡过一宿整觉，总是吓得直冒冷汗，在黑暗中感觉到过路的人们悄悄忙碌着，把牲口拴在树干上，并尽可能地找一个地方挂起吊床。

傍晚，当第一批旅行者到达时，这里还空旷安静，但天亮时却已变成热闹的集市。吊床层层叠叠地挂着，从山里来的阿劳科人则蹲着睡了一宿。拴起来的山羊愤怒地叫着，斗鸡在它们那法老式的箱子里扑腾，而山里的野狗默不作声地喘着粗气，因为它们常年处在战争的危险当中，早已学会了不能乱吠。这些艰苦对于在本地做了半辈子买卖的洛伦索·达萨来说司空见惯，他甚至还总能在天亮时碰见个把老朋友。可对于他的女儿来说，却是长久的痛苦。摞成堆的咸鲇鱼散发出恶臭，加上她本来就因相思之苦而没有胃口，最终导致她茶饭不思。而如果说她到底没有因绝望而发疯，那是因为她从对弗洛伦蒂诺·阿里萨的回忆中找到了一丝安慰。她毫不怀疑这片地方是遗忘之地。

另一件时常令人恐惧的事就是战争。旅行伊始，大家就说起遭遇散兵游勇的危险。几个脚夫教了他们好几种方法以分辨来者是哪一派别，便于到时见机行事。他们经常会碰到一队执行征兵任务的骑兵，由一名军官带领，像绑牲口似的把新兵绑在一起，拖着他们全速前进。费尔明娜·达萨被这种种恐怖的景象压垮了，甚至忘记了那个对她来说更像是传奇而非近在咫尺的人，直到一天晚上一支不明党派的巡逻队绑架了骡队中的两名旅行者，把他们吊死在距离印第安人村落半里[①]地的一棵树上。洛伦索·达萨与他们非亲非故，却让人把尸体放下来，按照基督教礼节将他们埋葬，并行了感恩礼，感谢上帝没有让自己遭此厄运。他这么做是绝对有道理的。之前，那伙袭击者曾突然闯进来，把枪筒顶在他的肚子上，叫醒了他。一个衣衫褴褛、脸上涂着黑灰的军官用灯照着他，问他是自由党还是保守党。

“我既不是自由党，也不是保守党。”洛伦索·达萨答道，“我是西班牙平民。”

“算你走运！”军官说完，将手臂高高举起，向他告别道：“国王万岁！”

两天以后他们下山，来到明亮的平原，快乐的巴耶杜帕尔镇就坐落在那里。院子里有人在斗鸡，街角回荡着手风琴的乐声，骑手骑在良种马上，四处响着鞭炮声和钟声。一座燃放烟火的高塔正被架起。费尔明娜·达萨甚至没有注意到这一派欢闹的景象。他们寄宿在她母亲的兄弟利希马科·桑切斯舅舅的家里。舅舅率领着浩浩荡荡的一队年轻亲戚，骑着全省最好的良种骏马，到皇家公路上来迎接

①本书中的里均指西班牙里。

他们，引领他们在烟火的轰鸣声中穿过镇子的一条条街道。舅舅家的房子在大广场区，就在几经修缮的殖民时期的教堂旁边，看上去更像一座庄园工厂，因为各个房间都宽敞而阴暗，走廊对面是一座种满果树的园子，散发出一股热甘蔗酒的味道。

他们在马厩刚一下坐骑，一群陌生的亲戚就从主客厅里涌出来，用他们那令人无法忍受的热情扰得费尔明娜心烦意乱。此刻，她再没有心思去爱这世上的其他什么人，而且骡背上的长途跋涉弄得她浑身灼痛，困得要死，更何况还在闹肚子。她唯一渴望的，是找个僻静的地方，痛快地哭上一场。她的表姐伊尔德布兰达·桑切斯比她年长两岁，和她一样如女王般傲视一切。唯有她，从看见费尔明娜的第一眼起，就看穿了她的心事，因为她自己也在经受一段莽撞爱情的煎熬。傍晚时，她把费尔明娜带到准备好的卧室，让她同自己住在一起。她不明白，臀部磨出那么多火泡的费尔明娜是怎么活下来的。在母亲的帮助下——她母亲是一个极温柔的女人，和丈夫长得很像，就像孪生兄妹——伊尔德布兰达表姐为费尔明娜安排了坐浴，还为她敷上山金车花，以减轻灼烧的痛楚。与此同时，烟火塔的隆隆声震颤着整幢房子的地基。

夜半时分，来访的客人相继离开，庆祝相聚的人群也三三两两地散去。伊尔德布兰达表姐借给费尔明娜一件马大普兰亚麻棉织睡袍，让她躺在一张铺着整洁床单的床上，枕着羽毛枕。这一切使得一种幸福而慌乱的感觉顿时传遍费尔明娜的全身。终于，房中只剩下她们两人了。表姐插上门，从床席下取出一个马尼拉纸信封来，上面盖着国家电报局的火漆封印。只看了一眼表姐脸上那光芒四射神秘兮兮的表情，一股沁人肺腑的白色栀子花香便在费尔明娜的心头复苏了。她用牙将火漆印章咬得粉碎，泪水淌在那十一封言辞大胆的电报上，就这样，她沉浸在眼泪汇成的汪洋中，直到天明。

原来，他什么都知道。洛伦索·达萨在旅行前犯了一个错误，他通过电报把行程告诉了小舅子利希马科·桑切斯，后者又把消息传给了人数众多、关系复杂、分布在全省各个村庄和角落里的亲戚们。于是，弗洛伦蒂诺·阿里萨不仅了解到他们的整个路线，还建立起一条长长的电报员兄弟阵线，以便追寻费尔明娜·达萨的踪迹，一直到他们之前落脚的烛头村。而自从费尔明娜来到巴耶杜帕尔镇，弗洛伦蒂诺便得以和她频繁通信。她在这里住了三个月，然后动身前往别处，直到旅行的最后一站里奥阿查。在外漂泊了一年半后，洛伦索·达萨认定女儿已经忘记过去，便决定回家。或许他自己也不知道从什么时候开始放松了警惕，被妻子亲戚的甜言蜜语弄得飘飘然了。这么多年之后，妻子的族人终于放下了家族偏见，张开双臂接纳他成为他们中的一员。这次探亲是一次迟来的和解，尽管这并非此行的目的。原来，当初费尔明娜·桑切斯的家庭不惜一切代价反对她嫁给一个来历不明的外来者。此人夸夸其谈，举止粗鲁，且四处漂泊，靠贩卖未经驯化的骡子为生，这种生意太过低级，难免有坑蒙拐骗、不干不净的时候。洛伦索·达萨赌得很大，因为他追求的是当地最显赫家庭的掌上明珠。这是一个庞大的家族，女人们泼辣豪放，男人们心地仁厚却容易冲动，为了荣誉往往会失去理智甚至癫狂。然而，费尔明娜·桑切斯对这段受阻的爱情盲目而义无反顾地下定了决心，不顾家人的反对嫁给了他。她嫁得那么匆忙，那么秘密，就好像不是为爱而嫁，而是为了用那块神圣的头纱掩盖某种早熟的过失。

二十五年后，洛伦索·达萨没有意识到，他对女儿恋爱的苛刻态度正是自己那段往事的再现。如今，他向这些曾经反对过自己婚事的大小舅子们倾诉不幸，而正是这同一批人，曾经也因同样的原因向他们的亲戚倾诉苦水。不过，他在自怨自艾中消磨掉的这些时间，却被他的女儿赢去享受自己的爱情了。当他在舅子们的肥沃土地上阉割牛犊、驯服骡子时，女儿正像脱缰的野马，和一群以伊尔德布兰达·桑切斯为首的表姐妹们一同漫步。这些表姐妹中，数伊尔德布兰达最漂亮，也最乐于助人。她爱上了一个比自己大二十岁且已有妻室儿女的男人，这种没有未来的炽热爱情只能通过暗送秋波聊以自慰。

在巴耶杜帕尔镇逗留了很长一段时间后，他们继续旅行，翻山越岭，穿过鲜花盛开的草原和梦境般的高原。在所到的每个村庄，他们都受到和第一站同样的欢迎，音乐、鞭炮、新一拨串通一气的表姐妹，以及电报局里准时到达的信件。很快，费尔明娜·达萨发现他们到达巴耶杜帕尔的那个下午并不是特例，在这个富饶的省份，每一天人们都像在过节。来此地的客人天黑时随处都可睡下，饿了也随时都有饭吃，因为家家户户大门都是敞开的，屋里都挂着吊床，炉子上都炖着一锅热气腾腾的三肉炖杂烩，以防哪位客人在通知来访的电报到达之前就到了，而这是常有的事。伊尔德布兰达·桑切斯在余下的旅程中一路陪伴着表妹，兴致勃勃地向她讲述血脉融合的秘密，一直追溯到生命的起源。费尔明娜·达萨重新认识了自己，第一次感觉到成为自己的主人，感觉到被陪伴和被保护，胸中充满自由的气息，这让她恢复了宁静，又有了活下去的愿望。甚至到了暮年，她还会想起那次旅行，而且记忆犹新，越来越历历在目。

一天晚上，她像每日那样散步回来，惊愕地听说不仅没有爱情能够幸福，而且与爱情背道而驰也能幸福。这个说法让她惊慌失措，因为一个表姐妹无意间听到了自己父母和洛伦索·达萨的谈话。洛伦索·达萨提到想把女儿嫁给克莱奥法·莫斯科特万贯家产的唯一继承人。费尔明娜·达萨认识这个人。她曾经看见他在广场上遛他那些完美无缺的良驹。马身上的披挂令人眼花缭乱，就像祭台上的装饰。他风度翩翩，身手矫健，迷人的眼睫毛甚至会令石头动心。费尔明娜将他和自己记忆中的弗洛伦蒂诺·阿里萨，那个坐在小花园的杏树下，可怜兮兮、骨瘦如柴、膝头放着诗集的小伙子作了一番对比，心里没有感到一丝一毫的犹豫。

那些日子，伊尔德布兰达·桑切斯在拜访了一位料事如神、令她惊讶不已的女巫后，整日沉浸在胡思乱想中。费尔明娜·达萨被父亲的意图吓坏了，也去向女巫求教。算命的纸牌告诉她，未来没有任何障碍阻挡她享有一段长久而幸福的婚姻。这个预言让她松了一口气，因为她根本没有想到，和自己分享如此美满命运的人可能并不是她此刻爱着的这个人。对未来有了把握之后，她兴奋不已，开始按自己的意志行事。于是，她和弗洛伦蒂诺·阿里萨之间的电报往来不再是堆砌着憧憬和虚幻的山盟海誓，而变得有条有理，实实在在，且比以往任何时候都更加频繁。他们定下了日子，明确了方式，用生命许下诺言，共同决定只要两人再次见面，无论在什么地方，也无论情形如何，都不征求其他任何人的意见，直接结为夫妻。费尔明娜·达萨恪守着这份誓言，以至于那天晚上在丰塞卡镇，父亲允许她参加第一次成年舞会，她却认为没有征得未婚夫的同意就出席舞会是不贞的表现。那晚，弗洛伦蒂诺·阿里萨正在小旅馆里和洛达里奥·图古特玩纸牌，有人通知他有一封加急电报。

是丰塞卡的电报员在线上等他。这位电报员联通了七个中转台，只为了帮助费尔明娜·达萨征得参加舞会的许可。但得到许可后，费尔明娜并不满足于这个简单的肯定答复，反而进一步要求证明在线路那端操控发报机的确实是弗洛伦蒂诺·阿里萨本人。受宠若惊的他发出了一句足以证明身份的话：请告诉她我以花冠女神的名义起誓。费尔明娜·达萨认出了这句暗语，便安心去出席了自己的第一次成年舞会。直到第二天早上七点，她才匆匆换下衣服，赶去望弥撒。那个时候，她箱底藏着的信件和电报已远远多于当初父亲抢走的那些，而她也学会了让自己的行为举止像已婚女人那样成熟稳重。洛伦索·达萨将女儿举止上的改变理解为时间和距离已经治愈了她的青春妄想。但他从未向她提起过自己为她定下的那桩婚事。自从他把埃斯科拉斯蒂卡姑妈赶走后，女儿如今在表面上都对他客客气气，父女关系也融洽了许多，这让他们得以和睦共处，谁也不会怀疑这种和睦并非出自真心。

正是在这个时期，弗洛伦蒂诺·阿里萨决定在信中告诉她，他正准备努力为她打捞那艘沉船里的财宝。事实的确如此。那是一个明媚的下午，无数条鱼被毒鱼草熏得浮上水面，大海仿佛铺上了一层铝箔，此时他脑中灵光一现，冒出了这个主意。空中的鸟儿都被这场屠杀惊扰得乱成一片，渔民们不得不用船桨吓唬它们，免得它们争夺这次违禁捕捞带来的奇迹般的果实。虽然毒鱼草只是把鱼熏得昏睡过去，但自从殖民时期起就被法律禁止使用。可它始终都是加勒比地区的渔民光天化日之下的惯用手段，直到被炸药取代为止。在费尔明娜·达萨外出旅行的这段日子里，弗洛伦蒂诺·阿里萨的消遣之一便是在防波堤上看渔民如何将满载着睡鱼的巨大拖网装上他们的独木舟。与此同时，一群像鲨鱼一样水性极好的孩子请求看热闹的人们往海里扔硬币，然后他们再到水底把硬币捞上来。这些孩子还抱着同样的目的，游到海里去迎接远洋轮船。由于他们娴熟的潜水技能，在美国和欧洲已有很多旅游纪实报道描写过他们。弗洛伦蒂诺·阿里萨很早以前就认识他们，甚至比他初识爱情还要早，但他从未想过或许他们可以让沉船的财宝浮出水面。那天下午，他突然想到了这一点，于是从接下来的那个星期日开始，直到差不多一年后费尔明娜·达萨归来，他的胡思乱想又多了一种动力。

在这群戏水的男孩中有一个叫欧克利德斯的，和弗洛伦蒂诺·阿里萨聊了不到十分钟，便和他一样对海底探险兴奋不已。弗洛伦蒂诺·阿里萨并没有向他透露自己的真实意图，只是深入了解了一下他的潜水和航海本领。他问他是否能憋气下沉到海底二十米，欧克利德斯回答说行。他问他是否能孤身一人驾着打鱼用的独木船出海，不靠任何工具，仅凭本能冒着暴风雨在开阔的海面上行驶，欧克利德斯回答说行。他问他是否能准确定位距离索塔文托群岛最大岛屿西北方向十六海里的一个地方，欧克利德斯回答说行。他问他是否能在夜间航行，靠星星分辨方向，欧克利德斯回答说行。他问他是否愿意按照他帮渔民打鱼的日工资来完成这项工作，欧克利德斯回答说行，但星期日要多付五个里亚尔的加班费。他问他是否能在遇到鲨鱼时自卫防身，欧克利德斯回答说行，因为他会魔术可以吓跑鲨鱼。他问他是否能保守保密，即便被押到宗教裁判所的刑具上拷问，欧克利德斯回答说行。没有一件事他回答说不行，而且“行”字说得那么理直气壮，让人无从置疑。最后，他给弗洛伦蒂诺·阿里萨列出了花销清单：独木船的租金，宽叶桨的租金，捕鱼装备的租金，后面这一项是为了让别人不对他出海的真实目的起疑。此外，还需要带上食物，一大罐淡水，一盏油灯，一捆用动物油脂做的蜡烛，以及一只猎人用的牛角号，以便危急时刻求救。

欧克利德斯约莫十二岁，身手敏捷，鬼心眼儿多，说起话来滔滔不绝，身体就像欧洲鳗鲡，仿佛生来就是为了在船舷上的牛眼窗中钻来钻去的。他的皮肤久经风吹日晒，粗糙得已经想象不出原本的颜色，这让他那双黄色的大眼睛显得更加炯炯有神。弗洛伦蒂诺·阿里萨当即认定，他就是自己这次寻宝冒险的完美同谋。于是，两人没有再多耽搁，就在接下来的那个星期日开始行动了。

天刚刚亮，他们便装备齐全、满怀信心地从渔民的港口起锚出发了。欧克利德斯几乎全身赤裸，只穿着他平日的那块遮羞布。弗洛伦蒂诺·阿里萨则穿着他那件长礼服，头戴黑帽，脚踏漆皮皮靴，脖子上系着诗人式的领结，还随身带着一本书，作为到达群岛之前一路上的消遣。从第一个星期日起，他便发现欧克利德斯不仅是个潜水好手，还是个熟练的水手，对大海的天性以及港湾处的废铜烂铁了如指掌。他可以讲出那里每一条被氧化得锈迹斑斑、只剩下一具空壳的破船的历史，并说出很多意想不到的细节来。他知道每只浮标的年龄，每一片瓦砾的来历，以及西班牙人用来封锁港口的铁链上有多少圈铁环。弗洛伦蒂诺·阿里萨担心他对此次探险的真实目的心知肚明，便拐弯抹角地问了他几个问题，结果发现他对那条沉船一无所知。

自从在小旅馆里第一次听说那个宝藏的故事，弗洛伦蒂诺·阿里萨便开始尽一切可能打听关于沉船的各种信息。他了解到，圣何塞号并非唯一一艘躺在珊瑚丛中的沉船。事实上，它是陆地号船队的旗舰，于一七〇八年五月后到达这里，来自巴拿马波多贝罗那个闻名遐迩的集市。在那里，它装上了第一批财宝：三百只装满秘鲁和维拉克鲁斯白银的箱子，以及一百一十箱在孔塔多拉岛集中并清点好的珍珠。这只舰船在那里逗留长达一个月，人们日夜狂欢，最后装上了足够把西班牙王国从贫穷中拯救出来的其余财宝：一百一十六箱穆索和索蒙多科祖母绿宝石，以及三千万枚金币。

陆地号船队由至少十二艘大小不同的船只组成。它从这个港口起锚出发，一路上由一支法国舰队护航，但这支装备优良的舰队最终没能把远征队伍从英国舰队的精准炮击中拯救出来。那些英国人在卡洛斯·瓦格尔指挥官的带领下，在索塔文托群岛附近海湾的出口处伏击了他们。所以说，圣何塞号并非唯一的沉船，尽管究竟有多少船被击沉、又有多少船从炮火中逃脱，并没有确切记载。但毫无疑问的是，这艘旗舰是最先沉入大海的船之一，和它一起葬身大海的，还有全体船员以及纹丝不动站在后甲板上的船长，而船上载着船队大部分的货物。

弗洛伦蒂诺·阿里萨从当时的航海图上找到船队的路线，并相信自己已经确定了沉船的位置。两人从博卡奇卡的两座碉堡间驶出海湾，航行四个小时后，进入群岛内部的静止水域，水底珊瑚丛中熟睡的龙虾伸手可及。风平浪静，海水清澈见底，弗洛伦蒂诺·阿里萨觉得自己仿佛与水中的倒影合而为一。滞流区的尽头，距最大岛屿两小时航程的地方，就是沉船的位置所在。

穿着那身肃穆的黑色礼服，弗洛伦蒂诺·阿里萨被仿佛来自地狱的烈日烤得浑身燥热。他让欧克利德斯潜到二十米深的水下，无论找到什么东西都带回来给他。海水很清，他看见欧克利德斯在水下游动着，像一条鲨鱼一样在蓝色的鲨群中穿梭，一条条鲨鱼与他擦身而过，却没有碰他。之后，他看见他消失在珊瑚丛中。正当他认为欧克利德斯的氧气已经耗尽时，听到背后传来喊声。欧克利德斯站在水里，举着双臂，海水才到他的腰间。于是，他们继续寻找更深的地方，一路向北，从自在的蝠鲼、胆小的鱿鱼和阴暗中的玫瑰丛上方驶过。最后，欧克利德斯明白了他们是在浪费时间。

"如果您不告诉我您要找的是什么，我就不会知道怎样才能找到。"他对弗洛伦蒂诺·阿里萨说。

但弗洛伦蒂诺·阿里萨还是没有告诉他。于是，欧克利德斯建议他脱掉衣服，下去和他一起找，哪怕就只看看珊瑚丛深处处于世界下方的另一片蓝天也好。可弗洛伦蒂诺·阿里萨却总说，上帝造海是为了让人们通过窗子去欣赏，再说他也从来没有学过游泳。不久，下午的天空中云多了起来，空气变得阴冷潮湿。天黑得很快，他们靠灯塔才找到港口的方向。驶进海湾之前，他们看见法国的远洋轮船从身边驶过。轮船是白色的，体形巨大，船上灯火辉煌，留下一股柔柔的饭香和煮花椰菜的味道。

他们就这样白白浪费了三个星期日，若非弗洛伦蒂诺·阿里萨最终决定和欧克利德斯分享他的秘密，他们还会继续浪费掉所有的星期日。这之后，欧克利德斯修改了整个寻宝计划。他们沿着大帆船的古老航线行驶，比弗洛伦蒂诺·阿里萨预测的地方往东移了二十西班牙海里。不到两个月，在一个海上飘着雨的下午，欧克利德斯潜到水里很久。在这期间，独木船漂出很远，以至于欧克利德斯游了近半个小时才赶上它，因为弗洛伦蒂诺·阿里萨没能用桨把船划到他那边去。他终于上船之后，从嘴里取出两件女人的首饰，作为坚持不懈的战利品展示给弗洛伦蒂诺·阿里萨看。

接下来他描述的情景是那么令人陶醉，以至于弗洛伦蒂诺·阿里萨发誓要学会游泳，潜到尽可能深的地方，只为能亲眼证实一下。欧克利德斯说，在那里，在那个只有十八米深的地方，那么多古老的帆船躺在珊瑚丛中，数都数不清。它们分散得很广，一眼望不到边。他说最令人惊讶的是，海湾漂着的那么多散了架的破船中，没有一艘能像海底这些沉船保持得这样完整。他还说，有好多艘三桅帆船甚至连船帆都完好无损，在海底看得清清楚楚，就仿佛它们是连同当日的时空一道沉下去的，照在它们身上的，还是它们沉入大海时那个六月九日星期六上午十一点的阳光。他被自己想象力的激情压得喘不上气来，接着说道，最容易分辨的就是圣何塞号大帆船，它的名字是用金字写在船尾的，看得清清楚楚，但同时，它也是被英国人的大炮打得损伤最严重的船。他说他看见一只足有三百多岁的大章鱼困在船内，触角从各个炮筒里伸出来，它在厨房里长得太大了，要想把它放出来，得先把船拆掉才行。他说，他还看到了身穿军服的船长，身体侧着漂浮在船首楼甲板变成的水箱里。他还说，他之所以没有下到装财宝的船舱，是因为他肺里的空气不够了。但他带回了证据：一只祖母绿耳环，还有一个链子被硝腐蚀了的圣母圣牌。

也就是在这个时候，在一封寄往丰塞卡镇的信中，弗洛伦蒂诺·阿里萨第一次向费尔明娜·达萨提到了财宝的事，而过不了多久她就要回来了。她对这艘沉船的故事并不陌生，因为她曾多次听洛伦索·达萨提起过。洛伦索·达萨为了说服一家德国潜水公司和他合伙打捞沉没的财宝，曾花费了不少时间和金钱。要不是历史研究院的几位研究员说服了他，告诉他沉船的传说不过是某个穷凶极恶的总督为了侵吞王室的财富而编造出来的故事，他肯定还会对这项事业坚持到底。总之，费尔明娜·达萨知道，大帆船沉在海底两百米的深处，根本没人能够到达，并非弗洛伦蒂诺·阿里萨所说的二十米。但她已经习惯了他那诗意的夸张，所以也就把这次寻找大帆船的冒险当作他的又一次丰功伟绩祝贺了一番。可当她继续收到写满荒唐细节的来信，见他像书写爱情誓言一般严肃地描绘这些细节时，她不得不向伊尔德布兰达袒露了自己的心事，说她担心自己那位浮想联翩的恋人失去了理智。

就在那些日子里，欧克利德斯又捞出了许多件能够证明他所编织的神话的证据，两人已经不仅仅满足于为那些散落在珊瑚丛中的耳环和戒指欢呼雀跃了，而是计划要筹钱建立一家大公司，打捞那五十多艘船上的巴比伦宝藏。于是，迟早都要发生的事情发生了。弗洛伦蒂诺·阿里萨向母亲求助，希望她帮助自己完成这项冒险。而母亲只是咬了咬那些首饰上的金属，又对着阳光看了看那些玻璃块，就明白了有人想利用她儿子的天真发财。欧克利德斯跪在地上对弗洛伦蒂诺·阿里萨发誓说自己没做过任何骗人的勾当。但接下来的星期日，他就没在渔港露面，以后也再没在别的地方出现过。

这次受骗给弗洛伦蒂诺·阿里萨带来的唯一好处，就是找到了灯塔这个爱情的避风港。一天晚上，他们在一望无际的大海上遭遇暴风雨，欧克利德斯用独木船将他载到了这里。从那以后，他便常常在下午来和灯塔看守人聊天，听看守人讲他所知道的那些陆地上和大海里数不尽的奇迹。这是一段将要历经沧海桑田的友谊的开端。弗洛伦蒂诺·阿里萨学会了如何维持灯火不熄，先是用柴火，而后又用油罐子，那时电力的使用还没有传到我们这里。他还学会了如何用镜子引导灯火的方向并增加它的亮度。有几次，灯塔看守人有事不能看管灯塔，他便留下来，在塔上整夜注视着大海。他学会了利用声音和船上灯光映在地平线上影子的大小来辨别船只，还学会了在灯塔闪动的光亮中分辨船只给他发回的信号。

白天，特别是星期日，还有另一种乐趣。在老城的富人们居住的总督区，女人使用的海滩和男人的海滩是由一堵石灰墙分开的：女人的在灯塔之右，而男人的在左边。于是，灯塔看守人在塔上架起了一台望远镜，只要花上一个生太伏，就能用望远镜观赏一下女人的海滩。那些上流社会的小姐们不知道自己正被人偷窥，只管穿着宽荷叶边的泳衣，脚踩着拖鞋，头顶着宽檐帽，尽情地展现着身姿。这副装扮将她们的身体遮掩得像上街时穿的衣服一样严实，却又不像那些衣服那样迷人。母亲们则坐在烈日下的藤条摇椅上，穿得和望大弥撒时一样，同样的衣服，同样的羽毛帽子，也打着同样的绢制遮阳伞，在岸边注视着女儿们，生怕隔壁海滩上的男人从水下引诱她们。事实上，从望远镜里看到的并不比在街上看到的更多、更刺激，但每个星期日赶来这里的客人还是很多，他们争先恐后地抢着望远镜，只为一饱眼福，享受一下围墙那边枯燥乏味的禁果。

弗洛伦蒂诺·阿里萨也是这些人中的一个，与其说他是为了寻找乐子，不如说是因为无聊。但他和灯塔看守人结交，并不是因为这个额外的诱惑。真正的原因是，自从费尔明娜·达萨对他失去了爱慕，而他开始狂热地寻花问柳以取代她的时候，没有一处地方让他觉得比在灯塔里的分分秒秒更加快乐，或能找到更好的安慰来抚平自己的痛楚。这里是他最喜欢的地方。他甚至花了很多年求母亲，而后又求他的叔叔莱昂十二[①]，求他们帮他买下灯塔。那个时候，加勒比

①教皇“利奥十二世”在西班牙语中的叫法。

地区的灯塔是私人财产，灯塔主人根据船只的体积来收取入港税。弗洛伦蒂诺·阿里萨认为那是唯一一种能够靠诗情画意营生的体面方式。可他的母亲和叔叔都不这么看。当他终于可以靠自己的财富这样做时，灯塔却又成了国家的财产。

但这些幻想并非全是徒劳。无论是沉船的传说，还是后来对灯塔的兴趣，都帮他减轻了见不到费尔明娜·达萨的相思之苦。而就在他最意想不到的时候，传来了费尔明娜·达萨即将归来的消息。原来，在里奥阿查待了相当长的一段时间后，洛伦索·达萨决定回家。十二月正值信风季，并非风平浪静的时节，那艘唯一敢于冒险出海的老旧轻便船，很可能一夜间又被逆风拖回到出发的港口。而事实果真如此。费尔明娜·达萨度过了苦不堪言的一宿，她把自己绑在舱室的床铺上，把胆汁都吐出来了。那间舱室简直就像小酒馆的茅厕，不仅因为它狭小压抑的空间，更因为里面的恶臭和闷热。船摇晃得那么厉害，好几次她都觉得床上的皮带就要断裂了。甲板上不时传来一阵阵像遭遇了海难似的惨叫声，而父亲在隔壁床上发出的老虎般的鼾声更加重了恐怖的气氛。近三年来，这还是她第一个片刻也不曾想到弗洛伦蒂诺·阿里萨的不眠之夜。而此刻，他正躺在杂货铺里间的吊床上辗转难眠，一分钟一分钟地数着她回来前的时间，仿佛每一分钟都是永恒。天亮时，风突然停了，海面又恢复了平静，费尔明娜·达萨发现自己尽管饱受晕船之苦，但最终还是睡着了，因为她是被锚链丁零当啷的巨大响声吵醒的。于是，她解开床上的皮带，凑到舷窗前向外张望，幻想着能在港口躁动的人群中发现弗洛伦蒂诺·阿里萨的身影，但她看到的却是被第一缕阳光染成金黄色的棕榈树丛中的海关仓库，以及里奥阿查那用腐朽的木板钉成的码头，而他们的船前一天晚上正是从这里起锚的。

当天余下的时间就如幻觉。她又一次待在一直住到前一天的房子里，接待了同一拨来向她告别的客人，说着同样的话。她恍惚觉得，自己在重复一个已经度过的生活片段。这种重复是那么的彻底，而一想到乘船旅行也将如此重复，费尔明娜·达萨颤抖起来：单是回想一下船上的情景就让她不寒而栗了。但要想回家，唯一一个不同的选择就是骑在骡子上沿着悬崖峭壁走上两个星期，而且情况会比来时更加危险，因为在安第斯山考卡省爆发的一场新内战正在加勒比各省蔓延。于是晚上八点，她又一次被同一拨喧喧嚷嚷的亲戚送至港口。他们挥着同样的告别眼泪，在最后时刻送上了那同一批大包小包七零八碎、舱室里塞都塞不下的礼物。起锚时，家里的男人们朝天开了几枪，为帆船送行。洛伦索·达萨则站在甲板上，用他的左轮手枪打了五枪作为回应。费尔明娜·达萨的忧虑很快便烟消云散了，因为整晚都是顺风。大海散发着一股花香，这甚至让她没有系上安全皮带，就恬然入梦了。她梦见自己又见到了弗洛伦蒂诺·阿里萨，梦见他竟然摘掉了她一直以来看到的那副面孔，原来那是一只面具，但他真实的面孔又和那面具一模一样。她很早便起床了，因为这个梦中的谜团让她大惑不解。她看见父亲正坐在船长的饭厅里，喝着兑了白兰地的不加糖的浓咖啡。由于酒精的作用，他的眼睛又斜了，但没有流露出对这次回家的丝毫顾虑。

他们驶进港来。轻便船在公共市场港湾里停泊的那些小船组成的迷宫中静静滑行。市场散发的臭味在几里外的海上就能闻到。晨曦在清澈的蒙蒙细雨中显得格外饱满，可小雨很快变成了瓢泼大雨。守候在电报室阳台上的弗洛伦蒂诺·阿里萨，在轻便船驶入灵魂湾的那一刻就认出了它，船帆被雨水打得耷拉下来，船在市场码头下了锚。前一天，他一直等到上午十一点，才从一份电报中偶然得知船因为逆风而延误了。于是，他又从第二天的凌晨四点起开始等待。此刻，他的眼睛始终不离那一艘艘运送旅客的小船。它们负责把少数不顾暴风雨而决定上岸的旅客送至岸边，可最后，他们中的大部分都不得不在中途走下搁浅的小船，蹚着泥泞攀上码头。船中的客人一直徒劳地等到八点钟，雨还是没有停。一个黑人搬运工蹚着齐腰深的水走到船舷上把费尔明娜·达萨接了下来，一直把她抱到岸上。但她浑身上下湿得就像落汤鸡，弗洛伦蒂诺·阿里萨竟然没有认出她来。

她自己也没有意识到，在这次旅行中她竟成熟了那么多——直到踏入家门的那一刻。她一走进大门紧闭的房子，便立刻在黑人女仆的帮助下，开始了让房屋恢复生气的壮举。黑人女仆名叫加拉·普拉西迪娅，刚一接到他们即将归来的消息，就从她那古老的奴隶住所赶了回来。费尔明娜·达萨已经不再是那个既受父亲宠爱又受他严加管束的独生女了，而变成了这个满是尘土和蛛网的王国真正的女主人。如今，只有不可战胜的爱的力量，才能拯救这个王国。她没有气馁，因为她感到自己受到一股升腾的勇气的召唤，足以撼动这个世界。回家当晚，他们在厨房的餐桌上喝热巧克力、吃奶酪饼的时候，父亲把管理家务的大权交给了她，那么郑重其事，就像进行神圣的宗教仪式一般。

“我把你生活的钥匙交给你。”他对她说。

年满十七岁的她坚定地接过这个权力。她知道，她所赢得的每一分自由都是为了爱。这一夜，噩梦连连。第二天，她打开阳台的窗子，又看见小花园中伤感的蒙蒙细雨、那尊被斩首的英雄塑像，还有弗洛伦蒂诺·阿里萨拿着诗集常坐的那条大理石长凳，她第一次感到回家的惆怅。她已经不再把他当作一个遥不可及的恋人，而是当作可以托付一切的确定无疑的丈夫来想念。她突然感到，自己走后，二人所虚度的光阴是多么的沉重漫长，活下来又是多么的艰辛不易，而她又该付出多少爱，去按照上帝的旨意爱这个属于她的男人啊。可她惊讶地发现，他并不在小花园，不像以前很多次那样，即使下雨也会出现在那里。她发现自己没有通过任何渠道接到他的任何信息，甚至一点征兆都没有。突然间，一个念头令她浑身一颤：他死了。但随即，她又排除了这个坏念头，因为在最后几天狂热的电报往来中，他们的确是忘了商定一种她回来以后能继续保持联系的方式。

事实上，弗洛伦蒂诺·阿里萨十分肯定地以为她还没有回来，直到里奥阿查的电报员向他证实她星期五就上船了，并且就是那艘前一天因逆风而没有到达的轻便船。于是周末时，他守在她家门口，注视着里面的动静。而星期一，从傍晚开始，他便透过窗子看见一盏灯火在阳台所在的那间卧室里来回移动，九点刚过就又熄灭了。他一夜没睡，而是受着和恋爱之初的夜晚同样的煎熬，紧张得直想呕吐。特兰西多·阿里萨在早上第一拨公鸡打鸣时就起了床。她被吓慌了，因为儿子自从半夜走进院子就再没回来，而她在家里也没有找到他。原来，他一直在防波堤上徘徊，迎着风背诵爱情诗，高兴得流泪，直到天明。八点钟，他坐在教区咖啡馆的拱廊下，因彻夜未眠而精神恍惚，正想着用一种什么样的方式来向费尔明娜·达萨表示欢迎。就在这时，他感到地动山摇，浑身一震，五脏六腑都要碎了。

是她。她正穿过大教堂广场，加拉·普拉西迪娅手里提着买东西的篮子陪伴着她。这是她第一次没有穿校服出门。她比离开时长高了，线条更加分明，身材更加丰盈，一种成熟的矜持使她的美更为纯净。她的发辫又长出来了，但不是披在后背，而是斜搭在左肩上，这个简单的变化让她脱去了少女的稚气。弗洛伦蒂诺·阿里萨目瞪口呆地坐在那里，直到这个宛如梦幻的姑娘目不斜视地穿过广场。接着，那股使他浑身酥软动弹不得的不可抗拒的力量，又迫使他跟在她后面追了上去。而这时，她已经拐过教堂边的街角，混入市场喧闹嘈杂的人群中。

他紧跟着她，却不让她发现，一路观察着世界上他最爱的这个人的举手投足，她的优雅，她的早熟。这是他第一次看到她无拘无束的样子。他惊讶地看着她自如地穿行于人群之中，而加拉·普拉西迪娅却东碰西撞，手中的篮子钩来刮去，不得不一路小跑才跟得上她。她在混乱的大街上穿梭，自由自在，不曾与任何人相撞，就像在黑暗中飞翔的蝙蝠。她曾多次和埃斯科拉斯蒂卡姑妈来到市场，但从来只是买一些小玩意儿，因为那时父亲亲自负责家中的采购，不单包括家具和食品，甚至还包括女人的衣服。所以，这第一次出门采买，对她来说是在童年的梦想中便一再憧憬过的神奇冒险。

她没有理会耍蛇人向她兜售永葆爱情的糖浆时的那番饶舌，也没有理睬躺在别人大门前浑身长癞流脓的乞丐的恳求，更没有搭理试图把一条受过训练的鳄鱼卖给她的假印第安人。她走得很远，逛得很仔细，但漫无目的，每一次停下来，都仅仅是因为她喜欢不慌不忙地欣赏每一件东西的灵魂。只要有点儿东西卖的门廊，她都要走进去看看，而每到一处，她都能找出点儿什么来增添她对生活的渴望。她兴高采烈地闻着大木箱里呢料散发出的香根草的味道；她把印花的丝绸裹在身上；她戴上压发梳，拿起花扇，在“金丝”商店的全身穿衣镜里看着自己扮成马德里妇女的模样，忍不住笑起来，接着，又被自己的笑逗得哈哈大笑。在进口食品店，她打开一桶卤汁鲱鱼，这让她想起自己还是个小姑娘时，在东北部的圣胡安·德拉希耶纳加度过的那些夜晚。她又尝了尝带甘草味的阿利坎特血肠，买了两根作为星期六的早餐，还买了几片鳕鱼肉和一罐酒浸红醋栗。在调料店，她用两个手掌揉碎了几瓣鼠尾草和牛至叶，纯粹是为了闻味儿，还买了一把丁香和一把大料，一小包姜和一小包刺柏。走出来时，由于被卡宴的胡椒呛得直打喷嚏，她笑得满脸泪水。在法国药店，当她试用路特香皂和安息香液的时候，售货员在她耳后喷了一揿巴黎正流行的香水，还给了她一片吸烟后用的祛味剂。

她是在边买边玩，的确如此，但对于那些真正需要的东西，她会毫不迟疑地买下来。那股当机立断的劲头让人绝对想不到这是她第一次买东西。她知道，她不只是在为自己买，也是在为他买。她买下了十二码亚麻布，用来为两人做台布；一块细棉布，用来做新婚之夜的床单，天亮时上面会浸染上两人幸福的气息。每一件精美的物品，他们都将在他们的爱巢共同享用。她讨价还价，且十分在行。她优雅而又不失尊贵地议价，最后总能赢得最大的优惠。她用金币付账，店主们假装检验真伪，其实只是为了听听金币落在大理石柜台上那悦耳的声音。

弗洛伦蒂诺·阿里萨惊奇地窥视着她，跟在她身后气喘吁吁，好几次都撞到了女仆的篮子上，对他的道歉，女仆回以微笑。她和他擦肩而过，距离如此之近，他闻到了她身上的一阵芳香。如果说她那时并没有看到他，可不是因为她无法看到，而实在是因为她那傲视一切的走路方式。他觉得她是那么美，那么迷人，那么与众不同，所以不能理解为何没有人像他一样，为她的鞋跟踩在路砖上那响板似的美妙声音而神魂颠倒，也没有人像他那样被她裙摆的窸窸窣窣弄得心怦怦乱跳，为何全世界的人没有因她那飘逸的发辫、轻盈的手臂和金子般的笑声而爱得发狂。他没有错过她的一颦一笑，也没有错过她那高贵品行的任何一点展现，但他不敢走近她，害怕扼杀这样如痴如醉的感觉。然而，当她钻进鱼龙混杂的“代笔人门廊”时，他意识到自己正在铤而走险，眼看就要失去几年来梦寐以求的机会。

费尔明娜·达萨赞同她的女同学们的古怪看法，认为“代笔人门廊”是个堕落淫荡、藏污纳垢的地方，自然，是对那些体面的小姐们而言。那是一个有很多拱门的长廊，对面是一个小广场，停着可供出租的马车和驴子拉的大车，老百姓的生意做得如火如荼，热热闹闹。“代笔人门廊”这个名字起源于殖民时期，因为从那时起，那些穿着呢子背心、戴着套袖的沉默寡言的书法家们就坐在这里，以低廉的价格代人写就各种文书：受屈或申诉的诉状，法庭证词，贺帖，悼词，以及各种年龄阶段的情书。当然，这个喧闹市场的坏名声并非来自这些代笔先生，而是来自后来出现的小商小贩。他们在柜台底下出售由欧洲船走私来的假货，从淫秽下流的明信片、春药油膏到著名的加泰罗尼亚避孕套，应有尽有。那种避孕套有的装着鬣蜥身上的鬣毛，到时候可以撩动心房；还有的在末端饰有花朵，花瓣可以按照使用者的意愿张开。费尔明娜·达萨并不熟悉这条街道的风俗，为了找一处阴凉来避一避十一点钟火辣辣的太阳，她走进了门廊，根本没留意自己来到了什么地方。

瞬时间，她被淹没在一片叽里呱啦的火热叫卖声中，有擦鞋匠、卖鸟人、二手书商、江湖郎中，还有卖甜食的女人。其中，卖甜食的女人们的吆喝声力压众人，她们大声叫卖着姑娘们爱吃的菠萝酥，疯子爱吃的椰子饼和小甜心米卡拉爱吃的红糖糕。可她对这些嘈乱的嚷声无动于衷，因为她一下子就被那个卖文具的吸引住了。那人正在演示各种具有魔力的神奇墨水，有像血一样鲜红的红墨水，有透着一股悲伤的写悼文用的墨水，还有便于在黑暗中阅读的磷光墨水，以及只有灯照下才能看得见的隐形墨水。她本来打算各种墨水都买一点儿，好同弗洛伦蒂诺·阿里萨闹着玩儿，用自己的天才吓他一跳。但她试了好几种之后，决定只买一小瓶金色墨水。随后，她走到那些坐在一排大罐子后面的卖甜食的女人面前，每样买了六块。她用手一一指着玻璃罐中的甜食，因为在嘈杂声中根本无法让她们听见自己在说什么：六块天使发丝饼，六块炼乳饼，六块芝麻糕，六块木薯夹心酥，六块魔鬼巧克力饼，六块奶油卷，六块王后乳酪糕，六块这个，六块那个，每样六块。她用一种令人难以抵御的优雅把这些糕点一一扔进女仆的篮子，全然没有理会叮在糕点上的密密麻麻的苍蝇，周围不绝于耳的嘈杂声，以及在那要命的酷热中闪烁的腐臭汗珠所发出的蒸蒸热气。一个头上包着花头巾、圆润而漂亮的黑人妇女，满面笑容地递给她一角插在刀上的菠萝块，令她从陶醉中清醒过来。她取下菠萝块，整个放进嘴里，一边细细品尝着，一边把目光扫向周围的人群。突然，一个晴天霹雳将她定在了那里。在她背后，嘈杂之中一个唯有她能够听见的声音在她耳边响起：

“这可不是花冠女神该来的地方。”

她回过头，在距离自己的双眼两拃远的地方，她看见了他那冰冷的眼睛、青紫色的面庞和因爱情的恐惧而变得僵硬的双唇。他离她那么近，就像在子时弥撒躁动的人群中看到他的那次一样。但与那时不同，此刻她没有感到爱情的震撼，而是坠入了失望的深渊。在那一瞬间，她恍然大悟，原来自己对自己撒了一个弥天大谎。她惊慌地自问，怎么会如此残酷地让那样一个幻影在自己的心间占据了那么长时间。她只想出了一句话："我的上帝啊！这个可怜的人！"弗洛伦蒂诺·阿里萨冲她笑了笑，试图对她说点什么，想跟她一起走，但她挥了挥手，把他从自己的生活中抹掉了——

"不，请别这样。"她对他说，"忘了吧。"

那天下午，父亲睡午觉的时候，她交给加拉·普拉西迪娅一封只有两行字的信：今天，见到您时，我发现我们之间不过是一场幻觉。女仆还给他带去了他的电报、他的诗和他送的已经风干了的山茶花，并要求他归还她曾送给他的信件和礼物：埃斯科拉斯蒂卡姑妈的那本弥撒经书，植物叶脉标本，一平方厘米大小的圣佩德罗·克拉维尔的教士服布料，几块圣牌，还有她那条系着校服配套丝带的十五岁时的发辫。在接下来的日子里，他濒临疯狂，给她写了无数封绝望的信，缠着女仆带给她。但女仆坚决执行女主人斩钉截铁的指示：不接收除归还的礼物以外的任何物品。在女仆的再三坚持下，弗洛伦蒂诺·阿里萨把所有东西都还给了她，只除了发辫。他不会归还发辫，除非费尔明娜·达萨亲自来拿，并和他谈上哪怕片刻的时间。但他的愿望没有达成。特兰西多·阿里萨担心儿子会做出什么不可挽回的冲动决定，放下自己的骄傲，去恳求费尔明娜·达萨开恩给她五分钟的时间。费尔明娜·达萨在家中的前厅站着接待了她，只花了一小会儿工夫，甚至没有请她进去，更没有表现出丝毫软弱。过了两天，在同母亲吵了一架后，弗洛伦蒂诺·阿里萨从他卧室的墙上取下了那个落满灰尘的玻璃龛，里面像供奉圣人遗物似的供奉着那条发辫。特兰西多·阿里萨把它装进那只绣有金线的天鹅绒盒子，亲自还了回去。弗洛伦蒂诺·阿里萨再没有机会单独见过费尔明娜·达萨，在他们漫长一生的几次相遇中，也再没有单独和她说过话，直到五十一年九个月零四天之后，她成为寡妇的第一个晚上，他才再一次向她重申自己对她永恒的忠诚和不渝的爱情。

胡维纳尔·乌尔比诺医生二十八岁时，是最受人青睐的单身汉。他曾去巴黎进修药科和外科，待了很长时间才回来。刚一踏回这片土地，他就充分证明了自己没有在外虚度每一寸光阴。他比走的时候更加仪表堂堂，文质彬彬。同辈之中，没有一个人像他那样在学问上一丝不苟，知识渊博，同时，也没有一个人时髦舞跳得比他好，或是即兴钢琴弹得比他棒。他的翩翩风度和殷实家境迷倒了周围很多姑娘。她们靠私下里抽签来决定谁做他的女伴，而他也乐得与她们相处，但总是若即若离，始终保持着清雅，直到最后，他不可救药地被费尔明娜·达萨那种质朴的魅力迷住了。

他总是津津乐道，说他们的爱情是一次误诊的果实。他自己也无法相信事情就那么发生了，特别是在那个时候，他正把自己积蓄的全部热情都倾注到这个城市的命运之中。对于这座城市，他常常不假思索地说，它是举世无双的。在巴黎，当他挽着某位临时女友漫步在姗姗来迟的秋色中，仿佛不会再有比那些金色的下午更为纯真的幸福了：到处弥漫着炭烤栗子的山野气息，手风琴声悠扬婉转，还有那一对对贪婪的情侣，在露天阳台上仿佛永远也亲吻不够似的。然而，他把手放在胸口，对自己说，眼前的这一切都不足以让他用故乡加勒比四月的一瞬间来抵换。他还太年轻，尚不知道回忆总是会抹去坏的，夸大好的，而也正是由于这种玄妙，我们才得以承担过去的重负。可当他站在甲板的栏杆前，再一次看到殖民区那白色的山冈，屋顶上一动不动的兀鹫，以及阳台上晒着的穷人的破衣烂衫——到了这个时候，他才明白自己是那么轻易地掉进了思乡之情设下的慈悲圈套。

轮船从水面漂浮的一层溺水而亡的动物尸体间开出一条道来，驶进了港湾。为躲避恶臭，大部分旅客都进了船舱。年轻的医生从舷梯上走下船，身穿上好的羊驼毛西服和背心，外套一件长罩衣，留着巴斯德年轻时的那种胡子，头发由中间分开，露出一道清晰而苍白的中缝。他极好地掩饰了自己因恐惧而非伤感造成的哽咽。码头上几乎没什么人，只有几个没穿制服的赤脚士兵在看守。两个妹妹和母亲，以及几个最要好的朋友在那里等他。他发现他们尽管表面上开心，但脸色憔悴，毫无生气。谈到危机和内战时，他们仿佛在说距离自己很远、甚至毫不相干的事，可那隐隐颤抖的声音和游移不定的眼神背叛了他们的言辞。令他感触最深的还是他的母亲。她是一个还很年轻的女人，曾以热情火辣的社交活力从容优雅地投身于生活，而如今，在那身散发着一股樟脑味的寡妇黑绸丧服中，她就像被文火煎熬一般慢慢枯萎了。想必是在儿子一脸的困惑中察觉到了自己的改变，她先发制人，以攻为守，问儿子的脸色为何像石蜡一样苍白。

“是生活所迫，母亲。”他说，“人人在巴黎都会变得脸色发青。”

稍后他挨着母亲坐在封闭的车子里，空气闷热得令人窒息，他再也无法忍受从车窗里钻进来的那一幕幕残酷的现实了。大海如死灰一般，一座座古老的侯爵府几乎被淹没在不断增多的乞丐之中，露天的污水沟散发出死亡的味道，再也闻不到昔日那浓郁的茉莉花香。他觉得一切都变得比他走的时候更渺小，更破败，更萧条。街道的垃圾堆上到处都是饥饿的老鼠，惊得拉车的马儿走得磕磕绊绊。从港口到他家这段漫长的路上，在总督区的中心地带，他没有碰到任何能对得起他的思乡之情的东西。他沮丧之极，为了不让母亲看见，便把头扭向一边，默默地淌下眼泪。

古老的卡萨尔杜埃罗侯爵府，即乌尔比诺·德拉卡列家族世代居住的宅邸，在这场浩劫中也未能独善其身。胡维纳尔·乌尔比诺看到家中的景象，心都要碎了。他从阴暗的前厅走进来，看到花园的喷泉池里积满尘土，鬣蜥在一朵花也没有的杂草丛中乱爬。他发现通往主要居室的那段装着铜扶手的宽楼梯上，缺了好几块大理石板，还有的板已经裂了缝。他的父亲，一位献身精神超过医术水平的医生，死于六年前那场席卷整个城市的亚洲霍乱。从此，这个家的灵魂也随之而去。他的母亲布兰卡夫人，早已用黄昏时的九日祷告代替了亡夫生前常举办的远近闻名的音乐晚会和室内音乐会，想到自己将穿着丧服度过余生，她压抑得喘不上气来。两个妹妹也违背了风趣快乐的本性，成了修道院的盘中餐。

回家的那天晚上，由于害怕黑暗和寂静，胡维纳尔·乌尔比诺医生片刻也没有睡着。一只石鸻从没关严的门缝钻了进来，每隔一小时，刚好整点的时候，就在卧室里叫上一阵儿。他数着念珠念了三串《圣三光荣颂》，还念了所有他能记得的其他经文，以祈祷消除灾祸和不幸，驱散专在夜间窥视的各种鬼魅魂灵。附近圣牧羊女[①]疯人院里，传来疯女人在幻觉中发出的尖叫声，水瓮里的水一滴一滴落在水盆中，无情地在整幢房子里回荡，迷途的长腿石鸻在卧室里来回乱跑。他生性怕黑，再加上父亲无形的亡灵就存在于这座沉睡的宽阔宅邸，这一切都令他毛骨悚然。早上五点，石鸻和邻居家的公鸡一起啼鸣，胡维纳尔·乌尔比诺医生把自己的肉身和灵魂完全交托给全能的上帝，因为他感到再也没有勇气在祖国这片废墟上多住一天。然而，亲戚们的关怀，几个星期日的郊游，以及那些和他门当户对的姑娘们的倾心仰慕，最终减轻了回家的第一印象所带来的苦涩。他慢慢习惯了十月的闷热，周遭刺鼻难耐的气味，以及朋友们不成熟的看法，习惯了大家的那句“明天见，医生，您不要担心”。最终，在习惯的魔力面前，他屈服了。很快，他便为自己的屈服想出了一个简单理由。这里就是他的世界，他对自己说，这个悲伤而压抑的世界是上帝安排给他的，他属于这里。

他所做的第一件事，就是接管了父亲的诊所。他把那些英国家具原地不动地保留了下来，尽管它们硬邦邦的，非常古板，而且还会在清晨的寒风中吱扭作响。但是那些有关总督时期科学以及浪漫主义时期医学的著述，他都让人搬到了阁楼，带玻璃门的书柜中则放进了法国新一派的著作。他摘下那些褪了色的廉价彩画，只留下画着医生和死神争夺一位裸体女病人的那幅，还有那张用哥特字体印刷的希波克拉底誓词。在空出的位置上，他挂上了自己在欧洲各所学校以优异成绩取得的各式各样的文凭，紧挨着父亲唯一的那张。

---

①圣牧羊女，指圣母马利亚。

他试图在仁爱医院推行新观念，但这并不像他曾满怀青春的激情所设想的那样。在这座古老的医院里，人们固执地恪守着代代相传的迷信观念。比如，把床腿分别放进四只装着水的罐子里，以防疾病爬上床来，又或者在手术室中要求穿礼服，戴羚羊皮手套，因为他们认定优雅是无菌操作的一个基本条件。他们无法忍受这个新来的年轻人用嘴去尝病人的尿液以检验是否含糖；无法忍受他动不动就提到沙可[①]和特鲁索[②]，好像他们是他的同窗室友；也无法忍受他在课堂上严肃地警告说接种牛痘有致命的危险，但同时又对栓剂这一新发明抱着令人怀疑的信念。他在所有方面都和别人格格不入：他的革新精神，他近乎偏执的社会责任感，以及，身处这片到处是嘻嘻哈哈的老顽童的土地上，他的幽默感却异常迟钝，所有这些其实都是他难能可贵的美德，却引起了年长同事的猜忌和年轻同事暗地里的嘲笑。

最令他苦恼的是城里危险的卫生状况。他向最高当局请求填平西班牙人建造的污水沟，因为那里是老鼠的巨大温床。他建议代之以封闭的下水管道，污水不应像一直以来这样排到市场港湾，而应该输往偏远的垃圾场。殖民时期建造的讲究一点的房子都有带化粪池的茅厕，但那些挤在沼泽边窝棚里的老百姓，有三分之二是在露天大小便。排泄物在太阳下风干，变成粉尘，随着十二月凉爽而幸福的微风，被所有人带着圣诞节的喜庆吸入体内。胡维纳尔·乌尔比诺医生试图在市政府开办强制学习班，教穷人建造自家的厕所。他曾徒劳地斗争，希望人们别把垃圾扔到树林里，几个世纪下来，那

①让－马丁·沙可（1825－1893），十九世纪法国神经学家、心理学家。
②阿尔芒·特鲁索（1801－1867），十九世纪法国著名医生。

里已经成了一片片腐烂的池塘。他建议至少一星期收两次垃圾，然后运到无人区烧掉。

他明白，饮用水是致命的隐患。然而，单是建一条高架水渠都纯属幻想，因为凡是有能力推动此事的人，都拥有自己的地下雨水池，存着多年积蓄的雨水，被一层厚厚的浮藻覆盖着。当时最值钱的家具之一，便是装水瓮用的精雕细刻的木架柜，里面的石制过滤器日夜不停地把水滴到水瓮里。为了防止有人从汲水的铝罐中喝水，罐子的边缘有一圈锯齿，就像一个滑稽的王冠。在阴暗的陶制水瓮中，水看上去清清凉凉，带着一股树林的余味。但胡维纳尔·乌尔比诺医生没有被这种过滤的假象蒙蔽，因为他知道，尽管用了那么多防范措施，瓮底却还是孑孓的圣殿。童年时期，为了打发漫长的时间，他曾怀着莫名的惊恐观察这些孑孓，因为那时的他和很多人一样，相信它们是精灵，是超自然的生命，它们在水底静止的沉积物中追求少女，也会为了爱情而疯狂报复。小时候，他曾见学校的女老师拉萨拉·孔德因为竟敢对精灵出言不逊，家里的房子被砸得支离破碎。他看见她家的碎玻璃像河水一样流到了街上，还看见铺天盖地的一大堆石头——人们用这些石头朝她家的窗子扔了三天三夜。过了很久他才学到，原来孑孓是蚊子的幼虫。而一经知晓就再也忘不掉了，因为此后他发现不只孑孓，还有很多恶魔都可以安然无恙地通过我们那天真的石制过滤器。

在很长一段时间里，人们都将阴囊疝气的来源归功于雨水池。城中很多男人都忍受着这种病的折磨，可他们不仅不以为耻，反而流露出某种爱国主义的傲慢。胡维纳尔·乌尔比诺上小学时，总是不可避免地撞见令他胆战心惊的情景：患疝气的人在烈日炎炎的下午，坐在自家门口，用扇子给自己那硕大的睾丸扇风，那睾丸大得简直就像一个趴在两腿间睡着了的孩子。据说，在暴风雨的夜晚，疝气会发出凄楚的鸟叫声，而若在附近点燃一根兀鹫的羽毛，它便会绞起来，让人痛得死去活来。然而，没有人为这些倒霉事抱怨，因为有这样一个巨大的阴疝挂在下身，完全可以被视作男人的荣誉，比什么都值得炫耀。胡维纳尔·乌尔比诺医生从欧洲回来时，已经非常清楚这种观念绝对是伪科学。但它在当地根深蒂固，很多人甚至反对在雨水池中加入各种矿物质，因为担心这样会使他们失去培养令人骄傲的硕大阴囊的能力。

和水质不净一样，公共市场的卫生状况也一直让胡维纳尔·乌尔比诺医生感到忧虑。市场位于灵魂湾正对面一片开阔的空地，那些来自安的列斯群岛的帆船就停靠在这个港湾。当时的一位著名旅行家曾把此地描绘成世界上货物最丰富的市场之一。的确，这里货品充足，种类繁多，热闹非凡，但同时，它或许也是最让人担心的一个市场。由于潮水无规律的涨落，海湾海水一漾一漾地把污水沟排出的垃圾又推回岸上，因此，整个市场就坐落在自己的垃圾堆中。紧邻的屠宰场也把乱七八糟的残渣丢到这里来：剁碎的脑袋，腐烂的内脏，动物的粪便，在阳光下静静地漂浮在一片血沼泽中。为了这些食物，兀鹫常常跟老鼠和狗争抢得无止无休，时而穿梭于挂在棚檐下的索塔文托美味鹿肉和阉鸡之间，时而跃过摆放在席子上的阿尔霍纳春季菜豆。胡维纳尔·乌尔比诺医生想改善这里的卫生条件，比如让屠宰场换个地方，再重新建一个有彩色玻璃穹顶的市场，就像他在巴塞罗那看见的那些古老菜市场一样，那里供应的食物干净而漂亮，几乎让人不忍心吃掉。然而，他的那些有声望的朋友们，即便是那些一向对他有求必应的，也只能对这份不切实际的热情抱以同情。他们就是这样的人：一生都在喧嚷自己骄傲的出身，歌颂这座城市历史上的丰功伟绩、它珍贵的文物、它的英雄主义和它的美，却对时光对它的侵蚀视若无睹。而胡维纳尔·乌尔比诺医生与他们不同，他对这座城市的爱恋之深，使他能用真实的眼光来看待它。

"这座城市还真是伟大，"他常常说，"我们用了四百年的时间来摧毁它，至今仍没有达成目的。"

然而，它其实已经濒临毁灭的边缘了。先前那场肆意流行的霍乱，继最初暴毙在市场水坑里的几个牺牲者之后，在十一周内已创造了我们这里有史以来死亡人数最高的纪录。在那之前，凡地位显赫的死者都会被葬在教堂墓地的石板下，与主教和教士团成员专享的幽静场所为邻。而不那么富有的死者就葬在修道院的庭院中。穷人们则被埋在殖民时期的墓地里，位于一座当风而立的小山上，和城市隔着一条干涸的小河沟。河上有一座灰浆筑的小桥，桥头的避雨亭竖着一块牌子，一位未卜先知的市长曾命人在上面刻下了一句话：入此地者应抛开一切希望[①]。霍乱刚刚流行两个星期，墓地就已经满了。尽管已将一大批不知名的贵人的枯骨迁进了集体掩埋的万人坑，教堂里还是腾不出一块可以使用的空墓地来。从没有封严的墓穴中逸出的水汽令大教堂内空气污浊，不得不将大门紧闭，直到三年以后，费尔明娜·达萨在子时弥撒中第一次近距离地看见弗洛伦蒂诺·阿里萨的那个时候才再次打开。第三周时，圣克拉拉修道院的回廊里已堆满了死人，一直堆到两边种着杨树的林荫道。最后，只得把比回廊大两倍的教会菜园辟出来当墓地。人们在那里挖掘出一

①但丁《神曲》中的名句，写在地狱之门上。

个个很深的墓穴，不带棺木地草草葬下三层死人。但很快又不得不放弃了这种方式，因为被填得满满当当的土地变成了一块海绵，脚一踩，就渗出一股令人作呕的血水来。于是，人们准备在“上帝之手”庄园开辟新战场。那里是一座育肥牧场，距离城市不到一里地，后来被誉为“普世公墓”。

自从发布了霍乱公告，本地驻军便不论白天黑夜，每隔一刻钟在碉堡上鸣炮一响。这么做是应迷信的市民要求，因为他们认为火药能净化环境。受霍乱之害最深的要数黑人，因为他们人数最多，也最贫穷。但实际上，这种疾病既不分肤色，也不分血统。而就如突然开始一样，它又突然停止了。从来没有人知道它到底造成了多大规模的伤害，不是因为无法统计，而是因为我们最常见的美德之一就是家丑不可外扬。

马可·奥雷里奥·乌尔比诺医生，胡维纳尔的父亲，是这段不幸岁月里的民间英雄，也是最受人瞩目的牺牲者。根据政府的指令，他本人实际上只需制订方案并领导卫生部署，可他自己却主动积极地参与到所有社会事务中去，事实上，在疫情最为严重的时刻，在他之上几乎就没有更高的权威了。多年以后，胡维纳尔·乌尔比诺医生翻看当时的记录，证实了父亲所采用的方法仁爱多于科学，在很多方面都有悖医学原理，以致在很大程度上助长了疫情的迅速蔓延。他是怀着儿子对父亲的同情心证实这一点的——生活慢慢地把儿子变成了父亲的父亲，他第一次为自己当初没能和孤军作战而犯下错误的父亲站在一起感到心痛。但他也没有贬低父亲的功绩：他的勤奋、他的牺牲精神，尤其是他个人的胆识，这一切都让他无愧于这座城市从灾难中死而复生后给予他的那些荣耀，他的名字理所应当和那些不计其数的战争英雄列在一起，因为比起这场战斗，那些战争可要不光彩得多。

父亲未能及身见证自己的荣耀。当他发现那种他在别人身上见到并深表同情的无法医治的病症出现在自己身上时，甚至都没有徒劳地去尝试抗争，便把自己隔离起来，以免传染给他人。他把自己关在仁爱医院的一个杂物间里，对同事的叫门声和亲人的哀求声充耳不闻，对人满为患的走廊地板上那些垂死挣扎的霍乱病人的惊恐号叫也泰然处之，他给自己的妻子儿女写下了一封充满炽烈爱意的信。在信中，他流露出对生命无比的热爱与眷恋，以及由此而生的感恩之情。那是一封长达二十页的诀别书。信纸被揉搓得皱皱巴巴，从越来越糟糕的字迹中可以看出他的病情每况愈下。不需要认识写信的人，也能看得出那个签名是用尽最后一口气写上去的。遵照他的遗愿，他那灰白色的遗体被混葬在公共墓地，没有让一个爱他的人看见。

三天后，胡维纳尔·乌尔比诺医生在巴黎接到了电报。当时，他正在和朋友共进晚餐，当即以香槟祝酒来纪念他的父亲，说道："他是一个好人。"过后，他将为自己的不成熟而自责：为了不让自己哭出来，他竟不断地逃避现实。但三个星期后，他收到了父亲那封身后才被发现的遗书的抄本。那一刻，他向现实投降了。骤然间，那个他生命中最早认识的男人，那个养育他、教导他，和他的母亲同床共枕三十二年，却在这封信之前仅仅因为淳朴的腼腆，从未向他如此赤诚地袒露过心声的男人的形象，一下子深刻地浮现在他眼前。在那之前，胡维纳尔·乌尔比诺医生和他的家人一直都将死亡视作发生在别人家的不幸，它发生在别人的父母、兄弟姐妹、丈夫妻子身上，却从来不会降临在自己的亲人头上。他们一家人的生命节奏都很缓慢，在他们身上看不出衰老、生病和死亡的迹象，他们只会在自己的时间里慢慢消失，然后变成一个时代的回忆和云雾，直至最终被遗忘吞没。父亲的遗书比那封传达噩耗的电报给了他更沉重的打击，让他确信人终有一死。尽管，他最早的回忆之一——九岁或十一岁时——在某种程度上便是从父亲身上看到了死亡早早发出的信号。那是一个下着雨的下午，他们两人待在家中的办公室。他正用彩色粉笔在地砖上画云雀和向日葵，父亲则对着窗子的亮光在看书，背心敞着扣，衬衫袖子上勒着橡皮筋。忽然，他停止了阅读，用一根末端带有银抓手的爪杖挠了挠后背。因为够不着，他又让儿子用指甲帮他抓一抓。儿子这样做时，他产生了一种奇怪的感觉，仿佛感觉不到自己的脊背似的。最后，父亲从肩膀上方看着儿子，凄惨地笑了笑。

"如果我现在就死了，"他说，"等你到了我这个年纪，可能都不记得我了。"

没有任何明显的理由，他就说出了这样一句话。死亡天使在办公室那凉爽的昏暗中一闪而过，又从窗子飞了出去，所到之处，散落下几片羽毛，但孩子却没有看见。自那时起，已经过去了二十多年，胡维纳尔·乌尔比诺马上就要到父亲那天下午的那个年纪了。他知道自己和父亲很像，而现在除了这一点外，他还惊愕地意识到，和父亲一样，自己也终将会死的。

霍乱成了他的心病。之前，除了在某门边缘课程中学过一些常识外，他对此了解得并不多。他曾觉得很难置信，仅在三十年前，在包括巴黎在内的法国，霍乱就造成了十四万多人的死亡。但在父亲死后，为了抚平记忆的伤痛，也是作为一种悔过，他学习了一切能学到的有关各种形式的霍乱的知识。他成了当时最杰出的流行病学家、疫区封锁理论的创始人、那位伟大小说家[①]的父亲阿德里安·普鲁斯特的学生。因此，当他回到故土，从海上闻到市场的恶臭，看见污水沟中的老鼠和在街上的水坑里光着身子打滚的孩子们时，不但明白了这场不幸因何而起，而且确信它随时都会重演。

果然，没过多久，事情就发生了。还不到一年，他在仁爱医院的几个学生请他帮忙去为一个浑身泛着罕见蓝色的病人义诊。胡维纳尔·乌尔比诺医生只在门口看了一眼，便认出了他的敌人。但运气还不错：这个病人三天前乘坐一艘来自库拉索的轻便船到达此地，是自己来到医院门诊的，似乎还没有传染给其他人的可能。不管怎样，胡维纳尔·乌尔比诺医生还是提醒了同事们，并最终说服当局向附近港口发出警报，以便找到并隔离被污染的轻便船。此外，他还劝阻了要塞军事长官，这位长官想发布戒严令，并立即施行每一刻钟鸣炮一响的治疗法。

“省下那些火药，等自由党人来的时候再用吧。”他温文尔雅地说，“现在已经不是中世纪了。”

四天后，病人死了，被白色颗粒状的呕吐物窒息而死。但接下来的几个星期，大家一直保持着高度警惕，却没有再发现一起新病例。没过多久，《商业日报》刊登消息说，在本城的不同地方，两名儿童死于霍乱。经证实，其中一名得的是普通痢疾，而另外那个五岁的小女孩，看上去的确是霍乱的牺牲品。她的父母和三个兄弟姐妹被分别单独隔离起来，整个街区也被置于严格的医疗监控之下。三个孩子中的一个也感染了霍乱，但很快就康复了。危险过去后，一家

①指马赛尔·普鲁斯特（1871－1922），法国作家，代表作《追忆似水年华》。

人回了家。三个月内，又发现了十一例病例。第五个月时，出现了一次令人担心的爆发。但快到一年时，大家普遍认为疫情已得到了控制。没有一个人怀疑，是胡维纳尔·乌尔比诺医生严格的医疗措施创造了奇迹，效果比他的宣传还要切实有力。从那时起，直到进入本世纪很长一段时间，尽管霍乱仍然是本城，而且几乎是整个加勒比沿海地区及马格达莱纳河流域的常见病，但并没有再度发展成瘟疫。对霍乱的惊恐使得当局更加严肃地听取了胡维纳尔·乌尔比诺医生的警告。在医学院，霍乱和黄热病被规定为必修课；并且，大家明白了填堵污水沟、把市场建到远离垃圾堆的地方去的紧迫性。然而，此时的胡维纳尔·乌尔比诺医生并没有热衷于宣告他的胜利，也没有精神百倍地去坚持他的社会使命——如今的他成了折翼的天使，不知所措，心神不宁，决意要忘掉生活中其余的一切，只因为他被自己对费尔明娜·达萨的爱火闪电般地击中了。

的确，那是一次误诊的果实。他的一位医生朋友，认为自己在一个十八岁的女病人身上看出了霍乱的先兆症状，请求胡维纳尔·乌尔比诺医生前来看看。由于害怕疫情侵入老城的宝地——毕竟，之前的所有病例都发生在边缘地区，且几乎全是黑人——他当天下午就去了。结果，他收获了惊喜而非忧患。那所房子坐落在福音花园的杏树树荫下，外面看上去同殖民老区的其他房子一样破旧不堪，但里面却井井有条，美轮美奂，光彩照人得仿如世外桃源。房子的前厅直接通向一个塞维利亚式的方形庭院，院子里刚刚刷过白白的石灰，橘树盛开着鲜花，地上铺着和墙上一样的彩色瓷砖。虽然看不见泉水，却听见潺潺的流水声不绝于耳，屋檐下装饰着一盆盆康乃馨，连拱下吊着一只只装有珍禽的鸟笼。其中最为稀有的，是三只关在一个大鸟笼里的乌鸦，它们每一次振动翅膀，都会令院子里弥漫开一种莫名的香气。用链子拴在角落里的几条狗嗅出了生人的味道，突然狂吠起来，但一声女人的叫喊立刻又使之戛然而止。许多只猫被这声严厉的喊叫吓得从四处窜了出来，又藏进花丛中。之后，一片寂静，在鸟儿的扑腾声和流过石头的淙淙水声中，仿佛能隐隐听到大海忧伤的呼吸。

胡维纳尔·乌尔比诺医生真切地感觉到上帝就在此处，不由得浑身一颤。他想，如此一个家是不会受到瘟疫侵害的。他跟着加拉·普拉西迪娅穿过带拱顶的走廊，走过缝纫室的窗前，那里曾是弗洛伦蒂诺·阿里萨第一次看见费尔明娜·达萨的地方，当时院子还处在一片瓦砾之中。他沿着崭新的大理石台阶来到二楼，等候传禀，以进入女病人的卧室。可加拉·普拉西迪娅走出来时，带来了这样的口信：

“小姐说，您现在不能进去，因为她父亲不在家。”

于是，他按照女仆的指示，下午五点钟又来了。洛伦索·达萨亲自为他打开大门，把他领到了女儿的卧室。医生为病人检查时，洛伦索·达萨坐在角落的一片昏暗之中，双臂交叉，徒劳地控制着自己杂乱的呼吸。很难说清楚究竟谁更拘谨：医生羞怯地抚摸着病人，病人则带着处女的矜持，把自己裹在丝绸睡袍里。两人谁也没有看对方的眼睛，只是他用仿佛不是自己的声音问着问题，而她则用颤抖的声音回答，不约而同地忌惮着那个坐在阴影中的长者。最后，胡维纳尔·乌尔比诺医生请病人坐起来，小心翼翼地将她的睡衣解至腰间：霎时间，那对完美无瑕、高高隆起、有着孩子般稚嫩乳头的乳房，在昏暗的房中发出耀眼的光芒。她赶紧将双手抱在胸前遮住身体。而医生沉着地将她的手臂移开，没有看她的眼睛，直接用耳朵贴在她的皮肤上为她听诊，先是胸部，然后是背部。

胡维纳尔·乌尔比诺医生总是说，他初识这位将与他共度一生的女人时，心里没有丝毫波澜。他记得，那件天蓝色的睡袍镶着花边，她的眼神炽热如火，长长的秀发披在肩上，但他当时极度担心霍乱侵入殖民老区，压根儿没有注意到正值花样年华的她所拥有的诸多美妙之处，而是全心查看她身上可能存在的哪怕微乎其微的瘟疫征兆。而她更是把自己撇得一干二净：这位因霍乱而常常被人提起的年轻医生，在她看来根本是个除了自己以外谁也不会爱的学究。诊断的结果是，这只是一次食物引起的肠道感染，在家中治疗三日即可痊愈。证实女儿没有染上霍乱，洛伦索·达萨松了一口气。他亲自把医生送上车，并付给他一个金比索的出诊费用。他认为即便是对专为富人看病的医生来说，这也算是过高的酬劳了，但告别时，他还是表达了自己的千恩万谢。他被医生那荣耀的姓氏弄得眼花缭乱，对于这一点，他非但没有丝毫掩饰，反而表示无论如何希望再次见到医生，当然，是在非正式的场合。

事情本该就此结束了。然而第二周的星期二，没有受到邀请，也没有事先知会，胡维纳尔·乌尔比诺医生又在下午三点这样一个不合时宜的时刻来了。费尔明娜·达萨正在缝纫室和两个女伴一起上油画课。他穿着一身一尘不染的白色长礼服、戴着一顶白色高顶帽出现在窗前，朝她做了个手势，示意她过来一下。她把画框放在椅子上，踮着脚尖向窗子走过去，为了不让裙子拖到地上，她把荷叶边提到了脚踝。她戴了一只发箍，亮闪闪的宝石坠子垂在额头上，与她那高傲的双眸有着同样的颜色，整个人都透出清爽。胡维纳尔·乌尔比诺医生注意到，她在家中作画时竟也穿戴整齐，就好像参加节日庆典一般。他从窗外给她号了脉，又让她把舌头伸出来，用一块铝制压舌板为她检查了喉咙，还看了看她的内眼睑。每检查一项，他都做出放心的表情。他不再像上次那样拘束，但她却更拘谨了，因为她不明白他此次意外到访的原因，毕竟他曾亲口说过，若没有什么新情况需要叫他来，他就不再来了。更何况：她也并不想再见到他。检查完毕，医生把压舌板放进了装满各种工具和小药瓶的手提箱，然后啪的一声关上箱子。

“您就像一朵初开的玫瑰。”

“谢谢。”

“应该感谢上帝。”他说，之后又突兀地引用了一句圣多默[①]的名言：“您要记住，一切美好的东西，不论来自何处，都源自圣神。您喜欢音乐吗？”

他问话时，脸上露出迷人的微笑，做出很随意的样子。但她却没有回答。

“您为什么要问这个？”她反问道。

“因为音乐对健康至关重要。”他说。

他是真的这样以为的，很快，她便会知道这一点，并将终身都深有体会——音乐这个话题是他用来建立友谊的一种几乎可以说是带有魔力的方式。而那时，她却把它理解成了一种嘲笑。更何况，他们在窗前谈话时，两个假装在画画的女伴发出了像老鼠一样的窃笑声，并用画框挡住了脸。这使得费尔明娜·达萨乱了方寸。她气晕了头，砰的一声关上了窗子。而医生面对着镶花边的薄纱帘不知所措，试图找到通往大门的路，可是却转了向。慌乱中，他撞上了香

①圣多默，耶稣的十二门徒之一，又译圣多马。

乌鸦的笼子，几只鸟惊得发出一阵凄厉的叫声，扑扇起翅膀来，顿时，医生的衣服沾染上一股女人的馨香。紧接着，洛伦索·达萨霹雳般的声音把医生钉在了那里：

“医生，请在那里等我一下。”

他从楼上看见了刚才发生的一切，一边扣衬衫扣子一边走下楼梯，脸有些肿胀，且肤色发青，由于刚从午觉的噩梦中醒来，络腮胡还乱蓬蓬的。医生极力掩饰自己的尴尬。

“我已经告诉您的女儿了，她健康得就像一朵玫瑰。”

“是啊，”洛伦索·达萨说，“就是刺儿太多。”

他从乌尔比诺医生身边走过去，没有跟他寒暄，而是推开缝纫室的两扇窗子，粗野地冲女儿叫喊，命令她说：

“过来跟医生道歉！”

医生试图劝阻他，但洛伦索·达萨根本不加理会，斩钉截铁地说：“快点！”她看了一眼自己的女伴，默默地请求她们谅解。她反驳父亲说，她没有什么可道歉的，她关上窗子是避免阳光晒进来。乌尔比诺医生竭力想证明她的理由是正确的，但洛伦索·达萨坚持自己的命令。于是，费尔明娜·达萨再次走到窗前，气得脸色煞白，右脚向前，用指尖提起裙子，向医生戏剧性地躬了一下身子。

“我万分诚恳地向您道歉，先生。”她说。

胡维纳尔·乌尔比诺医生幽默地学着她的样子，像火枪手似的拿着他的高顶礼帽鞠躬还礼，却没有得到他所期望的和善微笑。洛伦索·达萨邀请他去办公室喝杯咖啡以示道歉。为了表示自己心里没有留下一点芥蒂，他欣然接受了。

事实上，胡维纳尔·乌尔比诺医生除了早餐前会喝上一杯咖啡，其余时间都是不喝的。他也不喝酒，只是偶尔在正式场合喝一杯佐餐的葡萄酒。但这一次他不仅喝了洛伦索·达萨给他端来的咖啡，还喝下了一杯茴香酒。之后，又喝了一杯咖啡和一杯茴香酒。接着，他一杯一杯地喝下去，尽管还需要赶去其他几个地方出诊。起初，他还认真地听着洛伦索·达萨以女儿的名义向他致歉，听他说自己的女儿是个聪明端庄的姑娘，配得上这里或者任何一个地方的王子，可她唯一的缺点，按他的话来说，就是像骡子一样的倔脾气。可当第二杯酒下肚后，医生似乎听见从院子深处传来费尔明娜·达萨的声音，他的思绪便随她而去了：他想象着自己跟随她穿行于刚刚被夜幕笼罩的房子里，点上走廊各处的灯，给各间卧室喷上杀虫剂，打开火炉上的汤锅盖子，里面盛着她和父亲当晚要喝的汤。他仿佛看见父女俩单独坐在桌前，都没有抬眼，也没有喝汤，因为谁都不愿打破这种斗气的乐趣，最终，父亲投降了，请求女儿原谅他下午的严厉。

胡维纳尔·乌尔比诺医生非常了解女人，他知道，只要他不走，费尔明娜·达萨就不可能经过这间办公室。但无论如何，他还是拖延着离开的时间，因为他明白，下午的这场屈辱伤害了他的自尊，将不会让他好过。洛伦索·达萨几乎已经醉倒，似乎并没有发现他的心不在焉，只顾自己唠叨个没完。他一边滔滔不绝地说着，一边咀嚼已经熄灭的雪茄里上好的烟叶，大声咳嗽，使劲清着嗓子，竭力在旋转靠背椅上寻找舒服的姿势，弄得椅子的弹簧发出一阵阵发情动物般的呻吟。客人每喝一杯，他就会灌下三杯。最终他发现两人已经互相看不见对方，这才暂停下来，起身去点灯。借着新点亮的灯光，胡维纳尔·乌尔比诺医生从正面打量他，只见他的眼睛像鱼一样斜了出去，而他说出来的话也和口形对不上。医生想，这一定是酒精过量带来的幻觉。于是他站起身来，但恍惚中感觉到身体仿佛不是自己的，而是别人的，而且那个别人此刻仍坐在自己刚才坐过的位置上。他费了好大的劲儿才没让自己失去理智。

当他在洛伦索·达萨的引领下走出办公室时，已经七点多了。一轮满月挂在空中。在茴香酒的作用下，院子变得如梦似幻，好像浮在一个水底世界。一只只罩着布的鸟笼仿似一个个熟睡的幽灵，沐浴在新开的橘树花散发出的暖香里。缝纫室的窗子敞开着，工作台上亮着一盏灯，一幅幅未完成的画作像参加画展似的摆在架子上。“不在这儿的你，会在哪儿呢？”乌尔比诺医生走过时这样说道。但费尔明娜·达萨没有听到，也无法听到，因为她正趴在卧室的床上愤怒地哭泣，等待着父亲过去，为自己下午所受的屈辱讨回公道。医生没有放弃向她道别的念想，可洛伦索·达萨却并未提议他这样做。他思念着她天真的脉搏、猫一样的舌头和柔软的扁桃体，可一想到她将再也不愿见到自己，甚至不会允许自己尝试与她见面，他立刻又垂头丧气起来。洛伦索·达萨走进前厅时，蒙在布中的乌鸦被惊醒了，发出令人毛骨悚然的尖叫。“它们会把你的眼睛啄出来。”医生心里想着她，大声说道。洛伦索·达萨回过头来，问他说什么。

“不是我说的，”他说，“是茴香酒。”

洛伦索·达萨把他送到马车前，试图说服他收下这第二次出诊的一个金比索，但他没有接受。他准确无误地向车夫下达指令，让他把自己送到另外两个约好的病人家去，然后，没有靠别人帮忙就上了车。可马车在石子路上的颠簸让他开始感到难受，于是他让车夫掉转了方向。他对着车上的镜子看了好一会儿，发现镜中的自己也依然在想着费尔明娜·达萨。他耸了耸肩，然后打了个嗝，脑袋垂在胸前，睡着了。睡梦中，他听见丧钟敲响了。先是大教堂的钟声，而后，所有的教堂都传来钟声，一处接一处，连乐善好施者圣胡利安[①]修道院那破瓦似的钟声也响了起来。

“见鬼，”他在睡梦中嘟囔了一句，“有人死了。”

他的母亲和两个妹妹正坐在大饭厅的正式餐桌前，喝着牛奶咖啡，吃着奶酪饼。正在此时，只见他带着一副痛苦不堪的面容出现在门口，浑身散发着从乌鸦那里沾染来的淫荡香味。隔壁大教堂的钟声在家里宽阔的水池上空回荡。母亲惊慌地问起他究竟去了哪里，因为大家到处找他去给伊格纳西奥·玛利亚将军看病，将军是哈拉依斯·德拉维拉侯爵的最后一个孙子，那天下午突发脑溢血去世了：丧钟就是为他敲响的。胡维纳尔·乌尔比诺医生对母亲的话完全没有反应，他抓住门框，转过半个身子，试图走到卧室去，却一头栽倒在从自己嘴里喷吐出来、溅得到处都是的茴香酒中。

“圣母马利亚，”他的母亲喊道，“一定是出了什么怪事，才让你这副模样回到家里。”

然而，最为奇怪的事还没有发生呢。著名钢琴家罗密欧·卢西奇造访本城，城中的民众刚刚从对伊格纳西奥·玛利亚将军的哀悼中恢复过来，他就献上了一组莫扎特的奏鸣曲。趁这个时机，胡维纳尔·乌尔比诺医生叫人把音乐学校的钢琴搬上了骡车，为费尔明娜·达萨送去了一首划时代的小夜曲。乐曲刚开始演奏，她就醒了。无需从阳台的花边窗帘后探出身子，她就知道谁是这次不同寻常的献礼的策划者。她唯一感到遗憾的，便是她还没有胆量像那些刁钻的姑娘们一样，把尿盆一股脑儿地扣在不受青睐的追求者头上。而

①乐善好施者圣胡利安，天主教传说中的圣人，许多旅店主视其为主保圣人。

洛伦索·达萨呢，小夜曲演奏到一半，他便迅速穿好了衣服，乐曲一结束，他就把身着音乐会礼服的胡维纳尔·乌尔比诺医生和钢琴家请进了会客厅，用一杯上好的白兰地对小夜曲表达了谢意。

费尔明娜·达萨很快发现，父亲在试图软化她的心。小夜曲演奏次日，他便看似随意地对她说："想想看，要是你母亲知道你被一个乌尔比诺·德拉卡列家族的人看上了，她会是什么感觉啊。"她冷冷地反驳道："她会在棺材里再死一次。"和她一起画画的女友告诉她，洛伦索·达萨受胡维纳尔·乌尔比诺医生之邀，到社交俱乐部用了一次午餐，为此，医生因违反俱乐部章程而受到了严厉的警告。直到这时，她才知道了父亲曾多次申请加入社交俱乐部，次次都被拒绝，而每次所收到的反对票之多，已使他彻底地死了这条心。可洛伦索·达萨以桶匠[①]的大度吞下所受的侮辱，继续执著地依靠智慧创造偶遇胡维纳尔·乌尔比诺的机会，却没有发现其实是胡维纳尔·乌尔比诺付出了更为超常的努力，尽一切可能让两人相遇。有时，他们会在办公室里聊上好几个小时，而这时，家里的一切就像处在时间的边缘停滞了似的，因为只要医生不走，费尔明娜·达萨就不会让任何事照常进行。于是，教区咖啡馆成了理想的中间港。正是在那里，洛伦索·达萨给胡维纳尔·乌尔比诺上了象棋启蒙课。这位学生非常勤奋，象棋成了他无药可救的嗜好，直到他死的那一天。

就在小夜曲风波后不久的一天晚上，洛伦索·达萨在家中的前厅发现了一封信，是写给女儿的，火漆上押着J.U.C.几个首字母[②]组

①"桶匠"在西班牙文中有"大肚子的人"之意，转义指气量大的人。
②胡维纳尔·乌尔比诺·德拉卡列的缩写。

成的花押字。从费尔明娜的卧室前走过时，他把信从门下滑了进去。费尔明娜想不通信是如何到她房间里来的，因为她怎么也不相信父亲竟然会替追求者送信：这简直是不可思议的转变。她把信放在床头柜上，不知该如何处理。就这样，信没被拆开，在那里放了好几天，直到一个飘雨的下午，费尔明娜·达萨梦见胡维纳尔·乌尔比诺又到家里来，要把那块曾经用来为她检查喉咙的压舌板送给她。梦中的压舌板并非铝制，而是用一种她曾在别的梦里开心品尝过的美味金属做成，于是，她开心地品尝着它，并把它掰成了大小不等的两段，小的那段给了他。

醒来后，她拆开了信。信写得简洁而得体。胡维纳尔·乌尔比诺唯一恳求的，就是请她允许自己征得她父亲的同意前来拜访她。他的简单和认真打动了她，那么多天以来她用心培育出的恨突然平息了。她把信收在一个不用的珠宝盒里，压到箱底。但她忽然又记起来，那里曾经保存过弗洛伦蒂诺·阿里萨那些飘散着香味的信，一阵羞愧让她浑身一颤，于是她把信从珠宝盒里取出来，想换个地方。这时，她所能想到的最体面的做法就是权当没有收到过这封信。于是，她把它放到灯上烧起来，边烧边看着一滴滴火漆在火苗上飞溅，变成了缕缕青烟。她叹息道："可怜的人。"突然，她意识到这是自己在一年多一点的时间里第二次说这句话了。片刻间，她又想起了弗洛伦蒂诺·阿里萨。她自己也很惊讶，他已经离她的生活那么遥远：可怜的人。

十月里，伴随着最后几场雨，又来了三封信。同其中的第一封一起送来的，还有一小盒弗拉维格尼修道院的紫罗兰香皂。三封信中前两封都是胡维纳尔·乌尔比诺医生的车夫送到大门口的，医生还从车窗里向加拉·普拉西迪娅打了个招呼，一来可以让大家确认信就是他写的，二来也让谁都没法否认收到过这些信。此外，这两封信都用押着花押字的火漆封着，费尔明娜·达萨已能辨认出医生那龙飞凤舞、密码似的字迹。两封信都简明扼要地表达了和此前那封同样的意思，也怀着同样的谦卑，但在那温婉措辞的背后，开始流露出一种迫不及待的渴望，这是在弗洛伦蒂诺·阿里萨那些含蓄委婉的信中从未显露过的。两封信之间相隔两个星期，费尔明娜·达萨每次一收到信便拆开来读，而她自己也无法解释，为何就在要烧掉它们的前一刻，她改变了主意。但是，她从未想过要给医生回信。

十月的第三封信是从大门底下滑进来的，和之前的几封截然不同。字体像孩子写的一样幼稚，无疑是出自左手。但费尔明娜·达萨起初并没有注意到这一点，直到读完了信的内容，才发现这是一封无耻的匿名信。写信的人认定费尔明娜·达萨用迷魂汤让胡维纳尔·乌尔比诺医生着了魔，并由这个假设出发得出了恶意的结论。信的结尾是一句威胁：倘若费尔明娜·达萨不放弃借由这个全城最受倾慕的男人飞上枝头的想法，一定会当众出丑。

她感到自己成了严重不公的牺牲品，但她的反应并非报复，而是相反：她想找出这封匿名信的作者，用种种适宜的解释向他证明他错了，因为她非常确定，自己永远也不会因为任何理由，被胡维纳尔·乌尔比诺的殷勤打动。接下来的几天，她又收到了两封没有署名的信，和第一封一样信口雌黄，但三封信中没有任何两封出自同一人手笔。看来，要么她是某个阴谋的牺牲品，要么就是关于她私订终身的虚假传闻传得比想象的要远。一想到这一切都可能是胡维纳尔·乌尔比诺某个简单的冒失行为造成的后果，她就惶恐不安。她想，或许他的为人与他那庄重的外表差距甚远，或许他在出诊时喜欢信口开河，就像他那个阶层的很多人那样，到处吹嘘自己幻想出来的对她的征服。她想写信给他，指责他玷污了自己的名誉，但随后又放弃了这个念头，因为万一这正是他想要的呢。她试图从那几个来缝纫室和她一起学画的女友们那里打听消息，但她们唯一听说的就是关于那次小夜曲独奏的无关痛痒的评论。她感到无比愤怒，却又无能为力，备受屈辱。和最初想找出这个看不见的敌人，说服他承认自己错误的想法完全不同，现在她只想用修枝剪把他碎尸万段。她整晚睡不着觉，分析那些匿名信中的细节和用词，幻想能从中找出一丝安慰。但这是徒劳的：从本性而言，费尔明娜·达萨和乌尔比诺·德拉卡列一家的内心世界相去甚远，对于他们的明枪，她尚有武器可以自保，但对于暗箭，她就束手无策了。

这个信念在黑色洋娃娃带来的惊吓之后变得更加苦涩。娃娃也是那些天里送来的，没有附任何信件，但是其来源似乎显而易见：只有胡维纳尔·乌尔比诺医生会送她这样的东西。从上面带着的商标来看，娃娃是在马提尼克岛买的，身上穿着精美的衣服，鬈曲的头发用金丝做成，躺下时眼睛还会闭上。费尔明娜·达萨觉得十分好玩，于是便放松了警惕，白天让娃娃躺在她的枕头上，晚上则习惯了和它睡在一起。然而，过了一段时间，有一天，她从一个令人精疲力竭的梦中醒来，竟发现洋娃娃正在变大：它来时穿的那身漂亮衣服已遮不住它的大腿，鞋子也被脚撑破了。费尔明娜·达萨曾经听说过非洲的巫术，但都没有像眼前这件事这样令人毛骨悚然。况且，她也实在无法想象胡维纳尔·乌尔比诺这样的男人会做出如此残忍的事来。她是对的：娃娃不是车夫送来的，而是突然冒出的一个卖虾人带来的，他的来历谁也说不清楚。费尔明娜·达萨试图解开这个谜，甚至有那么一瞬间想到过弗洛伦蒂诺·阿里萨：他那忧郁的气质曾使她害怕，但生活渐渐让她相信，她想错了。这个谜一直悬而未解，只要一想起这件事，她就不寒而栗，直到婚后很久仍是如此，尽管那时她已经有了孩子，并且相信自己是被命运拣选的宠儿，是最幸福的女人。

胡维纳尔·乌尔比诺医生最后的尝试是请至圣童贞奉献日学校的校长弗兰卡·德拉路斯嬷嬷为他们撮合。嬷嬷无法拒绝医生的请求，因为自从她所属的修会在美洲建立以来，这个家族就给予了很多赞助。上午九点，她在一个新入会的修女的陪伴下，出现在费尔明娜·达萨家。两人不得不同笼子里的鸟儿逗趣了半个小时，才等到费尔明娜·达萨沐浴完毕。嬷嬷是个男性化的德国女人，说起话来像金属发出的声音一样，目光中带着命令的神色，同她那孩子般幼稚的喜好一点儿也不相符。在这世界上，没有什么比她以及和她有关的一切更令费尔明娜·达萨痛恨了，只要一想起她那假慈悲的模样，费尔明娜就感觉像五脏六腑里有蝎子在爬一样厌恶。刚一出浴室门，她就认出了她，学校里所受的种种折磨一股脑儿地涌上心头：每日弥撒那难以忍受的无聊，考试的惊恐，新入会修女的卑躬屈膝，以及被精神上的空虚所毁掉的全部生活。而弗兰卡·德拉路斯嬷嬷恰恰相反，她带着看似由衷的喜悦同费尔明娜打了招呼，对她长高了许多、也成熟了许多表示惊喜，夸奖她把家打理得井井有条，还称赞了院子的高雅品位和火盆中生长的橘树花。她吩咐新入会的修女在原地等候，并嘱咐她不要和那些乌鸦靠得太近，否则一不小心它们就会把她的眼睛啄出来。接着，她想找一处僻静的地方，坐下来和费尔明娜单独聊一聊。于是，费尔明娜邀请她来到客厅。

这是一次简短而不愉快的会面。弗兰卡·德拉路斯嬷嬷没有把时间浪费在拐弯抹角上，而是单刀直入地提供给费尔明娜·达萨一次体面复学的机会。当初被开除的原因不仅可以从档案里而且可以从大家的记忆中一笔勾销，这样她便可以完成学业，获得文学学士的文凭。费尔明娜·达萨一头雾水，想知道这其中的缘故。

"这是一位值得拥有一切的人的请求，而他唯一希望的，就是让你幸福。"修女说，"你知道他是谁吗？"

她明白了。她心想，一个因为一封纯洁无辜的信而毁掉了她的人生的女人有什么权利充当爱情的使者呢？但她没敢说出口。她只是说，是的，她认识这个人，但同样也知道他无权干涉她的生活。

"他唯一恳求你的，是请你允许他同你谈五分钟。"修女说，"我相信，你的父亲一定会同意的。"

想到父亲也是这次会面的同谋，费尔明娜·达萨的怒火烧得更旺了。

"我们见过两次，在我生病的时候。"她说，"现在没有任何必要再见面了。"

"只要是有点脑子的女人都明白，这个男人是全能上帝的恩赐。"修女说。

她继续述说着他的种种美德，他的虔诚，还有他救死扶伤的献身精神。她一边说，一边从袖中掏出一串坠有象牙雕刻的基督像的金念珠来，在费尔明娜·达萨的眼前晃了晃。这是件家族圣物，有上百年的历史，由一位锡耶纳的金匠雕琢而成，被克莱蒙四世[①]祝福过。

①克莱蒙四世（1200－1268），1265至1268年间的天主教教皇。

"它是你的了。"她说。

费尔明娜·达萨只觉得自己血管中血液翻涌，胆子一下大了起来。

"我不明白您怎么会干这种事，"她说，"您不是一向认为爱情是罪过吗？"

弗兰卡·德拉路斯嬷嬷装作没把她的话放在心上，但眼皮却红得冒火。她依旧在她眼前晃着那串念珠。

"你最好放明白些，"她说，"因为在我之后，大主教可能会来，跟他谈，情况可就完全不一样了。"

"让他来好了。"费尔明娜·达萨说。

弗兰卡·德拉路斯嬷嬷把金念珠藏进衣袖，然后从另一只袖子里抽出一块很旧的手帕，攒成一个团，紧紧地握在拳头里。她带着同情的微笑，仿佛从很远的地方看着费尔明娜。

"我可怜的孩子，"她叹了口气，"你还在想着那个人。"

费尔明娜·达萨努力咽下了一句无礼的话，眼睛眨都不眨地看着修女，目不转睛，也不说话，只是默默地咬着牙。最终，她满意地看见修女那男人般的眼睛被泪水淹没。弗兰卡·德拉路斯嬷嬷用手绢团擦掉眼泪，站起身来。

"你父亲说得一点儿不错，你就是一头骡子。"她说。

大主教并没有来。而如果不是伊尔德布兰达·桑切斯来找表妹过圣诞节，让两个姑娘的生活都发生了改变，这件难缠的事情本该在那天就已结束。早晨五点，他们在来自里奥阿查的轻便船上接到了她。在一群因晕船而奄奄一息的混乱的旅客中，她容光焕发地下了船，举手投足尽显女性的妩媚，并为终于告别了昨夜的颠簸而兴奋不已。她背来了几篓子活火鸡，还有她家肥沃庄园里出产的各色水果，为的是在她做客期间谁也不缺吃的。她的父亲利希马科·桑切斯让她问问达萨家复活节时是否需要乐师，他有最好的乐师可以差遣，并许诺过些时候会用船运一些烟火来。他还说，自己三月份之前都不能来接女儿，所以她可以尽情地在这里住上一段日子。

表姐妹俩立即开始享受共度的时光。她们从第一个下午起便一同沐浴，赤身裸体，用浴池里的水互施洗礼。她们互相擦肥皂，捉虱卵，比臀部，比结实的乳房，把对方当作镜子，细细比较自上次两人赤身相见以来，无情的时光如何改变了各自的身体。伊尔德布兰达个头高大，身体结实，皮肤是金黄色的，但全身长着混血女人的毛发，短而鬈曲，如同一层金属丝形成的泡沫。而费尔明娜·达萨则不同，她赤裸的身体有些苍白，线条修长，皮肤光滑，毛发柔顺。加拉·普拉西迪娅为她们在卧室里摆好了两张一模一样的床，可她们有时却睡在一张床上，熄着灯一直聊到天亮。她们还会抽上几支拦路劫匪抽的那种细雪茄，这是伊尔德布兰达藏在箱子里衬带过来的。抽完后，烧上几张亚美尼亚纸，以祛除卧室里茅草房子似的浓烈气味。费尔明娜·达萨第一次抽烟是在巴耶杜帕尔镇，之后又在丰塞卡和里奥阿查抽过。在里奥阿查时，十几个表姐妹一起关在一间房里，一边谈论男人，一边偷偷抽烟。她还学会了反着吸烟，即把香烟有火的一头放进嘴里，就像战争中的夜晚，男人们为了不让香烟的火光暴露自己所做的那样。但她从未独自抽过烟。伊尔德布兰达住在她家的那段日子，她每天晚上睡觉前都要抽烟，正是那时她养成了烟瘾，不过始终是偷偷抽，甚至背着丈夫和孩子们，不仅因为女人当众抽烟很不雅，还因为偷偷做的事情别有一番乐趣。

伊尔德布兰达的旅行也是父母强迫的，为的是让她远离不可能的爱情，尽管他们想让她相信此行是为了帮费尔明娜拿个主意，定一门好亲事。伊尔德布兰达接受了旅行的建议，并计划像当初表妹所做的一样，再次对遗忘女神加以嘲弄。她已经和丰塞卡的电报员说好了，以最秘密的方式帮她传递消息。因此，当她得知费尔明娜·达萨已经拒绝了弗洛伦蒂诺·阿里萨时，不禁大失所望。而更糟的是，伊尔德布兰达抱有一种整体的爱情观，认为每一个人的爱情变故都会影响到全世界所有的爱情。然而，她并没有放弃计划，反而以一种令费尔明娜·达萨惊慌失措的胆量，独自一人去了电报室，准备取得弗洛伦蒂诺·阿里萨的帮助。

她起初没能认出他来，因为她根据费尔明娜·达萨的描述想象出来的样子与他本人完全不符。第一眼看到他时，她觉得表妹不可能为了这样一个不起眼的职员到了几乎疯狂的地步。他的气质就像一条挨了打的狗，衣着则像落难的犹太教士，那副一本正经的样子根本不会让任何人动心。但很快，她就推翻了对他的第一印象，因为弗洛伦蒂诺·阿里萨在不知道她是谁的情况下——即使到了最后，他也完全不知情——无条件地为她效劳。没有人像他这样善解人意，既没有要求她证明身份，也没有向她索要地址。他解决问题的方法很简单：每星期三下午，她到电报室来，他便会把回复交到她手中，仅此而已。另外，当他读完伊尔德布兰达写好带来的字条后，问她是否接受一点修改，她同意了。弗洛伦蒂诺·阿里萨先是在行与行之间做了一些改动，而后又涂掉，重新写过，写到没有空地儿了，干脆把纸撕掉，重新写了一封和原来完全不同的电文，她觉得新的电文内容感人肺腑。走出电报室的时候，伊尔德布兰达差点掉下眼泪来。

“他很丑，而且可怜兮兮的，”她对费尔明娜·达萨说，“但他身上洋溢着爱。”

最引起伊尔德布兰达注意的，是表妹的孤独。她对表妹说，她就像个二十岁的老处女。伊尔德布兰达习惯了在一个人数众多且人员分散的庞杂家庭里生活，谁都无法准确说清家里到底住着多少人，也不知道每餐究竟会有谁来吃饭。她无法想象，一个像表妹这样年龄的姑娘会把自己封闭在一种修道院般的私人生活中。毫不夸张：每天从清晨六点起床开始，直至熄灭卧室里的灯光，她全然把自己献给流逝的时间。生活是从外部强加给她的。首先，伴随着最后的鸡鸣，送牛奶的男人叩响门环把她吵醒。接着，卖鱼的女人来敲门，带着一箱躺在一层海藻上的半死不活的红鲷鱼，还有那些豪爽的帕伦克女人，带着产自玛利亚·拉巴哈的蔬菜和圣哈辛托的水果。再往后，这一整天里，各色人等都会来敲门：乞丐，卖彩票的女郎，募捐的修女，吹着笛子的磨刀匠，收旧瓶子的，收碎金子的，收报纸的，还有用纸牌、手相、咖啡渣或水盆里的水算命的假吉卜赛女人。加拉·普拉西迪娅的一周都是在开门、关门中度过的，她反复地说着“不”、“请改天再来”，或者气急败坏地从阳台喊道：“别再来烦我们了，该死，该买的我们都买齐了！”她以极大的热情和风趣代替了埃斯科拉斯蒂卡姑妈，以至于费尔明娜·达萨已经把她当成姑妈，甚至喜欢上她了。她当女仆当上了瘾。只要有一小会儿空闲，就跑到工作间去熨烫白色的衬衣和床单，把它们熨得平平整整，再收入放有薰衣草的衣柜中，而且不仅是对刚洗过的衣服熨了又叠，对那些久置不用而褪了色的衣服，她也如此对待。她还同样精心地保管着费尔明娜·桑切斯的衣服，费尔明娜·桑切斯是费尔明娜的母亲，已经去世十四年了。不过，家里拿主意的还是费尔明娜·达萨。她下令该吃什么，该买什么，什么时候该做什么。就这样，她决定着一个根本不需要决定什么的家庭的全部生活。每当她清洗完鸟笼，给鸟儿们喂过食，又侍弄过那些其实不需要侍弄的花草后，就没有了方向。被学校开除后，好几次她都睡午觉一直睡到第二天才醒来。绘画课不过是又一种打发时间的方式罢了。

自从埃斯科拉斯蒂卡姑妈被赶走后，她同父亲的关系就不再亲热，但两人找到了一种互不干扰的共同生活的方式。她起床时，他已经出门去做生意了。他很少不回家吃午饭，尽管几乎从来都吃不下什么，因为教区咖啡馆的开胃酒以及加利西亚的小菜和点心已经把他填饱了。他也不吃晚饭：她们把他的那份留在桌子上，所有的食物都放在一只盘子里，再用另外一只盘子扣在上面，尽管大家都知道他是不会吃的，直到第二天早上重新热过之后拿来当他的早餐。每个星期，他会给女儿一次钱，用于家中的花费。这笔钱他估算得很合适，女儿也精打细算，但每次她提出任何临时性开支，他都从容愉快地接受。他从不少给一分钱，也从不查账，但她却非常自律，就好像要向圣职部的法庭交账似的。他从未对女儿说起自己生意的性质和状况，也从没有带她去看过他在港口的那些办公室，因为它们所在的地方是正派小姐们的禁区，即便有父母陪同也不宜前往。洛伦索·达萨晚上十点前不会回家，这个钟点是战争不那么严重时宵禁开始的时间。在这之前，他会一直待在教区咖啡馆里，随便什么都玩，因为他是室内游戏的行家，样样精通。他总是神志清醒地回到家，从不吵醒女儿，尽管每天一睁开眼，他便喝下了第一杯茴香酒，白天则一直嚼着熄灭的雪茄烟头，时不时地再喝上几杯。然而一天晚上，费尔明娜·达萨感觉到了他进屋的声响。她听见他走在楼梯上那哥萨克人似的脚步声，他在二楼走廊上沉重的喘气声，还有他用手拍打她卧室门的声音。她给他开了门，头一次，他那歪斜的眼睛和笨拙的说话声让她感到害怕。

“我们完了，”他说，“全完了，你马上就会知道的。”

这是他所说的全部，后来再也没有重新提起过，也没有发生什么证明他所说的是真的。但从那晚起，费尔明娜·达萨意识到自己在这世界上竟是孤身一人，一直都生活在社会的净界[①]之中。昔日的同学处在一个禁止她入内的天堂里，尤其是她蒙受了被开除的耻辱后，更是如此；而她也没能融入到邻里之间，因为他们中没人知道她的过去，他们眼中的她仅仅是那个穿着至圣童贞奉献日学校校服的姑娘。父亲的世界里只有商人和码头搬运工，以及那些缩在教区咖啡馆里的战争流亡者，全都是些孤独的男人。最近这一年，绘画课稍稍为她减轻了一点幽居的寂寞，因为那位教画画的女老师喜欢上集体课，常常把其他学生带到缝纫室来。不过，这些姑娘的社会地位参差不齐，三教九流。在费尔明娜·达萨看来，她们不过是些借来的朋友，每次课一结束，情意也就随之消散。伊尔德布兰达想敞开房子的大门，让屋里透透气，还想把父亲的乐师、鞭炮和烟火塔一起弄来，搞一场狂欢舞会，让它的劲风把表妹的沉闷吹得烟消云散。但很快，她发现自己的设想是没有用的。原因很简单：根本没有人会来。

不管怎样，是她把表妹带进了真正的生活。每天下午绘画课后，她都让表妹带她上街，去认识这座城市。费尔明娜·达萨指给她看以前自己和埃斯科拉斯蒂卡姑妈每日走过的路，弗洛伦蒂诺·阿里萨一边假装看书一边等她时所坐的花园里的那条长凳，他们藏信的隐蔽

①天堂与地狱的边界，是没有接受洗礼或没有机会认识上帝的义人等待救赎的地方。

处所，以及过去圣职部监狱所在的阴森宫殿，也就是后来经修缮后变成的至圣童贞奉献日学校，她对它简直恨之入骨。她们登上贫民墓地所在的小山，弗洛伦蒂诺·阿里萨曾在那里根据风向为她拉小提琴，好让她躺在床上就能听到。在那里，她们俯瞰这座历史古城的全貌：破旧的屋顶，断壁残垣，杂草丛中城堡的废墟，海湾里断断续续、大大小小的岛屿，沼泽四周寒酸可怜的窝棚，还有那一望无际的加勒比海。

圣诞夜，她们到大教堂去望子时弥撒。费尔明娜·达萨站在当初可以最好地欣赏弗洛伦蒂诺·阿里萨秘密为她演奏的位置上，带表姐看了自己第一次那么近距离地看见他的准确地点，就在与此同样的一个夜晚，她的目光撞上了那双惊慌的眼睛。她们还冒险独自去了“代笔人门廊”，买了一些甜食，又在卖神奇纸的商店玩了一会儿。之后，费尔明娜·达萨向表姐指出了那个她猛然发现自己的爱情不过是海市蜃楼的地方。她并没有察觉，从家到学校，这座城市的每一个地方，她短暂过去的每一个时刻，都是因弗洛伦蒂诺·阿里萨而存在的。伊尔德布兰达向她指出了这一点，但她却不肯承认，因为她永远也不会承认这样一个事实，那就是，好也罢坏也罢，弗洛伦蒂诺·阿里萨是她生活中唯一曾发生过的事。

就在那些日子，来了一个比利时照相师，在“代笔人门廊”的楼上开起了照相馆，所有能付得起钱的人都利用这个机会去给自己照张相片。费尔明娜和伊尔德布兰达是最先去的一批。她们把费尔明娜·桑切斯的衣柜翻了个底儿朝天，瓜分了那些最耀眼的衣服、阳伞以及节日里穿的鞋帽，把自己打扮得像世纪中叶的贵妇人似的。加拉·普拉西迪娅帮她们束紧身胸衣，教她们如何在裙撑的金属丝架子中扭动身体，如何戴手套，如何系上高跟靴上的扣子。伊尔德布兰达看中了一顶宽檐帽，上面插着几根鸵鸟羽毛，一直垂到后背。费尔明娜则戴了一顶样式更新一些的，上面装饰着彩色石膏做成的水果和马鬃花。最后，她们在镜子里照见自己就像银版相片中的祖母一样，互相嘲笑起来。她们笑得前仰后合，兴高采烈地出门去拍人生中的第一张照片。加拉·普拉西迪娅从阳台上看着她们撑起遮阳伞，穿过花园，一边尽可能地在高高的鞋跟上保持身体的平衡，一边像孩子拖学步车似的使上全身的劲儿拖着裙撑，她祝福她们，祈求上帝帮她们拍张好照片。

比利时人的照相馆前人山人海，因为里边正在给近日刚刚赢得了巴拿马拳击冠军的贝尼·森特诺拍照。他穿着比赛时的裤子，戴着拳击手套，头上顶着桂冠。给他照相可不容易，因为他必须保持进攻姿势一分钟，并尽可能地屏住呼吸，可他刚刚抬起手臂，摆出防守的姿势，他的崇拜者们就爆发出一阵欢呼，而他便无法抵制取悦他们的诱惑，将本领尽数抖搂出来。轮到两个表姐妹时，天空已布满了乌云，眼看就要下雨，但两人还是任凭别人在她们脸上涂满淀粉，然后靠在雪花石膏柱上，姿势那么自然，一动不动，甚至超过了所需的时间。那是一张永恒的照片。当伊尔德布兰达活到近百岁，最终在马利亚之花庄园去世的时候，人们在锁着的卧室衣柜中发现了她保存的这张玉照，它被藏在一摞飘着香味的床单之间，放在一起的还有一封被岁月磨去了字迹的信，上面负载的情思早已凝成了化石。费尔明娜·达萨则一直把她的那张照片保存在家庭相册的第一页，但后来不知怎的，也不知何时，它突然不翼而飞，经过一番不可思议的巧合，最后竟到了弗洛伦蒂诺·阿里萨的手中，而那时两人都已年过花甲了。

当费尔明娜和伊尔德布兰达走出比利时人的照相馆时，“代笔人门廊”对面的广场上挤满了人，连阳台上都站满了。她们忘了自己脸上还涂着白色的淀粉，嘴唇上涂了巧克力色的油膏，而她们的衣服也不合时宜且不属于这个时代。迎接她们的是满街的哄笑和嘘声。她们躲到角落里，试图逃避众人的嘲弄。就在这时，骚动的人群分作两边，一辆被几匹泛着金光的枣红马拉着的四轮马车驶了过来。哄笑停止了，不怀好意的人群散开去。伊尔德布兰达肯定永远也忘不了她第一次看见那个站在马车踏板上的男人时的情景：他那高高的缎子礼帽，他的锦缎背心，他的文质彬彬和他双眸的柔情，还有他出现时的威严。

虽然她从未见过他，但立刻就把他认了出来。费尔明娜·达萨曾跟她提起过他，只是在不经意间，而且兴味索然。那是一个月前的一天下午，她死活都不愿从卡萨尔杜埃罗侯爵府门前经过，因为那辆金色马拉着的四轮马车正停在那里。她告诉表姐马车的主人是谁，并试图向她解释为何反感他，但对于他追求自己的事只字未提。伊尔德布兰达本来早已把他忘到脑后了。但当她在车门前认出他，看见他一只脚站在地上，一只脚放在马车的脚踏板上，像童话般出现在眼前，她不明白表妹为什么不喜欢他。

“请上车，”胡维纳尔·乌尔比诺医生对她们说，“想去哪儿两位尽管吩咐，我带你们去。”

费尔明娜·达萨正要拒绝，可伊尔德布兰达已经接受了邀请。胡维纳尔·乌尔比诺医生走下来，用指尖扶她上了马车，几乎没有触碰到她。费尔明娜别无选择，跟在她身后也上了车，脸涨得绯红。

她家离那里不过三个街口。表姐妹并没有发现乌尔比诺医生向车夫下了什么特别的指令，但想必如此，因为马车足足走了半个多小时。她们坐在主座上，而他坐在对面，背朝着车子前进的方向。费尔明娜把脸转向窗子，陷入一片茫然。伊尔德布兰达则恰恰相反，表现得十分开心，而乌尔比诺医生见她开心，自己更是高兴。车子刚一动起来，伊尔德布兰达就感觉到了座椅的天然皮革散发出的温暖气味，以及包厢内的严实温馨，她说，其实住在这里也挺不错。很快，两人便开始大笑，像老朋友一样互相开起玩笑来，接着又玩上了智力游戏。这是一种简单的暗语游戏，就是在每个音节之间都插入一个事先说好的音节。他们假装费尔明娜听不懂，但其实他们知道她不仅听得懂，而且还一直在留心听，而这正是他们玩这个游戏的目的。他们笑了一阵后，伊尔德布兰达坦白说，她再也受不了脚下那双靴子的折磨了。

“这再简单不过了。”乌尔比诺医生说，“我们来比比，看谁先脱掉。”

他开始解靴子上的绑带，伊尔德布兰达也接受了挑战。但这对她来说并非易事，因为紧身胸衣的架子让她弯不下腰。乌尔比诺医生故意放慢了速度，一直等到她从裙子下面掏出自己的两只靴子，就好像刚刚从池塘里钓上来似的。这时，两人看了一眼费尔明娜，只见在黄昏火红的霞光映衬下，她那黄鹂般的倩影比任何时候都更加轮廓清晰。她正在为三件事愤怒不已：一是她的尴尬处境，二是伊尔德布兰达的放肆行为，三是她十分确信，为了拖延时间，车子一直在漫无目的地兜圈子。可伊尔德布兰达却像脱缰的野马。

“现在我发现了，”她说，“让我不舒服的不是鞋，而是这个钢丝鸟笼。”

乌尔比诺医生会意她指的是裙撑，于是赶紧抓住了这个良机。“这再简单不过了，”他说，“脱了它。”说着，他以魔术师般的敏捷动作，从兜里掏出一条手帕，绑在自己的眼睛上。

“我不看。”他说。

蒙在眼睛上的手帕一下子让他那圆润下巴上的黑胡子和用胶刷出胡尖的短髭之间的两瓣嘴唇显得分外纯美，伊尔德布兰达突然惊得浑身一颤。她又瞥了费尔明娜一眼，这一次她看见她并没有生气，而是惊恐万状，害怕表姐真的会把裙子脱下来。伊尔德布兰达严肃起来，用手语问她：“我们该怎么办？”费尔明娜·达萨同样也用手势做了回答，告诉她若不直接回家，她就从行驶的马车上跳下去。

“我在等着呢。”医生说。

“已经可以看了。”伊尔德布兰达说。

摘掉手帕，胡维纳尔·乌尔比诺医生发现她变了脸色，于是明白游戏已经结束，而且结束得很糟糕。他做了个手势，车夫掉转方向，在街灯管理人开始点亮一盏盏街灯的时刻，把马车驶进了福音花园。所有的教堂都已念起了《三钟经》。伊尔德布兰达飞快地下了车，想到自己惹得表妹不悦而有些慌张，和医生随意地握了一下手，以示告别。费尔明娜也做了同样的动作，可当她想把戴着绸缎手套的手撤回来时，乌尔比诺医生却用力攥住了她的中指。

“我在等您的回答。”他对她说。

费尔明娜更用力地把手一抽，空空的手套挂在了医生的手上，但她并没有停下来索回它。这一天，她没吃晚饭便睡下了。可伊尔德布兰达却好像什么都没有发生似的，同加拉·普拉西迪娅一起在厨房吃过晚饭，这才走进卧室，用她那天生的风趣把下午的事评判了一番。她丝毫没有掩饰自己对乌尔比诺医生，对他的优雅和翩翩风度，都充满了兴奋与热情。费尔明娜没有做出任何回应，但已经从反感中冷静下来。终于，伊尔德布兰达坦白说，当胡维纳尔·乌尔比诺医生蒙上眼睛，她看见他那玫瑰色的双唇间两排闪亮的完美牙齿时，曾泛起过一种想去狂吻他的难以抑制的渴望。费尔明娜·达萨翻过身去，面向墙壁，用一句话结束了她们的谈话，不带丝毫恶意，而是挂着发自肺腑的微笑。

“你真是个小娼妇！”她说。

睡梦中，她惊吓连连，到处都看见胡维纳尔·乌尔比诺医生，看见他笑，看见他唱，看见他蒙着眼睛，两排牙齿间迸发出硫磺的火星，看见他坐着一辆和以前不同的马车，驶在通往贫民墓地的山坡上，用一种没有固定规则的暗语嘲笑她。距离天亮还有很久，她就醒了，精疲力竭，清醒地闭着双眼，想着她今后还要活的那无数个年头。之后，趁着伊尔德布兰达洗澡的时候，她飞快地写了一封信，飞快折好，又飞快地装进信封，赶在伊尔德布兰达走出浴室之前，交给加拉·普拉西迪娅，派她送到胡维纳尔·乌尔比诺医生府上。那是一封具有她独特风格的信，一字不多，一字不少，只是写着：可以，医生，去找我父亲谈吧。

当弗洛伦蒂诺·阿里萨得知费尔明娜·达萨即将嫁给一位门第显赫、家财万贯、在欧洲受过教育而且在同龄人中声誉非比寻常的医生时，没有任何力量能让他从消沉之中振作起来。看到儿子不说一句话，不吃不喝，整夜不歇地流泪，特兰西多·阿里萨做出了超乎寻常的努力，用尽了情人间的甜言蜜语来安慰他，终于在一星期后让他重新开始进食。之后，她找到莱昂十二·罗阿依萨，也就是那三兄弟中唯一还活着的一个，和他谈了一次话。她没有说明原因，只是请求他在航运公司给侄子找份差事，不论干什么都行，但地点得是在马格达莱纳流域丛林中的某个偏僻的港口，那里既不能通信，也不能发电报，更不能让他看见什么人，打听到这座堕落的城市里发生的任何事情。叔叔最终并没能向他提供这样一份工作，主要是出于对哥哥遗孀的尊重——单是丈夫在外有个私生子的事实就让她无法忍受——但他还是给侄子在维拉·德雷伊瓦找了个电报员的职位。维拉·德雷伊瓦是一座梦幻般的城市，距本地有二十多天的路程，海拔比窗户街高出近三千米。

弗洛伦蒂诺·阿里萨对那次疗伤之旅一直都没有什么清晰的印象。他将始终透过一层忧愁的薄雾来回忆这次旅行，就像那个时期发生的一切一样。当他收到委任电报时，甚至都没想接受，但洛达里奥·图古特用德国人的理由说服了他，那就是在公共管理领域有一份光辉的前途在等着他。他说："电报员这一行大有可为。"他送给他一双带兔皮衬里的手套，一顶草原上用的帽子和一件经受过巴伐利亚冰冷一月考验的长毛绒领大衣。莱昂十二叔叔送了他两件呢子衣服，几双防水靴，都是他父亲的遗物，还给了他一张下一班船的寝舱船票。特兰西多·阿里萨按照儿子的身材改小了这些衣服——他不像父亲那样高大，比德国人也矮许多，她还给他买了几双羊毛袜和几条连体裤，好让他不缺少衣物去抵御寒冷荒原上的恶劣天气。弗洛伦蒂诺·阿里萨经过了一系列的挫折后变得异常冷漠，就像死人为自己的葬礼做准备似的，参与着为这次远行所做的工作。他没有把自己要走的消息告诉任何人，也没有跟任何人道别，就像当初他只向母亲倾诉了心中悄悄压抑的激情一样。但临行的前一天晚上，他还是故意放纵了内心的最后一丝疯狂，做出了一个很可能断送自己性命的举动。半夜里，他穿上星期日的礼服，独自站在费尔明娜·达萨的阳台下，拉响了那曲他为她创作的爱的华尔兹。这支曲子只有他们俩知道，也是三年来他们所经历的种种挫折的象征。他一边拉，一边低诵着歌词，琴渐渐被泪水打湿。他拉得是那样激情澎湃，刚奏出头几小节，整条街上的狗便开始狂吠，接着，全城的狗都跟着吠叫起来。但过了一会儿，在音乐的魔力下，它们又慢慢安静下来，华尔兹最终结束在一片空灵的寂静之中。阳台的窗子没有打开，也没有人向街上探出头来，甚至连那位几乎总是拎着油灯赶来，试图从演奏小夜曲的人身上捞点油水的巡夜人也没有出现。而对弗洛伦蒂诺·阿里萨来说，这次演奏就像一道宽慰的符咒，因为当他把琴收进琴盒，头也不回地在死一般寂静的街道上渐行渐远时，心中感到的并不是明天即将远行，而是仿佛多年前就已抱定永不回来的决心离开了此地。

那船是加勒比河运公司所拥有的三条一模一样的船之一，为纪念公司的创建者被重新命名为“皮奥第五·罗阿依萨号”。那是座漂浮在水上的双层木屋，建在一个又宽又平的铁壳上，最深吃水五英尺，这让它能够更好地在水深莫测的河流中消灾避祸。最老的一批船是世纪中叶在辛辛那提建造的，依照的是往来于俄亥俄河和密西西比河上的轮船的传奇样式，两侧各有一个桨轮，靠烧柴的锅炉驱动。同这些老船一样，加勒比河运公司的船的底层甲板几乎与水面齐平，安有蒸汽发动机并设有厨房，还有一大排鸡笼似的舱室，船员们把自己的吊床横七竖八、高高低低地挂在里面。顶层则设有驾驶室、船长和高级船员的舱室，还有一间休息室和一间饭厅，身份高贵的旅客至少会被邀请到这里一次，用餐或者打牌。中间层有六间一等舱，设在一段被当作公共餐厅的甬道两侧。船头是一个露天起居室，配有雕花的木头栏杆和铁柱子，很多普通旅客晚上就把吊床挂在这里。但和那些老船不同的是，船的两侧并没有桨轮，而是在船尾有一个装有水平桨叶的巨轮，就位于旅客甲板上那令人窒息的便池下方。弗洛伦蒂诺·阿里萨在七月一个星期日的早晨上了船，但他并没有像第一次旅行的人几乎出于本能所做的那样，一上船就不厌其烦地四处勘察。黄昏，当船经过卡拉玛尔村时，他到船尾去小便，透过便池洞，他看见巨大的桨轮在他脚下转动，卷起翻腾的泡沫和蒸汽，发出火山爆发般的隆隆巨响。直到这时，他才意识到自己所处的新环境。

他从没出过远门。他带着一只马口铁皮箱子，里面装着荒原上要穿的衣服，几本他自己装订的插图小说——把买来的月刊连载小说订在一起，再加上硬纸作为封皮——还有几本烂熟于心、已经快翻碎了的爱情诗集。他把小提琴留在了家里，因为它与他的不幸关联得实在太紧密，母亲则逼他带上了铺盖卷。这是一套很普通也很实用的寝具：一只枕头，一条床单，一个白镴尿壶和一顶针织蚊帐，所有这些都卷在一张席子里，用两根龙舌兰绳捆着，席子和绳子在急需时还可以用来做吊床。弗洛伦蒂诺·阿里萨本不想带这些，因为舱室里自有铺开的床铺，这些东西根本用不着。但到了第一个晚上，他不得不又一次感谢母亲的明智。原来，在最后时刻，上来一位身穿礼服的旅客。他是当天清晨乘坐一条欧洲船抵达这里的，此刻由省长亲自陪同登船。他带着妻子、女儿、身穿制服的男仆以及费了九牛二虎之力才勉强通过楼梯的七只镶着金边的箱子，希望即刻继续行程。为了将这几位不速之客安顿下来，船长，一位身材魁梧的库拉索人，试图唤起船上土生白人的爱国情怀。他用库拉索方言和西班牙语掺杂在一起向弗洛伦蒂诺·阿里萨解释，说那位身穿礼服的人是新上任的英国全权公使，正在前往共和国首都的途中，并且提醒他说，那个王国为了帮我们从西班牙人的统治下取得独立，向我们援助了决定性的物资，所以，为了能让一个如此高贵的家庭在船上有宾至如归的感觉，任何牺牲都是微不足道的。弗洛伦蒂诺·阿里萨于是理所当然地让出了自己的舱室。

起初，他并没有后悔，因为每年这个时期，河中都水量充足，所以前两个晚上船并无颠簸。每天吃过晚饭，下午五点钟，船员们会给旅客发一些帆布底的折叠床。每个人便找地方把自己的床打开，铺上行李中的铺盖，再在上面支起针织蚊帐。有吊床的人会把吊床挂在大厅里，什么都没有的人就睡在餐厅的桌上，把整个旅途中绝不会更换两次以上的桌布盖在身上。弗洛伦蒂诺·阿里萨基本上大半宿都睡不着，他仿佛在河面凉爽的微风中听到了费尔明娜·达萨的声音，对她的回忆抚慰着他的寂寥。黑暗里，船踏着野兽般的大步前行，在它的喘息声中，他倾听着她的歌唱，直到第一缕霞光出现在地平线，新的一天突然绽放在荒无人烟的草原和烟雾弥漫的沼泽之上。他觉得这次旅行再一次证明了母亲的智慧，他感受到了在遗忘之中存活下来的勇气。

然而，在顺畅的河水中走了三天后，船开始行进在意想不到的浅滩和迷惑人心的暗流之间，前进得格外艰难。河水变得浑浊，而且越来越窄，两岸是参天大树纵横交错的丛林，只能偶尔遇到一间茅屋，旁边堆着船上锅炉用的柴火。鹦鹉叽里呱啦的叫声和看不见的长尾猴的喧闹仿佛加剧了午间的闷热。晚上，船不得不停在岸边，让大家休息。在那种时候，单单是活着这件事，都变得让人无法忍受。除了闷热和蚊子的烦扰，还得加上晾在栏杆上的一块块腌肉发出的恶臭。大部分旅客，特别是欧洲人，都走出腐臭的舱室，在甲板上来回踱步以度过漫漫长夜，用毛巾一边擦拭不断渗出的汗水，一边驱赶各种活物。天亮时，他们都精疲力竭，个个被叮咬得鼻青脸肿。

此外，由于那一年自由党和保守党之间时断时续的内战又爆发了新的事端，为了维持船上的秩序，保证旅客安全，船长采取了极为严格的防备措施。他禁止了那个时期旅途中人们最为热衷的一种消遣，即朝岸上晒太阳的短吻鳄开枪射击，以避免误会和冲突。后来，有旅客为此争论，分成敌对的两派，于是，船长没收了所有人的武器，并以荣誉保证旅行结束后悉数奉还。甚至对英国公使他也没有网开一面：这位公使在起锚后的第二天早晨，便穿上狩猎服，拿着一支精密卡宾枪和一支猎杀老虎的双筒猎枪出现在大家面前。过了特内里费岛，限制变得更为严格，因为在这个岛，他们遇上了一艘高高悬挂着瘟疫黄旗的船。关于这个警告标志，船长没能获得更多信息，因为那艘船没有回答他发出的信号。但就在同一天，他们遇到了另一艘前往牙买加运送牲口的船。船上的人告诉他们，挂瘟疫旗的那条船上有两个得霍乱的病人，疫情正在侵袭前方流域。于是，不仅在接下来的港口，甚至在那些为装柴火而停靠的无人区，旅客都一律禁止下船。就这样，在到达目的港之前最后的六天旅途中，旅客们染上了一些监狱中的习惯。其一便是恶劣地传看一套荷兰的色情明信片。这套明信片从一双手传到另一双手，谁也不知道它们从何而来，尽管没有一个跑船的老手不清楚，这不过是船长著名收藏中的一套样品而已。但就是这点儿没有盼头的消遣，最终也停止了，因为只会徒增烦闷。

弗洛伦蒂诺·阿里萨以他那种令母亲忧伤不已、令朋友痛心疾首的矿石般的耐心忍受着旅途的艰辛。他没有跟任何人打交道。日子在他身上轻而易举地流逝。他坐在栏杆前，看着岸边一动不动晒太阳的短吻鳄张着血盆大口等着捕捉蝴蝶，看着受惊吓的草鹭突然从沼泽中飞起，看着海牛用巨大的乳头喂养幼崽，并发出如女人哭泣般的叫声，令旅客惊诧不已。在同一天，他看见河上漂过三具膨胀发绿的尸体，上面还站着几只兀鹫。最先是两具男尸，其中一具没了头，而后漂过一具只有几岁的女童的尸体，她那美杜莎般的头发在船尾的航迹中上下漂浮。他永远也不会知道，因为根本没人知道，他们到底是霍乱还是战争的牺牲品，但那令人恶心的强烈气味污染了他心中对费尔明娜·达萨的思念。

向来如此：每一件事，无论好坏，都与她有着一定关联。晚上，船停泊下来，大部分旅客都在甲板上无所事事地走来走去，而他却在餐厅的瓦斯灯——唯一一盏直到天亮都不会熄灭的灯下，复习着那些他几乎可以背下来的连载插图小说。当他用现实中认识的人去代替小说中想象的人物时，那些反复读过多遍的情节又恢复了最初的魔力，而他向来把那些坏运气的情侣角色留给自己和费尔明娜·达萨。另外一些夜晚，他会给她写下一封封伤心欲绝的信，而后，任它们的碎片漂散在那一刻不停地向着她的方向奔流而去的河水之中。就这样，他挨着那些最难熬的分分秒秒，时而化身为一位腼腆的王子或爱情的卫士，时而又回到他那伤痕累累的皮囊，变回一个被遗忘的恋人，直到清晨吹来第一缕微风，他才坐到栏杆旁的靠背椅上打起盹来。

一天晚上，他比往常早一些中断了阅读。正当他漫不经心地朝厕所走去时，空无一人的餐厅里突然打开了一扇门，挡住了他的去路，一只鹰爪般的手抓住了他衬衫的袖子，把他拉进一间舱室，随即又关上了门。黑暗中，他甚至看不清这个不知年龄的裸体女人的样貌，她浑身淌着湿热的汗水，喘着粗气，一把将他仰面朝天地推倒在简易床上。她解开了他的皮带，又解开他裤上的扣子，接着便骑在他身上，毫无光荣可言地夺取了他的童贞。两人恣情陷落一个无底的深渊，四周泛着爬满青虾的咸水沼泽的味道。之后，她在他身上躺了一会儿，无声无息地喘着气，然后消失在黑暗中。

"现在，您走吧，忘了它。"她对他说，"就当这件事从没有发生过。"

这次突袭是如此迅速而成功，令人无法视之为一次无聊时突发奇想的疯狂举动。它必然是从容计划的结果，甚至连细枝末节都考虑到了。这个令人愉悦的信念增加了弗洛伦蒂诺·阿里萨的躁动，因为当他处于欢愉的顶峰时，曾有一个连他自己都无法相信，甚至也不愿承认的发现，那就是，他对费尔明娜·达萨的虚无缥缈的爱可以用世俗的激情来替代。于是，他千方百计想找出那个技艺精湛的强奸者，或许在她那豹子般的本能中，他能找到医治自己痛苦的良方。但他没有找到。相反，调查越是深入，他感到自己距离真相越发遥远。

袭击发生在最后的那间舱室中，但这一间和倒数第二间有一扇门相通，所以两间舱室组成了一间有四个床位的家庭卧室。里面住着两个年轻女人、一个上了年岁但风韵犹存的妇人，还有一个几个月大的男孩。她们是从巴兰哥·德洛巴上的船，自从蒙波斯城因其河水变化无常而被从蒸汽船的航线上取消后，该城的货物和旅客都是从巴兰哥·德洛巴港上船的。弗洛伦蒂诺·阿里萨之前就曾注意到她们，但那只是因为她们把熟睡的孩子放在一只巨大的鸟笼里随身携带。

她们穿得仿佛是在时髦的远洋轮船上旅行似的：丝绸裙底衬有裙撑，蕾丝饰领，宽檐帽上缀着马鬃花。年龄较小的那两个女人每天都要从头到脚换好几身华丽衣服，就在其他旅客热得快要窒息的时候，她们却仿佛置身于自己随身携带的一片春光之中。三人灵巧地撑着阳伞，摇着羽毛扇，但就像所有的蒙波斯女人一样，她们的意图令人费解。毫无疑问，她们是一家人，但弗洛伦蒂诺·阿里萨甚至连她们之间的关系都搞不清楚。起初，他认为那个年长的妇人可能是另外两个的母亲。但随后他注意到，她的年纪根本不足以当她们的母亲，而且她戴着半孝[①]，而另两个女人却没有着孝。他无法想象，她们中的一个敢在另外两人睡在旁边的床铺时做出那种事来，唯一合理的假设就是这个女人利用了偶然的，又或者是安排好的空当，在舱室里只有她一个人的时候下手。他观察到有时她们中的两人会出去乘凉，很晚才回来，而第三个人就留下来照看孩子。但在一个更热的晚上，她们三人带着孩子一起出了门，孩子睡在柳条编的鸟笼里，外面还罩着纱幔。

尽管迹象混乱如麻，弗洛伦蒂诺·阿里萨还是很快就排除了年长妇女是那次袭击的罪魁祸首的可能性。接着，又宣布了最小的那位，也是她们中最漂亮、最大胆的那位的清白。他做出如此判断并没有

①根据西方习惯，守丧后期可以穿黑色以外的深色衣服，称为“半孝”。

充分的理由，只因为通过对她们的密切监视，他最终倾向于将自己内心的希望当作真相：他发自肺腑地希望自己那一夜情人是鸟笼孩子的母亲。这种假设是如此地吸引他，以至于他开始想念她胜过了想念费尔明娜·达萨，而忽略了这位新晋的年轻母亲心里只有孩子这一明显事实。她应该还不到二十五岁，身材纤瘦，头发金黄，一双葡萄牙人的眼睛更令她显得遥不可及，她在孩子身上慷慨倾注的无限温柔，任何男人只要能分得一丁半点就会心满意足。从早餐直至入寝，她都在大厅里照顾孩子，而另外两个女人则在玩中国跳棋。等孩子睡着了，她便把柳条鸟笼挂在天花板上，靠近栏杆凉爽的那一侧。即便是孩子睡觉时，她也不会对他置之不理，而是一边摇着鸟笼，一边哼着少女情歌，任由思绪飞离这枯燥的旅行。弗洛伦蒂诺·阿里萨执著地幻想着她迟早会露出马脚，哪怕只是一个表情。他毫不掩饰地越过假装在读的书看她，甚至借由她挂在细布衬衫上的圣物盒的一起一伏，观察她呼吸的变化，还甘冒无礼之嫌，明目张胆地在餐厅调换座位，只为能与她对面而坐。但最终，他都没有看出哪怕最细微的一点迹象，能够表明她当真就是收藏着他另一半秘密的人。他唯一得到的，只是一个没有姓氏的名字，因为那位年轻的女伴是这样叫她的：罗萨尔芭。

第八天，船艰难地在水流湍急的狭窄河道里航行，两边是大理石的悬崖峭壁，午饭后，船停靠在纳雷港。那些去往安蒂奥基亚省的旅客要在此地下船，安蒂奥基亚省是受新一轮内战影响最深的省份之一。港口由六间棕榈屋和一间锌顶的木制仓库组成，几队武器简陋的赤脚士兵在此巡逻守卫，因为有消息说，暴动者正计划抢劫船只。房屋背后，杂草丛生的山峰高耸入云，一块马蹄铁似的岩石为悬崖镶上了飞檐。夜晚，船上没有一个人睡得安稳，但是并没有袭击发生。天亮时，港口摇身变成了一个星期日的集市，印第安人兜售着用植物象牙做成的护身符和爱情药水，夹杂在一群群整装待发、准备用六天的时间攀到中部山区那长满兰科植物的丛林中去的牲口之间。

弗洛伦蒂诺·阿里萨看着黑人们把货物背下船，以此打发时间。他看见他们卸下一箱箱中国瓷器，还有运给恩维加多独身姑娘们的三角钢琴。当他发现下船的旅客中也包括罗萨尔芭一行人时，已经太晚了：她们已经侧坐在马背上，脚踏亚马逊皮靴，手撑厄瓜多尔的彩色阳伞。这时，他迈出了之前这些天都未敢迈出的一步：向罗萨尔芭挥手告别，三个女人也用同样的动作回答了他，那股亲切劲儿让他为自己迟来的大胆痛彻心扉。他看着她们从仓库后面绕过去，身后跟着几头骡子，驮着箱子、帽盒和婴儿的鸟笼。不一会儿，就看见她们像一队搬运东西的小蚂蚁似的，攀行在悬崖上，从他的生活中消失了。这时，他突然感到自己在这个世界上孤身一人，而这几日一直在暗中窥视他的对费尔明娜·达萨的思念，突然用它那锋利的爪子给了他致命的一击。

他知道她即将举行隆重的婚礼，而他这个最爱她、且将永远爱她的人却连为她而死的权利都没有。之前一直被压抑在哭泣之中的忌妒，此刻占据了他的整个灵魂。他祈求上帝，就在费尔明娜·达萨即将为爱情宣誓，顺从于那个只为把她当作社交点缀而娶她为妻的男人时，让公正的闪电从天而降，劈在她身上。这位新娘，只能是他的新娘，否则就谁的也不是。他满心狂喜地想象着，她仰面朝天躺在大教堂的石板上，四周满是沾染了死亡露珠的雪白的橘树花，那泡沫般倾泻而下的头纱垂落在主祭台前安葬着十四位主教的大理石棺之上。然而，复仇的幻想刚一结束，他便为自己的邪恶后悔起来，于是他又看见费尔明娜·达萨完好无损地站了起来，虽然于他遥不可及，但却活着，因为他无法想象一个没有她的世界会是什么样子。他没有再睡着过，而如果说他偶尔能坐下来随便吃口东西，那也是因为幻想着费尔明娜·达萨坐在桌前，或者相反，是因为他不愿给予她那种殊荣，不愿让她认为自己是在为她禁食。有时，他会用这样的信念来安慰自己：在醉人的婚礼中，甚至在火热的蜜月里，费尔明娜·达萨会有那么片刻的心痛，至少有片刻，无论怎样，一定会有那么片刻，她的心里会浮现出这个被嘲弄，被侮辱，被唾弃了的恋人的影子，而她的幸福也将会荡然无存。

到达旅途终点卡拉科利港的前一天晚上，船长举行了传统的告别晚会，船员组成一支吹奏乐队，驾驶室里还放出了五彩的烟花。那位大不列颠公使以堪称典范的克制力忍受了一路的艰辛，用照相机猎获了那些不允许他用猎枪屠杀的动物，并且，没有一个晚上不是穿着礼服走进餐厅。但在这最后的欢庆活动中，他穿了一身苏格兰麦克塔维什部族的服装，兴致勃勃地吹起风笛，还教所有想学的人跳他们的民族舞蹈。还没到天亮，大家便不得不半扶半拖地把他搀回舱室。弗洛伦蒂诺·阿里萨正被痛苦折磨得垂头丧气，躲在甲板最偏远的角落，完全听不到人们的欢闹声。他把洛达里奥·图古特的大衣裹在身上，努力抵御着发自骨髓的寒意。就像死刑犯在行刑的清晨一样，早晨五点他就醒了，一整天什么也没做，只是一分钟一分钟地想象着费尔明娜·达萨婚礼的每一步骤。后来，他回到家时，才发现自己弄错了日期，而且一切都和他想象的不同，他甚至清醒地嘲笑起自己的幻想来。

但不管怎样，那是一个受难的星期六，最终他发起了高烧，因为他仿佛看到一对新人正悄悄地从一扇假门溜走，去尽情享受新婚之夜的狂欢。有人看到他烧得发抖，便报告了船长。船长担心这是一起霍乱病例，带着随船医生离开了晚会。医生出于谨慎，把他送进了隔离舱室，还给他用了大剂量的溴化物。然而第二天，当人们远远看见卡拉科利的礁石时，他的烧已经退了，而且精神抖擞，因为在镇静药物所导致的沉滞中，他义无反顾地做出了一个决定，那就是让电报员的光辉前途见鬼去吧，他要乘这同一条船回他的窗户街去。

鉴于之前曾把舱室让给维多利亚女王的代表，他要求随船返航并不是一件难事。船长以电报是一项前途无量的科学为由试图说服他。他对弗洛伦蒂诺·阿里萨说，这一点千真万确，因为已经有人发明了一种可以安装在船上的电报系统。但弗洛伦蒂诺·阿里萨不为任何理由所动，船长最后只得带他返航，并不是为了舱室里的人情，而是因为他知道弗洛伦蒂诺·阿里萨和加勒比河运公司的真正关系。

下水航行用了不到六天的时间。自从他们清晨驶入梅塞德斯湖，弗洛伦蒂诺·阿里萨看见捕鱼的独木舟上点点灯火在轮船激起的回头浪中波动起伏，便感觉自己重新回到了家里。当他们在迷失的男孩湾靠岸时，已经是晚上了。在西班牙人的古航道被疏通并投入使用之前，那里是蒸汽船的最后一个港口，距离海湾还有九里。旅客必须等到早晨六点，才能登上租用的小艇，驶往最后的目的地。但弗洛伦蒂诺·阿里萨归心似箭，提前坐上邮局的小艇走了，因为邮局的职员认出他是自己人。下船之前，他忍不住做了一个具有象征意义的举动：把铺盖卷扔进水里，目送它穿过那些看不见的渔夫手中的火把，直到离开潟湖，消失在大海之中。他确信，在今后的日子里，他再也不需要它了。永远不，因为他将永远不再离开费尔明娜·达萨的城市。

黎明时分，海湾里风平浪静，弗洛伦蒂诺·阿里萨透过第一缕阳光，在飘浮的大雾上方看见了金色大教堂的拱顶，看见了屋顶上那一座座的鸽子屋，并顺着它们找到了卡萨尔杜埃罗侯爵府的阳台，想象着在那座房子里，那个带给他不幸的女人还倚在餍足的丈夫肩上贪睡。这个假想令他肝肠寸断，但他并没有制止它，相反，他在痛苦中感到满足。太阳开始升温，邮局小艇在停泊帆船组成的迷宫中穿梭。公共市场的无数种气味裹挟着水底散发出的腐烂味，混合成一股恶臭。来自里奥阿查的轻便船刚刚抵达，一队队搬运工蹚着齐腰深的水去接船上旅客，一直把他们背到岸上。弗洛伦蒂诺·阿里萨第一个从邮局小艇跳上岸。从那一刻起，他就再没有闻到海湾的臭气，只闻到弥漫在城市中的费尔明娜·达萨特有的气息。一切都散发着她的味道。

他没有回电报室去工作。他唯一关心的似乎只是连载的爱情小说和"人民图书馆"的书籍，母亲继续给他买，而他则躺在吊床上一遍又一遍地读，直到把它们背下来为止。他甚至都没有问小提琴在哪儿。他和最亲近的朋友恢复了来往，有时一起打打台球，或者到大教堂广场拱门下的露天咖啡馆聊聊天。但他再没有去过星期六的舞会：没有她，他无心跳舞。

从那次未完成的旅行回来的当天早上，他就得知费尔明娜·达萨正在欧洲度蜜月。他那颗茫然的心当即认定，她即使不会在那里永远住下去，也会住上很多年。这个信念为他注入了忘记过往的第一线希望。他想念起罗萨尔芭来，随着对另一个人的回忆慢慢平息，对她的思念变得越来越炽热。正是在那个时期，他蓄起了小胡子，胡子尖还涂上胶，决意在有生之年都不再剃掉它。他仿佛变了一个人，用一段爱情来取代另一段爱情的想法让他误入歧途。渐渐地，费尔明娜·达萨的味道变得越来越淡，越来越难以闻见，最后只留在了白色的栀子花上。

他随波逐流，不知道生活该从哪里继续。战争时期的一个晚上，那位远近闻名的拿撒勒[1]的寡妇惊慌失措地躲到他家，因为在叛军将军里卡多·加依坦·奥贝索围城的时候，她自己的家被炮弹炸塌了。特兰西多·阿里萨立即抓住这个机会，借口说自己的房间没有地方，把寡妇安排在了儿子的卧室，实际上，她是盼望用另一段爱情来疗愈那份让儿子痛不欲生的爱。自从在船上的舱室被罗萨尔芭夺去了童贞，弗洛伦蒂诺·阿里萨就再没有做过爱。他觉得，在这样一个有紧急情况的夜晚，寡妇睡床上，自己睡吊床是很自然的事。可寡妇已经替他做了决定。躺在床上的弗洛伦蒂诺·阿里萨不知道该做些什么，而她坐在床沿，开始讲述三年前丈夫的死给她带来的无法慰藉的痛苦，边讲边脱掉外面披着的一层守寡黑纱，把它抛向空中，甚至把结婚戒指也从手上摘了下来。她脱掉镶着小珠子的塔夫绸衬衣，抛到房间另一头角落里的安乐椅上，又把紧身背心从肩膀上方扔出去，丢到了床的另一头，然后，迅速褪掉了长至脚踝、带荷叶边的百褶裙、绸缎束腹带，还有守寡的黑丝袜。她把东西扔得到处都是，

①拿撒勒，位于今天的以色列，传说耶稣在此度过青年时期，故常被称为“拿撒勒的耶稣”。

整个房间都被她那身丧服的零七八碎覆盖了。她兴高采烈地做着这一切，而且间隔恰到好处，仿佛每个动作都有进攻部队那震得城市地基颤抖的炮声为之庆祝。弗洛伦蒂诺·阿里萨想帮她解开胸衣上的按扣，但她以娴熟的动作抢在前面，因为在五年恩爱的夫妻生活中，她已经学会了做爱的每一个步骤都自给自足，甚至包括前戏，无需任何人帮忙。最后，她脱掉蕾丝花边的内裤，以游泳运动员的敏捷将它从双腿上褪下来，露出自己的玉体。

她二十八岁，生育过三个孩子，但她的裸体还完美地保持着独身时那动人心魄的魅力。弗洛伦蒂诺·阿里萨永远也不会明白，之前那几件忏悔服是如何掩盖住这匹未被驯服的小母马的热情的。她脱光了弗洛伦蒂诺·阿里萨的衣服，被自己的狂热弄得喘不过气来，要知道，她对丈夫都不曾这么做过，怕他认为自己是个淫荡的女人。她带着五年忠贞婚姻生活的迷茫与无知，试图一举满足守丧期间被严酷禁止的欲望。自她从娘胎里生下来的那个美好时刻起，到这个夜晚之前，除了死去的丈夫，她甚至从未跟别的男人共过一张床。

她并没有让内疚扫自己的兴。而是恰恰相反。屋顶上呼啸而过的火球让她睡不着觉，她继续讲述丈夫的种种优点，直到天亮。除了抛下她死去这一点，她没有责怪他的任何不忠。事实上，她感到释然，因为她确信丈夫如今比任何时候都更完全地属于自己，他已躺在那个钉了十二枚三英寸钉的棺材里，埋在地下两米深的地方。

"我很幸福，"她说，"因为只有现在我才十分肯定地知道，他不在家时到底在哪儿。"

那天晚上，她一步到位地脱掉了丧服，没有经过穿灰色小花衬衫的多余的过渡阶段。她的生活一下子充满了情歌和撩人的衣衫，件件都绘着五彩的鹦鹉和蝴蝶。她开始把身体分给所有向她索取的人。围城六十三天后，加依坦·奥贝索将军的军队被击退了，她重建了被大炮炸穿了底儿的房子，还在防波堤上建起一座漂亮的观海露台，暴风雨来时，可以观赏愤怒咆哮的海浪。这里是她的爱之巢，她毫无讥讽之意地如是说。在这里，她只接待合她胃口的人，想什么时候就什么时候，想以何种方式就以何种方式，不向任何人收取一分钱，因为她认为，是那些男人施惠于她。只在极少的情况下，她才接受礼物，而且不能是黄金。她做得如此恰到好处，谁也拿不出她行为不端的确凿证据。只有一次，她险些在公众中闹出丑闻，当时谣言四起，说大主教但丁·德鲁纳并非死于误食了一盘毒蘑菇，而是有意服毒，因为她威胁他说，如果他再继续亵渎神明地纠缠她，她就抹脖子自尽。但没有人问过她这是不是真的，她自己也从来没有提起过，她的生活毫无变化。确实，正如她自己常常大笑着说的那样，她是全省唯一的自由女人。

对于弗洛伦蒂诺·阿里萨的偶尔相邀，拿撒勒的寡妇即便在最忙的时候也从不爽约，而且也从不抱着爱上他或被他爱上的假想，只是希望能找到某种类似爱情却又没有爱情之烦恼的东西。有时他也会去她家，两人喜欢坐在观海露台上，浑身被硝石味儿的海水泡沫打得湿漉漉的，眺望地平线上即将照亮整个世界的黎明之光。他尽全力地教她那些他从旅馆的小孔里学来的颠鸾倒凤的花样，并实践洛达里奥·图古特在狂欢之夜吹嘘的那些理论成规。他说服她在两人做爱的时候让人观看，并改变常规的传教士体位，代之以“海上自行车”，“烤架上的烤鸡”，又或者“被肢解的天使”等等姿势。当他们试图在吊床上发明出与众不同的花样，吊床的挂绳断了，两人摔下来差点送了命。这些课程的效果微乎其微，因为事实上，她虽然是个无所畏惧的莽撞学徒，却缺乏最起码的天赋，难以消化这些指导。她永远也不理解在床上保持肃穆的乐趣，从未有过灵光乍现的瞬间，性高潮也总是来得不合时宜，且浮于表面：一种乏味的欢愉。弗洛伦蒂诺·阿里萨有很长时间都受到蒙骗，以为自己是她唯一的男人，而她也乐意让他这样以为，直到有一回她运气不佳，睡着的时候说漏了嘴。渐渐地，通过偷听到的梦话，他把她梦中的航海地图拼凑起来，然后穿梭于那不可计数的秘密岛屿之间。由此，他知道了她并不想嫁给他，但又觉得与他的生活紧密相连，因为她无限感激他让她得以堕落。有好几次，她对他说：

“我崇敬你，因为是你把我变成了娼妇。”

如果换个方式说，其实她不无道理。弗洛伦蒂诺·阿里萨从她这里夺走了正常夫妻间所保有的那种贞洁，这比夺走童贞或让寡妇失节更加有破坏力。他让她明白，只要是为了让爱情长久，床上所做的任何事都算不上不道德。另外，还有些东西自此成为她生活的信条：他说服她，一个人在这世上能交欢的次数是有限的，如果不充分利用，那不论是自己还是他人的原因，也不论是自愿还是被迫，都永远失去了这些机会。她的优点就在于一字不差地听从了他的话。然而，正是因为弗洛伦蒂诺·阿里萨自认为比任何人都了解她，他不能理解，为何这样一个缺乏情趣、喜欢在床上不停唠叨丈夫之死给她带来的痛苦的女人，会有这么多的追求者。他唯一能想到的不可辩驳的解释，就是拿撒勒的寡妇的温柔弥补了她床上功夫的不足。随着她领地的扩大，而他也开始慢慢探索自己的领地，试图在另外一些支离破碎的心灵中寻找抹平旧日伤痕的慰藉，两人见面越来越少，最后毫无痛苦地忘掉了对方。

这是弗洛伦蒂诺·阿里萨的第一次床上之爱。但他没有像母亲做梦都盼望的那样和她结成稳固的关系，相反，两人都利用这次机会，投入到各自的生活当中。弗洛伦蒂诺·阿里萨发明出许多方法，对像他这样一个郁郁寡欢、骨瘦如柴、穿得仿佛另一个时代的老头儿的男人来说，颇不可思议。然而，有两个优势可以助他一臂之力。其一就是他独具慧眼，即便在人群中也能一下子认出哪个女人正期待着他这样的男人，但尽管如此，他献殷勤的时候也小心翼翼，因为他觉得没有什么比遭到拒绝更让人感到羞辱了。他的另一个优势在于，她们会当即认定他是一个急需爱情抚慰的孤独者，一个流浪街头、丧家犬般的可怜人，这使得她们无条件地投降，没有任何索求，也不期待从他身上得到任何东西，只求能够施恩于他，让自己的良心得到安宁。这是他仅有的两样武器，凭借它们，他展开了一系列历史性的绝密战斗，并以公证人的严谨把它们一一记录在一个密码本上。这个本子在众多本子中能一眼辨认出来，因为上面写着一个说明一切的标题：她们。他做的第一个记录就是拿撒勒的寡妇。五十年后，当费尔明娜·达萨从她那通过神圣仪式所领受的判决中解脱出来时，他已经拥有了二十五个本子，里面有六百二十二条较长恋情的记录，这还不包括那无数次的短暂艳遇，因为它们甚至都不值得他怜悯地提上一笔。

和拿撒勒的寡妇疯狂而放肆地爱恋了六个月后，弗洛伦蒂诺·阿里萨自信已经从费尔明娜·达萨之痛中幸存下来。他不只相信这一点，还在费尔明娜·达萨持续了近两年之久的新婚旅行期间，多次向特兰西多·阿里萨说起过。他相信自己的感情已经获得了无限制的解放，直到一个灾难的星期日，他在没有任何预感的情况下突然看见了她。当时，她刚望完大弥撒，正挽着丈夫的手臂，被她新圈子里的人好奇而又谄媚地包围着。当初，这些门第高贵的夫人们看不起她，嘲笑她家是无名无姓的暴发户，而如今，她用自己的魅力把她们迷得晕头转向，她们殷切地希望她能感觉到自己是她们中的一员。她如此驾轻就熟地胜任了尘世中妻子的角色，以至于弗洛伦蒂诺·阿里萨必须定睛反应片刻才把她认出来。她变成了另一个人：成年人的装扮，高高的靴子，面纱帽上插着一根东方鸟的彩色羽毛。她身上的一切都变了样，而且是那么的自然而然，仿佛她天生就是如此。他发现她比以往任何时候都更美、更年轻，却也比以往任何时候都更遥不可及，他不明白这其中的缘故，直到看见她真丝长裙下腹部隆起的曲线：她已经有了六个月的身孕。然而，最让他感慨万千的，是她和丈夫组成了令人羡慕的一对，两人应付裕如地周旋于他们的世界，仿佛超然于现实的艰难险阻。弗洛伦蒂诺·阿里萨没有忌妒，也没有愤怒，而是感到一种巨大的自卑。他觉得自己可怜，丑陋，低贱，不仅配不上她，也配不上世界上任何一个女人。

就这样，她回来了，对生活中翻天覆地的变化没有丝毫后悔地回来了。不仅如此，经历了最初几年的坎坷后，她越来越没有什么可后悔了。对于带着天真的懵懂步入新婚之夜的她来说，这种情况可以说尤其值得庆贺。其实，在去伊尔德布兰达表姐家省份的那次旅行中，她就已经开始褪去天真。在巴耶杜帕尔，她终于明白了为什么公鸡要追着母鸡跑，还亲眼目睹了驴子交配的野蛮场面，看见过牛犊出生的情形，甚至听过表姐妹们大大方方地谈论家中的哪些夫妻还在做爱，而哪些尽管生活在一起却已经不做了，是从何时起，又是为什么不做的。正是在那时，她开始了独自一人的爱，奇怪地感觉到自己发现了某些本能中一早就知道的事，起先是在床上，屏住呼吸，以免被同屋的六个表姐妹发觉，后来则是放松地躺在浴室的地板上，用两只手，披头散发，还抽着她最初的几支脚夫的细雪茄。这样做时，她总是带着良心上的疑虑，直到婚后才消除，而且也总是秘密进行，不像那些表姐妹们，不仅炫耀每天能达到多少次高潮，甚至还讨论其形式和程度。然而，尽管享受过这些先导仪式的美妙，她始终还是怀着最初的信念，认为失去童贞定是一项血腥的祭祀。

因此，那场在上世纪末最为轰动的婚礼，对她来说，却仿佛灾难的前夕。比起和一位当时堪称独一无二的绅士缔结婚约所引起的流言蜚语，对蜜月的恐惧对她影响更大。自从在大教堂的大弥撒中发布了结婚公告，费尔明娜·达萨又收到了多封匿名信，有些甚至以死相胁，但她也只是草草地看上一眼，因为她将所有的恐惧都集中在自己即将被强奸这件事上了。尽管并非有意，但这样处理匿名信的方式是正确的，其实那些不敢留名的人所属的阶层，在历史的嘲弄下，早已习惯了对既成的事实低头。渐渐地，由于知道婚礼势在必行，她们吞下了反对的声音。她从那些被关节炎和忌恨之心折磨得憔悴失色、面色惨白的女人越来越殷勤的态度中，看出了这一点。她们终于意识到自己的阴谋是徒劳的，于是不请自来地出现在福音花园，就好像那里是她们自己家似的，还带来了菜谱和祝福吉祥的礼物。特兰西多·阿里萨了解那些人的世界，但只有那一次，她为此感到切肤之痛。她知道，主顾们会在重大庆典的前夕出现在她家，求她把罐子从地下挖出来，把典当的首饰借给她们二十四个小时，并额外支付利息。已经有很长时间没出现过这种情形了：罐子全都空了，为的是让那些拥有一长串姓氏的夫人们走出她们阴暗的圣殿，戴着租来的曾经属于自己的首饰，珠光宝气地出现在那场盛况空前的世纪末婚礼上。婚礼的至高荣耀莫过于由拉法埃尔·努涅斯博士主婚。博士曾三次担任共和国总统，是哲学家、诗人和国歌的词作者，这些都已写入了当时一些新出版的辞典。费尔明娜·达萨挽着父亲的手臂，走到大教堂的主祭台前。那天，父亲的礼服为他注入了一种模糊的受人尊重的气质。在大教堂的主祭台前，在一台由三位主教共同主持的弥撒中，在圣三主日[①]早上十一时，她永远地结婚了，甚至不曾怜悯地想到弗洛伦蒂诺·阿里萨片刻。而此时的弗洛伦蒂诺·阿里萨，正坐在一条风浪之中、最终也没能将他带入忘却之境的船上，烧得直说胡话，几乎为她而死。在整个婚礼仪式以及后来的庆祝活动中，她始终保持着仿佛被铅白定住的微笑，这种并非发自内心的表情被某些人理解为胜利者的嘲笑，但其实不过是她用来掩饰新婚处女恐惧的一种可怜手段罢了。

幸运的是，一些突发的状况，加上丈夫的善解人意，让她顺利度过了前三个晚上，没有丝毫痛苦。真是老天保佑。由于加勒比海天气恶劣，大西洋轮船总局那艘船的航线被打乱，提前三天才通知要提早二十四小时出发，也就是说，船不会像六个月以来一直预计的那样，于婚礼次日前往拉罗切利，而是当晚就要起航。人人都以为，这个变化是婚礼预先为大家准备的众多华丽而高雅的惊喜之一：庆祝活动改在一艘灯火辉煌的远洋轮船上举行，直到午夜过后才结束，一支维也纳管弦乐队在席中首次演奏了约翰·施特劳斯最新创作的圆

①圣三主日，天主教传统节日，旨在纪念三位一体的奥秘，日期依复活节而定，即圣神降临节之后的第一个主日。

舞曲。最后，几个被香槟灌得醉醺醺的伴郎是被他们那受不了的妻子拖上岸的，当时他们正到处问侍者船上是否有空舱室好让他们把狂欢一直延续到巴黎去。最后下船的人在港口的酒馆前看见了洛伦索·达萨。他坐在大街上，礼服已经被扯烂，就像阿拉伯人为自己死去的亲人哭丧一样号啕不止。那摊他正坐在其中的几乎汇流成渠的臭水，很可能就是他的一汪眼泪。

无论是海上狂风巨浪的第一夜，还是接下来平缓航行的几天，抑或是在他们漫长的婚姻生活中，费尔明娜·达萨担心的那种野蛮举动都从没有发生过。尽管船很大，舱室豪华，但第一夜仍旧可怕地重复了里奥阿查那艘轻便船上的经历。她的丈夫充当了殷勤医生的角色，片刻未睡地安慰她，因为这是一位过于杰出的医生所知道的对付晕船唯一可做的事。第三天，过了瓜伊拉港后，风暴平息了，他们已经在一起度过了很长时间，交谈过很多，彼此感觉像老朋友一样了。第四天晚上，两人恢复了各自的日常习惯。胡维纳尔·乌尔比诺医生惊讶于自己年轻的妻子睡觉前竟然不祷告。她坦诚相告：修女们的两面派作风造成了她对宗教仪式的抵触，但她的信仰是完整的，她学会了默默地保持它。她说："我更愿意直接与上帝沟通。"他表示理解，从那时起，他们就以各自的形式信奉着同一种宗教。两人曾有一段短暂的订婚期，但对那个时代而言是相当不正式的：不过就是医生每日黄昏都到她家去看她，而没有人在一旁监视。在主教祝福之前，她是连手指头也不会允许他碰一下的，而他也没有做过这样的尝试。在海面平静下来之后的第一夜，两人和衣躺在床上，他开始了最初的爱抚，十分小心翼翼，所以当他建议她换上睡衣时，她觉得很自然。她走到盥洗室去换衣服，但先把舱室里的灯熄了，等穿好睡衣出来，她又用几块布塞住门缝，然后才在完完全全的黑暗中回到床上。她一边这样做，一边心情不错地说：

“你想怎么样呢，医生？这是我第一次和陌生男人一起睡觉。”

胡维纳尔·乌尔比诺医生感觉到她像一只惊慌失措的小动物一样滑到他身边，尽可能地离他远些，但在这样一张简易床上，很难做到谁也不碰谁。他抓住她冰凉、因害怕而有些发抖的手，把两人的手指交叉在一起，然后几乎耳语般讲起了自己另外几次海上旅行的经历。她再度紧张起来，因为回到床上后，她发现就在自己去盥洗室的时候，他已脱光了所有的衣服，这让她重新萌生了对下一步的恐惧。但这下一步却推迟了好几个小时，乌尔比诺医生只是继续缓慢地述说，一边说，一边一毫米一毫米地争取她身体的信任。他说起了巴黎，说起了巴黎的爱情，说起巴黎的情侣们在大街上，在公共汽车上，在向夏日火热的空气和慵懒的手风琴声敞开大门的咖啡馆那开满鲜花的露台上亲吻，在塞纳河的码头上站着做爱，而不会被任何人打扰。他一边在黑暗中呢喃，一边用指肚抚摸她脖颈的曲线，她手臂上如丝般柔软的茸毛，以及她那躲躲闪闪的腹部。当他觉得她的紧张感已经消除时，第一次做出了掀开她睡袍的尝试，但她以性格中特有的冲动制止了他。她说：“我自己知道怎么做。”果然，她脱掉了睡袍，然后就一动不动地躺着，要不是她的身体在黑暗中发出微光，乌尔比诺医生甚至以为她已经不在那里了。

片刻之后，他又抓住她的手，这次，她的手变得温暖而放松，但仍旧湿湿的，沁着柔软的汗珠。他们沉默地、一动不动地待了一会儿。他在伺机进行下一步，而她在等待着，不知他会从何处开始。随着她的呼吸越来越急促，房间里变得越来越黑。突然，他松开她的手，一跃而起：用舌头舔湿了中指的指肚，轻轻碰了一下她那毫无防备的乳头，而她感觉到致命一击，仿佛他触到了她的一根活神经。她庆幸自己处于黑暗之中，不会让他看见她那使得全身震颤直至发根的滚烫羞红。“别紧张。”他对她说，语气极为温和，“别忘了，我是见过它们的。”他感觉到她笑了，黑暗中，她的声音甜美而鲜嫩。

“我记得很清楚，”她说，“而且我的气现在还没消呢。”

这时，他知道自己已经绕过了美好希望的海角[①]。他再次拿起她修长而绵软的手，用一个个孤零零的轻吻覆盖了它，从棱角分明的手背，到纤长灵敏的手指、透明的指甲，再到那沁着香汗的手掌上象征命运的掌纹。她不知道自己的手如何到了他的胸膛，碰到了一片不知道是什么的东西。他说：“这是圣衣。”她抚摸着他胸口的软毛，又用五根手指抓住这片草丛，仿佛要把它们连根拔起。“再使点儿劲。”他说。她试着加了些力气，直到她确信不至于把他弄疼的程度。之后，竟然是她的手在寻找他那消失在黑暗中的手。但他没有与她十指相扣，而是一把抓住她的手腕，用一种无形、却又恰到好处的力量，引领她的手沿着他的身体游走，直到她感觉到一头赤身猛兽的炽热气息，没有固定的形状，却热切而高昂。与他的想象相反，甚至也与她自己的想象相反，她的手并没有撤回去，也没有停在他把它放下的地方。她将自己全身心地托付给了至圣童贞马利亚。她咬着牙，生怕会因这疯狂的举动而笑出声来：她开始通过触摸来认识那个昂首挺立的对手，认识它的体积，它那长茎的力量，它两翼的延伸，既对它的坚决感到害怕，又对它的孤独感到同情。她带着细致入微的好奇，一点一点地将它据为己有，若非丈夫是个富有经验的人，准

①即“好望角”的典故，绕过此海角就意味着好运来临。

会把她的举动错会成挑逗。他求助于自己的最后一点力气，抵抗着这番致命探究带来的眩晕，直到她以孩子般的随性放开了它，就像把它丢进垃圾堆似的。

“我从来就搞不明白这东西是怎么一回事。”

于是，他如同上课一般认真地向她解释起来，一边讲一边带着她的手移过他所提到的各个部位，而她则像个模范学生一样，顺从地跟随着他。在一个恰当的时刻，他建议把灯点亮，让一切更清楚些。他正要去点，她却拦住了他的手臂，说：“我用手看得更清楚。”事实上，她也想把灯点亮，但她想自己点，而不是被别人命令。最后，她得偿所愿。他在突然出现的光亮中看见了她，胎儿似的蜷缩着，包裹在被单里。但他发现她丝毫没有忸怩作态，而是再一次抓住那只让她充满好奇的野兽，把它扭向右又扭向左，带着一种似乎已经超越了科学范畴的兴趣观察它，最后得出结论：“它多丑啊，比女人的更难看。”他表示赞同，并指出它的几种比丑陋更严重的弊端。他说：“它就像人的长子，你工作一辈子都是为了它，为它牺牲了一切，可到头来，它还是只做它想做的事。”她继续探索着，不时地问这是干什么用的，那又是干什么用的。当她认为已经了解得足够清楚了，就用双手掂了掂它，最终证实，即便是从分量上看，也颇不值得为它费心。她带着轻蔑的表情放开手，让它滑了下去。

“而且，我觉得它有很多东西是多余的。”

他大吃一惊。他毕业论文最初的想法正是这个：简化人类器官的好处。他认为人类的器官体系已经过时，很多功能是无用或者重复的，对于曾经的时代来说必不可少，但对我们的时代却并非如此。的确，可以更简单些，从而也就少一些脆弱。他总结道：“当然，这是上帝才能做的事，但不管怎样，在理论上明确下来也是好的。”她被逗笑了，笑得那么自然，他趁机抱住她，第一次吻在了她的唇上。她回应了他，他一边继续轻吻她的脸颊、鼻子、眼皮，一边把手滑到被单下面，抚摸起她那毛发平直的圆润阴阜来：一个日本女人那样的阴阜。她没有把他的手推开，但她自己的手也处在警惕之中，以防他再前进一步。

“我们不要再上医学课啦。”她说。

“不，”他说，“这将是爱之课。”

他掀掉她身上的被单，而她不仅没有反对，还快速而使劲地用双脚把它踢得离床远远的。她的身体凹凸有致，富有弹性，比穿着衣服时要真实得多，并且散发出一种特有的山间野兽似的味道，让她能在全世界的女人中被分辨出来。她全然暴露在灯光之下，无处藏身，一股热血涌上她的脸颊。她唯一能想到的掩饰羞怯的办法，就是搂住丈夫的脖子，深深地、用力地吻他，直到两人把所有可供呼吸的空气都耗尽在亲吻之中。

他心里明白，自己并不爱她。同她结婚是因为喜欢她的高傲，她的严肃，她的力量，也因为自己的一点儿虚荣心，但当她第一次吻他时，他确定，没有什么障碍能阻止他们建立一份完美的爱情。在那第一个晚上，他们什么都聊了，一直聊到天亮，就是没有谈到爱情，以后也永远不会谈到它。但从最后的结果来看，两个人谁都没有做错。

天亮时，他们睡着了，她还是个处女，但很快就会不是了。果然，接下来的那个晚上，在加勒比海的满天繁星下，他教她跳了维也纳华尔兹，并在她之后去了盥洗室，等他回到舱室时，发现她正光着身子在床上等他。这次是她采取了主动，毫不畏惧，毫无痛苦，怀着在公海中冒险的喜悦把自己交给了他，除了床单上那朵贞洁的玫瑰，没有其他任何血腥仪式的痕迹。两个人都做得很好，几乎称得上是一个奇迹。在余下的旅途中，他们不分白天黑夜地继续这样做着，而且一次比一次好。到拉罗切利时，两人已经默契得像相识已久的恋人了。

他们在欧洲待了很久，以巴黎为大本营，不时到邻近的国家去短期旅行。这段时间，他们每天都做爱，冬季的每个星期日甚至还不止做一次，在床上一直嬉闹到午饭时间。他是一个精力充沛的男人，而且训练有素，她则天生不容许别人占据优势，因此两人在床上不得不平分主导权。三个月火热的恩爱生活过后，他意识到两人中有一个无法生育，于是，他们在他实习过的萨伯特医院接受了严格的检查。那是一次艰苦却徒劳无功的努力。然而，就在他们最意想不到的时候，没有借助任何科学手段，奇迹发生了。回家时，费尔明娜·达萨已经怀孕六个月，她相信自己是世界上最幸福的女人。两人期待已久的儿子在水瓶座的月份顺利降生，取了死于霍乱的祖父的名字，以示纪念。

说不清究竟是欧洲之行改变了他们，还是爱情改变了他们，因为这两者是同时发生的。它们都起了作用，更深一层说，改变的不仅是他们两人，也是所有人，就像弗洛伦蒂诺·阿里萨在那个不幸的星期日，他们回来两周后，看见他们望完弥撒从教堂中走出来时所察觉到的那样。他们带着一种新的生活观念回来了，满载着世界的新鲜事物，准备以此引领大众。他带回了文学、音乐，尤其是他所学专业的最新发展。为了不和现实脱节，他从巴黎订了一份《费加罗报》，为了不和诗歌脱节，他又订了一份《两世界杂志》。此外，他还和自己在法国的书商约定好，把读者最多的那些作家的作品寄给他，比如阿纳托尔·法朗士和彼埃尔·洛蒂，再把他最喜欢的作家的作品也寄给他，比如雷米·德古尔蒙和保罗·布尔热，但绝不要寄埃米尔·左拉的作品，因为他觉得尽管左拉在德雷福斯事件中勇敢地伸张正义，但他的作品让人无法忍受。那位书商还承诺把黎科迪出版社目录中最吸引人的乐谱篇章一并寄来，特别是室内音乐，如此，他便能保持父亲所赢得的本城音乐会第一倡导者的好名声了。

一向反对追求时尚的费尔明娜·达萨，这次带回了六箱不同时代的衣服，因为那些名牌服装没能让她动心。她曾在严冬去往杜伊勒里宫参加那位锋芒逼人的高级定制服装界霸主沃斯的服装展，唯一的收获就是让她在床上躺了五天的支气管炎。她觉得相比之下拉费里耶尔的服装倒没那么浮华和张扬，但她还是做出英明的决定，到二手商店去将自己喜欢的东西洗劫一空，尽管丈夫惊恐地发誓说那些都是死人的衣服。同样，她还带回了很多没有牌子的意大利鞋，比起名声在外而又稀奇古怪的费利牌鞋，她更喜欢自己买的这些。她还从杜布伊那里买回一把阳伞，红得像地狱之火，为我们那些总爱大惊小怪的社会新闻记者提供了很多写作素材。她只买了一顶瑞邦夫人设计的帽子，却装了满满一箱的人造樱桃枝，能找到的各式毡花束，一把把鸵鸟羽毛、孔雀毛、亚洲公鸡的尾羽，整只的雉鸡、蜂鸟，以及各式各样外国鸟的标本，有正在飞翔的，正在啼鸣的，还有奄奄一息的：所有这些在过去的二十个寒暑里都发挥了用途，让同一顶帽子变换出各种风貌。她还带回一套来自世界各国的扇子，每把都各有特色，适用于不同场合。此外还有一瓶能把人迷得神魂颠倒的香水，那是在春风席卷着灰烬将法国慈善集会夷为平地之前，[1]从集会上的众多香水中挑选出来的，但她只用过一次，因为换成这种香味后她都认不出自己了。她还带回一个化妆盒，这是诱惑品市场的最新玩意儿，她是第一个带化妆盒去参加节日聚会的女人，当时，仅仅在公众场合补妆都被视作不正经的表现。

此外，两人还带回了三段不可磨灭的记忆：《霍夫曼的故事》那盛况空前的首演；圣马可广场对面那场几乎烧毁了威尼斯所有贡多拉的触目惊心的大火，他们透过酒店的窗子痛心地亲眼目睹了那一幕；还有一月份的第一场雪时，他们匆匆邂逅奥斯卡·王尔德的情景。但在这些以及其他许多回忆之间，胡维纳尔·乌尔比诺医生还保留着一段他一直遗憾没能与妻子共享的回忆。那是他独自在巴黎上学期间一段关于维克多·雨果的记忆。在我们这里，雨果除了他的作品之外，还享有一份感人的声誉，据说他曾经说——其实并没有人真的听他说过——哥伦比亚的宪法不是给人制定的，而是给天使制定的。从那时起，人们就对他有了一种特别的崇拜。去法国旅行的同胞很多，其中大部分都热切地盼望能够见到他。曾经有六名学生，胡维纳尔·乌尔比诺就是其中之一，有段时间总是守候在埃洛大街他的住所前，以及听说他必去的几家咖啡馆里，但他从未出现过。最后，他们写信向他申请一次私人会见的机会，署名为里奥·内格罗宪法[2]的天使们，也没有收到回音。但有一天，胡维纳尔·乌尔比诺偶然从卢森堡花园经过，竟看见雨果从参议院走出来，被一个年轻女人搀扶着。他看上去十分苍老，举步维艰，胡子和头发都不像画像上那样光亮，身上的衣服也好像属于一个比他高大许多的人。胡维纳尔·乌尔比诺

---

① 1897 年，法国慈善集会毁于一场大火。

②里奥·内格罗宪法，哥伦比亚于 1863 至 1885 年间施行的宪法。

不想用一个不合时宜的问候毁掉这段回忆：就这样近乎虚幻地看上一眼，已足够令他终身难忘。等他结婚后重返巴黎，有条件更为正式地见上一面的时候，维克多·雨果却已经辞世了。

作为安慰，胡维纳尔和费尔明娜拥有这样一段共同回忆。那是一个大雪纷飞的下午，一群人冒着暴风雪站在卡布奇诺街上的一家小书店门前，引起了他们俩的好奇。原来，奥斯卡·王尔德在书店里。终于，他从里面走出来，果然气宇不凡，但也许他自己过分意识到了这一点。人群将他团团围住，请他在书上签名。乌尔比诺医生停下来只是想看看，可他冲动的妻子却要穿过大街去，由于没有带书，她想请求王尔德把名字签在她唯一觉得合适的地方：那副美丽的羚羊皮手套上，手套修长、光滑、柔软，与新婚的她的皮肤同样颜色。她确信，一个像他那样高雅的男人定会欣赏她的举动。但丈夫坚决反对，而当她无视劝阻硬是要去时，他感到羞愧得无地自容。

"如果你穿过这条街，"他对她说，"等你回来，就会看见我已经死在这里了。"

这是她本性使然。结婚不到一年，她便到处游逛，就像小时候走在圣胡安·德拉希耶纳加那片死亡之地上一样自如，仿佛这是她天生的本事。她和陌生人打起交道来得心应手，令她的丈夫困惑不已。而且，她有一种神秘的才能，可以和任何人，在任何地方，靠卡斯蒂利亚语进行交流。"语言嘛，如果你是想卖东西，当然得要懂的。"她常常略带嘲笑地说，"但如果是想买东西，那不管怎样，别人总有法儿听得明白。"很难想象有人能像她那样，那么快，那么兴高采烈地适应了巴黎的日常生活。尽管巴黎阴雨连绵，她还是学会了去爱记忆中的它。然而，当她带着那压得她喘不过气来的无数经历，带着旅途的疲惫，昏昏欲睡地回到家时，港口的人们问她的第一个问题便是对欧洲的种种神奇之处有何感受，而她用一句四个字的加勒比俚语就概括了这许多个月的幸福生活：

“浮华而已。”

那天，弗洛伦蒂诺·阿里萨在大教堂前见到怀有六个月身孕、对自己的新角色驾驭得八面玲珑的费尔明娜·达萨，便下定了狠心，要赢得名誉和财富以配得上她。他甚至没去考虑她已是有夫之妇这个障碍，因为他同时认定，胡维纳尔·乌尔比诺医生是会死的，就好像这件事取决于他似的。他不知道将在什么时候，也不知道会如何发生，但他把它当作一件势不可挡的事。他决心既不着急也不躁动地等下去，即便等到世界末日。

他从头做起，没有事先通知便来到加勒比河运公司董事长兼总经理莱昂十二的办公室，表示愿意听从他的差遣。叔叔仍在为他白白浪费了维拉·德雷伊瓦那份电报员的好差事而不悦，但还是情愿相信他的说辞——人不是从娘胎里出来就一成不变的，相反，生活会逼迫他一次又一次地脱胎换骨。再者，哥哥的遗孀已在前一年带着刻骨的仇恨死去了，没有留下一个继承人。于是，他给了这个流浪的侄子一份差事。

这是莱昂十二·罗阿依萨的典型决定。在这个没有灵魂的商人的躯壳里，藏着一份本性的疯狂，可以让瓜希拉沙漠涌出一眼甘泉，也可以用他那令人撕心裂肺的《在那幽暗的坟墓里》的歌声，让一场高举大十字架的葬礼被泪水淹没。他一头鬈发，嘴唇像农牧神那样肥厚，只差一把里拉琴和一顶桂冠，就和基督教传说中的纵火者尼禄一模一样了。除了管理他那些老得掉渣的破船——它们还能漂在水面完全是因为命运之神的疏忽——以及航运中日益繁杂的问题以外，他空余的时间全都花在了丰富他的抒情曲目上。没有什么比在葬礼上唱歌更让他喜欢的了。他有一副划船苦役犯的嗓子，没有受过任何正规训练，却能驾驭令人惊讶的音域。有人告诉他，恩里科·卡鲁索仅靠声音就能把花瓶震成碎片，于是他花了几年时间试图模仿他，甚至想震碎窗玻璃。朋友们把旅行时能找到的最薄的花瓶带给他，还专门组织了一次次聚会，好让他达成梦想。他却从没有成功过。然而，他那雷鸣般的歌声中自是闪烁着一丝柔情，让听众的心都碎了，丝毫不亚于伟大的卡鲁索震碎细颈瓶。正因为这一点，他在葬礼上总是备受尊敬。除了有一次，他灵光一现想要唱《在光荣中醒来》，一首来自路易斯安那州的美丽而忧伤的挽歌，结果被神甫勒令制止，因为神甫不能允许马丁·路德涉足他的教堂。

就这样，伴随着一首首歌剧曲目和那不勒斯小夜曲，他靠着自己的创造天赋和不屈不挠的实干精神，让他在河运事业最辉煌的时期成了这一领域的显赫人物。像两位已故的兄长一样，他也是白手起家。兄弟三人尽管背负着私生子的烙印，而且始终也没被家族承认过，但却都达到了设定的目标。他们是当时人们所说的“柜台贵族”中的佼佼者，商业俱乐部就是他们这类人的圣殿。然而，尽管已经拥有了可以过得像那位与他样貌相似的罗马皇帝一样的财富，莱昂十二叔叔却为了工作方便仍旧住在老城，生活十分节俭，房子也万般简陋，因此从未摘掉人们不公平地加在他身上的吝啬恶名。而他唯一的奢侈竟然更为简单：一座距离办公室两里地的海边房子，里面的家具不过就是六只手工做的凳子、一个装水瓮的木架柜，以及露台上的一张吊床，星期日，他可以躺在上面思考。有人说他是富人，可事实上，没有人比他更好地给自己作了定位。

“富人？不，”他说，“我只是个有钱的穷人，这压根儿不是一回事。”

他的这种奇怪脾性——曾有人在某次演讲中称之为大智若愚——让他立刻就洞悉了此前和此后都未有人发现过的弗洛伦蒂诺·阿里萨身上的某种特性。自从那天一脸忧郁、虚度了二十七年光阴的弗洛伦蒂诺·阿里萨到他的办公室来申请一份差事，他便用军营里那种足以让最坚强的硬汉折腰的严酷制度来考验他。可最终也没有使侄子胆怯。莱昂十二叔叔从不怀疑，侄子的这种坚韧既非来自生存的需要，也非继承了其父亲粗鲁的冷漠，而是源自一种爱的雄心，无论是这个世界，还是另一个世界中的任何艰难险阻都无法将它摧垮。

最艰苦的是最初几年。他被任命为总经理的书记员，这个职务就像是特意为他而设的。洛达里奥·图古特曾是莱昂十二叔叔的音乐老师，正是他建议叔叔给侄子安排一个抄写的工作，因为他是个如饥似渴地阅读大量文学而不知疲倦的人，尽管读的好作品没有坏作品多。莱昂十二叔叔并未理会洛达里奥·图古特对侄子做出的读坏书的评价，因为洛达里奥·图古特也曾说过他是他唱歌唱得最差的学生，可他还不是能让墓碑也落泪。但不管怎样，德国人在某些他最没有留意的地方还是有道理的，那就是弗洛伦蒂诺·阿里萨无论写什么都激情澎湃，以至于公文读上去就像情书。尽管他刻意避免，但出自他笔下的载货清单依然带着韵脚，那些常规商业信函透出的抒情味道更是削弱了它们的权威性。一天，叔叔亲自来到他的办公室，手里拿着一包他甚至都没有勇气签上自己名字的信件，给了他最后一次拯救灵魂的机会。

“如果你连一封商业信件都写不好，那就去码头扫垃圾吧。”他对他说。

弗洛伦蒂诺·阿里萨接受了挑战。他尽了最大努力去学习简单而世俗的商贸文体，就像当初模仿流行诗人一样勤奋地模仿着公证员文件的范本。那个时期，他的空闲时间都是在“代笔人门廊”度过的，帮助大字不识的恋人们书写香飘四溢的情书，以此释放内心积聚的那些在海关报告中毫无用武之地的绵绵情话。六个月过去了，尽管他竭尽全力，却依然没有扭断心中那顽石一般的天鹅脖子[①]。因此，当莱昂十二叔叔第二次训斥他时，他认输了，只是仍旧带着几分倨傲。

“我唯一感兴趣的是爱。”他说。

“糟糕的是，”叔叔对他说，“没有河运就没有爱。”

叔叔把威胁付诸行动，派他去码头清扫垃圾，但同时向他保证，如果干得好，就会一步一步把他提升上去，直到他找到自己合适的位置。事实也正是如此。没有任何一种工作能击败他，不管多么艰难，多么屈辱；少得可怜的工资没有让他垂头丧气；面对上司的傲慢无礼，他也不曾有片刻失去骨子里那无畏的勇气。但他并不是一个逆来顺

①此处暗指十九世纪末二十世纪初拉丁美洲的现代主义文学，其代表作家尼加拉瓜诗人鲁文·达里奥因偏爱运用唯美的天鹅形象，被称为“天鹅诗人”。

受的人：所有挡在他路上的人都尝到了苦果，在那副无助的外表之下，有着势不可挡的决心，什么事都做得出来。正如莱昂十二叔叔所预见和期望的那样，在三十年的勤奋与各种考验的磨炼中，他做过所有职务，也洞悉了公司运作的每一项秘密。他以令人钦佩的能力胜任了每一个岗位，研究了那些与诗歌相通的神秘经络中的每一条丝线，但终究还是没能得到那枚他梦寐以求的勋章——写一封说得过去的商业信函，哪怕只有一封。在无意之中，甚至是在不自知的情况下，他用自己的生活证实了父亲的理论。父亲甚至在只剩下最后一口气的时候还在说，没有人会比诗人具有更敏锐的判断力，没有哪个石匠会比诗人更顽固，也没有哪个经理会比诗人更精明、更危险。至少，莱昂十二叔叔是这样告诉他的。叔叔在心情闲适的时候，会和他讲起他的父亲，给他的印象是与其说父亲是个企业家，毋宁说他是个梦想家。

叔叔告诉他，皮奥第五·罗阿依萨给办公室增添了工作以外的愉快用途。他总是在星期日离家到此休闲，借口要接船或者派船。更有甚者，他还叫人在仓库的院子里架起一只废弃的锅炉，上面安有汽笛，有人会按照航行信号鸣笛，以防他的妻子生疑。莱昂十二叔叔细想了一番，就肯定弗洛伦蒂诺·阿里萨是在一个闷热的星期日下午，在某间门都没关严的办公室的写字台上怀上的，而当时，他父亲的妻子正在家里听着一艘永远也不会起航的轮船发出一声声告别的汽笛声。当她发现此事的时候，已经太晚了，甚至都来不及让丈夫为自己的卑鄙行为付出代价，因为他已经死了。她比他多活了许多年，没有孩子的痛苦毁掉了她的生活，她在祷告中祈求上帝永远诅咒那个私生子。

父亲的这个形象令弗洛伦蒂诺·阿里萨困惑不已。母亲曾把父亲说成一个缺乏商业天赋的了不起的男人，他最终从事了河运生意是因为他的大哥与航运先驱、德国海军准将胡安·B.埃尔勃斯关系亲密。兄弟三人是一母同胞的私生子，这位母亲是个厨娘，和不同的男人生下他们。他们用了母亲的姓氏，而姓氏之前的名字则是她从瞻礼单上教皇们的名字中随便挑选的，只有莱昂十二用了他出生时在位的那位教皇的名字。他们的外公叫弗洛伦蒂诺，于是，这个名字跳过教皇一代，落到了特兰西多·阿里萨儿子的头上。

弗洛伦蒂诺一直保留着父亲写情诗的一个本子，其中有几首的灵感来自特兰西多·阿里萨，而每一页上都画有破碎的心作为装饰。有两件事让他惊奇。其一是父亲那独特的字体竟与他的一模一样，而他其实是从一本教科书上的众多字体中挑出最喜欢的一种学的。其二是他找到了一句格言，他本以为那是自己的心声，可父亲在他出生前很久便写下了它：死亡让我感到的唯一痛苦，便是不能为爱而死。

他还看见了父亲仅有的两张照片。一张是在圣菲照的，很年轻，就像他第一次见到父亲时父亲的那个年纪，照片中的他穿着一件大衣，仿佛钻进了一只熊的身体，倚在一座只剩下绑腿的雕像底座上，身边站的少年是莱昂十二叔叔，头上戴着一顶船长小帽。另一张照片上，父亲和一队士兵在一起，不知是那么多战争中的哪一场，他手里拿着最长的一杆猎枪，小胡子散发出的火药味都飘到照片外面来了。和两个兄弟一样，他是自由党，也是共济会成员，可他却希望儿子能进神学院。弗洛伦蒂诺·阿里萨不觉得自己如人们说的那样和父亲很像，但据莱昂十二叔叔说，皮奥第五也曾被人指摘文件写得具有抒情色彩。不管怎样，他不像照片中的父亲，也不像自己记忆中的父亲，不像母亲因爱而描绘得走了样的父亲，更不像莱昂十二叔叔以其残酷的幽默描绘出的那个褪了色的父亲。然而，多年以后的某一天，弗洛伦蒂诺·阿里萨在对镜梳头的时候，终于发现了他们之间的相似之处，也就是在那时，他明白了一个人意识到自己开始变老，是源于他发现自己开始长得像父亲了。

他脑海中没有父亲出现在窗户街的记忆，只隐约知道有段时间他住在那里，就在与特兰西多·阿里萨相爱之初，但自己出生之后，父亲就再没来看过她。在很多年里，洗礼登记是证明我们身份的唯一有效途径，弗洛伦蒂诺·阿里萨的洗礼是在圣托利维奥教区登记的，只写着他是一个名叫特兰西多·阿里萨的独身私生女的私生子。登记上没有出现父亲的名字，但父亲秘密地供养儿子直到自己生命的最后一天。这种社会地位使神学院对弗洛伦蒂诺·阿里萨关上了大门，但也让他在我们连年战争最为血腥的那个时期逃过了兵役，因为他是一个未婚女人的独生子。

每个星期五放学后，他都坐在加勒比河运公司的对面，看一本翻了无数遍、已经散架的动物画册。父亲一眼也不瞧他就走进了办公室，脸上的神情和祭台上的福音圣胡安[1]一模一样，身上穿着一件呢子长礼服，就是后来被特兰西多·阿里萨改了给他的那件。好几个小时后，父亲走出来，趁着连车夫都没有看到的时候，把一周的生活费递给他。两人都不说话，因为父亲不愿说，也因为他惧怕父亲。有一天，他等了比平常更久的时间后，父亲把钱交给他，说：

"拿着，以后不要再来了。"

---

①圣胡安，即圣若望，传说是《若望福音》的作者，又译圣约翰。

那是他最后一次见到父亲。但后来他知道，钱由比父亲小十来岁的莱昂十二叔叔继续带给特兰西多·阿里萨。而在皮奥第五死于一次治疗不善的肠绞痛后，也是叔叔担起了照顾母亲的责任。父亲只字未留，也没有做出任何有利于他这个唯一儿子的安排：一个被丢在街上的儿子。

在加勒比河运公司当书记员时，弗洛伦蒂诺·阿里萨的悲剧就在于他无法摆脱抒情体，因为他时时刻刻都在思念费尔明娜·达萨，也永远都学不会在写作时不去想她。后来，他被调到别的岗位，内心的爱依然满溢，他不知如何是好，便把爱送给那些大字不识的恋人们，在“代笔人门廊”为他们免费写情书。下班之后，他就到那里去，从容地脱掉长礼服，挂在椅背上，然后戴上半截套袖，以免弄脏衬衫袖子，再解开背心扣，以便更好地思考。有时，他一直在那里待到夜深，用一封封令人疯狂的情书鼓舞着那些无助的人。有时，他会遇到一位跟孩子之间出了问题的可怜女人，或是一位坚持申领养老金的退伍老兵，又或是某个被偷了东西想向政府申诉的人，可无论他多么尽心竭力，也还是无法让他们满意，因为他唯一能令人信服的就只有情书。他甚至无需向新来的顾客提问，只消看一眼他们翻起的眼白，便清楚他们的处境。他为他们写下一页又一页的情信以倾诉胆大妄为的爱情，依循着十分可靠的模式——写信时一直想着费尔明娜·达萨，什么都不想，只想着她。第一个月后，他不得不建立起预约制度，以免自己被焦虑的恋人们淹没。

那个时期他最愉快的记忆是关于一个羞怯的姑娘的，她几乎还是个小女孩，颤抖着请求他为自己刚刚收到的一封无法拒绝的信写一封回信。弗洛伦蒂诺·阿里萨认出那封信正是自己前一天下午写的。

于是，他依照姑娘的情感和年龄，回了一封风格迥然不同的信，甚至笔迹也像出自这位姑娘之手，因为他会根据每个人的性格，为不同的情况模仿出一种字体来。他写信时，一直幻想着如果费尔明娜·达萨像这个无助的小姑娘爱她的追求者一样爱他，会给他回一封怎样的信。自然，两天后，他又不得不为这位情郎写回信，用他早在第一封信中就定下的笔迹、风格和爱情的类型。就这样，他最终陷入了自己给自己写信的狂热之中。不到一个月，姑娘和小伙子分别来向他道谢，因为他在男孩信中提出的建议在姑娘的回信中被热情地接受了：他们就要结婚了。

直到他们有了第一个孩子，才在一次偶然的谈话中发现，原来两人的信是同一位代笔先生所写。于是，他们头一次一起来到了门廊下，请求他做他们孩子的教父。看到自己梦想的明证，弗洛伦蒂诺·阿里萨极为兴奋，百忙中挤出时间写了一本《恋人指南》，比一直在门廊里卖二十生太伏且已经被半城人背得滚瓜烂熟的那一本更富有诗意，内容也更广泛。他把想象中费尔明娜·达萨和他遇到的各种情况排列成序，为每种情况都写了无数封信件作范例，包含各类他觉得可能的去信和回信。最后，他共写了一千多封，分为三卷，每卷都是科瓦鲁维亚斯的字典那样的大部头。但城中没有一个印刷商肯冒险出版它。他只好将它们束之高阁，和过去的一些手稿堆在一起，因为特兰西多·阿里萨断然拒绝从地下挖出她的罐子，把一生的积蓄浪费在一次出版书稿的疯狂举动上。若干年后，当弗洛伦蒂诺·阿里萨终于自己有钱出版这部书时，又费了很大努力才接受了这些情书已经过时的现实。

当弗洛伦蒂诺·阿里萨在加勒比河运公司迈出了最初几步并在

“代笔人门廊”为人免费写信时，他年轻时的朋友确信他们已在慢慢地失去他，再也回不到过去了。的确如此。当初他从河上旅行回来，还去见了一些朋友，希望借此减轻对费尔明娜·达萨的思念。他和他们一起去打台球，参加了最后几次舞会，偶尔还甘愿做姑娘们争抢的对象，并做所有他觉得有助于让他回到从前的事。后来，莱昂十二叔叔聘他为公司职员，他便开始和办公室同事一起在商业俱乐部玩多米诺骨牌。等到他和他们只聊河运公司里的事，且从不提公司全称，而用缩写字母CFC指代时，他们开始把他视作自己人。他甚至连饮食习惯都改变了。之前，他对餐桌上的事并不在意，也毫无规律可言，但自那时起，他的饮食开始每日相同，且极为节俭，直到他人生最后的日子：早餐是一大杯苦咖啡，午餐是一块炖鱼配白米饭，睡觉前再喝一杯咖啡加牛奶，配一块奶酪。他随时随地、不分场合地喝苦咖啡，一天甚至能喝上三十小杯。那是原油似的汤剂，他喜欢亲自煮，总是装在一只保温瓶里，放在伸手可及的地方。他变成了另外一个人：虽然他抱着坚定的决心，也付出了热切的努力，想回到遭受爱情致命打击前的那个他，但事与愿违。

事实是，他再也不可能回到从前了。重新赢得费尔明娜·达萨的芳心成了他生活中唯一的目标。他坚信自己早晚能夺回她，于是说服特兰西多·阿里萨继续修缮房屋，以便随时在奇迹发生时迎接她的到来。与对出版《恋人指南》这一提议的反应不同，特兰西多·阿里萨在这件事上甚至超前一步：她当即买下房子，开始全面翻新。原来的卧室变成了一间会客厅，又在二层建起了一间供小两口使用的卧室，以及一个为两人将来的孩子准备的房间，两间房都宽敞明亮。在以前烟草厂房的位置，建起了一个很大的花园，里面种了各个品种的玫瑰，全是弗洛伦蒂诺·阿里萨利用清晨的空闲亲自栽种的。弗洛伦蒂诺·阿里萨曾经住的店铺里间永久地保持了原貌，吊床仍旧挂在那儿，写字台上乱七八糟地堆满了书，而他却已搬到二层预备做婚房的那个房间去了。那是整座房子中最宽敞、最凉爽的一间，阳台建在了屋内，晚上海风轻拂，空气中飘着玫瑰园的馨香，坐在那里惬意无比，但同时，这间屋也最符合弗洛伦蒂诺·阿里萨特拉普派修道士式的清苦生活。用生石灰抹的墙壁光秃而粗糙，家具不过是一张苦役犯式的床，一个床头柜，上面放了支插在瓶口的蜡烛，还有一个陈旧的衣柜和一个放着水舀和脸盆的盆架。

房屋修缮持续了将近三年，恰与本城的重建工作步调一致。城市迅速复兴，因为河运和贸易往来正处于鼎盛期，在殖民时期，正是这两个因素维持着这座城市的繁荣，让它在两个多世纪里成为美洲的门户。但也是在这段日子，特兰西多·阿里萨的不治之症表现出最初的征兆。老主顾们每到她的杂货铺来，一次比一次衰老，一次比一次干瘪，也越来越令人难以捉摸。她跟她们打了半辈子交道，竟然认不出她们来，或者常常把一个人的事和另一个人的搞混了。这种问题对于做她这类生意的人来说是非常严重的，因为为了维护双方的名誉，她们从不签字据，一句口头承诺即是保证。起先，她以为是自己的耳朵聋了，但很快便证实是记忆从她年久失修的身体中溜走了。于是，她清算了她的典当生意，罐子里的财富足够完成房屋修缮并添置家具，此外还能剩下很多件全城最贵重的古老首饰，它们的主人根本无力赎回。

那时，弗洛伦蒂诺·阿里萨要同时兼顾许多事务，但这并没有减弱他越来越频繁地窃玉偷香的热情。和拿撒勒寡妇那段飘忽不定的经历为他打开了街头爱情之门。此后的很多年，他都一直在猎捕夜间的孤鸟，幻想能减轻费尔明娜·达萨之痛。但到后来，他已说不清这绝望的通奸习惯到底是出于内心需要，还是单纯的身体恶习。他去小旅馆的次数越来越少，不只因为他的兴趣改变了方向，而且他不愿让熟人看到，他已远不是当初那个温顺而纯真的少年了。然而，有三次在情急之下，他借助了一种古远年代惯用的简单手法：把害怕被人认出的女友化装成男人，然后装作打算整晚狂欢的人傲慢地走进小旅馆。但至少有两次都被不少人发现，他和那位所谓的男同伴没有去酒吧间，而是进了一个房间。于是，弗洛伦蒂诺·阿里萨那本来已经相当糟糕的名声经历了致命一击。最后他干脆就不再去了。只有极少的几次，他又重游故地，并不是为了及时行乐，而是恰恰相反：为了寻找一个避难所，从荒淫无度中恢复过来。

他这么做绝对是有道理的。下午五点左右，刚一离开办公室，他便像鹰捉小鸡一样展开猎捕行动。起初，无论夜晚带给他什么，他都满足。公园中的女仆，市场上的黑女人，海滩上风情万种的淑女，新奥尔良船上的外国妞儿，他照单全收。他把她们带到防波堤上，从日落开始，半城人都在那里做着同样的事。他把她们带到所有能干那种事的地方，有时连没法干的地方也去：有不少次，他都不得不急匆匆地钻进某个漆黑的门洞，躲在门后尽力做着他所要做的事。

灯塔一直是个幸福的避风港。当他刚刚迈入暮年，生活中的一切都已安定时，他还时常怀念它，因为那里的确是个让人享受欢愉的好地方，尤其是在晚上。他总觉得，自己偷欢的情景会通过灯塔的每一次闪烁传到航海者那里去。所以，他继续到灯塔去，比去其他任何地方的次数都多。那位看灯塔的朋友总是很高兴地接待他，满脸的忠厚老实，这对那些惊慌的小鸟来说是最好的镇定剂。灯塔下面有一座房子，紧挨着在峭壁上撞得粉碎的咆哮的海浪，在那儿做爱，爱欲更加浓烈，因为仿佛遭遇了海难。但弗洛伦蒂诺·阿里萨更喜欢待在灯塔，破晓时分，从那里可以隐约看见整座城市，海上渔船那一串串的灯火，甚至还有远处的沼泽。

在那段时期，他形成了关于女人的身体和她们爱的能力之间关系的相当粗浅的理论。他不相信外表性感的那类，看上去能生吞一只短吻鳄的女人，通常在床上是最被动的。恰恰相反，他喜欢瘦得皮包骨的小青蛙似的女人，走在街上甚至没有人愿意费力气回头看她们一眼，仿佛脱掉衣服后就什么也不剩了，一碰之下，那骨头还咯吱作响得让人可怜，然而，她们却能让最爱吹嘘床上功夫的男人自愧不如。他记下这些尚不成熟的观点，准备为《恋人指南》写一卷实用增订本，但奥森西娅·桑坦德尔的出现使这个计划遭受了和之前的出版打算同样的命运。这个女人用她那老狗一样的智慧，将他上下左右结结实实地调教了一番，让他彻头彻尾地重生了一次，同时，也击碎了他那些精妙绝伦的理论，给他上了一堂唯一该上的爱之课——谁也别妄图当生活的老师。

奥森西娅·桑坦德尔曾有一段长达二十年的普普通通的婚姻，育有三个子女，而后，子女又结婚生了子女，所以她自夸是全城最享清福的祖母。始终没人能弄清楚，究竟是她抛弃了丈夫，还是丈夫抛弃了她，抑或是两人同时抛弃了对方。总之，他和一直以来的情人住在一起，而她也终于感到了自由，可以大白天从前门，而非以往那样晚上从后门接待内河船长罗森多·德拉罗萨了。正是这位船长，想都没想，就把弗洛伦蒂诺·阿里萨带到了她家。

船长是带他去吃午饭的。此外，还带去了一瓶家酿的烧酒和各种质量上乘的配料，足以做一锅史诗般的炖杂烩——只有用家养的鸡、脆骨肉、垃圾堆里养的猪，以及河边村落里种的菜豆和蔬菜，才能做出这道大菜。然而一开始，弗洛伦蒂诺·阿里萨既没有对美味的菜肴动心，也没有对风韵犹存的女主人表现出多大热情，而是对她家漂亮的房子欣赏有加。他喜欢这幢房子，它明亮凉爽，有四扇大窗面朝大海，还能远眺古城的全貌。他也喜欢那些琳琅满目、光彩照人的陈设，全都是罗森多·德拉罗萨船长每次出海时带回来的各式精美的手工艺品，多得连再放一件的地方也没有了，让客厅看上去既神秘复杂又精致无比。朝海的露台上，一只马来西亚白鹦鹉站在只属于自己的铁环上，羽毛白得令人难以置信，它摆出一副沉思的样子，带给人无限的思考——这是弗洛伦蒂诺·阿里萨见过的最美的动物。

看见客人兴奋，罗森多·德拉罗萨船长也高兴不已，细细讲述了每件东西的来历。他一边讲，一边喝着烧酒，虽是小口小口地啜，却没有停过。他看上去仿佛钢筋水泥做成的：身形巨大，除了脑壳是光的，全身上下都是毛，髭须像把粗刷子，声音像绞盘一样，除了他不会再有第二个人有这样的嗓音，而他的待客礼节却又是极周到的。不过，没有任何人的身体能顶得住他那种喝酒方式。还没上餐桌，他就已经喝掉半瓶酒了。终于，他趴倒在放杯子和酒瓶的托盘上，发出一声长长的爆炸般的轰响。奥森西娅·桑坦德尔只好请求弗洛伦蒂诺·阿里萨帮忙把这头搁浅的鲸鱼毫无生气的身体拖到床上去，并给睡着了的他脱去衣服。之后，两人感谢彼此星辰的交会所带来的灵感火花，在隔壁房间脱掉了衣服，没有商量，没有暗示，甚至也没有谁提议，并且在此后的七年里，每当船长出海，两人一有机会便继续如此脱衣服。没有丝毫被发现的危险，因为船长有一个优秀海员的习惯，即到港之时，哪怕是黎明，也要拉响船上的汽笛，先用三声长鸣通知妻子和九个孩子，再用两声短促而忧伤的笛声知会情人。

奥森西娅·桑坦德尔已年近五十，看起来也绝不会小于这个年纪，但她对爱有一种独特的本能，任何民间或科学的理论都不能干扰它。弗洛伦蒂诺·阿里萨通过轮船行程表就知道什么时候能去拜访她，他从不事先通知，想去的时候便去，不管白天黑夜，而没一次她不是在等他。每次她给他开门，都是像母亲把她一直养到七岁时的那个样子：全身赤裸，只在头上用薄纱系着一个蝴蝶结。在脱掉他的衣服之前，她不会让弗洛伦蒂诺·阿里萨再往前踏一步，因为她一直认为家里有个穿着衣服的男人是不吉利的。这也是她和罗森多·德拉罗萨船长常常发生分歧的原因：船长迷信地认为光着身子抽烟会招致厄运，所以有时宁可推迟做爱，也不愿熄灭他那支不可或缺的古巴雪茄。相反，弗洛伦蒂诺·阿里萨却十分迷恋裸体的魅力。刚一关上门，甚至都不给他问候的时间，也不等他摘掉帽子和眼镜，她便带着真诚的喜悦，为他脱去衣服，一边脱一边吻他，同时也让他一连串地亲吻她。她为他自下而上解开扣子，先是裤子的门襟，每解一颗扣便吻他一下，然后是腰带上的卡子，最后是背心和衬衫的扣子，直至他看上去就像一条被活生生开了膛的鱼。接着，她让他在客厅里坐下，为他脱掉靴子，从裤腿处将裤子和里面的衬裤一同拉到脚踝，最后，松开他腿肚子上的松紧袜带，为他褪下长袜。这时，弗洛伦蒂诺·阿里萨停止吻她，也不让她亲吻自己，而是着手进行这套精准仪式中他所唯一负责的部分：从背心的扣眼上取下怀表，再摘下眼镜，然后把两样东西一起放进靴子，以确保不会落在这里。在别人家脱光衣服时，他总是这么谨慎行事，从不疏漏。

他刚一做完这些，她便从不给他留下一丁点儿多余的时间，立刻就在她为他脱去裤子的沙发上向他发起进攻，只有很少几次是在床上。她钻到他身子下面，将他完全地占为己有。她封闭在自我的世界里，闭着眼在身体内部的绝对黑暗中探寻，一会儿往这边进，一会儿往那边退，不断纠正那看不见的方向，尝试开辟一条更为强烈的途径，寻找另一种方式，以免迷失在腹内流出的黏稠泥沼之中。她用一种难懂的家乡话像牛虻一样发出嗡嗡的声响，自问自答着哪里才是黑暗中只有她自己知晓、也只被她自己所渴求的那个地方。最终，她独自一人先迫不及待地屈服了，坠入自己的深渊，伴随着一声大获全胜的喜悦的爆炸，震动了整个世界。弗洛伦蒂诺·阿里萨精疲力竭，兴犹未尽，漂浮在两人汗水形成的水洼之中，觉得自己不过是别人享乐的工具而已。他说："你对我不过就像在众多男人中又加上一个罢了。"她淫荡地放声大笑，说："恰恰相反：是众多男人中又少了一个。"他顿时觉得她怀着吝啬的贪婪，想把一切都据为己有，于是，一股傲气涌上心头，他从她家走了出来，决心不再回去。但很快，带着午夜孤独中可怕的清醒，他无缘无故地又醒悟过来，回想起奥森西娅·桑坦德尔那自我陶醉的爱欲，他豁然明白了事情的本来面目：这是一个幸福的陷阱，他既厌恶又渴望，但总之，他逃不掉。

相识两年后的某个星期日，他到她家之后，她做的第一件事不是为他脱衣服，而是摘掉他的眼镜，以更好地亲吻他，于是，弗洛伦蒂诺·阿里萨明白，她开始爱上他了。尽管从第一次到这所房子的那天起，他就觉得很自在，像喜欢自己家一样喜欢这里，但每次他待的时间都不会超过两小时，也从没有在这里睡过觉，饭只吃过一次，那是她向他发出了正式的邀请。事实上，他每次来，都只是为了那一个目的，带一枝孤零零的玫瑰作为唯一的礼物，完事之后便消失，直至下一次不可预见的机会到来。但就在她为了吻他而摘下他眼镜的那个星期日，一方面因为这个，另一方面也因为两人平静地做完爱后睡着了，他们竟赤身裸体地在船长那张巨大的床上度过了整个下午。从午觉中醒来时，弗洛伦蒂诺·阿里萨还记得那只白鹦鹉的尖叫声，它铜管乐器般凄厉的声音与它美丽的外表背道而驰。但在下午四点的炎热中，一切都静得仿佛透明一般，从卧室的窗子可以望见老城的轮廓——下午的阳光照在它的脊背上——一个个金色的屋顶，还有仿佛在燃烧的通往牙买加的大海。奥森西娅·桑坦德尔伸出一只探险的手，摸索着那只躺卧的猛兽，但弗洛伦蒂诺·阿里萨把她的手移开了。他说："现在不行，我有种奇怪的感觉，好像有人在看着我们。"她又一次用欢快的笑声惊扰了白鹦鹉。她说："这个借口就连约纳的老婆都不会信。①"她当然也不会信，但她承认这是个不坏的说法。于是，两人又静静地温存了许久，没有再做爱。五点钟时，太阳还高高挂着，她跳下床，一如既往地赤裸着身体，头上系着薄纱蝴蝶结，想去厨房找点儿喝的东西。但她还没有迈出卧室门一步，便发出了一声惊恐的尖叫。

①典出《旧约·约纳书》。约纳又译约拿。上帝曾安排一条大鱼吞掉了约纳，使他在鱼腹中待了三日三夜。加西亚·马尔克斯曾在一篇文章中幽默地说，虚构文学是约纳发明的，因为他迟了三天回家，并且让他老婆相信他的迟归是因为一条鲸鱼把他吞掉了。

她不敢相信眼前的一切。家中唯独剩下的就只有几盏吊灯了。其余的，诸如带签名的家具、印度地毯、雕塑、戈博兰挂毯，以及无数件珍贵的石头和金属小摆设，所有那些曾让她的家成为全城最赏心悦目、装饰最精美的家之一的东西，所有的一切，甚至连那只神圣的白鹦鹉在内，全都不翼而飞了。东西是从观海露台搬走的，丝毫没有惊扰他们的恩爱。现在，只剩下空空如也的客厅、四扇敞开的窗子，以及靠里的墙上用粗刷子写下的一行字：这就是淫乱之人的下场。罗森多·德拉罗萨船长永远也无法理解奥森西娅·桑坦德尔为什么不去报案，不试图跟那些销赃的商人们联系一下，甚至连提也不让别人再提她这件倒霉事。

弗洛伦蒂诺·阿里萨继续到被洗劫一空的家里去看她，如今这里的家具只剩下窃贼忘在厨房的三只皮凳子，以及他们当时所在的卧室里的东西。不过，他去看她的次数不像以往那么多了，倒不是因为家当失窃——她曾这样猜想并当面质问过他——而是因为新世纪之初出现了骡子拉的轨道车这种新鲜事物。这种车被他视作盛产零散小鸟的原始巢穴，他每天乘坐四次，两次去办公室，两次回家。有时，倒也当真在车上读点什么，但大部分时候都是在假装阅读，伺机为日后的幽会建立起最初的联系。后来，莱昂十二叔叔给了他一辆由两头棕色骡子拉的车，骡子身披金色披挂，就跟为拉法埃尔·努涅斯总统拉车的骡子一样，但他仍旧怀念以前乘坐轨道车的日子，认为那是自己猎艳成果最为丰厚的时期。他是对的：对于秘密的爱情而言，没有什么比等在门口的车子更危险的敌人了。既如此，他便几乎总是把车藏在家里，走着去展开他的新一轮猎捕行动，以免车轮在尘土上留下痕迹。所以，每当他想起那些由毛皮斑驳的瘦骡拉着的老式轨道车时，都无比怀念，在那样的车上，他只需瞟上一眼，就能看出哪儿蕴含着爱情。在无数动人的回忆之中，他最无法忘怀的是与某只无依无靠的小鸟间的一段故事。他不知道她的名字，因为他们只在一起度过了半个疯狂的夜晚，但仅仅这半个夜晚就足以让他余生都对狂欢节上无知的混乱心有余悸了。

在轨道车上，她面对游行人群的喧闹所表现出的无动于衷吸引了他。她应该还不到二十岁，若不是装扮成了一个残疾人，真看不出她对狂欢节有丝毫热情。她的长发又亮又滑，自然地披在肩上，身上是一件没有装饰的普通麻布长袍。街上音乐嘈杂，人们互相撒着一把把大米粉，每当轨道车经过时，人们都往乘客身上泼洒颜料，在那疯狂的三天，轨道车的骡子也用淀粉涂成了白色，还戴上了花环。然而对这一切，她仿佛全然无视。弗洛伦蒂诺·阿里萨趁着混乱，邀请她去吃冰激凌，因为怕她不会接受更多的要求。她看了看他，没有表现出丝毫惊讶，说："我很乐意接受，但我要先提醒您，我是个疯子。"对这个出其不意的回答，他笑了，接着便把她带到冰激凌店的阳台去看彩车游行。之后，他穿上租来的斗篷，两人钻进海关广场跳舞的人群。他们在一起陶醉的样子就像一对新结合的恋人，因为她的冷漠在夜晚的喧闹中一扫而光，转向了另一个极端：她跳得像专业舞者一样，在人群中显得格外大胆且富有想象力，具有一种令人倾倒的魅力。

"你不知道和我搅在一起的麻烦。"在狂欢节的狂热中，她一边笑得要死，一边喊道，"我是疯人院里的疯子。"

对弗洛伦蒂诺·阿里萨来说，那晚仿佛回到了年轻时还未遭遇爱情不幸的纯真胡闹之中。然而他知道，易得的幸福无法持久，这点体会更多地是源自教训而非经验。夜晚的狂欢将在颁出最佳化装奖后开始消退，在那之前，他向姑娘提议到灯塔去看黎明。她高兴地答应了，但说要等到颁奖之后。

弗洛伦蒂诺·阿里萨很肯定，正是她的拖延救了自己一命。当姑娘最终向他示意一起去灯塔的时候，圣牧羊女疯人院的两名看守和一名女护士一下子扑到了她的身上。自从她下午三点逃跑后，他们就一直在找她，不只是他们，城里所有的警察也都在找。她用一把从园丁那里抢来的砍刀，砍掉了一名守卫的脑袋，又重伤了另外两名，只因为她想出来到狂欢节上跳舞。但谁也没想到她就在大街上，还都以为她会藏在某幢房子里，他们地毯式地搜查了无数幢房子，甚至连地下雨水池都没放过。

带走她可真不容易。她用一把藏在贴身背心里的修枝剪自卫，六个男人一起才给她穿上了紧身衣，拥挤在海关广场的人群开心地鼓掌哄笑，以为这血腥逮捕的场面是狂欢节刻意上演的无数闹剧之一。弗洛伦蒂诺·阿里萨心痛如绞，从圣灰星期三开始就一直徘徊在圣牧羊女大街，手里拿着一盒要送给她的英国巧克力。他看着那些被囚禁的疯女人从窗口向他嚷出各种辱骂或哀求的话，而他向她们晃着手中的巧克力，希望能恰巧碰上她也出现在铁窗前。但他始终没有再见过她。几个月后，他走下骡子轨道车时，一个由父亲领着的小女孩向他索要盒中的一块巧克力。父亲责备了她，并向弗洛伦蒂诺·阿里萨道歉。可他却把整盒巧克力都给了小女孩，期望这个举动能帮他从所有的痛苦中解脱出来。他拍了拍那位父亲的肩膀，让他放心。

“它原本是为一份已经见了鬼的爱情准备的。”他说。

仿佛命运要给他以补偿，同样是在骡子轨道车上，弗洛伦蒂诺·阿里萨认识了莱昂娜·卡西亚尼。她是他生命中真正的女人，尽管两人始终都不知道这一点，也从未做过爱。他乘五点钟的轨道车回家，在看见她之前便感觉到了她的存在：那是一道结结实实的目光，仿佛一根手指似的触动了他。他抬起眼，看见她坐在车子的另一端，在乘客中显得十分出众。她并没有把目光移开，而是恰恰相反，继续无所避忌地盯着他。毫无疑问，他不能不这样想，这个年轻漂亮的黑女人是个妓女。他决意不去理会她，因为他想象不出有什么比花钱买爱情更可耻：他从没有这样做过。

弗洛伦蒂诺·阿里萨在轨道车的终点站车站广场下了车，然后飞快地消失在商业区的迷宫之中，因为母亲在等他六点钟回去。而当他从人群的另一头穿出来时，身后传来了女人的高跟鞋踩在石砖上的欢快声响，他回过头去，证实了自己早已猜到的事：是她。她装扮得和版画上的女奴一样，穿一条荷叶长裙，走过街上的水坑时要用跳舞般的姿势提起裙角，领口开得很大，露出了双肩，脖子上戴着一大串五颜六色的项链，头上包着白色头巾。这样的女人他在小旅馆见过。她们常常在下午六点才只吃过早餐，于是别无他法，只能拿色相来充当拦路劫匪的尖刀，把它架在街上遇到的第一个男人脖上：要么一夜良宵，要么性命不保。为了做最后的验证，弗洛伦蒂诺·阿里萨掉转方向，钻进了空无一人的麦仙翁巷，而她仍旧跟着他，且越跟越近。于是，他停下脚，转过身，双手拄着雨伞，在人行道上挡住了她的去路。她在他面前站住了。

“美人儿，你弄错了，”他说，“我是不会就范的。”

“您一定会，”她说，“从您脸上就看得出来。”

弗洛伦蒂诺·阿里萨想起了从小听家庭医生，也就是他的教父，就他的长期便秘发表的一句言论："世上的人分两种，大便通畅的和大便不通畅的。"在这一信条的基础上，医生提出了一整套关于性格的理论，自认为比星象学还要准确。而弗洛伦蒂诺·阿里萨随着阅历的丰富，从另一角度改写了这个理论："世上的人分两种，会勾搭的和不会勾搭的。"他不信任后面这种人：他们一旦越轨，便觉得这件事太不可思议，于是四处炫耀爱情，就好像那是他们刚刚发明出来的似的。而经常做这种事的人恰恰相反，他们活着就是为了这个。他们感觉良好，也守口如瓶，因为知道谨言慎行是性命攸关的大事。他们从不谈论自己的丰功伟绩，也不向任何人吐露秘密，反而装出一副对这种事漠不关心的样子，以致常常招来性无能、性冷淡，甚至不男不女的名声，就像弗洛伦蒂诺·阿里萨这样。但他们乐意将错就错，因为这种误解同样也能保护他们。他们是秘而不宣的共济会组织，全世界的成员都能认出彼此，根本不需要讲同一种语言。因此，弗洛伦蒂诺·阿里萨对姑娘的回答并不惊讶：她是他们中的一员，而她也很清楚，他知道她知道。

这是他一生的错误：他的良心在此后每天的每时每刻都这么提醒他，直到他生命的末日。她想向他恳求的不是爱情，更加不是用金钱来交换的爱情，而是加勒比河运公司里的一份工作，不管做什么，也不管工资如何，随便什么样的工作都行。弗洛伦蒂诺·阿里萨对自己的行为万分羞愧，于是把她带到了人事部门的头儿那里。头儿在总务处给她安排了一个最低等的职位，而她却抱着严肃认真、谦卑奉献的态度，在这个岗位上一干就是三年。

从创建之日起，CFC 的办公室就位于内河码头的对面，那里与海湾另一侧的远洋轮船港口截然不同，也不同于灵魂湾的市场泊船处。那是一座木制楼房，双坡锌顶，只在正面有一个用石柱支撑的长长的阳台。房子四面都有装着铁丝网的窗子，从屋里就能看到码头上停着的所有船只，与看挂在墙上的图表无异。当初建造房子时，德国先驱们把锌顶漆成了红色，四周的木墙则涂了耀眼的白，为的是让整座楼看上去就像一条内河船。后来，人们又把它整个儿漆成了蓝色，而到弗洛伦蒂诺·阿里萨进公司时，这座楼已变成了一个落满灰尘、说不清是什么颜色的棚屋，生锈的屋顶上，补丁摞补丁。楼后是一个砂土院子，围着鸡笼用的那种六角网眼铁丝网，里面有两个较新的大仓库，仓库后面则是一条堵死了的下水道，又脏又臭，半个世纪的河运垃圾都在那里腐烂：各种古旧船只的残骸，从西蒙·玻利瓦尔剪彩下水的原始单烟囱船，到舱室装有电风扇的较新的船。其中大部分已被拆散，零部件用到了其他船上，但也有不少还相当完好，似乎只要动手刷刷漆，便可以下海航行，都用不着吓跑船上的鬣蜥，或除去那些让这一条条旧船看上去更加伤怀的茂盛的大黄花。

楼顶层是管理处，一间间的办公室都很小，但很舒服，设备齐全，就像轮船上的舱室，因为它们并非由城市建筑师而是由造船工程师设计的。走廊的尽头，莱昂十二叔叔就像一名普通员工，在一间和所有人的办公室相同的屋里办公，唯一的区别，就是他每天清早都能在自己的办公桌上看到一束插在玻璃瓶里的随便什么种类的芳香四溢的鲜花。底层是旅客接待处，先是一间摆放着粗糙板凳的候船室，以及一个售票和行李托运的柜台。再往里才是混乱的总务处，单是这名字就给人一种职能模糊的感觉，那些其余部门无法解决的问题最终就送到这里来不了了之。那天，莱昂十二叔叔亲自来此，想看看到底能不能想出什么见鬼的办法，好让总务处起点作用，而当时，莱昂娜·卡西亚尼就默默地坐在一张堆满了玉米袋和无法处理的文件的小桌后面。在对满屋子全体职员进行了三个小时的询问、理论假设和具体调查后，莱昂十二叔叔懊恼地回到自己的办公室，因为这一趟不仅确定了那种种问题根本找不到解决方案，而且雪上加霜，又发现了各种无法解决的新问题。

第二天，弗洛伦蒂诺·阿里萨走进办公室，看见了莱昂娜·卡西亚尼提交的一份备忘录，请求他研究一下，如果觉得合适就转呈他的叔叔。在前一天下午的视察中，她是唯一一个一言未发的人。她心里始终清楚自己是因他人的施舍而受雇，在备忘录中，她表明自己没有发言并非因为漠不关心，而是出于对本部门领导的尊重。她的建议之坦率令人惊讶。莱昂十二叔叔本是想将总务处彻底改组，但莱昂娜·卡西亚尼的想法恰恰相反，理由很简单，那就是事实上总务处根本不存在：它不过是个垃圾站，收容了其他部门推卸掉的各种麻烦而又无关紧要的问题。因此，解决办法就是撤销总务处，将问题返回原部门解决。

莱昂十二叔叔完全不知道莱昂娜·卡西亚尼是谁，也记不起前一天下午的会议中见过的哪个人可能是她。但看完备忘录后，他把她叫到自己的办公室，和她闭门交谈了两小时。他们天南地北地什么都聊，这是他了解人的一贯做法。那份备忘录显露了质朴的常识，解决方案也达到了预期的效果，但这些对莱昂十二叔叔来说都不重要，重要的是她本人。最引起他注意的，是她小学毕业以后，就只在制帽学校学习过。但在此之外，她正用一种速成法在家自学英语，三个月前还开始上夜校学习打字，这可是一门大有前途的全新职业，就像从前的电报业和更早时期的蒸汽机行当一样。

等她谈完话走出去时，莱昂十二叔叔已经开始叫她“同名人[①]莱昂娜”了，后来就一直这样称呼她。根据莱昂娜·卡西亚尼的建议，他决定当机立断撤销使人头疼的总务处，把问题交回那些制造问题的人去解决。他为她专门设立了一个既无名称也无具体职能的岗位，实际上就是当他的私人助理。那天下午，总务处被无声无息地埋葬后，莱昂十二叔叔问弗洛伦蒂诺·阿里萨是从什么地方把莱昂娜·卡西亚尼找来的，他据实做了回答。

“那么你就再到轨道车上去，把所有像她一样的姑娘通通给我带回来。”叔叔对他说，“再有两三个这样的，我们就能把你那艘大帆船捞上来了。”

弗洛伦蒂诺·阿里萨以为这只是莱昂十二叔叔的一句典型的玩笑话，但第二天他便发现六个月前指派给自己的那辆车不见了，就为了让他继续在轨道车上寻找隐藏的人才。至于莱昂娜·卡西亚尼，则很快放下最初的顾忌，把前三年深藏不露的所有本领都拿了出来。又一个三年过后，她已掌控了一切，再过四年，她与总秘书的位置就只一步之遥了，但她拒绝接受这个职位，因为那只比弗洛伦蒂诺·阿里萨低一级。到那时为止，她一直都听命于他，她愿意继续这样下去，尽管真相并非如此：就连弗洛伦蒂诺·阿里萨自己也没有注意到，其实是他在听命于她。事实上，他在董事会中不过是依照她的建议行事，完全是她帮他战胜了隐藏的敌人设下的种种圈套，节节高升。

---

①莱昂十二叔叔的名字 León 和莱昂娜的名字 Leona 在西班牙语中是同一个名词的阴阳变位，分别代表“公狮”和“母狮”。

莱昂娜·卡西亚尼具有一种魔鬼般的才能，能够操控秘密，总是在合适的时机出现在合适的地方。她精力充沛，沉默寡言，温柔聪慧。但在必要的时候，尽管要忍受灵魂的痛苦，她也会放任自己施展铁腕。然而，她从不会为了自己这样做。她唯一的目的，是不惜一切代价扫清障碍，别无他法时甚至不惜流血，好让弗洛伦蒂诺·阿里萨扶摇直上，坐到他自不量力想要坐到的位置上去。当然，出于一种无法控制的权力欲，她无论如何也会这么干，但事实是，她有意识地做这一切，纯粹是为了报恩。她的决心之坚定，就连弗洛伦蒂诺·阿里萨也一度认不清她的意图。曾有那么一个不幸的时刻，他试图挡她的路，因为他认为是她在挡自己的路。莱昂娜·卡西亚尼让他重新清醒过来。

"您别弄错了，"她对他说，"只要您愿意，我随时可以退出，但您可要想清楚。"

弗洛伦蒂诺·阿里萨的确从未想过，这个时候他尽可能清醒地想了一想，于是向她缴械投降。事实上，在一直危机四伏的公司里那场肮脏残忍的内斗中，在他战战兢兢却又一发不可收拾的猎捕行动中，在对费尔明娜·达萨越来越渺茫的幻想中，面对这个勇敢的黑女人所做的壮举，面对她在那白热化的斗争中惹上的一身污秽又一身情爱，表面上无动于衷的弗洛伦蒂诺·阿里萨内心不曾有过一刻平静。很多时候他都暗自伤心，只为她当真不是他认识她的那天下午所想象的那种女人，不然他早就把自己的原则抛到脑后，哪怕要付出实打实的金疙瘩，也要去和她做爱。莱昂娜·卡西亚尼依旧和那天下午在轨道车上时一模一样，穿着那身叛逃奴隶似的俗丽衣服，裹着疯狂的头巾，戴着骨头耳环和手镯，还有那一大串项链和满手的假宝石戒指：完全是个街头荡妇。岁月在她的外表没有刻下多少痕迹，反而适当地增添了她的姿色。她正值成熟丰润的年龄，散发出的女性魅力比以往更令人躁动，那热情似火的非洲女人的身体也更显丰满结实。十年中，弗洛伦蒂诺·阿里萨没有再向她示过好，以此为他最初犯下的过错赎罪，而她帮他做了一切，却唯独没在这件事上帮他。

一天晚上，弗洛伦蒂诺·阿里萨工作到很晚——母亲去世后，他常常如此——正要回家时，他看见莱昂娜·卡西亚尼办公室的灯还亮着。他没有敲便推开了门。她果然在那里：独自一人坐在办公桌前，神情严肃，陷入沉思，新配的眼镜让她看上去像个学究。弗洛伦蒂诺·阿里萨又惊又喜地发现这座房子里只有他们两人，码头上也空无一人，城市在沉睡，无尽的黑夜笼罩着阴郁的大海，一艘一小时后才能到达的轮船发出悲凄的哀号。弗洛伦蒂诺·阿里萨双手拄着雨伞，就像当年在麦仙翁巷挡住她的去路时一样，只不过现在他这样做是为了掩盖自己膝盖的颤抖。

"请告诉我，我亲爱的母狮，"他说，"我们什么时候才能走出这种困境？"

她没有惊讶，神情自若地摘下眼镜，阳光般的笑声使他头晕目眩。她还从未用"你"称呼过他。

"唉，弗洛伦蒂诺·阿里萨，"她对他说，"十年来，我一直坐在这里等你问我这句话。"

已经太迟了：机会曾经就在那辆骡子轨道车上，后来也一直在她所坐的这把椅子上，而现在却已一去不复返了。事实上，在为他干了那么多见不得人的卑鄙事，为他忍受了那么多肮脏的勾当之后，她的生命已经走到了他的前面，尽管他原本比她年长二十岁：她为他衰老了。她是那么地爱他，她愿意继续爱他而非欺骗他，但她不得不以一种残酷的方式点醒他。

“不，”她对他说，“那样我会觉得我是在和自己的儿子睡觉，虽然这个儿子并不是我生的。”

弗洛伦蒂诺·阿里萨如鲠在喉，因为最终的拒绝竟不是出自自己之口。他一贯以为，当一个女人说“不”的时候，是在等待对方的坚持，然后再做出最后的决定，但事情到她这里就完全不同了：他不能冒险再犯第二次错误。他很有风度地退了出去，甚至还带着一点儿实属难得的优雅。从那晚起，他们之间可能存在的任何一点阴影都不费吹灰之力地消散了，弗洛伦蒂诺·阿里萨终于明白，不跟女人睡觉，也能成为她的朋友。

莱昂娜·卡西亚尼是弗洛伦蒂诺·阿里萨曾试图向其透露费尔明娜·达萨秘密的唯一一人。由于不可抗力，为数不多的几个知情人都已经开始淡忘这件事了。毫无疑问，他们中的三个已把它带进了坟墓：一是他的母亲，她在去世前很久就把这件事从记忆中抹掉了；二是加拉·普拉西迪娅，她服侍着像自己孩子一样的女主人，直至善终；三是令人难忘的埃斯科拉斯蒂卡·达萨，是她把他人生中收到的第一封情书夹在一本弥撒经书中带给他，而如今过去了那么多年，她不可能还活在世上。此外还有洛伦索·达萨，弗洛伦蒂诺·阿里萨不知道他是死是活，他当年为了避免女儿被开除，或许曾将此事透露给弗兰卡·德拉路斯修女，但由此再往外传的可能性不大。再者就是伊尔德布兰达·桑切斯所在的遥远省份的十一位电报员，他们发报时是知道他们俩的全名和准确地址的。最后，就是伊尔德布兰达·桑切斯和她那帮桀骜不驯的表姐妹了。

弗洛伦蒂诺·阿里萨不知道，其实胡维纳尔·乌尔比诺医生也应该算在其中。伊尔德布兰达·桑切斯在最初几年对本城的频繁拜访中，曾有一次向他透露了这个秘密。但她是偶然且在一个不适当的时候说起的，乌尔比诺医生甚至不是如她所想象的那样左耳进右耳出，而是压根儿就没从任何一个耳朵听进去。原来，伊尔德布兰达是在讲到可能在花会上夺魁的诗人时提到弗洛伦蒂诺·阿里萨的，她认为他是被埋没了的诗人之一。乌尔比诺医生怎么也想不起这人是谁，而她则毫无必要却也没有半点恶意地告诉他，那是费尔明娜·达萨婚前的唯一一位恋人。她告诉他，是因为她相信这件事是那么的纯真而且短暂，以至于它所激发的情绪不过是令人感动罢了。乌尔比诺医生看都没看她就答道："我倒不知道那家伙还是个诗人。"随即，他便从记忆中将他同其他事情一起抹掉了，因为他的职业早已让他形成了某种道德准则，那就是适时地选择忘记。

弗洛伦蒂诺·阿里萨发现，这些秘密的保管人中，除了自己的母亲，其余都属于费尔明娜·达萨的世界。他这方只有他一人，孤独地背负着这个压得他喘不过气来的包袱，多少次都想与人分担，但至今还没有人值得他如此信任。莱昂娜·卡西亚尼是唯一可能的人选，只不过他需要找到合适的方式和机会。那个闷热的夏日午后，他正想着这事，可巧胡维纳尔·乌尔比诺医生竟爬上了CFC陡峭的楼梯。为了克服三点钟的炎热，他每爬一级便停下来歇一会儿，最终气喘吁吁地出现在弗洛伦蒂诺·阿里萨的办公室时，裤子都被汗水浸湿了。他用尽最后一口气说道："我相信一场飓风就要刮过来了。"弗洛伦蒂诺·阿里萨曾在这里接待过他好几次，都是来找莱昂十二叔叔的，但从没有像此时这样清晰地感觉到这位不速之客与自己的生活有着某种联系。

那时，胡维纳尔·乌尔比诺医生已经度过了自己的职业难关，正像个乞丐一样，手里拿着帽子，挨家挨户地为他的艺术事业寻求资助。一直以来，他最长久也最慷慨的资助人之一便是莱昂十二叔叔。而此刻，莱昂十二叔叔正坐在书桌前的弹簧靠背椅上，刚开始睡他那每日十分钟的午觉。弗洛伦蒂诺·阿里萨请胡维纳尔·乌尔比诺医生在自己的办公室里稍等片刻，这里与莱昂十二叔叔的办公室相邻，在某种意义上就是叔叔接待访客的前厅。

他们两人在很多不同的场合见过，但从未像这样面对面坐在一起。弗洛伦蒂诺·阿里萨又一次感到自卑得恶心。在这仿佛无穷无尽的十分钟里，他三次起身，盼望叔叔提前醒来，还喝了整整一保温瓶的苦咖啡。胡维纳尔·乌尔比诺医生连一杯也没接受。他说："咖啡是毒药。"接着便聊起一个又一个的话题来，根本也不管对方是否在听。弗洛伦蒂诺·阿里萨无法忍受他那种与生俱来的出众。他用词精准流畅，身上散发出隐隐的樟脑味，魅力独特，风度翩翩，谈吐高雅，就连最为轻浮的言词，只因从他口中说出，也变得精妙无穷。突然，医生一下子转换了话题：

"您喜欢音乐吗？"

这让弗洛伦蒂诺·阿里萨有些意外。事实上，城中举办的所有音乐会或歌剧演出他都会前往，但他自觉并没有能力进行一番批评式的或全面的讨论。他对流行音乐情有独钟，尤其是伤感的华尔兹，很显然，它们和他年轻时作的曲子以及他那些秘密诗句异曲同工。他只需随意地听上一遍，接下来的整整几夜，就连全能的上帝也无法将旋律从他的脑海中抹掉。但这不是一个对专家提出的严肃问题的严肃回答。

“我喜欢加德尔。”他说。

乌尔比诺医生明白了。“嗯，”他说，“他现在正流行。”接着就巧妙地把话题转到自己那许多新计划上去了：像往常一样，这些计划将在没有官方资助的情况下实现。他向弗洛伦蒂诺·阿里萨强调，现在能拉来的演出质量低劣，令人泄气，与上世纪能欣赏到的那些节目简直有云泥之别。的确如此：他花了一年的时间预售门票，就为了能把柯尔托、卡萨尔斯和蒂博的三重奏搬上喜剧剧院的舞台，可政府里却没有一个人知道他们三位是谁，而就在眼下这一个月中，拉蒙·卡拉尔特的侦探剧团，马诺罗·德拉普雷萨先生的小歌剧和说唱剧团，洛斯·圣塔内拉剧团（那些难以形容的、善于模仿和表演幻术的小丑们能借着磷火闪动的瞬间在舞台上换衣服），丹妮塞·达尔泰内（据广告称她是牧羊女游乐园的老牌舞蹈演员），甚至还有那个令人厌恶、敢跟斗牛近身搏斗的巴斯克疯子乌尔苏斯，所有这些人的演出票竟然都销售一空。不过，这没什么可抱怨的，因为就连欧洲人自己也又一次做了坏榜样，正进行着野蛮的战争，而我们倒已经在连绵半世纪的九次内战后，开始过上太平日子了。仔细算算，其实那九次内战完全可以视作一次：自始至终不过是同一场战争。这场令人陶醉的演说中，最引起弗洛伦蒂诺·阿里萨注意的一点就是花会有可能重开，这曾是胡维纳尔·乌尔比诺医生发起的活动中最轰动、也最持久的一项。阿里萨不得不咬住舌头，以免说出自己曾经是它的执著参与者，那项一年一度的比赛吸引了很多大名鼎鼎的诗人，不仅有来自国内其他地方的，还有来自加勒比其他国家的。

谈话刚刚开始，热腾腾的空气就骤然凉了下来，一阵四处乱窜的狂风把门窗摇晃得噼啪作响。办公室连同房子的地基都咯吱咯吱地响起来，仿佛汪洋中的一叶孤帆。胡维纳尔·乌尔比诺医生似乎没有觉察到这些。他随便提了几句六月肆虐的飓风后，出其不意地谈起了他的妻子。他不仅视她为最热情的合作者，还把她视作自己一切倡议的灵魂。他说："没有她，我会一事无成。"弗洛伦蒂诺·阿里萨无动于衷地听着他的话，微微点头表示赞同，他不敢开口说话，因为害怕声音会背叛自己。但再听了两三句话后，他便明白胡维纳尔·乌尔比诺医生在那么多耗费精力的应酬之余，仍有富裕的时间去仰慕自己的妻子，而且程度几乎与他不相上下。这个事实令他茫然。但他没有做出自己本想做出的反应，因为此时，他的心对他耍了一个只有心才能耍出的婊子花招：他的心告诉他，他和这个他一直视作死敌的男人是同一命运的牺牲品，遭受着同一种激情带来的厄运——是两头套在同一架轭上的牲口。在二十七年无休止的等待中，弗洛伦蒂诺·阿里萨头一次无法承受这种内心的刺痛：眼前这个令人钦佩的男人必须死掉，只有这样他才能幸福。

飓风终于扬长而去，但这强劲的西北风在十五分钟内已席卷了沼泽附近的好几个街区，毁掉了几乎半座城市。胡维纳尔·乌尔比诺医生又一次对莱昂十二叔叔的慷慨表示满意，没等雨完全停就离开了，还无意中带走了弗洛伦蒂诺·阿里萨借给他撑到车前的雨伞。但弗洛伦蒂诺·阿里萨没有介意。甚至刚好相反：他很高兴地想着费尔明娜·达萨知道伞的主人是谁时会作何感想。当莱昂娜·卡西亚尼走过他的办公室，他还沉浸在这次激动人心的会面所带来的恍惚之中。他觉得这是唯一的机会，无需兜圈子便可以向她吐露自己的秘密，就仿佛挑破要命的腋下脓疖似的：要么现在，要么永远都不。他开始问她对胡维纳尔·乌尔比诺医生这个人怎么看。她几乎想都没想便回答说："他做了许多事，或许做得太多了，但我相信没人知道他心里在想些什么。"接着，她思索了片刻，一边想一边用她那只有高大的黑女人才有的又大又锋利的牙齿，把铅笔上的橡皮一块块咬下来，最后，她耸了耸肩，以此结束这个与自己毫不相关的话题。

"也许正因为此，他才做那么多事吧，"她说，"这样可以免得去想。"

弗洛伦蒂诺·阿里萨试图留住她。

"让我难过的是，他不得不死。"他说。

"世上的人都是要死的。"她说。

"是的，"他说，"但他比任何人都更应该死。"

她一点儿也没听懂，又耸了耸肩，没说话便走了。于是，弗洛伦蒂诺·阿里萨知道，在将来的某个晚上，同费尔明娜·达萨躺在一张幸福的床上时，他将会告诉她，他没有把他的爱情秘密透露给任何人，甚至对唯一一个赢得了知情权的人也没有说。不：他将永远不会向人吐露这个秘密，即便是对莱昂娜·卡西亚尼，这并非因为他不想向她打开这只他珍藏了半辈子的宝箱，而是因为直到开启的那一瞬间他才发现，他已把钥匙弄丢了。

然而，那天下午最震撼他的还不是这件事。他沉浸在对青春岁月的怀念当中，一场场花会的情景历历在目。每年的四月十五，喧嚣声都会响彻整个安的列斯群岛，他始终是主角之一，但也和在几乎所有其他活动中一样，始终是秘密的主角。自首届诗赛以来，他参加过好几次，可就连末等奖中也从未出现他的名字。不过他不在乎，因为他参赛并非出于获奖的野心，而是因为这项赛事对他来说别具吸引力：第一次比赛中，负责打开火漆封口的信封并宣布获奖名单的人是费尔明娜·达萨，从那时起，他就注定要在此后的每一年都参加比赛了。

那天夜晚，弗洛伦蒂诺·阿里萨躲在前排靠背椅的阴影中，翻领的扣眼上别着一枝娇艳的山茶花，随着他强烈的渴望上下起伏。他看见费尔明娜·达萨站在古老的国家剧院的舞台上，打开三只用火漆封着的信封。他问自己，当她发现金兰花奖的得主是他时，心里会有怎样的波澜？他能肯定她认得出他的笔迹，在那一瞬间，她定会回想起小花园杏树下刺绣的那一个个下午，想起信中那些干枯的栀子花的芳香，想起清晨风中那曲只属于两人的花冠女神的华尔兹。但这一切都没有发生。更糟糕的是：金兰花奖，这个万人渴望的国家诗歌大奖竟授给了一个中国移民。这个不同寻常的决定引起了公众的骚动，甚至令大赛的严肃性受到质疑。但评判是公正的，评委会一致认为那首十四行诗精妙绝伦。

没人相信获奖的中国人是那首诗的作者。上个世纪末，为了逃避修建两大洋铁路时席卷巴拿马的黄热病瘟疫，他和其他很多中国人一起来到这里，到死都没有再离开。他们用中文生活，用中文繁衍后代，彼此间长得十分相像，以至于没人能分得清他们谁是谁。起初，一共也没有十个人，有几个带着妻子儿女和用来食用的狗。但没过几年，他们和那些入境时未在海关留下丝毫记录的不期而至的中国人，已经从港口郊外的四条巷子中满溢出来。一些年轻人在匆忙间变成了令人敬仰的族长，谁都无法解释他们哪里来的时间衰老。人们普遍凭直觉把他们分为两类：坏中国人和好中国人。坏的那些都窝在港口阴郁的餐厅里，面对着一盘葵花子炒鼠肉，或者像国王一样大吃大喝，又或者随时准备在桌前暴毙，大家怀疑，那些餐厅不过是在掩人耳目，里面进行的其实是贩娼之类的勾当。好中国人则是那些洗衣店里的人，他们继承了一门神圣的学问，能让交回的衬衫比新的还整洁，领口和袖口都熨烫得像刚出模子的圣体一样。那位在花会上击败了七十二名有备而来的对手的男人，就是这些好中国人之中的一个。

当费尔明娜·达萨头晕眼花地读出那个名字时，谁也没有听懂。不仅因为那名字本身就不同寻常，更因为无论如何没人说得准中国人的名字到底该怎么读。但也无需劳神，因为获奖的中国人已经从包厢的尽头走了出来，脸上带着中国人早早回家时的那种完美微笑。他显然早已胜券在握，所以还特意为领奖穿上了春节时穿的黄色丝绸衬衣。他接过 18K 的金兰花，在质疑者震耳欲聋的嘘声中，幸福地亲吻了奖杯。他面不改色，只是在舞台中央静静等着，沉着得就像一位全能上帝的使徒：很明显，他那位上帝的神意远不及我们这位如此富有戏剧性。台下刚一安静下来，他便朗读了获奖的诗作。谁也没有听懂。但新的一阵嘘声过后，费尔明娜·达萨冷静地用她那撩人的沙哑嗓音又读了一遍，从第一句起就震惊了全场。那是一首正宗的帕尔纳斯派十四行诗，完美无瑕，自始至终贯穿着一缕灵感的清风，显露出一位高手的深厚功力。唯一可能的解释就是，某位大诗人想出了这个玩笑似的主意，以此捉弄花会，而这个中国人自告奋勇助他一臂之力，并且抱定了至死保守秘密的决心。我们的传统报纸《商业日报》试图挽回市民的荣誉，发表了一篇博学或者说是晦涩难懂的文章，讨论了中国人在加勒比地区的久远渊源和文化影响，以及他们参加花会的充分权利。撰写此文的人毫不怀疑十四行诗的作者就是那位自称是作者的人，并以文章的题目直截了当地表明了自己的理由：《中国人皆是诗人》。即使真有阴谋，阴谋的发起者也早已带着秘密烂在坟墓里了。获奖的中国诗人活到了东方人的高寿，死前并没有忏悔。下葬时，棺材里放着那枝金兰花。他多少有些饮恨而终，因为生前没有得到他唯一渴望的东西，即人们对他诗人身份的认可。为纪念他的辞世，报界又回顾了那次已被淡忘的花会事件，再次刊登那首十四行诗，并配上盈润少女手捧丰饶之杯的现代主义插图。而诗歌的守护神也利用此次机会让一切归回原位：新一代觉得那首十四行诗糟糕透顶，于是谁也不再怀疑它的作者当真是那位已故的中国人了。

在弗洛伦蒂诺·阿里萨的记忆中，这场闹剧总是与当时坐在他身边的一位体态丰腴的陌生女人联系在一起。典礼一开始他便注意到了她，但之后，由于忐忑的等待，他又把她忘记了。她那珍珠母一样白皙的皮肤，她身上那种幸福丰盈的女人所特有的芳香，以及她那女高音般的宽大胸脯上别的一枝人造洋玉兰，这一切都引起他的注意。一袭黑色的天鹅绒长裙紧裹着她的身体，黑得就像她那双充满渴望和热情的眼睛。头发更是乌黑，用一把吉卜赛人的发梳别在后颈处。耳坠和项链是同一款式的，好几根手指上戴着一模一样的戒指，而所有的首饰都嵌着闪闪发亮的泡泡钉，右边的脸颊还用眉笔画了一颗痣。在最后那片混乱的掌声中，她怀着真诚的哀伤看了弗洛伦蒂诺·阿里萨一眼。

“请相信我，我真心为您感到遗憾。”她对他说。

弗洛伦蒂诺·阿里萨很感动，倒并非因为这份他应得的同情，而是惊讶竟有人知晓他的秘密。她向他道明原委：“我是从开信封时您翻领上那枝山茶花的起伏中看出来的。”她把手中的长毛绒洋玉兰拿给他看，并向他敞开了心扉。

“所以我才老早就摘下了我这朵。”她说。

她因失败而马上就要落下泪来，但弗洛伦蒂诺·阿里萨用他那夜间狩猎者的本能改变了她的情绪。

“咱们找个地方去一起哭一场。”他对她说。

他把她送回家。到了门口，几乎已是午夜时分，街上一个人也没有，他便说服她邀请自己进去喝一杯白兰地，边喝边看看她提到的这十多年来积攒的有关公众大事件的剪报和相册。这个花招即使在当时也已经很老套了，但这一次却不是他主动出击，而是她在从国家剧院回来的路上就说起她的剪报。他们进了屋。弗洛伦蒂诺·阿里萨从进客厅的第一眼便注意到，唯一一间卧室的门敞开着，床宽大而豪华，铺着锦缎床罩，床头饰有铜树枝。这让他有些慌乱。她想必注意到了这一点，上前一步穿过客厅，关上了卧室门。她请他坐在一张印花布的长沙发上，上面有一只猫在睡觉，然后她把收集的几个册子放到了中间桌子上。弗洛伦蒂诺·阿里萨不紧不慢地翻着册子，想得更多的是接下来的行为，而非正在看的东西。忽然，他抬起眼，看见她双眼噙满泪花。他劝她想哭就哭，用不着难为情，因为没有什么比哭泣更能减轻痛苦了，但他建议她先松开紧身背心再哭。他上前去帮她，因为那件紧紧束在身上的背心后面有两根带子来回交叉地系着。他并不需要将带子完全解开，刚解到一半，紧身背心就因内部的压力自己松开了，那对硕大的乳房终于自由地呼吸起来。

即便是在最顺手的场合，弗洛伦蒂诺·阿里萨也从未摆脱第一次的紧张。他鼓足勇气用指肚轻抚她的脖颈，而她蜷起身子，像个被娇宠的小姑娘似的呻吟着，但始终没有停止哭泣。于是他又轻吻了一下她的脖子。他没来得及吻第二下，她就将她那贪婪、火热的庞大身躯整个地掉转过来，两人抱滚到地上。沙发上的猫惊醒了，尖叫一声跳到他们身上。两人像窘迫的新手一样忙乱地摸索着对方，但不管怎样总算找着了。他们在散了页的剪报册上翻滚着，身上还穿着衣服，大汗淋漓，比起自己闯下的爱的灾祸，他们更担心猫儿疯狂的抓挠。但从伤口还在流血的第二天晚上起，他们又继续这样做了好几年。

当他发现自己开始爱上她时，她已整整四十岁，而他即将年满三十。她叫萨拉·诺列加，年轻时以一本描写穷人爱情的诗集赢过一次比赛，曾有那么一刻钟出尽风头，但书从未出版过。她是公立学校修养与公民教育课的老师，靠工资生活，住在鱼龙混杂的赫塞玛尼老区恋人巷一幢租来的房子里。她曾有过几个短暂的情人，但没一个抱有跟她结婚的打算，因为想让那个时代和环境中的男人跟哪个女人睡过觉就娶哪个女人实在是太难了。自从她的第一个正式未婚夫逃婚以后，她自己也不再让这样的幻想滋生。她以十八岁所能付出的全部疯狂与热情爱着他，而他却在婚礼的前一星期逃避了自己的承诺，将她抛弃在绝境，成了被人耻笑的新娘。或者用当时的话来说，成了被人用过的未婚姑娘。然而，那第一次的恋爱经历虽然残酷而短暂，却没有给她留下任何痛苦，而是让她有了一个模糊的信念，那就是不管有没有婚姻，有没有上帝，甚至有没有法律，如果床上没有个男人，那日子根本就不值得过。弗洛伦蒂诺·阿里萨最喜欢她的一点，就是她在做爱时必须吸吮一个婴儿用的奶嘴才能达到幸福的顶峰。他们把市场上能找到的各种大小、形状和颜色的奶嘴买来了一大串，萨拉·诺列加把它们挂在床头，以便在紧要关头伸手就能够到。

虽然她和他一样都是自由身，或许也并不反对把他们的关系公开，但弗洛伦蒂诺·阿里萨还是一开始便把这种关系界定为秘密探险。他几乎总是在深夜才从后门溜进来，天亮前不久再踮着脚逃走。他和她都明白，在这样一所合租的人口众多的房子里，邻居们总是要比他们佯装的知道得多。虽然这只是走走形式，弗洛伦蒂诺·阿里萨却非要如此，在有生之年，他和女人交往时也一直如此，从未出过差错，无论是和她，还是和其他女人，都从未被抓住偷情的把柄。这么说一点儿也不夸张：只有一次，他留下了牵连的痕迹，或者说手写的证据，差点要了他的命。事实上，他一直都表现得就像是费尔明娜·达萨彻头彻尾的丈夫：肉体上不忠，心灵上却死心塌地；不停地努力摆脱自己所受的奴役，却又从不让自己的背叛给她带去痛苦。

但如果没有误解，这种秘密也不可能一直成功地深藏不露。就连特兰西多·阿里萨死前都坚信，她以爱抚养长大的儿子因为年轻时的首战失利，从此对一切形式的爱情都具备了免疫力。不过，他身边很多人的想法就没那么仁慈了，他们了解他诡秘的性格，知道他爱好各种秘教服饰和奇怪的沐浴露，于是都怀疑他并非对爱情，而是对女人具备了免疫力。弗洛伦蒂诺·阿里萨知道这些揣测，但从来置之不理，并不澄清。萨拉·诺列加也毫不在乎。和无数爱过他的女人一样，甚至也和那些并不爱他却在交往中让彼此都收获了满足的女人一样，她是按照他真实的样子来接受他的：一个过客似的男人。

到了最后，他随时都可能出现在她家里，尤其是在星期日的早晨，那一向是最平静的时间。她无论正在做什么，都会放下来，将整个身体奉献给他，在那张装饰繁复的大床上，尽全力让他幸福。床一直是准备好的，在那里，她从不允许仪式性的做爱。弗洛伦蒂诺·阿里萨不明白，一个没有什么阅历的独身女子怎么会如此精通男人之事，也不明白她怎么能如此轻盈、如此温柔地控制她那鼠海豚似的柔软身体，就仿佛在水底游动一般。她辩解说，爱情，首先是一种本能，“要么生下来就会，要么永远都不会”。弗洛伦蒂诺·阿里萨浑身抽搐了一下，对她的过去重新萌生了忌妒。他想，或许她要比她装出来的样子饱经沧桑得多，但他只好咽下这些猜疑，因为就像对其他女人说的一样，他也告诉她，她是他唯一的情人。很多事情他都不十分喜欢，比如不得不忍受那只暴怒的猫待在床上，萨拉·诺列加磨钝了猫的爪子，以防做爱时被它抓得稀烂。

然而，几乎就和喜欢在床上闹到筋疲力尽一样，她还喜欢将爱的疲惫献给对诗歌的崇拜。她不仅对她年轻时代的伤感诗有着惊人的记忆——当年，那些新创作的诗歌会装订成小册子在街上出售，两个生太伏一册——还会用大头针把自己最喜欢的诗钉在墙上，以便随时用生动的嗓音朗读。她还把修养与公民教育课的课文编成十一音节双行诗，就像正字法双行诗那样，但终究没能得到官方的赞同。她痴迷于朗诵，以至于做爱时还常常扯着嗓子背起诗来，弗洛伦蒂诺·阿里萨不得不把奶嘴硬塞进她嘴里，就像制止孩子哭泣一样。

在两人感情最好的时期，弗洛伦蒂诺·阿里萨曾问自己，究竟哪一种状态是爱情，是床上的颠鸾倒凤，还是星期日下午的平静。萨拉·诺列加用一个简单的结论让他平静下来，那就是：凡赤身裸体干的事都是爱。她说：“灵魂之爱在腰部以上，肉体之爱在腰部以下。”

萨拉·诺列加觉得这个结论很好，可以用来写一首关于貌合神离的爱情的诗。两人联手把这首诗写了出来，她还拿它去参加了第五届花会，并坚信从未有人以如此具原创性的诗歌参加过比赛。但她又一次失败了。

弗洛伦蒂诺·阿里萨送她回家时，她怒气冲天。她也说不清为什么，但就是认定费尔明娜·达萨针对她搞了鬼，为了不让她的诗获奖。弗洛伦蒂诺·阿里萨没有理睬她。从颁奖仪式开始，他便心情忧郁，他已许久没见到费尔明娜·达萨了，而那天晚上，他感到她发生了某种深刻的变化：他头一次一眼便能看出她已身为人母。这对他来说并不是新闻，因为他早知道她的儿子已经上小学了。然而，在那一晚之前，她已到了当母亲的年龄这件事在他看来从未如此明显过，她的腰身粗了，走起路来有些气喘吁吁，宣读获奖名单时，声音也磕磕绊绊。

他试图理清自己的回忆，在萨拉·诺列加准备饭菜时，又翻起有关花会的剪报和相册。他看见杂志上的彩色画，门廊下作为纪念品出售的泛黄明信片，这一切就仿佛是对他荒谬一生幻影般的回顾。在此之前，一直支撑他的是一个假象，那就是世界在变，习惯在变，风尚在变：一切都在变，唯独她不会变。但那个晚上，他第一次头脑清醒地看见生活如何在费尔明娜·达萨身上留下痕迹，又如何在他自己身上留下痕迹，而他却除了等待之外什么都没有做。他从未和别人说起过她，因为他知道无法在说出她的名字时，不让别人看出他嘴唇的苍白。但那天晚上，正当他像之前无数个乏味的星期日晚上一样，翻看着那些剪报和相册时，萨拉·诺列加突然下了一句足以让他血液凝固的评断。

“真是个婊子。”她说。

她走过他身边，看到费尔明娜·达萨在一次化装舞会上扮成黑豹的图片时，说出这样一句。无需指名道姓，弗洛伦蒂诺·阿里萨便知道她在说谁。他担心她将揭穿他的秘密，搅乱他的人生，连忙谨慎地展开自卫。他说，他只是认识费尔明娜·达萨而已，关系很浅，与她从来只是礼节性的问候，对她的私事也一无所知，但他十分肯定，她是一个令人景仰的女人，白手起家，凭自己的美德而备受赞扬。

“凭的是她为了钱而嫁给一个她不爱的男人。”萨拉·诺列加打断他说，“这是婊子的下下策。”

虽然不像她这样粗鲁，但弗洛伦蒂诺·阿里萨的母亲当初为了安慰他的遭遇，也说过同样的话，而且在道德上同样严厉。他惊慌失措得直入骨髓，一时间找不到合适的话来反驳她的尖刻，于是试图绕开话题。但萨拉·诺列加还没有发泄完对费尔明娜·达萨的怒气，不允许他逃避。凭着某种说不清也道不明的直觉，她认定费尔明娜·达萨就是夺走她奖杯的幕后主使。没有任何理由能让她这样想：她们互不相识，甚至从未见过面，而就算费尔明娜·达萨了解比赛内情，比赛的结果也跟她没有分毫关系。但萨拉·诺列加斩钉截铁地说：“我们女人是有直觉的。”说完就结束了这场争论。

从那一刻起，弗洛伦蒂诺·阿里萨开始用另一种眼光看她。岁月也在她身上留下痕迹。她那天生的丰腴悄无声息地枯萎了，她的爱欲总是因抽泣迟迟不来，她的眼皮开始显露饱经风雨的阴影。她已成昨日之花。而且，在失败的愤怒中，她没有在意自己喝下了多少白兰地。那一晚的她变了性情：就在他们吃重新热过的椰子米饭时，她试图算清他们两人在那首落榜诗作中的贡献，好知道各自应当分得多少片金兰花的花瓣。这并不是他们第一次以这种锱铢必较的拜占庭式竞赛自娱自乐，但他却利用这个机会来抚平自己刚刚开绽的伤口。两人陷入斤斤计较的争执当中，将近五年来貌合神离的爱情所积累的怨忿浮出了水面。

差十分十二点时，萨拉·诺列加爬到一把椅子上去给挂钟上发条，凭记忆调准了时间，或许是想不说话就提醒他该走了。弗洛伦蒂诺·阿里萨迫切地感到要彻底斩断这种无爱的关系，于是开始寻找采取主动的机会。他恳求上帝让萨拉·诺列加允许他留下来过夜，好让他有机会说“不”，有机会告诉她他们之间的一切都完了。为此，她上完发条后，他让她坐到自己身边来。可她却宁愿和他保持距离，坐在客厅的安乐椅上。弗洛伦蒂诺·阿里萨把蘸了白兰地的食指伸过去让她吮吸，以往前戏时，她总喜欢这样。她却避开了。

“现在不，”她说，“我在等人。”

自从被费尔明娜·达萨拒绝后，弗洛伦蒂诺·阿里萨就学会了始终把决定权握在自己手中。如果不是处于如此尴尬的局面，他一定会继续进攻萨拉·诺列加，当晚的结局定是和她滚在床上，因为他坚信，如果一个女人和一个男人睡过一觉，那么，只要他想，并且懂得如何打动她，她便会一直和他睡觉。基于这个信念，他什么都曾忍受过，哪怕在最为肮脏的爱情交易中，他也能看淡一切，只要不把最后的决定权让给女人就行，无论哪个女人。然而这一晚，他受到了如此的侮辱。他一口咽下白兰地，尽一切可能表达他的怒火，然后没有告别便扬长而去了。从此再没有见过面。

同萨拉·诺列加在一起是弗洛伦蒂诺·阿里萨最为持久和稳定的一段关系，虽说并不是他那五年中唯一的关系。他发现自己虽然在她身边感觉也挺不错，尤其是在床上，但她始终无法取代费尔明娜·达萨，于是他夜晚孤独狩猎的毛病又犯了。他把自己的时间和体力分配得井井有条，以让它们物尽其用。但无论如何，萨拉·诺列加曾一度奇迹般地减轻了他的痛楚。至少现在，他见不到费尔明娜·达萨也能正常生活了，不像从前，常常要随时放下手中的事，凭着自己的猜想四处去寻找她的踪迹，漫无目的地徘徊在一些最不可能的街道，以及她无论如何也不会出现的虚幻之地，只要一刻见不到她，他内心的渴望便一刻不能停歇。如今，与萨拉·诺列加的决裂，让他那沉睡的思念又苏醒了，他仿佛再一次回到了小花园的下午，回到了那永无止境的阅读中去，而且这一次，思念更加浓烈，他迫切地意识到胡维纳尔·乌尔比诺医生必须死掉。

很早以前他就知道，他生来就能让寡妇幸福，而寡妇也能让他幸福，对此他从不苦恼。恰恰相反，他时刻待命。在一次又一次孤独的狩猎行动中，弗洛伦蒂诺·阿里萨已对她们了如指掌，并最终明白了，这世界上到处都是幸福的寡妇。他曾看见她们在丈夫的尸体前痛苦得发疯，恳求别人把自己也放入同一口棺木，活活埋入地下，以免独自面对前路无法预知的苦难。可随着她们接受了现实，适应了新的境况，人们就会看到她们从尘土中站起来，获得新生。起初她们像阴影中的寄生虫一样生活在空荡荡的大房子里，向女仆们倾诉着心声，整日赖在枕头上：当了那么多年无所事事的囚徒，她们不知道自己该干些什么。为了打发绰绰有余的时间，她们为死者的衣服钉上以前从来没有时间去钉的扣子，把他们的衬衫熨了又熨，还给袖口和领口上蜡，让它们时刻保持完美。她们继续为死去的丈夫在浴室放上香皂，在床上铺好带有他们名字首字母的床罩，在餐桌他们的位置上摆好餐具，以防死者说不定什么时候没有事先通知就回来了，就像他们生前常做的那样。但当她们独自去望弥撒时，才逐渐意识到，自己又一次成为自己意愿的主人，当初，为了换取一种安全感，她们不仅放弃了自己家庭的姓氏，甚至放弃了自我，可那种安全感不过是她们做姑娘时许多幻想中的一个罢了。只有她们自己知道，她们曾经疯狂爱着的那个男人——尽管他或许也爱着她们——给她们带来的负担有多么沉重，她们不得不照顾他们直到最后一口气，喂他们吃喝，给他们换下脏兮兮的尿布，用母亲式的巧妙花招哄他们开心，以减轻他们清晨走出家门去直面现实的恐惧。可当看到他们受自己的鼓动离开家门，准备一口去吞掉整个世界时，她们又开始害怕男人会一去不复返。这就是生活。而爱，如果真的存在，则是另一回事：另一种生活。

然而，在孤独中休养生息时，寡妇们发现，诚实的生活方式其实是按照自己身体的意愿行事，饿的时候才吃饭，爱的时候不必撒谎，睡觉的时候也不用为了逃避可耻的爱情程式而装睡，自己终于成了整张床的主人，它的全部都归自己独享，再没有人跟她们争一半的床单、一半的空气和一半的夜晚，甚至身体也终于能尽情做属于自己的梦，能自然而然地独自醒来了。在偷欢过后的清晨，弗洛伦蒂诺·阿里萨看见她们望完五点钟的弥撒出来，身上裹着黑纱，厄运的乌鸦从她们肩上飞过。一旦她们在晨曦中隐约看见他的身影，便会迈着小鸟般的碎步，穿到街对面的人行道上去，因为单是从一个男人身边走过也会玷污她们的清誉。然而他坚信，一个忧伤的寡妇比其他任何女人心里都更可能藏着幸福的种子。

从拿撒勒的寡妇开始，他一生中结识了太多寡妇，这让他懂得在丈夫死后，一个女人会变得多么幸福。多亏了她们，之前对他来说不过是个单纯幻想的东西，变成了一种他可以触摸到的可能性。他想不出费尔明娜·达萨有什么理由不像其他寡妇一样，因生活的锤炼而变得可以欣然接受他，而不必为死去的丈夫感到虚妄的自责。她将毅然决然地和他一起，去发现另一种双重的幸福，怀着一份能将每时每刻都变成生命奇迹的寻常之爱，以及另一份只属于她一个人、因死神的豁免而出淤泥不染的爱。

但事实上，他哪怕只是去怀疑一下费尔明娜·达萨距离他这些如意算盘有多么遥远，或许就不会如此热情高涨了：结婚那时，她才刚刚隐约望见地平线上一个崭新的世界，一切都在向她招手致意——除了挫折。在那个年代，富有有很多好处，当然，也有很多坏处，但半个世界的人都对它梦寐以求，认为它是获得永生的最可能的途径。费尔明娜·达萨当初在某种乍现的成熟之光中拒绝了弗洛伦蒂诺·阿里萨，而很快，她就因遗憾与负疚感到了痛苦，但她从未怀疑过自己的决定是正确的。那时，她也无法解释究竟是什么深藏不露的理智让她做出了那样高瞻远瞩的决定，但多年以后，当她即将步入老年的时候，不知怎的，在一次关于弗洛伦蒂诺·阿里萨的偶然谈话中，她突然发现了其中的奥秘。所有参加那次聚会的人都知道他是正值鼎盛时期的加勒比河运公司的接班人，很多人都十分肯定曾见过他多次，甚至还和他打过交道，但没有一个人记得清他是什么模样。于是，费尔明娜·达萨发现了潜意识中阻碍她爱他的原因。她说：“他就好像不是一个人，而是一个影子。”的确如此：他是一个谁都不认识的人的影子。然而，就在她抵制胡维纳尔·乌尔比诺医生，一个恰恰相反的男人的纠缠时，她却感到自己被负罪感的幽灵所折磨：这是她唯一无法承受的感觉。当它来袭时，她整个人都被惊恐笼罩着，只有找到某个能帮她减轻良心谴责的人，才能控制住这种情绪。从很小的时候起，每当她在厨房打破盘子，有人跌倒，或她的手指被门夹到时，她都会惊慌失措地跑到离她最近的大人跟前，赶忙指责他："都是你的错。"虽然事实上她并不在乎到底是谁的错，也不在乎自己是否真的相信自己无辜——只要把这种无辜从言语上确定下来就足够了。

这个弱点是如此明显，胡维纳尔·乌尔比诺医生及时发现了它对自己家庭的和睦具有何等威胁，所以每当他隐约看见它时，就赶紧对妻子说："别担心，亲爱的，都是我的错。"没有什么比妻子突如其来的果敢决定更让他害怕了，而且他确信，这种决定的根源往往是某种负罪感。然而，拒绝弗洛伦蒂诺·阿里萨所带来的彷徨，绝非几句安慰就可以解决。有好几个月，费尔明娜·达萨总是在早晨打开阳台的窗子，思念着那个在空荡荡的小花园里窥视她的孤独幽灵。她望着那棵属于他的树，望着那条最不起眼的长凳，他曾坐在那里，一边想她一边读书，为她备受煎熬。接着，她又不得不关上窗，感叹道："可怜的人。"直到后来，想要弥补过去已为时过晚，她甚至还为他不像她想象的那样坚韧而失望痛苦过，并且不时地感到某种迟来的渴望，盼能收到一封永远不曾到达的来信。但当她不得不正视自己嫁给胡维纳尔·乌尔比诺的决定时，她在一场更大的危机中被击垮了，因为她发现自己在没有任何有力的理由就拒绝了弗洛伦蒂诺·阿里萨后，也同样没有任何有力的理由更喜欢胡维纳尔·乌尔比诺。事实上，她喜欢后者的程度不比喜欢前者多，而了解则更少，他的信不像前者那样炽热，也没有做出过那么多能证明其决心的感人举动。事实上，胡维纳尔·乌尔比诺的追求从来不是用爱的语言表达的，而且奇怪的是——至少可以说是奇怪——像他那样一个天主教的卫士，向她提供的竟然仅限于世俗的好处：安全感、和谐和幸福，这些东西一旦相加，或许看似爱情，也几乎等于爱情。但它们终究不是爱情。这些疑虑增加了她的彷徨，因为她也并不坚信爱情当真就是她生活中最需要的东西。

不管怎样，她反感胡维纳尔·乌尔比诺医生的主要原因，就是他和洛伦索·达萨一心想为女儿选择的理想男人太像了，都不仅仅是酷似——简直如出一辙。不可能不把他看作父亲密谋的同伙，即使事实上他并不是。自从看见他第二次不请自来为她看病，费尔明娜·达萨就认定了他与父亲相勾结。和表姐伊尔德布兰达谈过之后她更加迷茫了。表姐由于自己也是爱情的受害者，于是更倾向于认同弗洛伦蒂诺·阿里萨，甚至忘记了洛伦索·达萨让她来是为了给乌尔比诺医生说好话的。只有上帝知道费尔明娜·达萨做出了多大努力，才没有在表姐去电报室找弗洛伦蒂诺·阿里萨时陪她一起去。她的确想再见他一面，与他当面对质以消除疑问，和他单独聊一聊，深入地了解他，以确认她冲动的决定不会将自己推向另一个更严重的后果，即在和父亲单打独斗的战争中俯首投降。但她最终还是投降了，在她人生的千钧一发之际，丝毫没有考虑那位追求者的男性魅力、他传说中的财富、他的年轻有为，以及他那许多实实在在的美德中的任何一项，而只是因为害怕失去稍纵即逝的机会，在发现二十一岁已迫在眉睫时慌了手脚。二十一岁在她心里是向命运屈服的秘密界限。这个关键时刻足以让她按照上帝和凡人的戒律做出并承担自己的决定：至死不渝。于是，一切的疑虑都烟消云散，她毫无内疚地做出了理智指示她做的最体面的事：用一块没有泪水的海绵将有关弗洛伦蒂诺·阿里萨的记忆彻底抹掉，让他在她记忆中所占据的那块空间里长出一片罂粟花。她唯一允许自己做的是和往日一样的一声深深叹息，最后一声："可怜的人！"

然而，最可怕的疑虑是从新婚旅行刚一回来开始的。他们才刚打开箱子，拆开家具包装，掏空她为胜任古老的卡萨尔杜埃罗侯爵府女主人和夫人角色而带回来的那十一只盒子，她就发现自己被囚禁在一个错误的人家，这让她险些晕死过去，而比这更糟的，是还和一个没法指望的男人关在一起。她用了六年才逃脱出来。那是她一生中最糟糕的六年，婆婆布兰卡夫人的刻薄和小姑子们的愚昧陈腐让她绝望，而如果说她的小姑子们竟没有活活腐烂在修道院的囚室里，那是因为她们已经把囚室带入自己的内心了。

胡维纳尔·乌尔比诺医生甘愿屈从于家族礼教，对她的恳求置若罔闻，他相信上帝的智慧和妻子无限的适应能力定会将事情协调妥当。母亲的消沉让他痛心，曾几何时，她对生活的喜悦能给最缺乏信念的人注入希望。的确如此：这个美丽、智慧、敏锐得超凡脱俗的女人，在将近四十年中都是她那个社交天堂里的灵魂和主体，然而，守寡的痛苦让她自己都无法相信她还是原来的那个她，她变得懈怠，刻薄，与所有人为敌。对于这种蜕变，唯一可能的解释——就像她常说的那样——便是她怨恨丈夫明知故犯地为一群黑人牺牲了性命，而唯一正确的牺牲应该是为了她活下去。不管怎样，费尔明娜·达萨幸福的婚姻生活仅限于新婚旅行的那段日子，而那个唯一能帮她免于最终沉沦的人，却在母亲的淫威面前吓得浑身瘫软。是他，费尔明娜·达萨把这个套住她的死亡圈套全部归咎于他，而非那几个愚蠢的小姑子和那位半疯的婆婆。但已经太晚了，她到此时才怀疑，在职业权威和世俗的迷人外表下，她嫁的这个男人其实是个无药可救的懦夫：一个靠姓氏带来的社会地位而耀武扬威的可怜虫。

她在新出世的儿子身上找到了寄托。当他从她的身体里滑出去时，她感到一种摆脱了某件不属于自己的东西的轻松。而当接生婆把活生生、浑身沾满油脂和血污、脐带还缠在脖子上的婴儿抱给她看时，她发现自己对这个从她腹中出来的小牛犊竟然没有一丁点儿感情，这把她自己也吓了一跳。然而，在孤独的侯爵府邸，她学会了认识他，母子俩相互熟识了，她欣喜万分地发现人们爱孩子并非因为他们是自己的孩子，而是因为养育中产生的情意。最终，在这个给她带来不幸的家里，除了儿子以外，她无法忍受任何事、任何人。内心的孤独，坟墓般的花园，以及整日在那一间间没有窗子的巨大房间里消磨时间，这一切都让她窒息。在没有尽头的夜晚，她觉得自己就要被隔壁疯人院里传来的疯女人的叫声击垮了。每天都要摆好宴会用的桌子，铺上绣花台布，摆上银制的餐具和仿佛在葬礼上用的那种大烛台，就为了让五个幽灵般的人用上一杯牛奶咖啡加奶酪饼当作晚餐，这种习惯让她感到羞耻。她诅咒每日下午的玫瑰经祷告，诅咒餐桌上的矫揉造作，诅咒众人对她无休止的批评：批评她拿刀叉的方式，批评她像街边女人一样卖弄风情地大步走路，批评她穿得像马戏团里的人，甚至还批评她像乡巴佬一样粗鲁地对待丈夫，以及给孩子喂奶时没有用披肩遮住胸口。当她第一次按照英国最新的时髦做法，邀人下午五点来家里喝茶，款以皇家饼干和花香蜜饯时，布兰卡夫人就出来反对在她的家里喝那些发汗时当药用的饮品，认为应该喝巧克力，配烤奶酪和木薯面包圈。甚至连她做的梦也逃不过她的指责。一天早上，费尔明娜·达萨说自己梦见一个陌生男人赤身裸体地在侯爵府邸的大厅里走来走去，还一把一把地撒灰。

“正派女人不会做这种梦。”

除了寄人篱下的感觉，还有两件更不幸的事。一是每天的食谱里都有各式各样做法的茄子，布兰卡夫人为了尊重死去的丈夫不肯改变这一习惯，而费尔明娜·达萨则拒绝吃。从小时候起，在还没有尝过之前，她就讨厌茄子，因为她总觉得它的颜色像毒药。只不过这一次，不管怎样，她不得不承认生活中的某些东西已经向好的方向转变了，五岁时，她曾在餐桌上说过同样的话，而父亲则强迫她吃下了为六个人准备的整整一锅茄子。当时她相信自己就要死了，先是因为她把已经变成碎末的茄子稀里哗啦地吐了出来，接着又因为大家为了医治她而强迫她灌下一碗蓖麻油。这两样东西，不仅因其味道，更因她对毒药的恐惧，在她记忆中被混作同一种类似泻药的东西。在卡萨尔杜埃罗侯爵府邸令人作呕的午餐中，她不得不移开自己的视线，以免回想起蓖麻油造成的那种令人全身发凉的恶心。

另一件不幸的事是竖琴。一天，布兰卡夫人说：“我不相信一个不会弹钢琴的女人会是一个体面的女人。”这很显然是有的放矢。但这次连她的儿子都表示反对，因为他最好的那段童年岁月就是在苦役般的钢琴课上度过的，尽管成年后他对此心存感激，但他无法想象自己的妻子也遭受同样的刑罚，她才二十五岁，而且又个性十足。但他从母亲那里唯一争取到的，不过就是把钢琴换成了竖琴，并且用的是一个极为天真的理由，即竖琴是天使的乐器。于是，他们从维也纳弄来一把精美无比的竖琴，看上去就像金子做的，声音也像。它后来成为了城市博物馆中最珍贵的文物之一，直到这座博物馆连同里面的一切被一场大火吞没。费尔明娜·达萨屈从于这项奢侈的刑罚，尽力用最后的牺牲避免与婆婆冲突。她先是师从一位特意从蒙波斯城请来的顶级大师，可十五天后他竟突然去世了。之后，她又跟着神学院最好的乐师学了好几年，这位老师掘墓人般的气质让她的和弦都走了音。

她对自己的顺从感到惊讶。虽然内心深处，以及在和丈夫以前用来相爱如今却用来无声地争吵的时间里，她始终都不曾承认这一点，即她已陷入这个新世界里常规与偏见的乱麻之中，比她自己想象的要快得多。起初，她常爱用一句话来坚持自己独立思考的自由："让扇子见鬼去吧，现在已经是微风的季节了。"但后来，她开始珍惜自己来之不易的特权，开始惧怕丢脸和别人的嘲弄，于是表现出准备承受一切的样子，甚至包括屈辱。但她心中抱着一个希望，那就是上帝最终能怜悯布兰卡夫人，应答她在祈祷中孜孜不倦地恳求上帝赐她一死的要求。

乌尔比诺医生找了些宏大的理由来为自己的懦弱辩解，甚至都不自问一下它们是否有悖他的信仰。他不承认自己和妻子的矛盾源于家中压抑的气氛，而是认为那源于婚姻本身的性质：一项荒谬的、只能靠上帝的无限仁慈才得以存在的发明。两个几乎完全互不了解的人，没有任何血缘关系，性格不同，文化不同，甚至性别都不相同，却突然间不得不承诺生活在一起，睡在同一张床上，分享彼此也许注定有所分歧的命运，这一切本身就是完全违背科学的。他说："婚姻的问题在于，它终结于每晚做爱之后，却在第二天早餐之前又必须重新建立起来。"而他们之间的婚姻则更糟，他说，因为两人来自两个敌对的阶层，却又生活在这样一座依旧梦想着回到总督时代的城市。唯一像水泥一样把他们黏合在一起的，却是爱情这种既不可能、又反复无常的东西——如果它果真存在的话。但对他们来说，两人结婚时是没有爱情的，而就在他们差一点要把它创造出来时，命运所做的却只是让他们面对现实。

这就是竖琴时期他们的生活状态。那些令人愉快的偶然片段已成了往事：曾经，虽然他们之间争吵不断，虽然她每天都要吃毒茄子，虽然他的妹妹们疯疯癫癫，虽然他的母亲依然如故，但如果她在他洗澡时走进浴室，他仍有足够的爱来邀请她为他擦香皂。而她会怀着欧洲之旅剩余的爱的碎屑顺从地为他效劳。接着，两人会忘掉种种不快，不由自主地心软，无声地渴求起对方来，最终在地上爱得死去活来，浑身沾满芳香的泡沫，耳朵里却听着女仆在洗衣房里议论："他们没有再生孩子，是因为他们不再做那事了。"有时，他们从疯狂的节日庆典回到家，在门后伺机而动的怀旧之情也会一下子将他们扑倒在地，于是就会有一次美妙的爆发，一切又回到往昔，五分钟后，他们就又像蜜月中连门襟都无暇扣上的恋人们一样了。

但除了这些极少数的情况，一般到了睡觉的时候，他们中总有一个比另一个更为疲倦。她在浴室里耗时间，用香纸卷起一支支烟，独自抽着，又像年轻时独自在家那样，重新陷入自我慰藉的爱中，又成了自己身体的唯一主人。她总是头痛，要么就抱怨天气太热；总是装睡，要么就是又来了月经，月经，永远是月经。以至于乌尔比诺医生为了发泄一下难言的苦衷，竟然在课堂上说，结婚十年后，女人一星期甚至能来三次月经。

祸不单行，费尔明娜·达萨不得不在她最糟糕的岁月里面对自己怎么也躲不掉、迟早都要来的事：她父亲那些无人知晓、神话般的生意背后的真相。省长在办公室召见了胡维纳尔·乌尔比诺医生，把他岳父无法无天的行径一股脑儿全告诉了他，最后一言以蔽之：“凡天上人间的法律，没有什么是这个家伙不曾冒犯过的。”其中有几件最严重的纠纷，是他依仗着女婿的权势做的，让人很难相信这位女婿和他的妻子能够独善其身。鉴于目标其实是保住自己的名誉，因为也就剩他的名声还站得住脚了，胡维纳尔·乌尔比诺医生动用了所有的权力，最终用他的担保掩盖了丑闻。就这样，洛伦索·达萨坐着最早的一班船离开了这个国家，并将永远不再回来。他回到他的故土去了，表现得就像以往为了慰藉思乡之情而不时地进行一次短期旅行一样，但这也不完全是自欺欺人：从很早以前开始，他便常常登上祖国的轮船，仅仅是为了喝一杯水箱里装着的来自故乡的泉水。他走了，没有俯首认错，而是坚称自己无辜，并试图让女婿相信自己是政治阴谋的牺牲品。他走了，为他的姑娘而痛哭流涕——自从费尔明娜·达萨嫁人后，他一直这么叫她——还为他的外孙而哭，为这片土地而哭，在这里，他变得富有、自由，并靠着不清不白的生意，成功地把他的姑娘变成了高雅的夫人。他走了，苍老且带着一身病痛，但他之后还活了很久，远比那些因他而遭殃的人希望的要长久得多。当他去世的消息传来时，费尔明娜·达萨不禁舒了一口气。为了避免他人问起，她没有为他戴孝，但接下来好几个月，每当她把自己关在浴室中抽烟时，便会带着一股无名火哭泣起来，她是在为父亲而哭。

这对夫妻最为荒谬的是，在那段不幸的岁月里，他们在公众面前却表现得无比幸福。实际上，那正是他们战胜周围隐藏的敌意，取得最大胜利的几年。人们不甘心接受他们的那副样子：与众不同，行事新派，从而与传统秩序格格不入。不过，这对于费尔明娜·达萨来说却是手到擒来的事。所谓的世俗生活，虽然在她了解之前曾让她有过许多疑虑，但其实那不过是一套沿自传统的规矩，庸俗的仪式，事先想好的言词，在此之下，人们彼此消遣，为的是不致互相杀戮。在这个轻浮的世俗天堂，最显著的特征就是对陌生事物的恐惧。她用一种更为简单的方式为它下了定义："社交生活的关键在于学会控制恐惧，夫妻生活的关键在于学会控制厌恶。"自从拖着没有尽头的新娘头纱，步入社交俱乐部宽阔的大厅时，她就突然清楚地发现了这一点。厅里弥漫着无数鲜花混在一起的香气，华尔兹乐曲绕梁飞旋，男人们汗水涔涔，女人们浑身颤抖，他们看着她，不知如何才能清除这个外部世界来的令人眩晕的眼中钉。所有这一切让空气变得稀薄。她刚刚年满二十一岁，除了去学校，几乎没有出过家门，但她仅仅环顾了一眼，便明白她的对手并非因仇恨而生出胆怯，而是因惧怕而茫然无措。她没有继续吓唬她们，而是大发慈悲，帮助她们了解她。没有一个人出乎她的意料，就像她对那些城市的看法一样，她没有觉得哪座更好或哪座更糟，它们只是和她心里想象的一模一样。比如巴黎，尽管那里阴雨连绵，尽管那里的店主个个贪吝，车夫个个粗鲁，她仍将永远在记忆中把那里当作人间最美的城市，这与它实际是否如此毫不相干，而只是因为它与她最幸福岁月的回忆紧密相连。至于胡维纳尔·乌尔比诺医生，他会以其人之道还治其人之身，而且手段更为机敏也更加堂皇。没有什么事少得了他们的参与：市民郊游、花会、艺术活动、慈善抽奖、爱国演出，乃至第一次气球旅行。到处都有他们的身影，他们也永远是活动的发起者，且永远身先士卒。在他们那些不幸的岁月里，任谁也无法想象有谁能比他们更幸福，有哪对夫妻比他们更般配。

父亲留下的房子成了费尔明娜·达萨逃避那座令人窒息的家庭宫殿的避难所。一离开公众视线，她便悄悄躲到福音花园。她在那里接待新朋友，会会学校和图画课的老朋友，以此作为不忠的某种纯洁的替代品。她会像独身母亲似的平静地度过几个小时，细细咀嚼儿时的回忆。她又买了香乌鸦，还从街上捡回了几只猫，把它们交给加拉·普拉西迪娅照料。此时的加拉·普拉西迪娅已经年迈，而且因为风湿行动有些不便，却满怀着重建这个家的热情。费尔明娜又重新启用了缝纫室。在这里，弗洛伦蒂诺·阿里萨第一次见到她，也是在这里，胡维纳尔·乌尔比诺医生让她伸出舌头，试图窥测她的内心。于是，她把缝纫室当成了回忆过去的圣地。一个冬季的下午，她赶在暴风雨呼啸而至之前去关阳台的窗子，竟看见弗洛伦蒂诺·阿里萨坐在小花园杏树下的那条长凳上，穿着那件改小了的父亲的礼服，膝头放着一本打开的书。但她看见的，并非之前好几次在不同场合偶遇他时的模样，而是他留在她记忆中的那个多年前的模样。她害怕那是死神送来的通知，伤心不已。她竟对自己说，也许和他在一起她会更加幸福，和他单独待在这所她以爱为他整修的房子里，就像他也以同样的爱为她整修了房子一样。单是这个假想就让她大惊失色，她意识到自己的不幸已到了何种程度。于是，她打点起最后一丝力气，逼迫丈夫不再闪烁其词，与她面对面地争吵，并和她一起为失去的天堂痛哭，直到听见最后一次鸡鸣，曙光照进绣花的窗帘，太阳灼烧起来。丈夫因说了太多话而脸庞肿胀，因没有睡觉而筋疲力尽，因哭得太多而心坚意决。他系紧靴带，又扎紧腰带，束紧一个男人所剩下的全部，对她说，行，亲爱的，咱们去寻找在欧洲丢失的爱情：明天就走，不再回来。他决心坚定，和他的资产总代理——财富银行达成了协议，立即清算丰厚的家产，它们从一开始就分散在各种生意、投资、神圣债券和长期债券中，只有他自己清楚它们并不像传说的那样无穷无尽，只不过是够他们衣食无忧而已。所有的财产都会被变卖成刻有印记的黄金，一点一点地转到国外的银行去，直到他和妻子在这片无情的国土上连手掌大的葬身之地都不剩为止。

但与她猜想的不同，事实上，弗洛伦蒂诺·阿里萨还活着。当她和丈夫、儿子乘着金色四轮马车到达法国远洋轮船的码头时，他就在那里看着他们从车上走下来，与他曾无数次在公共庆典上看见他们的样子分毫不差：依旧是那么完美无瑕。他们带着儿子同行，从那男孩现在的教养便能看出，他成年后将会是什么模样。胡维纳尔·乌尔比诺医生高兴地向弗洛伦蒂诺·阿里萨脱帽致意："我们要去远征弗兰德。"费尔明娜·达萨向他点了点头。弗洛伦蒂诺·阿里萨脱下帽子，微微鞠躬。她看着他，对他那过早谢顶的惨状没有半点同情的表示。他就像她所看见的那样，是某个她从不认识的人的影子。

那段日子也不是弗洛伦蒂诺·阿里萨最走运的时期。工作日益繁重，对偷欢之事也日益厌倦，岁月蹉跎。此外，特兰西多·阿里萨也已到了生命的最后时光，她已丧失了记忆：几乎是一片空白。甚至有几次，她转向儿子，看着他坐在椅子上看书，吃惊地问道："你是谁的孩子？"他总是如实回答，但她又会立刻打断他。

"告诉我一件事，孩子，"她问他说，"我是谁？"

她已经胖得不能动了，整日待在杂货铺里，虽然那里已经没有任何东西可卖。她在第一遍鸡叫时便起床，然后一直到第二天黎明，她都在梳妆打扮，因为她只睡很少几个小时。她把花冠戴在头上，涂上口红，在脸上和胳膊上擦上粉，然后逢人就问自己打扮得怎么样。邻居们都知道她永远只期待一个回答："你是小蟑螂马丁内斯。"这是从童话里偷借来的身份，却是唯一能让她满意的答复。她继续摇晃着身子，扇着一把粉红色大羽毛做的扇子，直到把一切再从头来过：戴上纸做的花冠，把麝香涂在眼皮上，涂上口红，脸上擦上一层干硬的铅白粉。她又一次问身边的随便什么人："我打扮得怎么样？"当她成了邻居们的笑柄，弗洛伦蒂诺·阿里萨一夜之间拆掉了这间古老杂货铺的柜台和所有带抽屉的柜子，封死了朝街的大门，并按母亲的描述，把这个地方装饰成了小蟑螂马丁内斯的卧室。从此，她再没问过别人她是谁。

他听从莱昂十二叔叔的建议，找了个上年纪的女人照顾母亲，但这个可怜的女人睡的时候总是比醒的时候多，有几次她似乎也忘了自己是谁。于是，弗洛伦蒂诺·阿里萨一出办公室便回家，直到把母亲哄睡着为止。他不再去商业俱乐部玩多米诺骨牌，很长一段时间里，也没有再去见那为数不多的几位常会面的老相好，因为自从和奥林皮娅·苏莱塔那段可怕的交往后，他内心深藏的某种东西起了变化。

那是一次突发性事件。当时正赶上十月那几场让我们休养生息的暴风雨中的一场，弗洛伦蒂诺·阿里萨刚把莱昂十二叔叔送回家，就从车里看见一个娇小灵巧的姑娘，身上穿着一身满是荷叶边、像极了婚纱的薄纱衣裳，惊慌失措地从马路的一边跑到另一边，因为狂风掀翻了她的雨伞，卷着它在海边飞来飞去。他把她救上车，掉转车头，送她回了家。她家是一座小教堂改建的，依海而立，从街上就能看见院子里到处都是鸽子屋。路上，她告诉他自己刚刚嫁给一个在市场卖日用品的商贩。弗洛伦蒂诺·阿里萨在公司的船上见过这个人很多次，见他卸下一箱箱各式各样的旧货来卖，还有一大群鸽子，装在一个藤条编的笼子里，就像那些内河船上的母亲用来放新生儿的笼子一样。奥林皮娅·苏莱塔看上去就像来自胡蜂家族似的，不只因为她那上翘的屁股和娇小的上半身，而且因为她的全部：如铜丝一般的头发，脸上长满雀斑，两只活泼的圆眼睛之间的距离比一般人的都大些，声音尖细，恰好适合她那机智有趣的谈吐。弗洛伦蒂诺·阿里萨觉得，与其说她诱人，倒不如说她滑稽，送她到家后，他很快就把她忘了。她和丈夫、公公以及其他几个家庭成员一起生活。

几天后，他在港口看见了她的丈夫，这一回他正往船上装货，而非卸货。船起锚时，弗洛伦蒂诺·阿里萨清清楚楚地听到耳边响起了魔鬼的声音。那天下午，送莱昂十二叔叔回家后，他佯装偶然路过奥林皮娅·苏莱塔家，从围墙外看见她正在喂那群乱哄哄的鸽子。他隔着墙从车上冲她喊道："鸽子多少钱一只？"她认出了他，高兴地回答说："不卖。"他又问："那怎么才能得到一只呢？"她一边继续喂食，一边答道："在大雨天碰见养鸽子的女人，用车把她送回家。"就这样，弗洛伦蒂诺·阿里萨回家时，带着一份奥林皮娅·苏莱塔道谢的礼物：一只腿上拴着金属环的信鸽。

第二天下午，同样是喂食的时候，美丽的养鸽女看见送出去的鸽子又回到了鸽子屋。她以为是它偷跑回来的。可当她抓住它检查时，发现金属环上缠着一张纸条：一封求爱信。这是弗洛伦蒂诺·阿里萨第一次留下字迹，却绝非最后一次，虽然这一次，他出于谨慎没有签名。接下来的一天是星期三，下午他正要进家门时，一个街上的小孩把装在笼里的那同一只鸽子交给他，并带口信说，是鸽子夫人让他来的，并让他嘱咐一声，请用笼子把它关好，否则它还会飞走，而这是她最后一次把它送回来了。他不知道对这一切应作何解释；或许鸽子在路上把信弄丢了，或许是养鸽女在装糊涂，又或许她把鸽子送来是为了让他再送回去。不过，如果是最后一种情况，按理说她应该在送鸽子的同时附上一封回信。

星期六早晨，思来想去之后，弗洛伦蒂诺·阿里萨又派鸽子送去了一封没有签名的信。这一次，没等到第二天，当天下午就由同一个小孩把装在另一只笼子里的鸽子送了回来，并捎来口信说，前天把它送回来是出于礼貌，而这一次是出于遗憾，但如果他再让它飞走，就真的不会再送回来了。特兰西多·阿里萨逗鸽子玩到很晚，把它从笼子里抓出来，放在臂弯里，冲它咕咕叫，还试图哼儿歌哄它睡觉。突然，她发现鸽子脚上的金属环里夹着一张纸条，上面只有一行字：我不接受匿名信。弗洛伦蒂诺·阿里萨狂喜地读完纸条，仿佛回到初次冒险的高潮。那晚，他几乎无法入睡，心情烦躁地翻来覆去。第二天一早，在去办公室之前，他再一次放飞鸽子，它身上带着一封清清楚楚签着他名字的情书，除此之外，他还在金属环上别了一枝他花园中最新鲜、最火红、最芬芳的玫瑰。

但事情并没有那么容易。纠缠了三个月后，美丽的养鸽女仍旧还是那个回答："我不是那种女人。"可她从没有拒收弗洛伦蒂诺·阿里萨的来信，也会去赴那些他安排好的貌似偶然的约会。他与以往判若两人：这个从不露面的情人，这个对爱情如饥似渴却又极其悭吝的人，这个从不付出、又想得到一切的人，这个不允许任何人在他心里留下足迹的人，这个藏头露尾的猎人，竟然跑到大街上，狂热地送出了一封封署名的情书，一件件殷勤的礼物，毫不谨慎地一趟趟跑到养鸽女家里去，甚至有两次是在她丈夫既没有出远门、也没有去市场的时候。从最初猎艳以来，这是他唯一一次感到自己被爱情之箭射穿了。

邂逅六个月后，他们终于在码头边一艘正在重新油漆的内河船的舱室里私会了。奥林皮娅·苏莱塔的爱欢喜愉悦，是活泼的养鸽女的爱情。她喜欢光着身子，一待就是好几个小时，处在一种缓慢的休憩状态之中，这种休憩对她来说就像爱情一样，同样是柔情蜜意的。舱室已被拆得七零八落，油漆才刷了一半，松节油的味道很适合留存在一个幸福下午的回忆之中。忽然，弗洛伦蒂诺·阿里萨灵机一动，打开一罐从简易床上触手可及的红油漆的盖子，用食指蘸漆，在美丽的养鸽女的小腹上画了一个朝下的箭头，并在肚皮上写下了一行标牌似的字：这小东西是我的。当晚，奥林皮娅·苏莱塔忘了那行字，在丈夫面前脱掉衣服。丈夫一句话都没说，甚至连呼吸都没有改变，什么都没有做，只是在她穿睡衣的时候，到浴室取来刮脸用的刀子，一刀割断了她的喉咙。

很多天以后，在逃的丈夫被捕，向报界讲述了他犯罪的缘由和方式，直到这时，弗洛伦蒂诺·阿里萨才知道养鸽女被害的事。很多年里，想起那些署了名的信，他都提心吊胆，并且默默地计算着罪犯的刑期。由于船上的生意，那人对他可以说是了如指掌，但他并不怎么怕他给自己的脖子来上一刀，也不怕传出丑闻，而是怕运气不好，让费尔明娜·达萨知道他的不忠。就在等待的那几年里，一天，照料特兰西多·阿里萨的那个女人由于一场不合季节的大雨，不得不在市场上耽搁得久了些，回来时，发现特兰西多·阿里萨已经死了。她坐在摇椅上，像往常一样把脸涂得花里胡哨，打扮得花枝招展，眼睛睁得大大的，脸上还挂着坏笑，以至于这位保姆两小时以后才发现她死了。不久前，她把埋在床下的那几个财宝罐里的黄金和宝石分给了街坊四邻的小孩，告诉他们可以当糖果吃，其中几件最值钱的如今已经怎么也找不回来了。弗洛伦蒂诺·阿里萨把她葬在了古老的“上帝之手”庄园，也就是当时的“霍乱墓地”，还在她坟前种下了一丛玫瑰。

头几次去墓地，弗洛伦蒂诺·阿里萨就发现养鸽女奥林皮娅·苏莱塔葬在很近的地方，没有墓碑，但有人在坟上的水泥板未干之前，用手指刻下了死者的姓名和日期。他不禁毛骨悚然地想，那一定是她丈夫开的一个血淋淋的玩笑。玫瑰花开的时候，只要四周无人，他就摘下一枝放在她的墓前。后来，他干脆从母亲的玫瑰丛中挖出一株，种到她的坟前。两丛玫瑰发了疯似的越长越多，弗洛伦蒂诺·阿里萨不得不带一把大剪子和其他园艺工具来修枝剪叶。但玫瑰的长势渐渐超越了他的能力范围：多年以后，两丛玫瑰已如杂草般在一座座坟墓间蔓延开来。从此，这座著名的霍乱墓地改叫“玫瑰墓地”，直到一位不具民间智慧之现实性的市长，一夜间铲除了所有的玫瑰丛，在墓地入口的拱门上挂起一块政府的牌子，上面写着：“普世公墓”。

母亲死后，弗洛伦蒂诺·阿里萨再次陷入疯狂的困境：到办公室上班；按照严格顺序与各个长期情人轮流幽会；到商业俱乐部玩多米诺骨牌；继续阅读爱情小说；星期天到墓地去凭吊。生活规律得仿佛生了锈一般，既让人轻蔑，又让人害怕，但同时也是一种保护，让他意识不到时间的流逝。然而，十二月的一个星期日，当墓地的玫瑰丛已经战胜了修枝的大剪子，几只燕子停在为通电灯而刚刚架起的电线上时，他蓦然间发现，母亲去世后竟已过去了这么多年，距离奥林皮娅·苏莱塔被杀，则过去了更多年，而距离那个遥远的十二月下午，费尔明娜·达萨给他回信说“可以”，并说“会永远爱他”，更不知已经流逝了多少岁月。在这之前，他活得就仿佛时间从没有在自己身上流走，而只是在他人身上留下痕迹似的。就在刚刚过去的一周，他在街上碰见了因他写的情书而终成眷属的那许多对恋人中的一对，他甚至没有认出他们的大儿子，也就是自己的教子来。他用一句人们惯用的惊呼缓解了尴尬：“好家伙，都长成大人了！”尽管身体已向他发出最初的警告，但他依然故我，因为在容易生病的人堆儿中，他的身体就像是铁打的。特兰西多·阿里萨常说：“我儿子唯一得过的病就是霍乱。”在记忆混乱之前，她就已经把霍乱和相思病混为一谈了。但不管怎样她都错了，因为她的儿子暗地里得过六次淋病，尽管医生说那不是六次，而是一次，后来都只是因治疗不力又反复发作而已。此外，他还得过一次腹股沟淋巴腺炎、四次龟头疣病和六次股癣，但无论他还是其他任何一个男人，都绝不会把这些当作疾病，而只会把它们当成战利品。

刚满四十岁，他就不得不因全身上下莫名其妙的疼痛去看医生。做了很多次检查后，医生都只对他说：“年岁不饶人啊。”但他每次回家，甚至从没有想过这一切跟自己有什么关系。他的过去唯一的参照点就是与费尔明娜·达萨短暂的爱情，只有和她相关的事才能让他找到岁月的支点。所以，看见燕子停在电线上的那个下午，他从最久远的记忆开始回顾自己的过往，回顾了一桩桩猎艳的情事，回顾了为爬上发号施令的位置曾跃过的无数处暗礁，以及种种数都数不清的往事，而这一切皆由他那刻骨的决心而起：他誓要让费尔明娜·达萨属于他，而他也属于她，这个决心高于一切，所向披靡。可直到这一刻，他才发现自己的一生几乎都已经过去了。五脏六腑的一阵寒战传遍他的全身，他眼前一黑，不由得松掉了手中的园艺工具，靠在墓地的围墙上，这才没有因衰老的第一次打击而倒下。

“见鬼，”他惊恐地自言自语道，“都已经三十年了！”

的确如此。当然，对费尔明娜·达萨来说，同样也过了三十年，但那是她一生中最快乐也最舒心的三十年。卡萨尔杜埃罗侯爵府的那些可怕日子已被扔进了记忆的垃圾堆。她住在拉曼加的新房子里，成了自己命运的绝对主人，同丈夫和一双儿女生活在一起。如果再让她选一次，她还是会从世间所有的男人中选中她的丈夫。儿子在医学院里延续着家族传统，女儿则长得和她年轻时一模一样，有时连她都糊涂了，好像自己重生了似的。在那次誓不回来在无尽的惊恐中度日的倒霉旅行之后，她又去过欧洲三次。

上帝一定是听到了某人的祈祷——就在费尔明娜·达萨和胡维纳尔·乌尔比诺在巴黎逗留了两年，刚刚开始从废墟中寻找爱情的碎屑时，一封半夜到达的电报惊醒了他们：布兰卡·乌尔比诺夫人病重。另一封传达死讯的电报接踵而至。他们即刻赶了回来。费尔明娜·达萨身着一袭丧服下了船，宽大的衣服已不足以掩饰她的身形。没错，她又怀孕了。这个消息造就了一首民间歌谣的诞生，歌词并无恶意，只是有些打趣，其中的叠句在当年颇为流行：美人在巴黎究竟有何秘密，每每回来都喜得贵子。虽然歌词鄙陋，但直到很多年后，在社交俱乐部的节日庆典中，胡维纳尔·乌尔比诺都会点这首曲子，以示自己的风趣大度。

关于远近闻名的卡萨尔杜埃罗侯爵府及其家族徽章，向来没有准确的记载。府邸先是以一个合适的价格卖给了市财政厅，而后一位荷兰学者在那里进行了挖掘工作，试图证明那里是哥伦布真正的坟墓——已是迄今发现的第五座了——所在，于是，它又以巨额价格卖给了中央政府。乌尔比诺医生的妹妹们住进了萨勒斯修道院，没有发愿，却过着隐居生活。费尔明娜·达萨一直住在父亲的老房子里，直到拉曼加的别墅修建完毕。她步伐坚定地踏入新宅，一搬进去就开始当家做主。她带去了新婚旅行时带回来的英国家具，以及这次和好之旅后又叫人运来的补充物件。从第一天起，她就在屋子里塞满了自己亲自到安的列斯帆船上买回来的各种珍禽异兽。她挽着重修旧好的丈夫，带着茁壮成长的儿子和回来四个月后降生、取名为奥菲利娅的女儿，搬进了新居。乌尔比诺医生心里明白，自己已无法找回新婚旅行时那个完整的妻子了，因为他希望得到的那部分爱已被她连同她的大好青春一起给了儿女们。但他学会了享受爱的残羹，并从中得到幸福。朝思暮想的琴瑟和谐在最意想不到的时候实现了。一次晚宴中，侍者端上了一道费尔明娜·达萨认不出是何物的美味佳肴。她吃完了一大份，喜欢之极，又要了同样的一份，正当她感到遗憾，碍于惺惺作态的文明礼仪不便再要第三份时，竟得知自己刚刚怀着毫无顾虑的喜悦吃下去的满满两大盘美食全都是茄泥。她雍容大度地认了输：从那时起，在拉曼加别墅，三天两头就端上各式各样做法的茄子，频繁程度堪比曾经的卡萨尔杜埃罗侯爵府，而且每个人都脾胃大开。以至于胡维纳尔·乌尔比诺医生在老年的闲暇时光常常津津乐道，说他真希望自己再生一个女儿，为的就是给她取一个定会让全家都开心的名字：茄子·乌尔比诺。

到那时，费尔明娜·达萨才明白，私生活跟社会生活恰恰相反，是变化无常、不可预见的。要找出孩子和成年人之间的真正差别，对她来说殊非易事。但再三分析后，她还是更喜欢孩子，因为孩子的想法更加真实。她的人生才刚迈入成熟，刚刚摒弃了形形色色的海市蜃楼，便又隐隐伤感起来，因为她始终没有成为自己年轻时住在福音花园里所憧憬的样子，而是成了这副甚至自己都一直不敢承认的模样：一个华贵雍容的女仆。在社交圈里，她最终成了最受爱戴，最心满意足，但也因此最为胆怯的女人。然而，没有什么让她比在治家方面对自己的要求更为严格，也没有什么比这方面更让她对自己的疏忽无法原谅。她一直觉得她的生活是从丈夫那里租借来的：她是这个辽阔的幸福帝国至高无上的君主，但这个帝国是丈夫建造的，且仅为他自己而建。她丈夫爱她胜过一切，胜过世间所有的人，但这也仅仅是为了他自己：这是他的神圣义务。

如果说有什么东西在折磨着她，那就是一日三餐的永久刑罚。因为它们不仅仅必须按时，而且必须完美无瑕，必须符合他的喜好，但同时却又不能去问他。而如果她真的问了——依照着那无数条仪式性的家庭礼节中的一条——他就会看着报纸，连眼皮也不抬地回答说："随便什么都行。"他说的是真心话，而且和颜悦色，自认为没有哪个丈夫比他更好商量了。可到了吃饭的时候，"随便什么"就不行了，必须符合他的喜好，不能有半点瑕疵：肉不能有肉味儿，鱼不能有鱼味儿，猪肉不能吃出疥疮似的腥味，鸡肉不能吃出鸡毛的味道。即便不是吃芦笋的季节，也得不惜代价地为他找来，为的是让他能在自己尿液的芬芳气息中怡然自得。她不怨他，只怨生活。但他是生活中难以安抚的主角。只要稍有怀疑，他就会把桌上的盘子一推，说："这顿饭没有用爱来做。"在这方面，他的灵感真是鬼使神差。有一次，他刚尝了一口甘菊茶，便把它推到远处，只说了一句："这玩意儿有股窗户味儿。" 她和女仆们都大吃一惊，因为谁也没听说过有人喝过水煮窗户，她们尝了尝那壶茶，想弄明白是怎么回事，结果，还真有股窗户味儿。

他是个完美丈夫：从不会捡起地上的任何东西，也从不关灯，不关门。黑暗的清晨，如果他发现衣服上缺了一颗扣子，她便会听见他说："男人需要两个妻子，一个用来爱，另一个用来钉扣子。" 每天，当他喝第一口咖啡，喝第一勺冒着热气的汤时，都要发出一声撕心裂肺的号叫，大家对此已经不感到害怕了，接着他会长叹一声："等我有一天离开了这个家，你们要明白，那是因为这种烫嘴的日子我过够了。" 他说，只有在他服用泻药而不能吃饭的日子里，她们才把饭菜做得格外香，格外出色。他坚信这是妻子对他的背叛，以至于最后只要妻子不肯跟他一同吃泻药，他就坚决不吃。

他的不通情理让她十足厌烦，于是在生日那天，她向他要了一件不同寻常的礼物：由他掌管一天家务。他欣然接受了，而且果真从天一亮便开始掌权。他张罗了一顿丰盛的早餐，却忘了她不喜欢吃煎鸡蛋，也不喝加了牛奶的咖啡。接着，他下令开始准备招待八位客人的生日午宴，并吩咐收拾屋子。他努力想比她操持得更好，但不到中午就不得不投降了，脸上没有丝毫愧色。从一开始，他就发现自己对什么东西放在哪儿一无所知，尤其是厨房里的东西。而女仆们也从中取乐，任由他每次为了找一样东西把所有都翻遍。十点钟时，还没决定午餐吃什么，因为家里的卫生还没有搞完，甚至连卧室都没有收拾完，卫生间没刷，卫生纸忘了放，床单忘了换，还忘了派司机去接孩子。他把女仆们的职责全搞混了：命令厨娘去整理床铺，让收拾床铺的女佣去做饭。十一点，客人马上就要到了，家里还是一团糟。费尔明娜·达萨重新担起了指挥的职责。她笑得要死，但并不像之前期望的那样感觉到胜利的得意，而是为丈夫在管理家务方面一无是处感到同情，这让她自己也很震惊。他为自己所受的重创叹了口气，找了个常用的理由来辩解："至少，我管家不会比你给人治病差。"不过，这次的教训是有益的，而且不仅仅对他而言。随着时间的推移，两人殊途同归地得出了明智的结论，那就是：换一种方式，他们无法共同生活下去，换一种方式，他们也无法继续相爱——世上没有比爱更艰难的事了。

在新生活的全盛时期，费尔明娜·达萨在不同的公众场合见过弗洛伦蒂诺·阿里萨，而且见得越是频繁，他的职位就升得越高。但她已经学会了看见他时表现得自自然然，以至于不止一次因为心不在焉而忘了和他打招呼。她经常听见别人谈论他，因为他在CFC公司步步为营而又势不可挡地扶摇直上，这已成了商界一个经常性的话题。她看到他改善了自己的言行和仪态，他的胆怯被过滤成了一种神秘的清高，微微发福的身材很适合他，岁月只留下了缓慢的痕迹对他很有利，而他也懂得如何体面地去打理他那惨不忍睹的谢顶。唯一挑战时代和潮流的是他阴郁的穿着：过时的礼服外套，始终不变的一顶帽子，母亲杂货铺里卖给诗人的那种窄条领带，还有那把阴沉的雨伞。费尔明娜·达萨逐渐习惯了以另一种方式去看他，终于不再把他同那个坐在福音花园、在卷着黄色落叶的大风中为她哀叹的忧郁年轻人联系在一起了。但不管怎样，她看见他时从来不是无动于衷的，听到有关他的好消息时，她总是很高兴，因为这样可以慢慢减轻她的罪责。

然而，就在她以为已把他从记忆中彻底抹掉的时候，他又在最意想不到的地方出现了，成为她怀旧思绪中的一个幽灵。那是衰老刚刚显露征兆的时期，每当听到下雨前的雷声，她就觉得生活中发生了什么不可弥补的事。那孤独的、石头般冷酷、准时准点的雷声给她造成了无法愈合的创伤。十月里的每天下午三点，雷声在维利亚奴埃瓦山上响起，往日的记忆随着岁月流逝越来越历历在目。新的记忆几天后就会在脑海中模糊，而在伊尔德布兰达家乡省份的那次传奇之旅却越来越清晰，一切宛如昨日，怀旧之情将记忆渲染得清晰得邪门。她还记得那个坐落在山上的名叫马纳乌雷的小城，记得城中唯一的那条笔直而翠绿的街道，记得那些象征吉祥的鸟儿，还有那座可怕的房子，在那里，她每天都穿着被佩特拉·莫拉雷斯的泪水浸湿了的睡衣醒来，多年以前，这个女人正是在她睡的那张床上为爱殉情。她还记得当时那番石榴的味道，如今再也找不回来；她记得那预示着山雨欲来的紧密雷声，最后和嘈杂的雨声混合在一起；她还记得在圣胡安·德尔塞萨尔的那一个个如黄玉般金光闪耀的下午，她和那一群兴高采烈吵吵闹闹的表姐妹出去散步，走近电报局时，她咬紧牙，生怕自己的心从嘴里跳出来。她最终还是卖掉了父亲的房子，因为她无法忍受少年时代的回忆所带来的痛苦，无法忍受站在阳台上看见那凄凉的小花园，无法忍受炎热的夜晚栀子花散发出的神秘芳香，也无法忍受回忆起那个决定她命运的二月下午，那张古老贵妇的照片所带给她的恐惧。无论她把那时的记忆转向哪里，都会迎头碰上弗洛伦蒂诺·阿里萨。可她始终还是保持了足够的冷静，分辨出那并非对爱的回忆，也不是对后悔的回忆，而是对一个曾使她泪水涟涟的痛苦形象的回忆。她没有发觉，她正被同情的陷阱威胁，而正是这同样的陷阱，让那么多毫无准备的受害者在弗洛伦蒂诺·阿里萨那里失去了贞洁。

她倚仗着她的丈夫。而此时也正是丈夫最需要她的时候。他不幸比她年长十岁，正独自跌跌撞撞地走在暮年的大雾之中，而更不幸的是，他是个男人，比她更为脆弱。他们终于彻底了解了对方，在结婚将近三十年时，他们变得好似一个人被分成了两半，常常因为对方猜出自己没有说出口的心事，或者一个抢先把另一个想说的话公之于众的荒唐事件而感到不悦。他们一起克服日常生活的误解，顷刻结下的怨恨，相互间的无理取闹，以及夫唱妇随的那种神话般的荣耀之光。那是他们相爱得最美好的时期，不慌不忙，适宜得体，对于共同战胜逆境所取得的不可思议的胜利，他们比任何时候都更了然于心，也更心存感激。当然，生活还将给他们更多致命的考验，但那已经无关紧要了：他们已到达了彼岸。

为了欢庆新世纪的到来，大家举办了一系列新颖的公众活动。其中最让人难忘的，便是第一次气球旅行。这也是胡维纳尔·乌尔比诺医生那无穷无尽的首创精神结出的果实。半城人聚集在阿尔塞纳尔海滩，观看刷有国旗颜色的巨大塔夫绸气球升空，它将把第一批邮件送往东北方向直线距离三十里的圣胡安·德拉希耶纳加。曾见识过巴黎世博会上热气球腾空的激动场面的胡维纳尔·乌尔比诺医生，和妻子率先登上了藤制悬篮，同行的还有一名飞行机械师和六位贵宾。他们带了一封省长致圣胡安·德拉希耶纳加市政府的信函，信中极具历史意义地将这次飞行称为第一次空中通邮。《商业日报》的一名记者问胡维纳尔·乌尔比诺医生，如果他在此次探险中不幸罹难，最后的遗言会是什么。乌尔比诺医生没有丝毫迟疑，做出了一个定会为他招致无数骂名的回答。

“我认为，”他说，“十九世纪对全世界来说都已经时过境迁了，唯独在我们这里没有。”

气球徐徐上升，人们慷慨激昂地唱起国歌。被淹没在沸腾人群中的弗洛伦蒂诺·阿里萨觉得自己十分赞同人群中某个人的话，即这种冒险对女人不合适，尤其是已经这把年纪的费尔明娜·达萨。但说到底，这件事也没那么危险。或者说，至少沉闷多过危险。气球在蓝得有些不真实的天空经过一段平静的旅行之后，毫无波澜地到达了目的地。在风向有利的和风中，他们飞得很稳，很低，先是沿着白雪皑皑的山峦，然后又从无边无际的大沼泽上飞过。

他们就像上帝一样，从天上俯瞰卡塔赫纳这座英雄古城的废墟，这是世界上最美的城市。三百年来，它的居民抵御了英军的各种包围和海盗的不懈侵扰，如今却因对霍乱的恐惧将它遗弃。他们看到了完好的城墙、杂草丛生的街道、被三色堇吞没的古堡、大理石的宫殿，以及供奉着那些因瘟疫而在盔甲里腐烂的历任总督的金色祭坛。

他们从特洛哈斯·德卡塔卡的水上村庄上空飞过，那里的房子涂得五颜六色，到处是饲养食用鬣蜥的小棚，湖边花园里长着成串的凤仙和一簇簇的百合。听到人们的呼喊，几百个光着身子的小孩乱哄哄地跳入水中，有的是从窗子跳下来，有的是从房顶上，还有的是从他们以惊人的本领驾驶的独木舟上，他们如鲱鱼般潜入水中，打捞起一包包衣物，一瓶瓶大蜡烛木制成的咳嗽药水，还有救济食品，这些都是那位戴羽毛帽子的美丽夫人从气球的悬篮里抛给他们的。

他们从海洋般阴暗深邃的香蕉种植园上空飞过，园中的宁静像死亡的蒸汽一样上升到他们中间，费尔明娜·达萨想起自己三岁，又或许四岁时，拉着母亲的手在幽暗的树林里漫步的情景。那时的母亲，在一群和她一样穿着麦斯林纱衣、打着白色阳伞、戴着薄纱帽子的女人中间，也仿佛是个小姑娘。飞行机械师一直在透过望远镜观察地面，他对他们说：“这里好像没有生命。”接着便把望远镜递给胡维纳尔·乌尔比诺医生。医生看到耕地上的牛车、从田野里穿过的铁轨和干涸的水渠，而目之所及，到处都有人的尸体。有人说，霍乱正在大沼泽的各个村庄里肆虐。医生一边应答，一边继续用望远镜四处眺望。

“那可得是一种非常特殊的霍乱，”他说，“因为每个死者的后脑勺上都挨了仁慈的一枪。”

不一会儿，他们飞过一片泛着泡沫的海水，安全地降落在一片灼热的沙滩上，含硝的土地干裂开来，烫得如烈火一般。政府官员们正在那里恭候，除了普通的雨伞，没有其他任何措施抵挡骄阳。一些小学生随着进行曲的节奏挥舞着小旗；历年的选美皇后头戴金光闪闪的纸王冠，手捧着已被晒焦的鲜花；还有从加勒比沿岸最好的镇子——繁荣的盖拉镇请来的吹奏乐队。费尔明娜·达萨唯一的希望就是回自己的故乡看看，和她脑海中最久远的回忆对照一下，但因为霍乱的危险，谁也没有得到去那里的许可。胡维纳尔·乌尔比诺医生呈上了那封具有历史意义的信函，但它后来被错放到其他文书之中，最终下落不明。接下来，一行人差点在令人瞌睡的演讲中窒息。由于飞行机械师没能再次让气球升空，人们最后只好用骡子把他们送到老村城的渡口，那里是沼泽和大海的会合处。费尔明娜·达萨十分肯定自己很小的时候曾和母亲乘着一辆两头牛拉的木轮大车来过这里。长大后，她好几次向父亲提起，但父亲到死都固执地认为她不可能记得此事。

“那次旅行我记得清清楚楚，你说的细节也都对，”父亲对她说，

"但那至少是你出生前五年的事。"

三天后，气球探险队回到了出发的港口。被整整一夜暴风雨摧残得狼狈不堪的他们像英雄一般受到欢迎。弗洛伦蒂诺·阿里萨自然也淹没在人群中，他从费尔明娜·达萨脸上辨出了惊恐的痕迹。但当天下午，他又在同样由她丈夫赞助的自行车展览上见到了她，此时的她已没有一丝倦容。她骑着一辆与众不同的脚踏车，但那更像是一件马戏团道具，前轮很高，后轮却小得出奇，看上去几乎难以支撑，而她就坐在前轮上，穿一条镶红花边的灯笼短裤，这让很多上了年纪的太太们议论纷纷，也让绅士们有些不知所措，但对她的车技，人人都由衷叹服。

这一幕，和这许多年来的许多幕一样，总会在弗洛伦蒂诺·阿里萨面对命运的紧要关头时突然出现在他眼前，然后又突然消失，在他心里留下焦急渴望的种子。它们标记着他人生的轨迹，因为他甚少从自己身上体会到时间的残酷，却能在每一次见到费尔明娜·达萨时，从她身上难以察觉的细微变化中感受到这一点。

一天晚上，他走进堂桑丘这家殖民时期的高级餐厅，像往常一样找了个偏僻角落坐下来。他每次来这里都只是独自坐上一会儿，简单吃些茶点。突然，他在餐厅尽头的大镜子中看到了费尔明娜·达萨。她和丈夫以及另外两对夫妇坐在一张餐桌边，从他这个角度正好能在镜中欣赏她那迷人的风姿。她举止自如，优雅地与众人交谈，笑声就像烟火一样，在晶莹的大吊灯下，她的美更加光彩夺目：爱丽丝再次走入了镜中。

弗洛伦蒂诺·阿里萨屏息凝神，尽情地观察她，看她吃东西，看她抿了一小口酒，看她同第四代堂桑丘打趣。他坐在自己孤独的桌子前，和她共度她人生的片刻。在这一个多小时里，他悄悄地在她贴身的禁区周围走来走去，之后他又喝了四杯咖啡消磨时光，直到看见她与那群人一起步出餐厅。他们走过时，离他是那样的近，他甚至能从众女眷身上散发的香气中识别出她的味道。

从那晚起，将近一年的时间，他一直缠着那家餐厅的主人，愿意付出任何代价——金钱或者人情，又或者这位店主一生最想得到的东西——只求他把那面镜子卖给自己。可这并非易事，因为老堂桑丘相信传说中的故事——这个出自威尼斯工匠之手的精美雕花镜框原是一对，另外那件曾属于玛利亚·安托瓦内特，现已没了踪迹：它们是一对举世无双的珍宝。但最终，他还是让步了，弗洛伦蒂诺·阿里萨把镜子挂到了自己家中，却并不是因为那镜框的精雕细琢，而是因为镜子里的那片天地，他爱恋的形象曾在那里占据了两个小时之久。

弗洛伦蒂诺·阿里萨每次见到费尔明娜·达萨时，她几乎总挽着丈夫的手臂，两人完美和谐地徜徉在只属于他们自己的天地之间，像暹罗猫那样惊人地灵活自如。唯有在同他打招呼时，夫妻俩才表现出分歧。的确，胡维纳尔·乌尔比诺医生同他握手时亲切热情，有时甚至会拍拍他的肩膀。而她则相反，对他仅限于彬彬有礼，不带丝毫个人情感，从未流露出任何细微的表情能让他隐约感到她尚记得自己年轻时曾与他相识。他们生活在两个背道而驰的世界里。每当他竭力想要缩短他们之间的距离时，她绝不会向前迈进一步，而是步步都朝着相反的方向。直到很长时间以后，他才斗胆设想，那种冷漠也许不过是抵抗恐惧的保护壳。弗洛伦蒂诺·阿里萨是在当地船厂所造的第一艘内河船的命名仪式上突然想到这一点的，那也是他第一次作为CFC的首席副董事长，代表莱昂十二叔叔出席正式场合。这一巧合赋予了这次活动某种特殊的庄严意义。凡本城中稍有头脸的人物都来了。

弗洛伦蒂诺·阿里萨在轮船的主厅忙着接待来宾，那里还散发着一股新刷的油漆和熔化的沥青味。这时，码头上突然爆发一阵雷鸣般的掌声，乐队奏起了凯旋曲。他不得不控制住几乎与他的年纪一样老迈的颤抖，因为他看见自己朝思暮想的美人挽着丈夫的手臂，从身穿制服的仪仗队中间徐徐走来，浑身散发着成熟的风采，如旧时的王后一般。人们从窗口撒下暴风雨般的彩带和花瓣，两人则挥手回应人们的欢呼。她是如此炫目，从脚上精致的高跟鞋，到颈上的狐尾围脖，再到头上的钟形帽，全身上下都闪耀着属于皇室的金色，在人群中显得格外出挑。

弗洛伦蒂诺·阿里萨和省府要员一起在舰桥上迎候他们，周围响着震耳欲聋的音乐声和鞭炮声，轮船鸣了三声浑厚的汽笛，将码头笼罩在蒸汽之中。胡维纳尔·乌尔比诺医生以其特有的潇洒风度，向列队接待的人一一致意，令每个人都觉得他对自己亲切有加：首先是身着华丽制服的船长，接着是大主教，省长夫妇，市长夫妇，然后是一位刚到任的来自安第斯地区的要塞长官。在政府要员之后就是身着黑色呢子礼服的弗洛伦蒂诺·阿里萨，置身于如此众多的显赫人士当中，他几乎微不足道。费尔明娜向要塞长官问好后，面对弗洛伦蒂诺·阿里萨伸过来的手似乎迟疑了一下。长官预备为他们引见，就问她是否与他相识。她既没有说“不”，也没有说“是”，只是带着一个浅浅的微笑把手伸给弗洛伦蒂诺·阿里萨。这种情景过去出现过两次，今后也一定会再次出现，弗洛伦蒂诺·阿里萨一向将其视为费尔明娜·达萨个性的表现。但就在那天下午，他发挥了无边的想象力，问自己这种残酷的冷漠会不会是一种掩饰，底下隐藏的其实是一场爱情的风暴？

仅仅是这样一个设想便使他旧梦复苏。他又开始在费尔明娜·达萨的别墅周围徘徊，怀着多年以前盘桓在福音花园时同样的渴望。但他心里盘算的并非是让她看见自己，而只是想看看她，知道她还活在这个世界上。可如今他要让自己不被人察觉是很困难的。拉曼加区坐落在一个半荒凉的小岛上，一条绿色的运河把它同老城隔开。那里到处都是椰李丛，是殖民时期恋人们星期日的藏身之所。近几年，西班牙人建的老石桥已被拆除，新建了一座混合材料的水泥桥，上面还装了球形电灯，以便骡子轨道车通过。起初，拉曼加区的居民不得不忍受设计不周带来的折磨，睡在本市的第一座发电站旁边，那隆隆的震动声就好像地震在持续不断地爆发。就连调动了所有关系的胡维纳尔·乌尔比诺医生也无法让它搬到不扰人的地方去。直到他那已被证明的和全能上帝之间的同谋关系出面调停，才让事情转向他的一边。一天晚上，电站的锅炉爆炸，威力惊人，竟从一座座新建的房屋上空飞了过去，在空中穿过半座城市，最终摧毁了古老的乐善好施者圣胡利安修道院的回廊。尽管那座破旧的建筑在本年初已被废弃，但锅炉还是造成了四人死亡，他们是那天晚上从当地监狱里逃出来的犯人，当时正躲在修道院的小教堂里。

那片宁静的郊区曾有着美妙的爱情传统，但自从它变成奢华的住宅区，对受阻的爱情就不那么适宜了。大街上，夏天尘土飞扬，冬天到处泥泞，整年都冷冷清清。稀稀落落的房子淹没在树木繁茂的花园之后，过去那种伸出屋外的旧式阳台变成了镶嵌工艺的露台，仿佛故意要跟偷情的恋人过不去似的。所幸那个时期流行起午后租马车出游，用的是改装的单匹马拉的老式敞篷车，游览终点往往是一块高地，从那里可以欣赏十月绚丽的晚霞，比从灯塔上观看还要惬意，还可以看到悄悄游过来窥探神学院海滩的鲨鱼，而每星期四，白色的远洋巨轮从海港运河通过，几乎触手可及。弗洛伦蒂诺·阿里萨在办公室忙碌一天后，总会租上一辆马车，但从不像人们在炎热的季节所做的那样折起车篷，而是始终独自躲在座位深处，藏在别人看不到的阴影里，而且为了不让车夫胡乱猜测，总是命令他驶向意想不到的地方。事实上，他在途中唯一感兴趣的，只有那幢掩映在枝繁叶茂的香蕉树和芒果树之间的粉红色大理石帕特农神庙，它仿佛是路易斯安那州棉花种植园的田园别墅走了样的复制品。费尔明娜·达萨的孩子们每天快到五点时回家。弗洛伦蒂诺·阿里萨看着他们乘着自家马车归来，之后又看着胡维纳尔·乌尔比诺医生例行出诊。然而，他在那里转悠了将近一年，却没能看见半点自己渴望的征兆。

一天下午，尽管六月的第一场破坏性大雨倾盆而下，但他仍然坚持这种独自出行的习惯。马在泥泞中滑了一下，跌倒在地。弗洛伦蒂诺·阿里萨惊恐地发现自己正好处在费尔明娜·达萨家别墅的门前，他顾不上这种惊慌失措可能暴露自己，竟然恳求起车夫来。

“这儿不能停，求您了！”他对他喊道，“别的什么地方都行，就这儿不行！”

车夫被他催得莫名其妙，试图不卸车辕而把马扶起来，结果车轴断了。弗洛伦蒂诺·阿里萨急忙下车，忍受着羞愧，站在残忍的大雨中，直到乘别的车路过的人伸出援手，把他带回了家。他等在那里时，乌尔比诺家的一名女仆见他浑身湿透，蹚着及膝的泥水跑来跑去，于是给他送来一把雨伞，还请他到露台上去避一避。弗洛伦蒂诺·阿里萨即使在最狂妄的遐想中也从未料到自己能交上这等好运，但那个下午，他宁死也不愿让费尔明娜·达萨看见他那副狼狈的样子。

住在老城时，胡维纳尔·乌尔比诺一家每星期日总要步行到大教堂去望八点钟的弥撒，这对他们来说与其说是宗教习惯，不如说是社交习惯。搬家以后的好几年里，他们仍旧乘马车去大教堂望弥撒，有时还会在公园的棕榈树下和友人聚上一聚。但自从拉曼加区建起了教会事务神学院的礼拜堂，并拥有自己的海滩和墓地后，他们便除了一些极为隆重的场合，不再到大教堂去了。弗洛伦蒂诺·阿里萨对这个变化毫不知情，在教区咖啡馆的露台上白等了好几个星期日，目送着三台弥撒的人走得一个不剩。后来，他发现了自己的错误，才改到新教堂去。在最近几年之前，新教堂一直都很流行。他在那里见到了带着孩子的胡维纳尔·乌尔比诺医生，八月的四个星期日他们都准时前来，但费尔明娜·达萨没有和他们一起。就在其中的一个星期日，他去参观教堂附近新落成的墓地，拉曼加区的居民在那里为自己建造了奢华的坟墓。当他在高大的木棉树下发现那座最讲究的坟墓时，他的心抽搐了一下。墓已经建成，镶有哥特式的彩色玻璃，竖立着大理石天使雕像，全家人的墓碑都以金字镌刻而成。自然，其中就有费尔明娜·达萨·德乌尔比诺·德拉卡列夫人的，紧邻她丈夫的墓碑，上面刻着同一句墓志铭：共眠于上帝的平安中。

那一年的其他时间，费尔明娜·达萨没有出席任何一次市民活动和社交场合，连圣诞节的活动也没有参加，而往年的圣诞节，她和丈夫都是耀眼的主角。最引人注意的，莫过于她在一年一度的歌剧节开幕式上也缺席了。幕间休息时，弗洛伦蒂诺·阿里萨意外发现有几个人在不指名地议论她。他们说，有人在去年六月的一天夜里看见她登上了库纳德公司开往巴拿马的远洋轮船，脸上蒙着黑纱，以免让人看出可耻的疾病正慢慢地吞噬她的生命。有人问，究竟是什么病如此可怕，竟敢侵染这样一位权力显赫的夫人，得到的回答则颇为恶毒：

"像她这样高贵的夫人，得的不可能是别的病，只能是肺结核。"

弗洛伦蒂诺·阿里萨知道，他家乡的有钱人从不会生小病，一得就是大病。要么是暴亡，而且几乎总是在盛大节日的前夕，往往使得节日的欢欣被葬礼冲掉；要么就是在令人生厌的慢性病中油尽灯枯，而个中内情到头来还是传得人尽皆知。到巴拿马去隐居，几乎是富人生活中迫不得已的悔罪之举。他们在基督复临派的医院中将自己交给上帝的意愿。那所医院是个巨大的白色棚屋，常年淹没在达连湾史前般的倾盆大雨之中。在那里，病人们忘记了自己已时日无多，日复一日地生活在粗麻布窗子的孤独病室里，任谁也说不清那石炭酸的气味代表的是健康还是死亡。康复的人带着令人眼花缭乱的礼物回到家乡，慷慨地分发给众人，急切地为自己的苟延残喘祈求原谅。有人回来时肚子上留下了粗糙的缝合疤痕，就像是用鞋匠的麻绳缝的。他们在前来探望的亲朋面前掀起衬衫，将自己的伤口同那些被过度的幸福窒息而死的人的伤疤进行比较。余生里，他们将反反复复地讲述在三氯甲烷的作用下，他们是如何看见天使降临的。然而，从没有人知道那些没能回来的人都看见了什么，其中最悲惨的又莫过于被遗弃在肺结核区死去的人。他们的死更多是因为雨水的折磨，而非疾病的苦楚。

如果要他选择，弗洛伦蒂诺·阿里萨不知道自己更愿意费尔明娜·达萨生还是死。但首先，他最想知道的是实情，哪怕是令人无法忍受的实情。他千方百计地寻找真相，可还是没有找到。他感到不可思议，居然没有一个人能告诉他哪怕一条线索，好让他判断传言的真伪。内河航运是他管辖的领域，对他来说那里不存在任何秘密，甚至连隐私都没有。然而，谁也没听说过戴黑面纱女人的事情。在这座城市里，一切都保不了密，甚至有很多事在发生之前就尽人皆知，特别是有关富人的事。唯独这件事无人知晓。也没有人对费尔明娜·达萨的失踪做出过任何解释。弗洛伦蒂诺·阿里萨继续在拉曼加区徘徊，毫无虔诚地到神学院的礼拜堂去望弥撒，参加一些以往根本不会理会的市民活动。可是，随着时间的流逝，传言变得越来越可信了。乌尔比诺家一切正常，唯独缺少了母亲。

在四处打听中，他发现了一些以前不知道、或者没有留意打探的消息，其中就包括洛伦索·达萨已死在他的出生地——坎塔布连的一个小村庄。他想起自己曾有很多年都在教区咖啡馆那如火如荼的象棋比赛中见过他，他的嗓子因说话太多而变得沙哑，而且随着陷入衰老的不幸流沙，他的身形更胖，脾气也更粗暴了。自上世纪那次令人不快的茴香酒早餐之后，他们之间再也没有说过话。弗洛伦蒂诺·阿里萨断定，就像他仍对洛伦索·达萨心存怨恨一样，洛伦索·达萨对他也一定还怀恨在心，尽管他已给女儿找到一门富贵的婚姻——那曾是支撑他活下去的唯一理由。但弗洛伦蒂诺·阿里萨下定决心要得到有关费尔明娜·达萨健康状况的准确消息，于是又来到教区咖啡馆，想从这位父亲那里问出个名堂。那时，咖啡馆里正在进行历史性的对决：赫雷米亚·德圣阿莫尔独自一人对战四十二名棋手。

就这样，他得知洛伦索·达萨已经去世，他由衷地感到高兴，尽管他知道，这份高兴是以仍旧找不到真相为代价的。最后，他把费尔明娜·达萨去了绝症患者医院的传言当作事实接受了，而他唯一能找到的安慰只是一句谚语：女人生病，长生不死。在那段沮丧的日子里，他只能想，如果费尔明娜·达萨真的死了，那根本不需要打探，消息是无论如何都会传到他这里来的。

但他永远也不可能收到费尔明娜·达萨的死讯。因为她还活着，而且是健康地生活在表姐伊尔德布兰达·桑切斯世外桃源般的庄园里，距离马利亚之花镇半里地。她是在和丈夫达成协议后悄然离开的。结婚这么多年来，他们一直关系稳定，这唯一的一次严重危机竟让两个人都像青春期的孩子一样乱了方寸。这件事出其不意地发生在他们最为成熟平静的时期，两人自诩已能豁免于命运中任何潜伏的坎坷，孩子们都已长大，而且受到了良好教育，摆在夫妻俩面前的本是一片坦途，可以毫无苦涩地学着慢慢变老。对两个人来说，事情都发生得太过突然，他们不愿像加勒比人常做的那样，靠吵闹、眼泪和调解人来解决问题，而是希望能靠欧洲人的智慧来解决。但争来争去，既没有采用这里的办法，又没有采用那里的办法，结果陷入了愚蠢的局面，哪儿的法子也不是。费尔明娜·达萨决定离开家，甚至不知道为什么要离开，也不知道离开后要怎么办，她只是被气疯了，而他为良心的谴责所困，也无力去说服她。

费尔明娜·达萨的确是在半夜上船的，而且十分秘密，头上蒙着守孝的黑纱。但她登上的不是库纳德公司开往巴拿马的远洋轮船，而是开往圣胡安·德拉希耶纳加的普通小船。那座城市是她的出生地，她在那里一直住到青春期。随着岁月流逝，她的思乡之情与日俱增。

她不顾丈夫的意见和当时的风俗，只带了一个在仆人中长大的十五岁教女同行。不过，她把自己的行程通知了她将搭乘的各船的船长和每个港口的官员。做出这个轻率的决定时，她对儿女们说自己要到伊尔德布兰达姨妈那儿调养三个月，可心里已决意要一直留在那里了。胡维纳尔·乌尔比诺医生十分了解她倔强的脾气，他痛苦万分，但还是低声下气地接受了，将它视为上帝对他严重过错的惩罚。然而，船上的灯光还没有在他眼前消失，两人就都已在为他们的软弱后悔了。

虽然他们保持着形式上的通信，谈论孩子们的情况和家里的其他事项，可几乎两年过去了，无论他，还是她，都没有找到一条回头之路，因为每条路都被他们的骄傲暗中捣毁。第二年学校放假期间，孩子们到马利亚之花去度假，费尔明娜·达萨尽一切可能及不可能，竭力表现出对新生活的适应。至少，胡维纳尔·乌尔比诺医生从孩子们的信中得出的是这样的结论。那段日子里，里奥阿查的主教骑着他那头著名的配有金线镶边鞍具的白色骡子，走在华盖之下到那里传教寻访。跟在他后面的，是从其他村子远道而来的朝圣者、拉手风琴的乐师，以及四处贩卖食品和护身符的小贩。整整三天，各种身患残疾和不治之症的人云集庄园。事实上，他们并不是来听主教博学的布道或请求全赦的，而是来乞求骡子赐福，据说，这头骡子背着主人创造了种种奇迹。当年主教还是个地位卑微的神甫时，和乌尔比诺·德拉卡列家十分熟识。这天中午，他从布道的地方溜出来，到伊尔德布兰达的庄园吃午饭。其间他们只谈了些世俗的事。而午饭过后，他把费尔明娜·达萨叫到一边，想听听她的忏悔。她委婉而又坚定地拒绝了，理由十分明确：她没有什么可后悔的。尽管并非有意，但她也意识到了，自己这个回答将会传到它应该传到的地方去。

胡维纳尔·乌尔比诺医生常常不无讥讽地说，那两年的痛苦生活并非源于他的过错，而是因为妻子的一种恶习——她喜欢闻家人和自己脱下来的衣服，从气味上判断该不该送去清洗，尽管有时候衣服看起来还很干净。这是她从小养成的习惯，她从来不认为有什么特别，直到丈夫在新婚之夜注意到这一点。丈夫还发现她每天至少三次把自己关在浴室里抽烟，但对此倒没有在意，因为她那个阶层的女人本来就常常凑在一起关起门来谈论男人、抽烟，甚至喝两瓜尔蒂略一瓶的廉价烧酒，直喝到像泥瓦匠那样烂醉如泥地倒在地上。但是，对于她碰到衣服就闻的习惯，他认为不仅不恰当，而且有害健康。但她只把丈夫的意见当作玩笑。对所有不愿争论的事，她都是这样的态度。而且她说，上帝把这么一个黄鹂一样勤快的鼻子安到她脸上，不单只为了装饰。一天早上，她出去买东西时，家中仆人们的吵闹惊动了四邻：他们在找她三岁的儿子，寻遍房子的各个角落都没找到。正当所有人惊恐万状时，她回来了。她像能追寻踪迹的獒犬似的转了两三圈，就在一个衣橱里找到了熟睡的儿子，谁也没想到他会藏在那里。丈夫惊呆了，问她是怎么做到的，她回答说：

“因为有股屎味。”

事实上，她不仅仅能靠嗅觉判断衣服该不该洗，或是孩子丢在了哪里：嗅觉能在生活的每个方面指引她，尤其是在社交生活中。两人结婚后，特别是在刚刚结婚时，胡维纳尔·乌尔比诺医生把这一切都看在眼里：她是个初来乍到的外来者，闯入这个三百年来都时刻准备要和她对着干的环境中，然而，她却能在尖刀密布的珊瑚丛中穿梭自如，不与任何人发生磕碰，这般掌控世界的能力只可能来自超自然的本能。这可怕的本事或许源于千百年累积的智慧，又或许出自一副铁石心肠，而在一个倒霉的星期日，它终于招致不幸降临。去望弥撒前，费尔明娜·达萨纯粹出于习惯，闻了闻丈夫前一天下午穿过的衣服，立时感到一阵错乱，就仿佛和自己同床共枕的医生变成了另外一个男人。

她先是闻了闻外套和背心，然后从扣眼上摘下怀表链，从兜里取出铅笔、钱包和为数不多的几枚硬币，把它们逐一放在梳妆台上。然后，她闻了闻褶边衬衫，同时取下领带夹、袖口上的黄晶袖扣和假领上的金扣。接着，她又一边闻裤子，一边取出串着十一把钥匙的钥匙环和带珍珠母手柄的铅笔刀。最后，她闻了闻内裤、袜子和绣着他姓名首字母花押字的手绢。毫无疑问：每件衣物上都带有一种他们共同生活这么多年以来从未有过的气味，一股形容不出的味道，既不是花香，也不是香水味，而是人身上的味道。她什么也没说，之后也并不是每天都能闻到这股味道。但从此，她闻丈夫的衣服，已不是为了判断该不该洗，而是出于一种侵蚀着她五脏六腑的无法忍受的焦虑。

费尔明娜·达萨不知该把这种味道还原到丈夫规律生活中的哪个环节。不可能是上午上完课到午饭之间的这段时间，因为她猜想任何一个理智健全的女人都不会在这种时候匆忙做爱，更不会是和来访的客人，她们得打扫屋子，整理床铺，上市场买东西，准备午饭，何况还有可能会赶上这样的倒霉事：某个孩子由于被石头打破了脑袋，提前从学校回家，竟一头撞上母亲十一点钟赤身裸体地躺在一片狼藉的房间里，更糟糕的是还有一位医生趴在她身上。再者，她知道，胡维纳尔·乌尔比诺医生只在晚上做爱，最好是在绝对的黑暗之中，最迟也得是在早餐之前，伴随着第一群鸟儿咕咕的叫声。据他自己说，过了这个时间，脱衣服和穿衣服所费的工夫可比享受到的片刻欢愉还要长。所以，衣服沾染上气味只可能发生在某次出诊时，或晚上借口下棋、看电影溜出去的某个时刻。后面这种情况很难搞清，因为费尔明娜·达萨和她那众多女伴截然不同，她太骄傲，不屑于监视丈夫，或请求别人替她这样做。至于出诊，看似是不忠行为的最佳时机，但同时也是最容易被发现的，因为胡维纳尔·乌尔比诺医生对每位病人都有一份包括酬金在内的详细记录，从第一次出诊，直到用一个十字和一句愿灵魂安息的话语把他从这个世界送走为止，全部有案可查。

接下来的三个星期，费尔明娜·达萨先是好几天都没有从丈夫的衣服上闻到那种气味，然后突然又在最意想不到的时候再次发现了它。之后一连几天，那种味道都前所未有地强烈。其中有一天还是星期日，他们举行家庭聚会，他和她片刻也没有分开过。终于，一天下午，她违背自己的习惯与意愿，走进丈夫的书房，仿佛不是自己而是另一个女人在做一件她永远也不会做的事情：用一个精致的孟加拉放大镜，试图破解他最近几个月错综复杂的出诊记录。这是她第一次单独走进这间书房，空气中充斥着杂酚油的气息，到处塞满了用不知名的动物皮装裱的书籍、模糊不清的校园合影、荣誉证书，以及多年收集的等高仪和千奇百怪的匕首。这是一块秘密的圣地，一直被她视为丈夫唯一的私人领地，她从不涉足，因为这里与爱无关，少有的几次进入都是和丈夫一起，而且每次都是为了处理短暂的事务。她觉得自己没有权利单独进去，更不用说是为了进行在她看来有失体面的搜查。但她还是进来了。她想找到真相，心里既焦灼又恐惧，两种感觉几乎不相上下。她被一股无法控制的劲风所驱使，这风比她与生俱来的高傲，甚至比她的尊严都更强烈：一种教人心碎的折磨。

她什么也没有查清楚，因为除了两人共同的朋友，丈夫的其他病人也是他与世隔绝的王国的一部分。那些人没有注明身份，辨认他们不是通过面孔，而是通过病痛，不是通过眼睛的颜色或者心声，而是通过肝脏的大小、舌苔的情况、尿液中的凝结物，以及他们夜间发烧时的幻觉。这些人相信她的丈夫，相信他们是因他而活，而事实上，他们是为他而活，最终，他们被归结为他亲笔在诊断证明书上写下的一句话：安息吧，上帝在门口等着你。经过两小时徒劳无功的搜查，费尔明娜·达萨离开了书房，觉得自己一时鬼迷心窍做出了不光彩的事。

在幻想的驱使下，她开始发现丈夫的变化。她发现他说话闪烁其词，在餐桌和床上都欲望不振，容易发火，而且言辞刻薄，在家的时候也不如原来那样平和，而是像一头被关在笼里的狮子。结婚以来她头一遭开始留意他晚回家多长时间，甚至精确到分钟。她对他说各种谎话，想骗他道出实情，过后又因为矛盾挣扎而痛苦万分。一天晚上，她被幻觉惊醒，看到丈夫正在黑暗中用仇恨的目光盯着自己。她不寒而栗，就像年少时曾看见弗洛伦蒂诺·阿里萨站在她的床脚一样，只不过后者的出现并非出于仇恨，而是出于爱。更何况，这次根本不是幻觉，事实是，她的丈夫凌晨两点还醒着，从床上坐起身来，注视着熟睡的她。可当她问丈夫怎么回事时，他却矢口否认，重新把脑袋放在枕头上说：

"一定是你在做梦。"

这晚之后，又发生了一些类似的事，费尔明娜·达萨已经分不清现实在何处结束，梦幻又在何处开始。恍惚间，她觉得自己就要疯了。最后，她突然发现在基督圣体节那天，丈夫居然没有领圣体，最近几周的星期日也都没有领，更没有腾出任何时间来进行灵修，反省这一年的生活。当她问他这些信仰生活中不同寻常的变化究竟是何原因时，得到的是一个模糊不清的回答。这就是问题的关键所在，因为自从八岁第一次领圣餐起，他从没有在如此重要的日子里不去领圣体。于是，她意识到丈夫不仅犯下了致命的罪过，而且下定决心执迷不悟，因为他甚至都没有去找过忏悔神甫寻求帮助。她从未想过自己竟会为某种与爱情完全相悖的东西备受煎熬，可目前状况的确如此。她下了决心，唯一能让自己免于痛苦而死的办法就是在正侵蚀着她五脏六腑的毒蛇窝里放一把火。她真的这样做了。一天下午，就在丈夫快要结束午睡后的例行阅读时，她坐到露台上去补袜子。突然，她放下手中的活儿，把眼镜推到额头上，不带丝毫强硬迹象地对丈夫说：

"医生。"

他正沉浸于那个时期人人都在读的小说《企鹅岛》中，没有回过神来，只应了一声："嗯。"[①] 她没有放弃，继续道：

"你看着我的脸。"

他照她说的做了，透过老花镜的一片迷雾看着她。虽看不清楚，但他无需摘下眼镜，便能感受到她炙热的目光灼烧着他。

"出什么事啦？"他问。

"你应该比我清楚！"她回答。

---

①原文为法语。

她什么也没有再说，把眼镜从额头上放下来，继续补袜子。胡维纳尔·乌尔比诺医生明白，长久以来的焦虑就此结束了。与他预想的形式相反，这并不是一次心灵的地震，而只是平和的一击。他感到如释重负：既然迟早都要发生，那么晚来不如早到，反正芭芭拉·林奇小姐的幽灵早已进入这个家了。

胡维纳尔·乌尔比诺医生是在四个月前认识她的，当时她正在仁爱医院的门诊候诊。见到她的那一刻，他便知道一件无可挽回的事终于在自己的命运中发生了。她是个黑白混血姑娘，个子很高，仪态优雅，骨骼宽大，皮肤的颜色像蜜一样，质地也像蜜一样柔软。那天早上，她穿着一身红底白点的衣服，帽子也是同样颜色，帽檐很宽，阴影一直遮到眼睛，看上去比任何人都更具性的蛊惑力。胡维纳尔·乌尔比诺医生平时是不接门诊的，不过有空时常会进去提醒那些高年级的学生说，任何药物都比不上一次正确的诊断。于是，他设法让自己在这个不期而遇的混血女人接受检查时在场，同时小心翼翼地不让学生们觉得他的任何一个表情有什么异常。他几乎没有看她，却把有关她的信息一一记在心里。那天下午，看完最后一个病人，他让车夫从她问诊时提供的地址前经过。她果然在那里，正在露台上乘凉。

那是一座典型的安的列斯式的房子，整体都漆成了黄色，连锌皮屋顶也是黄色的，窗子是粗麻布的，门廊里吊着一盆盆康乃馨和蕨类植物。房子坐落在滨海的马拉·克利安萨沼泽区，建在木桩之上。屋檐下挂着个笼子，一只黄鸟在里面歌唱。对面人行道边有所小学校，一拥而出的孩子们迫使车夫收紧了缰绳，以免让马受惊。很幸运，芭芭拉·林奇小姐刚好在这个时候认出了医生。她用老友的手势向他打招呼，邀他进去喝一杯咖啡，等纷乱的人群过去之后再走。他一反平日不喝咖啡的习惯，高兴地一边喝一边听她介绍自己。那是自那天早上以来他唯一感兴趣的事，也是之后几个月里占据他全部注意力、扰得他片刻不得安宁的事。刚结婚时，曾有个朋友当着他妻子的面对他说，他迟早会遭遇一段疯狂的激情，使他们婚姻的稳固受到威胁。而当时他自认为十分了解自己，对内心坚实的道德根基也把握十足，对此预言只付之一笑。现在倒好：他果真处在了这样的境地。

芭芭拉·林奇小姐是一位神学博士，是受人尊敬的新教牧师约拿坦·B.林奇的独生女。这位牧师又黑又瘦，经常骑着一头骡子到海滨沼泽区的贫穷村落去宣讲众多上帝中的某一位的福音，而在胡维纳尔·乌尔比诺医生看来，与他的上帝相比，其他这许多位上帝在书写时只能用小写。芭芭拉·林奇讲得一口流利的卡斯蒂利亚语，句法偶尔不通，但这种小小的磕绊反而令她别具韵味。到十二月，她就年满二十八岁了，不久前，她刚同另一位牧师——他父亲的学生——离了婚。她和他一起度过了两年糟糕的婚姻生活，因此再没有一点儿想重蹈覆辙的愿望。她说："我只爱我的小黄鸟。"但胡维纳尔·乌尔比诺医生太过严肃，竟没有听出她的弦外之音。相反，他迷茫地问自己是否这所有的便利条件都是上帝的一个圈套，为的是以后连本带利地向他讨还，但随即他又把这个想法从头脑里清除出去，认为这纯粹是自己在困惑之中的胡思乱想。

就要告别时，他偶然提起了上午的检查，他知道，对于病人来说，没有什么比谈论病情更让他们感兴趣的了。说起自己的病，她滔滔不绝，于是，他答应第二天下午四点再到这里来，给她做一次更为详细的检查。她吓了一跳，因为她知道像他这个级别的医生远远超过她的支付能力。但他请她放心："干我们这个行当的，向来都是设法让富人为穷人付账的。"说完，他在自己的袖珍记事本上记下：芭芭拉·林奇小姐，马拉·克利安萨沼泽区，星期六，下午四时。几个月后，费尔明娜·达萨将会读到这页记录，其中还有再详细不过的诊断细节和处方，以及病情的发展。这个名字引起了她的注意。她突然觉得，这可能是新奥尔良水果船上那些行为放荡的女艺术家中的一个，可地址又让她想到应该是个牙买加人，那么，就是个黑女人了，于是她毫不犹豫地排除了她的嫌疑，认为她不可能是丈夫喜欢的类型。

星期六，胡维纳尔·乌尔比诺医生提前十分钟前来赴约，林奇小姐尚未穿好衣服准备迎接他。自从在巴黎参加某场口试以来，他再没有如此紧张过。林奇小姐躺在麻布床上，穿着一件柔软的丝绸衬衣，美到了极致。她浑身上下都丰满而结实：美人鱼般的大腿，仿佛经文火炙烤的皮肤，惊艳的乳房，以及一口洁白完美的牙齿，整个身体都散发出健康的气息，也就是费尔明娜·达萨在丈夫衣服上嗅到的那种气味。林奇小姐去看门诊是因为一点小毛病，她诙谐地称之为"弯弯曲曲的腹痛"，可乌尔比诺医生认为这是非同小可的症状，因而，他触摸了她各个内脏器官所在的位置，与其说是认真仔细，不如说是别有用心。这样做时，他竟然渐渐忘了自己的医术，惊讶地发现这个天生尤物的内脏与她的外表一样美丽。他完全沉浸在愉悦的抚摸中，已不再是加勒比沿岸最优秀的医生，而成了上帝创造的一个被本能折磨得神志混乱的可怜男人。在他严肃的职业生涯中，仅仅发生过一次类似的事情，而那一天他蒙受了奇耻大辱，因为愤怒的女病人一把推开他的手，在床上坐了起来，对他说："您想要的事情可以发生，但绝不能通过这种方式。"林奇小姐则恰恰相反，她完全听任他的摆布。当她毫不怀疑医生心里所想已不再是科学时，便说道：

"我原以为这是伦理道德所不允许的。"

他大汗淋漓，就像穿着衣服从池塘里爬出来似的。他用毛巾擦了擦手和脸。

"伦理道德，"他说，"它把我们医生都想象成了木头。"

她感激地向他伸过一只手。

"我只是这样以为，但并不意味着您不能这样做。"她说，"您想象一下这有多不可思议，我这样一个可怜的女人，竟得到一位如此声名显赫的男人的垂青。"

"我一刻也无法停止想您。"他说。

他坦白时，声音颤抖得实在让人怜悯。但她用一阵照亮了整个屋子的笑声，让他从一切罪责中得以赦免。

"我在医院见到您时就看出来了，大夫。"她说，"我是黑人，但不是愚人。"

一切进展得并不容易。林奇小姐注重自己的清誉，她首先要安全，然后要爱情，必须按照这个顺序来，而且她认为自己完全配得上这些。她给乌尔比诺医生引诱她的机会，但不让他踏足自己的卧室，即便家中只有她一个人也不行。她至多允许他重复抚摸和听诊的仪式，以此对伦理道德进行肆意地践踏，但不能脱掉她的衣服。而他呢，一旦上钩便无法松开肉欲的诱饵，几乎每天都去纠缠。由于种种现实原因，他要维持和林奇小姐的这种关系几乎是不可能的，可他太软弱，无法及时自拔，以致不得不继续走下去。这是他的弱点。

受人尊敬的林奇先生生活没有规律，随时都会骑上骡子出门去，也会在最意想不到的时刻回家来。骡子的背上一边驮着各种版本的圣经和宣传福音的小册子，另一边驮着食物。另外一处不便是对面的学校，因为孩子们朗诵课文时，眼睛总是看向窗外的街道，而看得最清楚的就是街对面的这所房子。从早上六点起，房子的各扇门窗便纷纷敞开，他们看见林奇小姐把鸟笼挂在屋檐下，让小黄鸟学习他们朗诵课文；看见她包着花头巾，一边做家务，一边用她那加勒比的清脆嗓音也跟着朗诵起来；之后，他们又看见她坐在门廊上，独自用英语唱着下午的赞美诗。

他们必须选一个孩子们不在的时间，只有两种可能：其一是十二点到两点午餐休息的时候，可这也是医生午餐的时间；其二是傍晚孩子们回家之后。后面这个时间点一向再好不过，可这时医生刚好结束了出诊，距离赶回家去吃晚饭只有几分钟了。第三个形成阻碍的问题，也是对他来说最为严重的问题，就是他的社会地位。他不可能不坐车去，可他的车子尽人皆知，而且还必须停在门口。他本可以和车夫串通，他在社交俱乐部的朋友们几乎都是这样干的，可这又违背了他的行事风格。他如此频繁地拜访林奇小姐，意图已经十分明显，以至于穿着仆人制服的车夫竟斗胆问他自己是否应该先回去，过后再来接他，以免让车子在门前停得太久。乌尔比诺医生一改往日的温和，斩钉截铁地打断了他的话：

“自从认识你以来，这还是我第一次听到你说出不该说的话。”他说，“好吧，我就当你没说过。”

没有办法。在这样一个城市里，只要医生的车子停在门前，就休想隐瞒病情。有时如果距离允许，医生情愿自己走路去，或者租一辆马车前往，以免招来恶意的揣测和妄下的结论。然而，这种办法没多少用，因为拿去药店取药的处方会使真相大白。于是，乌尔比诺医生只得在开方时把真真假假的药写在一起，以保证病人神圣的权利，让他们能带着自己病痛的秘密平静地死去。同样，他也可以找出种种体面的理由为自己的车子出现在林奇小姐家门口做出解释，但那并不可能维持很久，更不会像他所希望的那样：维持一辈子。

世界对他来说变成了一座地狱，因为最初的疯狂刚一得到满足，两人就都意识到了危险，乌尔比诺医生永远也无法下定决心去面对丑闻。在狂热的胡言乱语中，他什么都可以许诺，但过后，所有的事情又都搁置再说了。另一方面，随着想跟她在一起的渴望越来越强烈，害怕失去她的恐惧也越来越强烈，因此他们的会面一次比一次仓促，一次比一次艰难。他无法去思考别的事情，每天都迫不及待地等着下午来临，忘记了其他责任，忘记了除她以外的一切。可是，每当车子距离马拉·克利安萨沼泽区越来越近，他又祈求上帝在最后一刻出点什么岔子，好迫使他过门而不入。他始终怀着这种痛苦的心情赴约，有几次，他从街角就看见头发像棉花一般厚软的受人尊敬的林奇先生正在露台上看书，而他的女儿正在客厅里用歌声向邻家的孩子宣讲福音，他甚至庆幸起来。那时，他便会幸福地往家走，不必继续挑战命运，但过后他又会发狂，渴望每一天的每时每刻都能变成下午五点钟。

所以，当车子停在门口变得过于惹人注目时，他们的爱就难以为继了，到第三个月的末尾，整件事甚至只能用荒唐来形容了。每次，两人都来不及寒暄，林奇小姐一看见自己的情人慌忙赶来，便迅速钻进卧室。在等他的日子里，她会事先做好准备，穿一条宽大的裙子——一条带荷叶边的精美牙买加裙，荷叶边上还印着红色的花朵——里面不穿内衣，什么都不穿，因为她相信行事便捷能帮助他克服恐惧心理。可她为使他幸福所做的一切却被他白白浪费了。他气喘吁吁地跟着她走向卧室，大汗淋漓，一进屋就惊天动地地把所有东西一股脑儿丢到地上，手杖、医药箱，以及巴拿马草帽，然后便惊慌失措地做起爱来，裤子只褪到膝盖处，而为了避免麻烦，连外衣的扣子都没有解，怀表链放到了背心里，鞋也还穿着，什么都穿着，心里时刻惦记的不是如何尽兴，而是尽早离开。她才刚刚进入孤独的隧道，便落得个被迫节食禁欲的境地，因为他已经开始重新系上扣子，一副精疲力竭的样子，就好像刚刚在生死线上做了一场绝世之爱，而其实他不过是完成了爱情中生理的那部分仪式罢了。但他很会把握节奏：刚好是一次常规治疗中静脉注射的时间。然后，他便回家去，为自己的软弱羞愧万分，恨不得死去，他诅咒自己缺乏勇气，不敢请求费尔明娜·达萨脱下他的裤子，把他的屁股放到炭火上去灼烧。他没吃晚饭，念祈祷也心不在焉，上床后，装作继续在读午休时读的书，而此时，他的妻子仍在房子里忙来忙去，要在睡觉前把一切料理妥当。他看着书，渐渐瞌睡起来，然后就一点点陷入林奇小姐那无法回避的湿热丛林，沉溺于她躺卧的那片林中空地的蒸汽，堕入他的死亡之床。此时，他什么也无法想，只想着明天下午五点差五分时，她将在床上等他，那条疯狂的牙买加裙下面一丝不挂，只露出她深色树丛中的那片高地：地狱之圈。

早在几年前，他就已经感觉到自己的身体在走下坡路。他了解这些症状。他在书上读到过，也在现实中从上了年纪的患者口中听说过，那些人先前都没有什么严重疾病，但突然就觉得出现了种种不适，描述的竟然和医书上写的如出一辙，而最终却发现，那不过是他们的幻觉罢了。在萨伯特医院教授儿童临床医学的老师曾建议他专攻儿科，因为这是最诚实的专业：小孩子们只有在真生病时才生病，和医生交流时也不会说套话，只讲具体的症状，没有半点虚假。成人则正好相反，到了一定年龄，要么是只有症状而没有真生病，要么更糟：病得很重，症状却像其他一些无关痛痒的小病。他通常都用缓和性的药剂来分散他们的注意力，把问题交给时间，让他们在暮年的一团乱麻中与自己的小毛病长期共处，最终学会熟视无睹。但胡维纳尔·乌尔比诺医生没有想到，像他这个年纪的医生，自认为什么都见过了，竟然不能克服明明没病却觉得有病的焦虑。或者更糟：也许是真的有病，却仅仅凭着科学的偏见，不相信自己有病。四十岁时，他曾在课堂上半严肃半开玩笑地说："我生活中唯一需要的就是一个懂我的人。"然而，当他发现自己已迷失在林奇小姐的迷宫中时，便不能再把这话当作一句玩笑了。

他那些上了年纪的病人所有真实或假想的病症，全都集中到了他身上。他能清楚地感觉到自己肝脏的形状，无须触摸就能说出它的大小。他感到自己的肾脏发出像熟睡的猫一样的哼叫；感到胆囊在闪闪发光；感到血液在动脉里嗡嗡作响。有时，他像一条喘不上来气的鱼一样醒来，觉得心脏里积满了水。他觉得心脏瞬间乱了步伐，觉得它的脉动延迟了一下，就像当初在学校里参加军训时那样，继而一次又一次地延迟。最后，他又觉得它恢复了正常，因为上帝是伟大的。但他没有求助于曾开给病人的那些分散注意力的药物，而是被恐惧折磨得晕头转向。的确，五十八岁时，他生活中唯一需要的，依然是一个懂他的人。为此，他求助于费尔明娜·达萨，这个世界上最爱他、也是他最爱的人，在她这里，他刚刚让自己的良心得到了平静。

这件事发生在她打断他下午的阅读，要求他看着她的脸之后。他的第一反应便是他的地狱之圈已经败露。可他不明白她是怎么发现的，因为他无论如何也想象不到费尔明娜·达萨仅凭嗅觉就发现了真相。但不管怎样，从很久以前开始，这里就不是一座善于保守秘密的城市。第一批家用电话刚装上不久，几对看上去关系稳定的夫妻就因为匿名电话里的流言蜚语离了婚。很多因此而害怕的家庭暂停了电话服务，或者好几年都一直拒绝安装。乌尔比诺医生知道他的妻子自尊心很强，绝不会允许一通匿名电话就破坏掉自己的信心，这种事连想都别想，而他也无法想象有谁会大胆到用真名向她通报实情。然而，他害怕那种旧式的诡计：一张从门下塞进来、不知出自谁手的纸条，效果反倒可能立竿见影，不仅因为这么做让发信人和收信人都隐匿了姓名，而且因为这一伎俩古老而神秘，难免使人把它同全能上帝的安排联系在一起。

忌妒从不认识他的家门：三十多年平静的夫妻生活中，乌尔比诺医生曾多次在公众面前夸耀，他就像瑞典火柴，只能在自己的盒子上擦燃。这话原本也的确是真的。然而，他从没想过，一个像妻子这样高傲、这样自尊、这样倔强的女人，面对丈夫已被证实的不忠，会做出怎样的反应。因此，他在如她所要求的那样看着她的脸之后，除了再一次低下头以掩饰自己的慌乱，想不出还能做什么。他继续假装陶醉于阿尔卡岛那一条条恬美蜿蜒的小河之间，暗自思考着对策。而费尔明娜·达萨也没有再说什么。她补完袜子，把东西乱七八糟地丢进针线盒，到厨房吩咐开晚饭，之后便回卧室去了。

于是胡维纳尔·乌尔比诺医生下定决心，下午五点不再去林奇小姐家。那些至死不渝的爱情誓言，那单独为她找所幽静房子，使他不必担惊受怕地与她相会的梦想，以及两人一起从容地享受幸福直到死亡的向往——所有这些他在爱的火焰中许下的诺言都永远地付之东流。林奇小姐从他那里得到的最后一件东西是一个绿宝石发卡，车夫交给她时什么也没有说，没有捎任何口信，也没有字条。东西放在一个小盒子里，外面包着一张药房的纸，就连车夫也以为那是应急药物。他后半生再没有见过她，甚至都没有偶遇过。只有上帝知道，这个英勇的决定给他带去了多少痛苦，而为了能在这场内心的灾难后继续活下去，他又把自己关在厕所里流下了多少苦涩的泪水。五点钟时，他没有和她在一起，而是在神甫面前深深地忏悔了自己的罪过。第二个星期日，他怀着破碎的内心领受了圣体，但灵魂终于得到了平静。

做出了断的当晚，他一面脱衣准备就寝，一面对费尔明娜·达萨反复唠叨着他清晨失眠的痛苦，一阵阵突然来袭的针扎似的疼痛，以及黄昏时想痛哭一场的渴望，至于秘密爱情带来的种种苦楚，他也把它们当作衰老的症状讲了出来。为了不至于死掉，并且为了不说出真相，他必须这样向人倾诉一番。终于，他在象征着爱的家庭仪式中祭献了这一股脑儿的苦水。她认真听着，没有看他，又是一言不发，一件一件地接过他脱下来的衣服。她闻着每件衣服，脸上没有流露出丝毫愤怒，然后随意揉成一团，扔进装脏衣服的藤条筐里。她没有发现那种味道，但这代表不了什么：明天又是新的考验。跪到卧室的小祭台前准备祈祷时，他伤心而又真诚地叹了一口气，结束了对种种苦痛的怨艾："我觉得我快要死了。"她眼睛都不眨地回答了他。

“那样最好，”她说，“那样我们就都平静了。”

几年前，在一次病重的危急时刻，他也曾讲过自己可能会死的话，而她当时给出的也是同样残忍的回答。乌尔比诺医生将之归咎于女人天性中的冷酷无情，正因为如此，地球才依旧围绕着太阳转。当时他并不知道，为了不让别人看出她的恐惧，她总是会抢先竖起一道愤怒的屏障。而那个时候，她所面临的正是她最恐惧的事情——永远地失去他。

这天晚上却相反，她全心全意地希望他死去，这种坚决让乌尔比诺医生吓了一跳。之后，他听到她在黑暗中缓缓抽泣，而且咬着枕头不让他听见。这让他不知所措，他知道，她不会由于身体或内心的任何痛苦而哭泣，只有在愤怒时才会这样，而如果这种愤怒在某种程度上源于她对自己过失的惧怕，就会哭得更凶，并且越哭越气，因为她无法原谅自己竟然会软弱得哭出来。他不敢安慰她，因为他明白这无异于安慰一只被长矛刺穿的母老虎，他甚至没有勇气告诉她，引起她哭泣的理由已经在那个下午消失了，已被彻底、永远地从他的记忆中根除了。

有几分钟，困意俘虏了他。当他醒来时，她已点亮她那盏微弱的床头灯，仍旧睁着眼，但没有哭。在他睡着的时候，她身上发生了一个决定性的改变：多年来积聚在年岁深处的沉渣，此刻因忌妒的搅动浮现出来，她刹那间苍老了。看着她那瞬间出现的皱纹、枯萎的双唇、灰白的头发，他不禁伤怀，冒着风险劝她睡觉：已经两点多了。她没有看他，但声音里也没有愤怒的痕迹，语气几乎是温和的。

“我有权知道她是谁。”她说。

于是，他把一切都告诉了她，感觉仿佛从身上卸下了全世界的重量，因为他相信她已经知道真相，不过是想确认一些细节。但事实当然并非如此，所以他讲的时候，她又哭了起来，不是像起初那样低声抽泣，而是泪如泉涌，咸咸的泪水从脸颊滑落，在她的睡袍里翻滚沸腾，灼烧着她的生命：他竟没有像她提心吊胆地所期待的那样，做出个男人的样子，抵死否认，为自己所受的诽谤大发雷霆，咒骂这个婊子养的社会肆无忌惮地践踏别人的名誉，即使面对自己不忠的毁灭性证据，仍能临危不乱。之后，当他告诉她已在下午见过忏悔神甫时，她简直怕自己会气瞎了双眼。从上学时起，她就认定教会里的人不具备上帝所启示的任何一种美德。这是他们和谐家庭中的一个本质分歧，两人一直都小心回避这一点，没有发生过什么碰撞。但丈夫竟然允许忏悔神甫掺和到这样一件不仅关乎他个人、也关系到她的隐私中来，实在是出了格。

“你还不如告诉一个在门廊里耍蛇的。”她说。

在她看来，一切全完了。她敢肯定，还没等丈夫做完忏悔，她的荣誉就已成为大街小巷的话题。这给她造成的屈辱感要比丈夫的不忠带来的羞愧、愤怒和不平更加难以忍受。而最糟的是，见鬼，竟然是跟一个黑女人。他纠正说：“是黑白混血的女人。”但此时，再精确的解释也是多余了：她已有了定论。

“一样是贱货！”她说，“现在我才明白，原来是黑女人的气味。”

这件事发生在一个星期一。而星期五晚上七点钟，费尔明娜·达萨就登上了开往圣胡安·德拉希耶纳加的常规小船，随身只带了一只箱子，由教女陪伴。为避免旁人发问，也避免有人将来向丈夫问起她来，她在脸上蒙了黑纱。按照两人的约定，胡维纳尔·乌尔比诺医生没有出现在港口。此前，他们进行了一场历时三天、精疲力竭的谈话，最终决定让她到位于马利亚之花镇的伊尔德布兰达表姐的庄园去，以便在做出最后的决定前有足够的时间思考。不明就里的孩子们把这理解为一次推迟了多次的旅行，很久以来，他们也一直盼望能到那里去。乌尔比诺医生把一切都安排得妥妥当当，为的是让他那个不可信赖的小世界里没有人能做出居心叵测的推测。这一点他做得天衣无缝，所以，如果说弗洛伦蒂诺·阿里萨没能找到费尔明娜·达萨消失后的一丁点儿踪迹，那是因为事实上根本就无迹可寻，而不是因为他缺乏调查的手段。丈夫毫不怀疑妻子一旦平息愤怒就会马上回家。但她走时却坚信自己的愤怒永远也不会平息。

然而，她很快就会明白，这个过火的决定与其说是怨恨的果实，不如说是思乡的结果。蜜月旅行之后，她曾多次返回欧洲，虽然每次都要在海上漂泊十天,却总有足够的时间去感受幸福。她见过世面，已经学会以另一种方式生活和思考，可自从那次糟糕的气球之旅后，她就再也没有回过圣胡安·德拉希耶纳加。回到伊尔德布兰达表姐居住的省份，对她来说即使太迟，也是一种补救。这个想法由来已久，倒并非因为婚姻的灾难。单是想到去重温少女情怀，也足以让她慰藉自己的不幸。

她和教女在圣胡安·德拉希耶纳加下了船，凭着那份保留至今的刚强性格，她不顾别人的种种警告，重游了那座城市。收到消息前来接待她的要塞行政和军事长官请她登上了官家的马车，将护送她直到登上前往圣佩德罗·阿莱杭德里诺的火车，她想到那里去，是为了证实解放者临终时睡的那张床是否真如人们所说，小得就像一张孩子的床。于是，费尔明娜·达萨在午后两点的疲倦中再次看到了自己广阔的故乡。她看到了故乡的街道，但它们看上去更像一片海滩，到处是覆盖着青苔的水洼；又看到了葡萄牙人的豪华住宅，大门上镌刻着家族徽章，窗前垂着铜制的百叶窗，阴暗的大厅里单调地重复着几首钢琴练习曲，颤颤巍巍，惨惨凄凄。她母亲当年刚结婚时，也曾拿这几首曲子教过富人家的姑娘。她看到广场上空无一人，炙热的石子地上连一棵树都没有；送葬似的带篷马车一字排开，马儿站在那里都睡着了；还有那辆开往圣佩德罗·阿莱杭德里诺的黄色火车。在城中最大教堂的拐角处，她看到了那所最雄伟、最漂亮的房子，它那青色石头的连拱廊、修道院式的大门，以及卧室的窗子，多年以后，当她已无法记清此段回忆时，阿尔瓦罗将在这间卧室出生。她想起了她无望地寻遍了天上地下的埃斯科拉斯蒂卡姑妈，而想到姑妈，便又想起了弗洛伦蒂诺·阿里萨，想起他那身文人的衣服，他在小花园的杏树下读的那本诗集。她偶尔几次回忆起学校里不愉快的岁月时，也会触动有关他的思绪。可她转了好几圈都没能认出自家的老房子。她认为它应该在的那个地方，除了一个猪舍以外什么都没有。拐角过去是一条妓院街，全世界来的妓女都在门廊上睡午觉，等待邮车或许会带来什么寄给她们的东西。这里已不是她的故乡了。

刚一上马车，费尔明娜·达萨就用面纱遮住了半张脸，不是害怕被人认出来，毕竟，这里谁也不可能认识她，而是因为从火车站一直到墓地的路上，日光暴晒下的肿胀尸体随处可见。要塞长官对她说：“是霍乱。”她早已看出来了，因为那些晒焦的尸体嘴里都泛着白沫，但她同时也注意到，没有一具尸体像她乘坐气球时看见的那些那样，脑后挨了仁慈的一枪。

“的确如此。”长官说，“上帝也在改善自己的方法。”

从圣胡安·德拉希耶纳加到圣佩德罗·阿莱杭德里诺的古老甘蔗园只有九里路，可那列黄色的火车却走了一整天，因为火车司机跟常坐这列车的乘客们是朋友，他们时不时就央求他停下来，以便到香蕉公司高尔夫球场的草坪上去走走，舒展一下腿脚。男人们还光着身子到河里去洗澡，河水从山上倾泻而下，清澈冰凉。他们觉得饿时，就下车去，从牧场放养的奶牛身上挤些奶来喝。被这些情景吓坏了的费尔明娜·达萨终于到站，差点没时间去观赏解放者临死前悬挂吊床的那几棵史诗般的罗望子树，并且证实他当时所睡的床果真如人们所说，不仅对他这样一位荣耀的男人，即使对一个七个月的婴儿来说也极其狭小。不过，另一位看上去无所不知的参观者称，那张床是件假文物，事实上，国父是被人扔在地上死去的。费尔明娜·达萨对离家以来这一路的所见所闻感到万分压抑，以至于在之后的旅途中，再没有心情去回味前半段旅程。于是，尽管曾万般怀念，如今她却避免走过那些她思念的村庄。这样她才能在记忆中留住它们，让自己免受幻灭之苦。当她试图抄捷径以逃离烦恼时，她听到了手风琴声，听到了斗鸡场的叫喊声，也听到了或许是战争抑或是庆典的铅炮声。当她别无他法不得不穿过某个村庄时，便用面纱遮住脸，以继续把它幻想成以前的样子。

逃避了许许多多往事之后，她终于在一天晚上来到伊尔德布兰达表姐的庄园。而当她看到在门口等她的表姐时，差点昏厥过去：她就仿佛在一面真实之镜中照见了自己。表姐身材发福，年老体衰，身边带着几个不听管教的儿女，孩子们的父亲并不是那个她仍旧无望地爱着的男人，而是一位靠丰厚的津贴生活的退役军人，当年，她在绝望之下嫁给了他，而他则疯狂地爱恋着她。尽管如此，在那被摧残的身躯里，她依旧是原来那个她。费尔明娜·达萨在乡下住了些日子，回忆起美好往事，渐渐从一开始的震惊中恢复过来。但她除了星期日去望弥撒，从来不出庄园。和她同去望弥撒的，是她昔日那些桀骜不驯的闺中密友的孙儿辈，此外还有骑着高头大马的商人，以及打扮得花枝招展的漂亮姑娘。她们一路站在牛车上，一如她们的母亲在她们这个年龄时的样子，齐声高唱着歌，直至来到山谷深处的教会教堂。费尔明娜·达萨原本只是路过马利亚之花镇，在昔日的那次旅行中，她自认为不会喜欢这里而没有来，可这次，她一眼就被它完全迷住了。但她的悲哀，抑或是这个镇子的悲哀在于，后来的她永远也想不起它真实的模样，只记得见到它之前她脑海中想象的样子。

胡维纳尔·乌尔比诺医生接到了里奥阿查主教的消息后，决定亲自去接她。他的结论是，妻子迟迟不归，并非因为不想回家，而是想为她的傲慢找个台阶下。于是，在和伊尔德布兰达通过几封信后，他没有通知妻子便动身了。从信中他清楚地看出，妻子的思乡之情已经颠倒过来：现在她想的只有自己的家。上午十一点，费尔明娜·达萨正在厨房里做茄子馅饼，忽然听到雇工们的叫喊、马的嘶鸣和朝天放枪的声音，接着，门厅里响起了坚定的脚步声和那个男人的说话声。

"要赶好时辰，就得不请自来。"

她开心得要死，来不及多想，只胡乱地洗了洗手，喃喃道："谢谢，我的上帝，谢谢，你真是太好了！"她想到因为这该死的茄子馅饼，自己还没有洗澡，伊尔德布兰达让她做馅饼，却没有告诉她谁要来吃午餐；她想到自己现在又老又丑，脸还被太阳晒脱了皮，如果他看见她这副模样，一定会为赶来接她而后悔，真见鬼。可她还是匆忙地在围裙上擦干了手，尽可能地整理了一下仪容，带着母亲生她时给予她的全部高傲，理了理纷乱的心绪，前去迎接那个男人。她迈着她那母鹿般优美的步伐，昂着头，目光熠熠，翘起迎接挑战的鼻子，心中充满了对命运的感激，为能回家而感到无限轻松。当然，事情也并不像他想象的那般容易，她确实高高兴兴地跟他回去了，但同时也下定决心，要在余生默默地向他讨还自己所受的痛苦折磨。

于是，差不多就在费尔明娜·达萨失踪两年后，发生了一件不可思议的事，特兰西多·阿里萨定会将其视作上帝对人生的嘲弄。弗洛伦蒂诺·阿里萨对电影的发明并没有什么特殊的兴趣，但莱昂娜·卡西亚尼还是毫不费劲地把他带到了《卡比莉亚》隆重的首映式上，广告中大肆宣传，影片对白是诗人加布里埃尔·邓南遮写的。堂加利略·达孔特的露天大院子里照例坐满了贵宾，但在有些夜晚，人们欣赏的更多的是璀璨的星空，而非银幕中的无声爱情。莱昂娜·卡西亚尼的一颗心始终悬着，跟随着跌宕的故事起伏。而弗洛伦蒂诺·阿里萨则恰恰相反，剧情的死气沉沉让他困得打瞌睡。在他背后，传来一个女人的声音，仿佛猜中了他的心思：

"我的上帝，这比疼痛还要长！"

这是她说的唯一一句话，可能是发现自己的声音在黑暗中回荡，不由得克制住了。当时，这里尚没有用钢琴给无声电影伴奏的习惯，黑暗中的观众只能听着放映机那下雨似的沙沙声。弗洛伦蒂诺·阿里萨只有在极端困难的情况下才会想起上帝，但这一次，他却对上帝充满感激。因为，即使深埋地下二十西班牙寻，他也能立刻认出那个深沉的金属般的声音，自从那天下午，在那个幽静小花园的漫天黄叶中，听见她说出那句“现在，您走吧，没有我的通知，请您不要再来了”，这个声音便留在他的灵魂里。他知道，她就坐在他身后的座位上，当然，是在她丈夫旁边。他感觉到她那温热而均匀的呼吸，满怀爱意地吸纳着经她健康的气息净化过的空气。他感受到，她并没有像自己在最近几个月的沮丧中时常想象的那样，已被死亡的幼虫所侵蚀，而是让人再次回想起她最光彩照人、最幸福的时刻：穿着智慧女神的长衫，隆起的腹中孕育着她的第一个孩子。他没有回头去看，但她却如在眼前，而银幕上演出的那一连串历史性灾难他全然没有放在心上。他陶醉于从他的灵魂深处传来的杏果的芬芳，急切地想知道她认为电影中那一个个女人应该如何去爱，才能让她们的爱情比现实之中少一些痛苦。电影快结束时，他感到一瞬间的狂喜，因为他还从未和这个他深爱的女人如此贴近地待在一起这么久。

灯亮时，他等着其他人先站起来，然后才不慌不忙地起身。他漫不经心地转过身，把看电影时总是敞开的背心扣子扣起来，这时，四人站得如此之近，就算有人不情愿，也无论如何必须打招呼了。胡维纳尔·乌尔比诺医生首先问候了莱昂娜·卡西亚尼，他对她很熟悉，之后，又以其一贯的彬彬有礼同弗洛伦蒂诺·阿里萨握了手。费尔明娜·达萨向他们致以礼节性的微笑，只是礼节性的，意思是这个微笑的主人已经见过他们很多次，也知道他们是谁，因而无需再向她做自我介绍。莱昂娜·卡西亚尼以她那混血女人特有的优雅回应了她。可弗洛伦蒂诺·阿里萨却不知该如何是好，因为刚一见到她，他就惊呆了。

她变成了另外一个人。她的脸上没有一丝可怕的流行病、或者其他疾病留下的痕迹。她还保持着豆蔻年华的体重和身段，但很显然，最近两年她经历了仿佛十年的艰辛与严酷。短发很适合她，两侧的鬓角像翅膀似的翘着，但已经不是蜜的颜色，而是铝的银白色。老花镜后，那双美丽的柳叶眼已失去了半生的光芒。弗洛伦蒂诺·阿里萨看着她挽着丈夫的手臂在散场的人群中远去，惊讶地发现她竟在公共场合披着穷人的头纱，穿着家用的便鞋。但最让他感伤的，是她的丈夫不得不抓住她的手臂，指引她该从哪里出去，而即便这样，她还是估计错了高度，差点在门口的台阶上跌倒。

弗洛伦蒂诺·阿里萨对年龄所致的步履蹒跚十分敏感。早在年轻时，在花园里，他就常常放下正在阅读的诗集，观察一对对老人互相搀扶着穿过街道的情景。那是生活给他上的课，让他得以隐约窥见自己年老时的境况。在胡维纳尔·乌尔比诺医生看电影那晚的那个年纪，男人仿佛焕发了第二次青春，最初的几根白发使他们看上去更为庄重，充满智慧和魅力，尤其是在年轻女子的眼中，而与此同时，他们枯萎憔悴的妻子不得不拽着他们的手臂，才不至于被自己的影子绊倒。然而几年之后，丈夫的健康便突然一落千丈，身体和灵魂都迅速耻辱地衰老，而那时，妻子们又焕发了第二春，像拉着乞讨的瞎子一样拉着他们的手臂，为了不伤害男性的骄傲，轻声在耳边提醒他们注意脚下的台阶是三级而不是两级、街中间有一个水坑、横躺在人行道上的那团模糊的东西是个死了的乞丐，然后，艰难地帮助他们穿过马路，仿佛那是他们生命中最后一条河的唯一渡口。弗洛伦蒂诺·阿里萨曾无数次在那面生活之镜中照见自己，他对死亡的恐惧从来不及对那个可耻年龄的恐惧，到那时，他将不得不被一个女人搀扶着。他知道，到了那一天，也只有到了那一天，他终将放弃对费尔明娜·达萨的渴望。

这次相遇驱走了他的困意。他没有用车送莱昂娜·卡西亚尼，而是陪她步行穿过老城区。他们的脚步踏在砖地上，像马蹄声一样回荡。敞开的阳台上时而飘来零星的说话声，有卧房中的喁喁私语，也有被虚无缥缈的声响和熟睡小巷中茉莉花的热烈芬芳升华了的爱的呜咽。弗洛伦蒂诺·阿里萨不得不又一次竭力克制自己，避免把压抑在心中的对费尔明娜·达萨的爱吐露给莱昂娜·卡西亚尼。他们迈着缓慢的步伐一起走着，像一对不慌不忙的老情人一样亲昵无间，她想着卡比莉亚的种种美好，而他却想着自己的种种不幸。一个男人在海关广场的阳台上唱歌，歌声在四周回荡，连绵不绝：当我穿过大海无尽的浪涛。在石头圣人大街，弗洛伦蒂诺·阿里萨本该在莱昂娜·卡西亚尼的家门前向她道别，而他却请求她邀请自己到她家里去喝一杯白兰地。这是他第二次在类似情况下提出这样的要求。第一次是在十年前，当时她回答说："如果你现在上去，那就必须永远留下来。"结果他没有去。如果换作现在，他无论如何都会上去的，即便日后可能不得不食言。然而，这一次莱昂娜·卡西亚尼邀他上去，无需任何承诺。

就这样，他在最意想不到的时候来到一座爱情圣殿，而这份爱尚未诞生就已被扑灭。莱昂娜·卡西亚尼的父母已经去世，唯一的兄弟在库拉索岛发了财，如今她一个人住在家里的老宅中。若干年前，当弗洛伦蒂诺·阿里萨还没有放弃让她成为自己情人的希望时，常常征得她父母的同意在星期日来拜访她，有时晚上还待到很晚。他对这所房子的修缮做出了很大贡献，以至于都把它当作自己的家了。然而，在看完电影的这天晚上，他似乎觉得客厅里有关他的记忆都被清除了。家具变换了位置，墙上挂了新的彩画。他想，这些显而易见的变化是刻意的，为的是证明他从未在此地存在过。而就连那只猫也没有认出他来。他被这种残忍的遗忘吓了一跳，说："它不记得我了。"可她一边倒白兰地，一边背对着他说，如果他是为此而忧心，那么大可不必，因为猫是从来也不会记着谁的。

两人倚在沙发上，靠得很近，聊着他们自己，说起他们相识前各自是什么样子，也就是在那个谁也不记得是什么时候的下午，在那辆骡子轨道车上相遇之前。一直以来，他们都在两间相邻的办公室里工作，而在此刻之前，他们从未谈过日常工作以外的事情。弗洛伦蒂诺·阿里萨一边聊着一边把手放到她的大腿上，像情场老手一样轻轻抚摸起来。她任由他这样做，但就连礼貌性的颤抖都没有回应给他。当他试图更进一步时，她拉起他那只探险的手，在掌心上吻了一下。

"注意你的举止，"她对他说，"很久以前，我就发现你不是我要找的男人了。"

在她很年轻的时候，一个强壮、敏捷、但她从未看清长相的男人，在防波堤上突然将她按倒，撕扯剥光了她的衣服，短暂而疯狂地跟她做了一次爱。她躺在石头上，浑身满是伤痕，却真心希望那个男人能永远留下来，直到她在他的怀中带着爱死去。她没有看见他的脸，也没有听到他的声音，但她相信自己能根据他的体型、身材和做爱的方式，从千万个人中把他认出来。从那时起，她便对所有愿意听她讲的人说："如果你碰巧听说一个高大健壮的男人在十月十五那天晚上大约十一点半钟时，在殉情者的防波堤上强奸了一个可怜的过路的黑女人，那么请你告诉他在哪里能找到我。"这句话变成了她的一种习惯，她讲给过无数人听，最后彻底绝望了。弗洛伦蒂诺·阿里萨也多次听她说起过这个故事，就像听到夜晚起航的轮船的告别声一般频繁。凌晨两点的钟敲响时，他们每人已经喝了三杯白兰地。他明确地知道了自己不是她所等的男人，他很高兴能明白这一点。

“干得不错，母狮！”他临走时对她说道，“我们总算把猛虎扼杀了。”

那晚终结的事还不止这一件。关于结核病医院的恶意传言曾打碎了他的梦想，因为那让他产生了一个过去从未有过的疑虑，即费尔明娜·达萨也是会死的，既如此，那她也就有可能死在丈夫的前头。而当他看见她在电影院的出口险些绊倒时，他又进一步滑向深渊，忽然间意识到先死的人可能是他自己，而不是她。这是一个预兆，是所有预兆中最可怕的一种，因为它是有事实根据的。那些耐心等待、幸福憧憬的岁月已成为过去，如今，在地平线上隐约望见的，不过是充满了各种可以想见的病毒的茫茫大海，失眠的清晨一滴一滴排出的尿液，以及每日下午随时可能降临的死亡。曾经，每天的每分每秒都胜似他的盟友，如今却开始算计他。几年前他去赴某个约会时就已经开始提心吊胆，害怕发生意外。他发现门没有上闩，合页刚刚上过油，显然是为了让他进来时不会发出声响，但在最后一刻，他后悔了，担心自己死在她的床上，给一个无辜的热情女人造成无法消除的阴影。因此，有理由认为，那个世界上他最爱的女人，那个他毫无怨言地从一个世纪等到另一个世纪的女人，很可能会来不及挽着他的手臂穿过到处是圆形坟冢和在风中摇曳的罂粟花的漫漫长街，帮助他平安到达死亡的彼岸。

事实上，按照那个时代的标准，弗洛伦蒂诺·阿里萨已经步入老年人的行列。他已满五十六岁，认为自己没有虚度光阴，因为那都是充满爱的岁月。不过，在那个时代，没有哪个男人会像他一样勇于面对因看上去年轻而招来的耻笑，即使他们确实不老，或者心里也自认年轻；也不是所有人都敢于毫无羞愧地承认自己仍在因上世纪的挫折而偷偷哭泣。那个时代对年轻存在偏见：尽管每个年龄段都有自己的穿着方式，但老年的衣着在青春期结束后不久便开始穿上身了，而且一直持续到进入坟墓。这种穿戴与其说标志着年龄，不如说是社会地位的象征。年轻人穿得像自己的祖父，再早早地戴上一副眼镜，便会更加受人尊重；而从三十岁起，手杖就是让人刮目相看的物件。至于女人，则只有两个年龄：一是结婚的年龄，一般不超过二十二岁；一是永远独身、再也嫁不出去的年龄。而其他女人，那些已婚的、当了母亲的、成为寡妇的、做了祖母的，都属于另外一类，她们不按已经度过的年岁来计算年龄，而是按距离死亡还有多久来计算。

弗洛伦蒂诺·阿里萨则相反，他赤裸裸地大胆对抗着衰老的圈套，尽管心里清楚自己命运奇特，从小就像个老头儿。起初是情势所迫。特兰西多·阿里萨把他父亲决定扔进垃圾堆的衣服拆开后给他缝成新衣。于是，他不得不穿着礼服去上小学，一坐下，衣服便拖到地上；他头上戴的也是政府官员的那种帽子，尽管为了让它小一点，加了一圈塞满棉花的里衬，但还是连耳朵都盖上了。此外，他从五岁起就戴上了近视眼镜，而且头发和母亲一样，是印第安人的那种质地，粗硬得像马鬃，所以，从外表根本看不出他其实长什么样子。幸运的是，由于连年内战，政府混乱不堪，学校的入学标准不像从前那样严格了，在公立学校里，各种出身和社会地位的学生都有。尚未长大的孩子们走进课堂，身上却散发着街垒战的火药味，穿着不知在哪次战斗中靠枪子儿得来的叛军制服，佩戴着他们的徽章，腰带上还明目张胆地别着与他们军衔相符的武器。课间休息时，随便一点争执就会让孩子们拔枪相向。如果老师在考试中给了他们低分，他们甚至用枪来威胁。拉萨耶学校的一个三年级学生，退伍的民兵上校，就一枪打死了修会会长胡安·埃雷米塔修士，只因为他在教理问答课上说，上帝是保守党的正式成员。

另一方面，那些遭遇了不幸的名门望族的孩子穿得就像古时的亲王，特别穷的孩子则光着脚。在这些来自四面八方、打扮得千奇百怪的学生之中，弗洛伦蒂诺·阿里萨无论如何都要算在最奇怪之列，尽管如此，他却并不十分引人注意。他听到的最难听的话，是街上的人冲他喊："穷光蛋，丑八怪，一切希望全落空。"但不管怎样，那身因生活所迫而穿上的衣服，从那时起，及至他整个一生，都是与他那神秘的气质和忧郁的性格最为相配的。当他在 CFC 第一次被委以重任时，他让人为他量身定做了和父亲那件同样款式的衣服。他像怀念一位老人一样怀念着死于三十三岁的父亲，那是一个令人尊敬的年龄：基督罹难时也是这个岁数。所以，弗洛伦蒂诺·阿里萨看上去始终要比他的实际年龄大得多，以至于口无遮拦的布里希达·苏莱塔，他的一个不假思索地说出真相的露水情人，从第一天起便对他说，她更喜欢他脱掉衣服后的样子，因为光着身子的他仿佛一下子年轻了二十岁。然而，他永远也不知道如何弥补这一点：首先，他个人的喜好不允许他穿成别的样子；其次，那个时候二十岁的人谁也不知道怎样才能将自己打扮得更年轻，除非把短裤和见习水手帽再次从衣橱里翻出来；再者，他也不可能摆脱那个时代人们对老年所持的看法。因此，当他看见费尔明娜·达萨在电影院出口险些绊倒时，不禁打了个寒战，一个可怕的想法晴天霹雳般击中了他，即在这场血腥的爱情战争中，婊子养的死神很可能会不可逆转地夺去他的胜利。

到那时为止，他经历过的最大战斗是同自己的秃顶进行的，他一直顽强抗争，却最终落得惨败的结局。从看见缠在梳子上的最初几根头发开始，他便意识到自己被打入了地狱，这种痛苦是任何一个无此遭遇的人无法想象的。为了保住迅速荒芜的头顶的每一寸毛发，没有什么发蜡和生发水他没有试过，也没有什么信仰他没有求助过，更没有什么代价他没有付出过。他背下了《布里斯托年鉴》中关于农业的全部条文，因为他听说头发的生长和庄稼的收获周期有着直接的联系。他还放弃了自己一直光顾的理发师，因为这人是个实打实的光头，而换了一个新来的只在新月那几天理发的外乡理发师。可这位新理发师才刚刚证明了自己手艺不错，就被发现是安的列斯群岛好几家警察局通缉的强奸幼女犯，被戴上镣铐拖走了。

弗洛伦蒂诺·阿里萨把那个时期加勒比地区所有报纸上关于医治秃顶的广告都剪了下来。那些报纸通常刊登着同一个人的两张照片，第一张上，头秃得像个甜瓜，而第二张上头发比雄狮还浓密：这便是使用某种安全可靠的药水之前和之后的区别。六年里，他试验了一百七十二种药物，并践行了药瓶商标上写的所有其他辅助方法，而唯一的收获，是其中的一种药使他患上了头部湿疹，又痒又臭，马提尼克岛的教外苦行僧们称之为北极光癣，因为它会在黑暗中发出一种磷光。抱着最后一线希望，他求助于在公共市场上售卖的所有印第安草药和在“代笔人门廊”出售的一切神奇特效药，包括东方汤药，可当他发现自己上当受骗时，头顶已经和一个削发僧人无异了。新世纪元年，千日战争把国家置于血泊中时，城里来了个意大利人，他会按照尺寸用真头发制作假发套，价格不菲，但只保质三个月，逾期概不负责。尽管如此，绝大部分有支付能力的谢顶者都愿意前往一试。弗洛伦蒂诺·阿里萨是头一批尝试的人之一。他试戴了一个和自己原来的头发极为相似的假发套，以至于担心在自己情绪变化时那头发会竖起来。但他最终还是对这个把死人头发戴在活人头上的想法无法苟同。他唯一的安慰是如此风卷残云的谢顶让他不用眼瞅着自己的头发变白。一天，内河码头上一个欢快的醉汉看见他从办公室里走出来，上前以超乎寻常的热情拥抱了他，并在码头工人的起哄声中摘掉他的帽子，给他的脑袋来了响亮的一吻。

“神圣的秃头！”他喊道。

那天晚上，四十八岁的他让人把自己两鬓和后脑勺上仅剩的几根毛发全部剃掉，彻彻底底接受了全秃的命运。他甚至在每天早上洗澡之前，把下巴和脸上所有长出胡楂的地方都涂满肥皂沫，用一把剃刀把它们刮得像小孩的屁股一样光滑。以前，即使在办公室里他也从不摘掉帽子，因为秃顶给他一种赤身裸体的感觉，让他觉得有失体面。但当他彻底接受秃头后，便把它归为男性的美德之一，其实他早就听人这样说过，却一直视其为秃头们的自欺欺人而予以蔑视。再后来，他又养成了新习惯，把右侧仅有的几根头发留长，让它跨过整个头顶，从此，他一直沿用这个办法。但尽管这样，他还是戴着帽子，而且总戴那个参加葬礼似的款式，即便当地已流行起一种被称为“塔尔塔里塔帽”的窄边草帽，他也依然不改旧貌。

然而，他失去牙齿却并非因为自然之灾，而是源于一个江湖牙医试图根治一次普通感染时的鲁莽举动。对脚踏牙钻的恐惧使得弗洛伦蒂诺·阿里萨一直不敢去看牙医，尽管他常常牙痛，甚至有时无法忍受。听到他在隔壁房间整夜无助地呻吟，母亲吓坏了，因为她觉得这声音跟儿子昔日某时的呻吟声如出一辙，而那原本早已消散在她记忆的迷雾之中了。但当她让儿子张开嘴，好看看爱情究竟伤到了他哪个地方时，却发现他是因牙龈化脓而痛苦不堪。

莱昂十二叔叔让他去找弗朗西斯·阿多奈医生。这是个打着绑腿、穿着马裤的高大黑人。他把一整套牙医器械都放在工头用的褡裢里，随身背着，穿梭于内河船之间，看上去倒更像一个令沿岸村镇都害怕的旅行代办人。他只朝弗洛伦蒂诺·阿里萨嘴里看了一眼，就认定他的牙齿全部要拔光，甚至包括那几颗好牙，这样才能一劳永逸地避免再次遭罪。与对秃顶的忧心相反，弗洛伦蒂诺·阿里萨对这种野蛮的治疗方法没有产生任何顾虑，除了很自然地略微担心不用麻醉难免会有些血腥。装假牙的主意并没有让他感到不快，这首先是因为他童年的一段难忘回忆：一个集市上的魔术师将满口牙齿取下，让它们自己在桌子上说话。其次，这可以结束从小就折磨他的牙痛，说起来，那种滋味就和爱情的痛苦一样强烈残忍。在他看来，这和秃顶不一样，并不是衰老的一次狡猾袭击，因为他相信，虽然如此一来他的呼吸会有一股硫化橡胶的辛辣味，但矫形后的微笑会让他的外表看上去更有光彩。因此，他毫无抵抗地向阿多奈医生那把烧红的钳子屈服了，并以负重耐劳的驴子的坚韧意志经受了恢复期的考验。

莱昂十二叔叔亲自过问了手术细节，就好像是要给他动手术似的。他对假牙有着特殊的兴趣，这种兴趣产生于他沿马格达莱纳河航行最初几年，也可以说是他对美声唱法[1]的痴迷所造成的苦果。一个满月的夜晚，当船驶入加马拉港时，他和一位德国土地测量员打

---

①原文为意大利语。

赌说，他只要站在船长室的栏杆处唱上一首那不勒斯浪漫曲，就能把森林里的动物都惊醒。他好险才赢了这一注。在河上漆黑的夜色中，只听见草鹭在沼泽里扇动着翅膀，鳄鱼甩着尾巴，鲱鱼惊恐地跳到陆地上。然而，当他唱到最高的一个音符，大家正担心曲调之高亢会让歌手的动脉迸裂时，他的假牙随着最后吐出的一口气飞了出去，沉入水中。

为了给他另配一副应急的假牙，轮船不得不在特内里费港耽搁了三天。新假牙做得完美极了。可返航时，莱昂十二叔叔又试图向船长解释他的上一副假牙是如何弄丢的。他深深地吸了一口森林中灼热的空气，放开嗓子唱出了他所能唱的最高音，并把这个音尽可能地延长，试图把那些一边晒太阳一边不眨眼地看着轮船驶过的鳄鱼吓跑。结果，新的假牙又沉入了河水。那以后，他配了很多副假牙，把它们放在家里的各个地方以及办公桌的抽屉里，公司的三条船上也各有一副。此外，他在外用餐时也会带上一副备用，就放在衣兜里一个装咳嗽药片的小盒中，因为他曾经在某天中午野餐时，为了吃煎猪皮而把假牙弄坏了。由于担心侄子也会有类似遭遇，莱昂十二叔叔让阿多奈医生一次性给他做了两副假牙：一副材质便宜，平时在办公室里用；另一副则是为星期日和节日准备的，在微笑时总会露出的那第一颗槽牙上还薄薄地涂了点儿金子，看上去更为逼真。终于，在一个圣枝主日[①]，当节日的钟声带来一片喧嚣，弗洛伦蒂诺·阿里萨以全新的面貌重新走到了街上，那完美无瑕的微笑几乎让他觉得是另一个人取代了他在这个世界上的位置。

这件事发生在他母亲去世，家中只剩他孤身一人的时期。他的

①圣枝主日，天主教节日，是复活节前的星期天，标志着复活节圣周的开始。

家是一个绝佳的爱巢，尤其适合他的爱情方式，因为虽然街道名为窗户街，让人联想到一扇扇窗子的薄纱帘后藏着无数双眼睛，但其实是一条幽静的巷子。可问题是，这房子的一切都是为了让费尔明娜·达萨幸福，也只为让她幸福。因此，在弗洛伦蒂诺·阿里萨斩获最丰的那些年月，他宁可失掉很多机会，也不愿用其他爱情来玷污他的家。幸运的是，他在CFC每向上爬一级，就意味着获得某些新的特权，尤其是那些秘密特权。对他来说，其中最有用的一项，就是与门房串通好后，能够在晚上、星期日以及节日里使用办公室。有一次，就在他已当上公司的首席副董事长时，他正与一个星期日值班的姑娘匆忙做爱——他坐在办公桌前的椅子上，姑娘骑在他身上——门突然开了，莱昂十二叔叔伸进头来，像走错了办公室似的，从眼镜上方看着惊呆了的侄儿。"见鬼！"叔叔毫无异色地说，"跟你爸真是一路货色！"在重新把门关上之前，他把目光落在空处，说：

"您，小姐，不必担心，请继续。我以我的荣誉向您起誓，我没有看见您的脸。"

没有人再提起过这件事，但接下来的那个星期，弗洛伦蒂诺·阿里萨的办公室变得无法工作了。星期一，电工们蜂拥而至，要在天花板上装一个叶式吊扇。锁匠们也没有事先通知就到了，吵吵闹闹像打仗似的，在门上装了把锁，可以从里面把门锁上。木匠们量了尺寸，却没有说要做什么。窗帘装饰工带来印花装饰布，看看是否与墙壁的颜色匹配。再接下来一个星期，他们从窗户外塞进来一个印着酒神节花色的双人大沙发，因为从门口实在搬不进来。这些人在最令人意想不到的时候干起活来，但又并非肆意捣乱，对任何人提出的抗议，他们只有一句回答："这是董事会的命令。"弗洛伦蒂诺·阿里萨直到最后也没弄明白，这些干涉行动究竟是叔叔出于对他的好意关心，还是在用特有的方式让他检讨自己的胡作非为。他始终没能看出真相，事实上，莱昂十二叔叔是在鼓励他，因为已经有一些传言传到他那里，说他侄子的兴趣有别于大部分男人，这让他烦恼无比，担心会妨碍侄子继承自己的衣钵。

与哥哥不同，莱昂十二·罗阿依萨维持了六十年稳定的夫妻生活，他星期日从不工作，并以此为荣。他有四个儿子和一个女儿，他想把他们每一个都培养成自己帝国的接班人，但生活却将一系列意外摆在他面前，这些偶然在当时的小说里司空见惯，在现实生活中却令人难以置信：四个儿子随着职位步步高升，竟一个接一个地死掉了，而女儿则对河运事业毫无兴趣，宁愿从五十米高的窗子里看着哈德逊河上的船了此余生。事情到了这种地步，以至于不乏有人把传言当真，认为外表阴郁、手里拿着吸血鬼雨伞的弗洛伦蒂诺·阿里萨肯定是做了什么，才导致这一件件意外发生。

当叔叔遵照医嘱不情愿地退休后，弗洛伦蒂诺·阿里萨便开始甘愿牺牲他的星期日爱情，乘坐城中最早的一辆汽车，到叔叔的乡间别墅去陪他。汽车的起动摇柄反弹时力量很大，竟然打断了第一个司机的整条胳臂。他和叔叔一谈就是好几个小时。老头儿躺在用丝线绣着他名字的吊床上，远离一切，背对大海。那是一座古老的奴隶庄园，每天下午，从种满百合的露台上，可以看到白雪皑皑的山峰。弗洛伦蒂诺·阿里萨和叔叔的谈话向来难以脱离河运的话题，在那些漫长的下午也不例外，而死神一直是一位冷眼旁观的隐形客人。长久以来，莱昂十二叔叔最担心的事之一，就是河运公司落到一些同欧洲财团有联系的内陆企业主手中。“这一向是门粗人的生意，”他说，

“要是被那些纨绔子弟拿去，他们会拱手奉还给德国人。”他的担心与他一直以来的政治信条连贯一致，有时即使场合不合适，他也喜欢一遍又一遍地重复这些信条。

“我就快满一百岁了，我看到一切都在变，就连宇宙中星辰的位置都在变，可就是没看到这个国家有什么改变。”他说，“这里每隔三个月就会有新的宪法，新的法律，新的战争，但我们仍旧处在殖民时期。”

他的两位兄长都是共济会成员，将一切罪恶归因于联邦制的失败，对此，他总是反驳他们说：“千日战争在二十三年前，也就是七六年的战争中就失败了。”弗洛伦蒂诺·阿里萨对于政治几乎冷漠到极致，听叔叔越来越频繁的长篇大论，就像听大海的涛声。但对于公司政策，他是叔叔坚定的反对者。在他看来，河运事业一直处在灾难的边缘，要想根治它的落后，只有主动放弃对蒸汽船的垄断，虽然这项垄断权是国会授予加勒比河运公司的，为期九十九年零一天。叔叔抗议说：“这些思想肯定都是我那位满脑子无政府主义幻想的同名人莱昂娜塞到你脑瓜里的。”但他只说对了一半。弗洛伦蒂诺·阿里萨是以德国海军准将胡安·B.埃尔勃斯为前车之鉴，此人无节制的野心毁掉了他出众的智慧。可叔叔却认为埃尔勃斯的失败并非因为他的特权，而是因为他同时做出了太多不切实际的承诺，就好像要把全国土地的责任都扛在肩上：他包揽了河流的通航、港口设施、陆地的交通枢纽和交通工具。除此之外，叔叔接着说，西蒙·玻利瓦尔总统的强烈反对也是不容小觑的障碍。

大部分股东把这种争论视作“公说公有理，婆说婆有理”的事。老头儿的固执在他们看来是很自然的，倒不是因为像大家随口常说的那样，衰老使他不如当初那么高瞻远瞩了，而是因为放弃垄断对他来说，无异于把他的兄弟们在一场历史性的战役中缴获来的战利品扔进垃圾堆，那可是他们在英雄时代赤手空拳跟整个世界的强大对手作战得来的。因此，他大权在握的时候，谁都没有反对过，而且他握得那么紧，谁也不可能在它们合法消亡前触动它们。然而，突然有一天，就在弗洛伦蒂诺·阿里萨已经预备在庄园下午的讨论中缴械投降时，莱昂十二叔叔同意放弃百年的特权，唯一一个有关荣誉的附加条件就是不要在他死前这样做。

这是他对公司最后的指示。他从此再也不提生意上的事，甚至不允许别人向他求教。他那头具有皇家风范的漂亮鬈发没有掉下一绺，他的睿智也没有减弱分毫，但他竭尽一切努力不让任何可能同情他的人见到他。他坐在露台上那把缓缓摇动的维也纳摇椅中，看着山顶终年的积雪，打发时日。旁边的小桌上放着女仆随时为他更替的一壶热黑咖啡和一杯小苏打水，里面浸着两副假牙，他在接待客人时才戴上。他只见很少的几位朋友，而且只和他们谈内河航运开始以前很久的遥远往事。不过，他也有一个新的话题：希望弗洛伦蒂诺·阿里萨结婚。他对他说起过好几次，而且总是以同样的方式。

“如果我年轻五十岁，”他说，“我就和我的同名人莱昂娜结婚。我想象不出还有比她更好的妻子。”

弗洛伦蒂诺·阿里萨一想到自己多年来的努力很可能因为这个意想不到的状况在最后关头功亏一篑，不禁浑身发抖。他宁愿放弃一切、丢开一切，宁愿死，也不愿有负于费尔明娜·达萨。幸而莱昂十二叔叔没有坚持。满九十二岁时，他指定侄子为自己唯一的继承人，进而最终退出了公司。

六个月后，经股东们一致同意，弗洛伦蒂诺·阿里萨被任命为公司的董事长兼总经理。他就职那天，喝过香槟酒之后，引退的老雄狮请求大家原谅他坐在摇椅上说话，然后即兴发表了一段简短的讲话，但与其说那是演讲，倒不如说是一曲为自己写的挽歌。他说，他这一生由两件上天安排的事开始和结束。一是解放者在奔赴死亡的不幸旅途中，曾在图尔瓦科镇抢过他。二是他扫清了命运给他设置的所有障碍，终于找到一个配得上他公司的继承人。最后，为了使这幕剧少一点戏剧性，他总结说：

“我这一生唯一的憾事，就是我在那么多葬礼上唱过歌，却不能为自己的葬礼唱一回。”

典礼结束时，他理所当然地高歌了一曲，唱的是《托斯卡》中的咏叹调《向生命告别》。清唱，没有伴奏，就像他最喜欢的那样，而他的声音依旧坚定有力。弗洛伦蒂诺·阿里萨十分感动，但只在他道谢时微微颤抖的声音中显露出这一点。他已经完成了生活中所有能想和能做的事，到达了人生的巅峰，而这一切都源自那个刻骨铭心的决心，那就是要活着，健康地活着，直到自己的命运得到费尔明娜·达萨庇护的那一刻。

尽管如此，在莱昂娜·卡西亚尼为他举办的晚会上，陪伴他的并不只是对费尔明娜·达萨的回忆，而是对所有女人的回忆：既有那些已经在墓地里长眠的女人，她们透过他种在她们坟上的玫瑰思念着他；也有那些仍和丈夫同枕共眠的女人，她们丈夫头上的犄角[1]在月光下闪着金光。只因缺少那一个女人，他便希望同时和所有女人在一起，事实是，每当他感到恐惧惊慌，他便格外地需要她们。因此，

①西班牙语中，称一个男人头上长犄角，暗指其妻子不忠。

即使在他最艰难的时期，最糟糕的时刻，他也始终和这许多年来数不清的情人们保持着哪怕最微弱的联系：他始终追随着她们的踪迹。

就这样，那天晚上他想起了罗萨尔芭，他最早的情人，那个把他的童贞当作战利品带走的女人。对她的记忆依旧像当初第一天那样让他痛心。他只要一合上眼，就看见她穿着麦斯林纱裙，戴着长绸带的帽子，在甲板上摇着装孩子的鸟笼。多年来，他曾好几次收拾好一切准备去找她，尽管既不知道她在哪里，也不知道她姓什么，甚至不知道要找的人究竟是不是她，但他确信能在兰花丛中的某个地方找到她。每一次，都是在船即将撤掉踏板的最后一刻，由于某种现实原因，或是他一念间的动摇，旅行又被推迟了：永远都是某个与费尔明娜·达萨有关的理由。

他想起了拿撒勒的寡妇，唯一亵渎过他母亲在窗户街的家的女人，虽然当初并不是他，而是特兰西多·阿里萨自己敞开门让她进去的。尽管她在床笫间表现不佳，但他对她的理解比对其他任何女人都多，因为她是唯一一个温柔得可与费尔明娜·达萨相比的人。但她那难以驯服的野猫秉性，更甚于她那股温柔的力量，这使得他们注定无法忠于对方。然而，他们仍在将近三十年的时间里保持了断断续续的情人关系，这还得感谢他们信守的那句火枪手的座右铭：可以不忠，但不可背信弃义。此外，她还是弗洛伦蒂诺·阿里萨唯一为之出头露面的女人：当他得知她已去世，需要靠施舍下葬时，他出钱安葬了她，并独自出席了葬礼。

他也想起了他爱过的其他寡妇。普鲁登西娅·皮特雷，他的情人中尚活在世上最老的一位，人们都叫她“二夫寡妇”，因为她曾两次守寡。还有另一个普鲁登西娅，阿雷利亚诺的遗孀，一个多情的女人。

她扯下他衣服上的扣子，只为了让他在她家里多留一会儿，等她重新缝上。他还想起了何塞法，苏尼加的遗孀，她疯狂地爱他，即便不能让他属于自己，也不愿让他属于别人，差点儿在他睡梦中用修枝的大剪刀把他那陀螺似的玩意儿剪掉。

他想起了安赫莱斯·阿尔法洛。她的出现虽然短暂，却是所有女人中最让他喜欢的。她来本市是为了在音乐学校教六个月的弦乐课。在月光皎洁的夜晚，她像初来到这世上时一样赤裸着身子，和他一起坐在她家的屋顶天台上，用大提琴拉起一组最美的旋律，琴声在她金色的大腿间变成了男人的声音。从第一个月夜开始，他们就像如狼似虎的新手一般做爱，撕心裂肺。但是，安赫莱斯·阿尔法洛终于像来时一样走了，带着她女性的温柔和那把淫荡的大提琴，乘一艘挂着遗忘之旗的远洋轮船一去不返。在月光下的天台上，她唯一留下的是一个挥着白手绢告别的姿势，那手绢仿似一只地平线上的孤凄白鸽，如花会上的诗句中描写的一样。和她在一起时，弗洛伦蒂诺·阿里萨学会了一件他其实已在无意中多次体验过的事：可以同时爱上几个人，并带着同样的痛苦爱着她们所有人，不背叛其中任何一个。他孤身一人置于码头的人群中，突然发狠似的对自己说："人心的房间比婊子旅馆里的客房还多。"告别的痛苦使他热泪盈眶。然而，轮船才刚消失在地平线上，对费尔明娜·达萨的思念又占据了他全部的空间。

他想起了安德雷娅·瓦隆。上一个星期他都是在她家门前度过的，但浴室窗子里透出的橙黄色灯光提醒他不能进去：已经有人捷足先登。有人，但不知是男是女，因为安德雷娅·瓦隆的爱混乱不堪，她并不在意这类细枝末节。在他名单上的所有女人中，她是唯一一个靠出卖肉体为生的，但她随心所欲地掌管着自己的身体，并没有老鸨。在最好的年景里，她曾做出一番传奇的地下交际花事业，无愧于她在战时获得的封号：大众圣母。她曾使省长和海军上将为之倾倒，也曾有些军界要人和文化名流趴在她肩头哭泣，他们个个都自认为卓荦不凡，有些的确如此，但有些却名不副实。不过，有一件事倒千真万确，拉法埃尔·雷耶斯总统曾在访问本城期间，利用两场会晤的间歇，用匆匆半小时授予了她一份终身抚恤金，以表彰她对财政部所做出的卓越贡献，虽然她并未在那里工作过一天。她在力所能及的范围内，将自己的欢愉当作礼品分发给众人。她的不检点行为确实众所周知，但谁也无法拿出不利于她的确凿证据来，因为她那些身份显赫的同谋们像保护自己性命一样保护着她，他们知道一旦出现丑闻，损失最为惨重的将是他们，而不是她。弗洛伦蒂诺·阿里萨为她亵渎了自己不付钱的神圣原则，她也为他破了自己连丈夫也不免费的老规矩。他们以象征性的价钱成交，一次只收一比索，但她不亲手接，他也不亲手给，而是把钱放在一个小猪存钱罐里，攒够一定数量后，就拿到“代笔人门廊”去随便买一件别致的外国小玩意儿。正是她使得他在便秘时期使用灌肠剂时有了不同的快感，并说服了他与她分享灌肠剂，在他们疯狂的下午时光一起使用，试图在爱之中创造出更多的爱来。

在这许许多多的冒险幽会中，他认为唯有一个女人让他幸运地尝到了一滴苦涩的滋味，那就是令人难以捉摸的萨拉·诺列加。她在圣牧羊女疯人院里结束了自己的一生，整日不停地背诵淫秽的旧诗句，以至于人们不得不把她隔离，以免她让其他疯女人更疯。然而，当弗洛伦蒂诺·阿里萨接管了CFC的全部重任后，就没有太多时间，也没有太多心情去找人代替费尔明娜·达萨了：他知道，她是不可取代的。渐渐地，他落入了常规，只去看那些他已经结交的女人，只要她们还能为他提供欢愉，只要他还有能力，只要她们还活着，他就和她们做爱。而到圣神降临节的那个星期日，胡维纳尔·乌尔比诺医生去世的时候，他已经只剩下一个情妇了，只有一个。她刚刚年满十四岁，具备一切能令弗洛伦蒂诺·阿里萨爱得发狂的特质，这是到那时为止其他任何女人都没能做到的。

她叫阿美利加·维库尼亚，两年前从父亲港的海滨来到这里。她的家人请求弗洛伦蒂诺·阿里萨当她的校外监护人，并称二人间有亲戚关系。家里人送她来时，她身上带着一份供她接受高等师范教育的政府奖学金，还有铺盖卷和一只像洋娃娃用的马口铁皮小箱。从她穿着白色短靴、扎着金色辫子从船上走下来的那一刻起，弗洛伦蒂诺·阿里萨就强烈地预感到，他们将在一起度过无数个星期日午后的小憩时光。不论从哪个角度看，她都还是个孩子，锯齿般的牙齿，膝盖像小学生的那样光滑，但他即刻就隐约地预见到她将很快成为哪一种女人。在漫长的一年中，他为自己精心地培育着她，星期六带她去看马戏，星期日带她去公园，吃冰激凌，伴她度过一个个童年般纯真的黄昏，赢得了她的信任和喜爱。他以慈祥祖父般的温和，狡诈地牵着她的手，逐渐把她领向自己的地下屠场。对她来说，这一切都是在顷刻间发生的：天堂的大门为她敞开了。花蕾瞬时绽放，令她漂浮于幸福的净界之中。这对她的学业是一种有效激励，为了不失去周末离校的机会，她始终保持着班上第一名的成绩。而对他来说，这是他暮年港湾中最温暖的角落。在这么多年一次次精心算计的爱情之后，天真无邪的生涩味道别有一番新鲜的堕落的快乐。

两人契合之极。她表现的就是她本来的样子，一个在一位饱经风霜、对一切司空见惯的可敬男人的引领下，准备好去了解生活的姑娘；而他则有意识地扮演起他原本最怕成为的角色：一位年老的恋人。他从没有把她和费尔明娜·达萨比较过，尽管两人的相似之处一目了然，不止是年龄、校服、发辫和欢快奔放的走路方式，就连那高傲任性的性格都十分相像。更有甚者，曾经爱情于他最大的诱惑便是找到一个费尔明娜·达萨的替代品，可如今这想法竟被彻底地抹掉了。他喜欢她本来的样子，而且最终，他怀着一份人到暮年的狂热欢欣，爱上了她本来的样子。她是唯一一个他倍加小心地防止其受孕的女人。幽会了六次以后，对两人来说，都再没有任何美梦可以和星期日的下午相比。

他是唯一有权把她从寄宿学校里接出来的人。他坐着 CFC 的六缸哈德逊汽车去找她。有时，在没有太阳的下午，他便降下车篷带她去海滩兜风。他戴着他那顶忧郁的帽子，她则笑得前仰后合，用两只手护住与校服配套的水手帽，以免它被风吹跑。有人跟她说，除非必要，否则不要跟她的校外监护人走在一起，不要吃他尝过的任何东西，也不要离他的呼吸太近，因为衰老是会传染的。可她毫不在乎。两人全然不理会别人的眼光，毕竟，他们的亲戚关系尽人皆知，更何况年龄相差甚远，这让他们避免了一切猜疑。

圣神降临节的那个星期日，下午四点，丧钟敲响的时候，他们刚刚做完爱。弗洛伦蒂诺·阿里萨不得不竭力压制内心的惊慌。在他年轻的时候，丧钟仪式是包含在葬礼的价格中的，只有那些一贫如洗的人才会负担不起。但在最近的一次战争之后，保守党政府在世纪之交巩固了殖民时期的习俗，葬礼变得极其昂贵，只有最富有的人才付得起费用。大主教但丁·德鲁纳死的时候，全省的钟没有停歇地敲了整整九天九夜，公众惊恐万分，以至于他的继任者把丧钟仪式从葬礼中单列出来，只有最显赫的死者才有权享受。所以，当弗洛伦蒂诺·阿里萨在圣神降临节的下午四点听见大教堂响起丧钟时，他仿佛觉得早已逝去的青年时期的幽灵又来拜访他了。他完全没有想到，这竟是自从在大弥撒的出口处看见怀有六个月身孕的费尔明娜·达萨的那个星期日起，多年以来他一直满心期待的丧钟。

“见鬼！”他在昏暗中说道，“肯定是哪条大鱼，才会让大教堂敲起丧钟来。”

全身赤裸的阿美利加·维库尼亚刚刚醒来。

“应该是因为圣神降临吧。”她说。

弗洛伦蒂诺·阿里萨对教堂的事务丝毫也不在行，自从跟一个教他拉小提琴的德国人一起在唱诗班拉过一段时间琴之后，他便再也没去望过弥撒。那个德国人还教给他发电报的学问，但关于他的去向，弗洛伦蒂诺·阿里萨没有得到过任何确切的消息。不过，他确信无疑，这钟声不是为圣神降临而敲响的。他知道，城中确实有一场葬礼。那天早上，一个加勒比流亡者委员会的代表到他家，通知他赫雷米亚·德圣阿莫尔清晨在自己的工作室里去世了。弗洛伦蒂诺·阿里萨虽然与他交情不深，却跟其他很多加勒比流亡者是朋友，常被邀请去参加他们的公共活动，尤其是葬礼。但他敢肯定，丧钟不是为赫雷米亚·德圣阿莫尔而敲的，他是个不信教的军人，还是个顽固的无政府主义者，更何况，他是自杀的。

“不！”他说，“这样的丧钟只可能是为省长以上的人物敲的。”

阳光从没有关严的百叶窗里照进来，阿美利加·维库尼亚苍白的身体上映出一道道虎皮似的斑纹。她还远没有到能够想到死亡的年龄。午饭后，他们做了爱，此时正处在午睡后似醒非醒的昏沉中，两人赤裸着身体，躺在叶式吊扇下，吊扇的嗡嗡声并不足以掩盖那一只只在晒得滚烫的锌皮屋顶上走动的兀鹫噼里啪啦的脚步声。弗洛伦蒂诺·阿里萨爱她，就像爱其他偶然出现在他漫长生命中的女人，但对她的爱却带有更多的辛酸，因为他确信，等她从高等学校毕业，他早已衰老而死。

这个房间更像船上的一个舱室，墙壁上嵌的木板条也给人轮船的感觉，一层层地刷过很多次漆。尽管床上方挂着吊扇，但下午四点时，由于金属屋顶的反射，这里比河道上的船舱要热得多。与其说这是间正式的卧室，不如说是间陆地舱室，是弗洛伦蒂诺·阿里萨命人在他的CFC办公室后面建的，没有别的目的和借口，不过就是为了给他的暮年爱情提供一个不错的巢穴。平日里，码头工人吵吵闹闹，河道港口的吊车震耳欲聋，轮船的汽笛声也响彻云霄，在这里很难睡得着觉。但对阿美利加·维库尼亚来说，这里是星期日的天堂。

圣神降临节那天，他们本想一起待到她必须回寄宿学校的时候，也就是《三钟经》祈祷前的五分钟，但丧钟让弗洛伦蒂诺·阿里萨突然想起他许诺过去参加赫雷米亚·德圣阿莫尔的葬礼，于是他比平时更快地穿好衣服。而在此之前，他像往常一样，先给女孩编好做爱前他亲手散开的辫子，然后把她抱到桌上，为她系上校鞋的鞋带，她自己总是系不好。他毫无邪念地帮她，而她也配合他完成这些事，就好像是一种义务：从最早的幽会起，两人便都失去了对年龄的意识，互相信任，就像一对一生中互相隐瞒了太多事情，以至于彼此间已无话可说的夫妻。

因为是假日，办公室的门都关着，漆黑一片。空无一人的码头上只停着一艘锅炉已经熄灭的船。天气闷热，预示着今年的又一场雨就要降临，然而，此刻空气纯净，加之星期日的港口格外宁静，这一切又似乎使人觉得这是个温和的月份。比起昏暗的舱室，这外部的世界更加酷热难耐，丧钟也更让人悲伤，虽然还是不知它为谁而鸣。弗洛伦蒂诺·阿里萨和女孩走下台阶，来到遍地硝石的院中，这里原是西班牙人贩卖黑奴的港口，至今仍留有磅秤的残件，以及现已生锈的曾在奴隶交易中使用的各种铁器。汽车正在仓库的阴凉处候着，他们在座位上坐好之后，才把伏在方向盘上睡着了的司机叫醒。车从鸡笼式铁丝网围着的仓库后面绕了一圈，然后穿过灵魂湾老市场的空地。那里有几个几乎全裸的成年人在玩球。在一阵飞扬的灼热尘土中，汽车驶出了内河港口。弗洛伦蒂诺·阿里萨十分肯定丧钟不是为赫雷米亚·德圣阿莫尔而敲，但这一直响个不停的钟声让他心中疑惑。他把手搭在司机肩上，在他耳边大声问丧钟是为谁敲的。

“是那个医生，留山羊胡子的那个。”司机说，“他叫什么名字来着？”

弗洛伦蒂诺·阿里萨不用想就明白司机说的是谁。可当司机告诉他医生是怎么死的，他瞬间涌起的希望就又破灭了，因为他觉得那不像是真的。通常，一个人的死法最能彰显其为人，可没有什么比这样的死法与他想象中的那个人更不相称了。尽管看起来荒唐，但那的确就是他：本城最高寿、医术也最高明的医生，此外，还由于其他诸多功绩，位列本城最杰出的人士之一。他八十一岁，试图去捉一只鹦鹉，结果从芒果树杈上摔下来，跌断脊椎而亡。

从费尔明娜·达萨结婚时起，弗洛伦蒂诺·阿里萨所做的一切都只是基于同一个希望，那就是有朝一日能听到这个消息。然而，这个时刻终于来临，他却并不像他在无数个不眠之夜中预见的那样，因胜利的激动而颤抖万分，相反，他颤抖是因为被一种恐惧感所包围：他以某种令人难以置信的清醒意识到，如果他死了，丧钟也会这样为他而敲。

汽车在石子路上颠簸，坐在他旁边的阿美利加·维库尼亚被他苍白的脸色吓坏了，问他出了什么事。弗洛伦蒂诺·阿里萨用自己冰冷的手握住了她的手。

“唉，我的孩子，”他叹了口气，“我得再活五十年才能把这一切讲给你听。”

他忘记了赫雷米亚·德圣阿莫尔的葬礼。他把女孩放在了寄宿学校的大门口，匆忙向她允诺说下星期六再来接她。接着，他便命令司机送他到胡维纳尔·乌尔比诺医生家里去。他在附近的街道上看到蜂拥而至的汽车和出租马车，房前也站满了看热闹的人。拉希德斯·奥利维利亚医生的宾客们在庆祝宴会的高潮时忽闻噩耗，乱哄哄地赶了过来。家里被挤得水泄不通，挪动一下都不容易，但弗洛伦蒂诺·阿里萨愣是挤出了一条道来，走到主卧室门前。他踮起脚尖，从堵在门口的一群人的头顶望去，只见胡维纳尔·乌尔比诺躺在双人床上，正在蹚过屈辱的死亡之潭，就像弗洛伦蒂诺·阿里萨从第一次听说他起，就希望看到的样子。木匠刚刚为棺材量过尺寸。在他身旁，费尔明娜·达萨还穿着为参加午宴而换上的如同新婚老妇似的衣服，若有所思，神色黯然。

自从青年时代就完全献身于这项胆大妄为的爱情事业以来，弗洛伦蒂诺·阿里萨连这一刻最微小的细节都预想到了。为了她，他不太计较手段地得到了名誉和财富，为了她，他细心保护着自己的健康和外表，其严谨程度会让同时代的其他男人觉得缺乏男子气。在这个世界上，没有任何一个人能为了什么人或事物像他这样等待：片刻也不曾气馁。终于证实了乌尔比诺医生的死，这为他注入了足够的勇气，在费尔明娜·达萨成为寡妇的第一个晚上，他便向她重申了他永恒的忠诚和不渝的爱情。

他心里并不否认，那是个轻率的举动，丝毫没有顾及时间和方式，但他如此匆忙是因为害怕机会失去就永不再来。他真心希望能以一种不这么莽撞的方式，而且他也的确曾设想过很多种可能，但命运不容他有别的选择。他从那个服丧的家里走出来，内心痛苦万分，因为他把她留在了和自己一样的激动状态之中。但同时他又无能为力，无法阻止事情发生，因为他感觉到，这个残酷的夜晚是从一开始就铭刻在两人命运之中的。

在接下来的两个星期里，他没有睡过一夜安稳觉。他不断绝望地问自己，没有他在身边的费尔明娜·达萨会在哪里，在想些什么，他把这样一个沉重的负担交到她手中，在余下的岁月里她会怎么做。他遭受了便秘的折磨，肚子胀得像一面鼓，不得不求助于缓和剂，这可并不比灌肠剂舒服。和新的疾病相比，他更能忍受这些老毛病，因为从年轻时起他就了解它们了。可此时，所有的老毛病却一齐向他袭来。休息一周之后，星期三他出现在办公室里。莱昂娜·卡西亚尼看到他竟苍白和邋遢到如此地步，不禁大惊失色。但他让她平静下来：不过是像平时一样，又失眠了。他再一次咬紧牙关，才没有让真相从他伤痕累累的心中滑落出来。大雨天，没有一丝阳光好让他静心思考。他在恍惚中又度过了一个星期，干什么都无法集中精神，吃不好，睡得更糟，一心寻找能给他指明获救之路的标记。但从星期五开始，一种平和的心境无缘无故地征服了他，他把这理解为一个征兆，预示着不再会发生什么新的事情了，他一生所做的一切努力都是徒劳，而且没有理由再继续下去：一切都已走到尽头。然而星期一，他回到窗户街的家中，竟发现有一封信漂在门厅的积水里。他立即认出了湿漉漉的信封上那高傲不屈的字体，生活中的无数波澜并没能改变它。他甚至相信自己闻到了凋谢的栀子花的夜间芬芳，因为在惊喜的第一瞬间，他的心就把一切告诉了他：这就是半个多世纪以来，他一刻也无法平静地等待的，那封信。

费尔明娜·达萨没有想到，她在一股无名邪火的驱使下写的那封信，竟会被弗洛伦蒂诺·阿里萨视作情书。信中，她倾泻了所有她能倾泻的愤怒，说了最残忍的话，以及最伤人乃至不公的诋毁。然而，在她看来，这些跟她所受的巨大侮辱相比，仍旧是微不足道的。这是她痛苦地驱除心中魔鬼的最后努力，试图以此适应她的新处境。她想找回自我，重获半个世纪奴仆般生活中被迫放弃的一切。那种生活无疑曾使她幸福，然而丈夫一死，她甚至无法找到自我的一点点痕迹。她像是别人家中的一个幽灵，漫无目的地游荡在一夜之间变得空阔而孤寂的房子里，不断痛苦地自问，究竟谁是亡者：是死去的丈夫，还是她这个留下来的人。

她无法摆脱隐藏在心底的怨恨，怨丈夫将她孤零零地遗弃在这汪洋大海之中。他的一切都会让她潸然落泪：枕头下的睡衣；那双在她看来只有病人才会穿的平底拖鞋；记忆里，她在床边梳头准备睡觉时，镜子深处的他脱掉衣服的情景；还有他皮肤的气味，在他死后还久久地留在她的皮肤上。无论正在做什么，她都可能会中途停下来，拍拍自己的额头，因为突然想起有什么事忘记告诉他了。她的脑子里每时每刻都会涌现出无数个日常问题，只有他才能回答。他曾经说过一件令她匪夷所思的事情：截肢后，患者仍能感受到已不存在的那条腿上的疼痛、痉挛和搔痒。这正如她失去他以后的感受，虽然他已经不在了，她却仍觉得他就在那里。

当她在成为寡妇后的第一个早晨醒来，闭着眼睛在床上翻了个身，想找一个更舒服的姿势继续睡下去，就在这一刻，她才真正意识到他死了。也只有在这时，她才察觉到，这是他多年来第一次没有在家过夜。另一个触动她的情境是在餐桌前，但不是因为感到孤单，尽管事实的确如此，而是因为她奇怪地相信，自己正在同某个已不存在的人一起用餐。直到她女儿奥菲利娅跟丈夫带着他们的三个女儿一起从新奥尔良来了以后，她才再次来到餐桌前吃饭，但也没用以前一直用的那张桌子，而是换了一张她让人放在走廊里、小一些的临时餐桌。在此之前，她没有正经吃过一顿饭。饿的时候，她就随时走进厨房，把叉子伸进锅里，有什么就吃点什么，也并不用盘子，而是站在火炉前，边吃边同女佣们说说话，她们是唯一能让她感到轻松一些、好过一些的人。然而，无论怎样努力，她死去的丈夫都仿佛无处不在：不论她去哪儿，从哪里走过，也不论做什么事情，都会碰到某件他的东西，让她又想起他来。尽管在她看来，悲痛是忠贞的，也是合理的，但她还是希望尽一切可能不在痛苦中沉迷下去。于是，她做出一个极端的决定：将所有能让她想起亡夫的东西全部清出家门，这也是她唯一能想到的办法，唯有这样才能让自己在没有他的情况下活下去。

这是一次毁灭性的清理仪式。儿子同意将书房里的所有东西都搬走，好让她把这里改成缝纫室，自结婚以来，她还从没有过一间缝纫室。女儿则会带走一些家具和许多件她觉得适合在新奥尔良的古董行里拍卖的东西。这一切都让费尔明娜·达萨轻松了许多，尽管当她了解到自己在新婚旅行中买回来的东西已变成了古董商的文物时，心中有些不快。她不顾佣人、邻居以及那些日子赶来陪她的女友们沉默的惊愕，让人在房子后面的空地上点起一堆篝火，一股脑儿地烧掉了所有能使她回忆起丈夫的东西：上世纪以来城中所能见到的最昂贵、最考究的衣服，最精致的鞋子，比照片更具他本人风格的帽子，他临死前从上面起身的午睡摇椅，以及无数件与他的生活息息相关、已成为他本人一部分的物品。她做这些时没有一丝犹豫，完全确信丈夫也会同意这样做，还不仅仅是出于卫生的考虑。他曾多次表达过死后火化的愿望，不愿被囚禁在那黑暗的、没有一丝缝隙的雪松木盒子里。当然，他信奉的宗教禁止他这样做：他曾大着胆子探问过大主教的看法，但大主教斩钉截铁地予以否定。这纯属妄想，教会绝不会允许在我们的墓地上设置火葬炉，即便是专供非天主教徒使用也不行。事实上，除了胡维纳尔·乌尔比诺，谁也看不出这样做有什么好处。但费尔明娜·达萨深深记得丈夫的恐惧，即便是在最初那几个小时的恍惚中，她也没有忘记吩咐木匠在棺材上留一道能透光的缝隙，以此作为对丈夫的安慰。

但不管怎样，那次焚烧行动是徒劳的。费尔明娜·达萨很快便发现，对亡夫的记忆不仅经得住火烧，而且似乎也经得住时间的流逝。更糟的是，当衣物化成灰烬，她不但依然十分怀念丈夫惹人喜欢的地方，而且也怀念起他令她心烦之处，比如每日起床时他弄出的声响。

这些回忆帮助她走出了痛苦的丛林。于是，她再次下定决心，要带着对丈夫的回忆继续生活下去，就好像他没有死一样。她知道，每天早上醒来时依旧会很痛苦，但慢慢会好起来的。

果然，三个星期以后，她开始看到曙光。可是随着光线越来越强，越来越清晰，她逐渐意识到自己的生活中有一个居心叵测的幽灵，让她一刻也不得安宁。他已不是当年那个在福音花园偷偷窥视她的让人可怜的幽灵，不是那个她进入暮年以后还时常怀着某种柔情想起的幽灵，而是那个穿着刽子手的长礼服、把帽子拿在胸前的令人厌恶的幽灵。他愚蠢的无礼行为让她心烦不已，以至于总是挥之不去。自从十八岁那年拒绝他以后，她一直觉得自己在他身上播下了仇恨的种子，而时间将使这种子生根发芽。她时刻都感觉到这种仇恨，每当这个幽灵离她很近，她都能在空气中闻到仇恨的味道，单是看他一眼，就使她心慌意乱。她是那么怕他，以至于在他面前，她始终找不到一种自然的方式让自己举止得体。那天晚上，当他向她重申爱情时，纪念亡夫的鲜花所散发的芳香还在房子里弥漫，她不能不把这种无礼的言行视作他报复行为的第一步，谁又知道这之后究竟还隐藏着多少阴险的企图呢。

他固执地占据着她的脑海，这让她怒火中烧。葬礼的第二天，她一醒来就想起了他，但凭借着坚定的意志，她又成功地把他从头脑中清除出去了。但怒火总是会不断回来，她很快就发现，想忘掉他的极大渴望便是最强烈的诱因，迫使她不得不想起他来。于是，她第一次被怀旧的情绪笼罩，壮着胆子回想起那段缥缈爱情的虚幻时光。她试着细细回想那时的小花园，干枯的杏树，以及他坐的那条长凳，试着回想这一切原本都是什么样子，因为它们全已不再是当初的模样。一切都已改变。那些树,连同满地的黄色落叶都不见了。在那个被斩首的英雄塑像的位置，人们树起了另一尊穿着华丽制服的雕像，没有姓名，没有日期，也没有说明建造缘由，但它有一个很气派的墩座，里边安着该地区的电力控制装置。她家的房子早在多年前就已卖掉，如今在省政府的手里破败得快散了架。要想象出弗洛伦蒂诺·阿里萨那时的样子，对她来说已殊非易事，而要把那个站在雨中的沉默寡言、无依无靠的小伙子，和现在这个体弱多病的腐朽老头儿认作同一个人，就更是难上加难了。这个老头儿完全不顾她的处境,对她的痛苦没有一丝一毫的尊重,就那么站到她的面前,用烈火般的侮辱灼烧着她的灵魂，至今都让她心烦得喘不过气来。

当初，她为了从林奇小姐那桩倒霉事中恢复过来，到伊尔德布兰达·桑切斯表姐的马利亚之花庄园住了段日子，之后不久，表姐也来看望过她。表姐来的时候，又老又胖，但很幸福，由大儿子陪着。像父亲一样，她的大儿子已当上了陆军上校，但由于不光彩地参与了对圣胡安·德拉希耶纳加香蕉园工人的屠杀，曾被父亲拒之门外。两姐妹多次相见，每次都把时光消磨在回忆之中，回忆着她们初识的那个年代。最后一次来访时，伊尔德布兰达比以往任何时候都更怀念古老的好时光，并为眼下的年老体衰感慨万千。为了更好地沉浸在往事中，她带来了那张她们打扮得像古老贵妇似的照片，是那个比利时摄影师拍的，也正是在那个下午，年轻的胡维纳尔·乌尔比诺优雅地刺中了任性的费尔明娜·达萨的心房。费尔明娜·达萨自己的那张照片已经丢了，而伊尔德布兰达的这张也几乎快看不清了，但两人还是在那令人伤怀的模糊影像中认出了自己:那样的年轻、漂亮，而这一切已经一去不返。

要想让伊尔德布兰达不提起弗洛伦蒂诺·阿里萨是不可能的，因为她一直认为他的命运与自己的十分相似。她回想起她第一次发电报那天看到他的样子，那个注定被恋人遗忘的可怜小鸟的形象永远也无法从她心中抹去。而费尔明娜·达萨呢，她后来见过他很多次，当然，并没有跟他说话，但她无法相信他就是自己的初恋爱人。总是有关于他的消息传到她这里，就像城中所有那些稍有点影响的人物只要有消息迟早都会传到她耳中一样。人们说他从未结过婚，因为他的兴趣与众不同。但这并没有引起她的注意，一方面是因为她从不理会传言，另一方面则因为人们对很多无可指摘的男人也会有类似的议论。但她觉得奇怪的，是弗洛伦蒂诺·阿里萨始终穿着他那身古怪的衣服，使用奇怪的沐浴露，而且，在他以如此引人注目和值得尊重的方式为自己的生活开辟了道路之后，却仍然神秘得像个谜一样。她无法相信他就是当初那个人，每当伊尔德布兰达感叹"可怜的人，他受了多少苦啊"的时候，她总是惊讶不已。因为从很久以前开始，她看到他时就已经感觉不到痛苦了：他已是一个从她心里被抹去的影子。

然而，在电影院遇到他的那个晚上——那也是她从马利亚之花回来后不久的事——一种奇怪的感觉油然而生。他身边有个女人，而且是个黑女人，她并不感到惊讶。她诧异的是他竟保养得那么好，举止甚至比以前更加洒脱自如。她没有意识到，当林奇小姐令人烦恼地闯入她的私生活后，发生改变的自然应该是她，而不是他。从那时起，二十多年里，她带着更为同情的眼光看他。在为丈夫守灵的那天晚上，她不仅认为他的出现是可以理解的，甚至认为他对她的怨恨已自然地结束了：他的现身是原谅与遗忘的象征。所以，他竟然戏剧性地向她重申了在她看来从未存在过的爱情，实在出乎她的意料，而且还是在这样一个无论他还是她都只能安于天命的年纪。

在为丈夫举行了象征性的火葬仪式后，第一次冲击给她带来的不可遏制的愤怒不但丝毫没有削减，而且越来越无法控制，甚至节外生枝起来。更有甚者，她好不容易摆脱了对死者的回忆，记忆的空间却被那片罂粟花缓慢而无情地占据，那里埋葬的是有关弗洛伦蒂诺·阿里萨的一切。就这样，她不情愿地想着他，越想越愤怒，而越愤怒就越想，直到最终无法忍受，几乎要发起疯来。于是，她坐到亡夫的写字台前，丧失理智地给弗洛伦蒂诺·阿里萨写了一封长达三页的信，满是侮辱和恶毒的挑衅。如此主动地做了她漫长的一生中最不体面的一件事后，她内心感到安慰。

而对弗洛伦蒂诺·阿里萨来说，那几个星期也是极其痛苦的。向费尔明娜·达萨重申爱情的那天晚上，他漫无目的地徘徊在被下午的大雨破坏殆尽的街道上，惊恐地自问，他刚刚杀死了围困自己半个多世纪的老虎，接下来该拿虎皮怎么办。由于暴雨肆虐，城市处于危急状态。一些房子里，半裸着身体的男女正试图凭上帝的旨意从洪水中抢救出点儿什么来。弗洛伦蒂诺·阿里萨觉得这场众人的灾难仿佛也与自己息息相关。但此刻，风平浪静，加勒比的星星也静静地待在原来的位置上。忽然，在一片寂静之中，弗洛伦蒂诺·阿里萨听到一个男人的歌声，那正是许多年前他和莱昂娜·卡西亚尼在同一时刻、同一个街角听到的歌声：我从桥上回来，泪流满面。那样的一首歌，那样的旋律，那样的夜晚，仿佛只为他而存在，且与死亡有着某种关联。

他从没有像此时这样想念特兰西多·阿里萨，想念她睿智的话语，想念她用纸花装扮起来的可笑的女王发式。无可避免，每当处在灾难的边缘时，他都需要一个女人的庇护。于是，他一路寻着可以找到女人的方向，来到师范学校，看见阿美利加·维库尼亚宿舍的一长排窗户上有一盏灯光。他做出了很大努力，才没让自己陷入老祖父的疯狂，在凌晨两点钟，把正在温暖的襁褓里安眠、还散发着摇篮的哭泣味道的孙女带走。

在城市的另一端，莱昂娜·卡西亚尼孤独而自由，毫无疑问，她愿意在凌晨两点、三点，或是在任何时刻、任何情况下为他提供他需要的同情。而这也不是他第一次在失眠的荒原中去敲她的门，但他知道，她太聪明，他们彼此又爱得太深，他不可能只伏在她膝上哭泣而不告诉她原因。想了许久，也像梦游一样在荒凉的城市中徘徊了许久，他终于想起找哪个女人都不如找普鲁登西娅·皮特雷，那个“二夫寡妇”。她比他岁数小。他们上世纪就已相识，后来不再见面，是因为她坚持不愿让人看见她那时的样子：眼睛半瞎，已到了苍老的边缘。一想到她，弗洛伦蒂诺·阿里萨就立刻回到窗户街，在一个购物袋里装上了两瓶波尔多葡萄酒和一小瓶腌菜，然后便去看她，尽管他都不知道她是否还住在原来的地方，是否一个人，甚至是否还活着。

普鲁登西娅·皮特雷没有忘记他挠门的暗号，问都没问便给他开了门。在他们还自以为年轻其实不然的时候，他一直用这个暗号来表明身份。他穿着黑呢子衣服，戴着硬礼帽，胳膊上挂着一把蝙蝠似的雨伞，在漆黑一片的街上几乎辨不出身形。她的眼神不好，光线又暗，根本什么都看不清。但借着路灯照在他眼镜的金属框上反射出的光亮，她认出了他。他看上去就像个双手还沾满了鲜血的杀人凶手。

“请收留一个可怜的孤儿吧。”

这是他唯一能想到的话，只是为了说点儿什么。他很惊讶，自从上一次见面以来，她竟衰老了这么多，而且他很清楚，她心里一定也是这样看他的。但他又自我安慰地想，等过上片刻，当两个人从最初的惊愕中恢复过来之后，慢慢就会发现其实生活在对方身上留下的伤痕并没有那么明显，然后就又会觉得彼此依然像当初认识时那样年轻了。

“你看上去就像要去参加葬礼。”她说。

确实如此。而她也像几乎全城的人一样，从十一点钟起就守在窗前，观看自大主教德鲁纳死后出席人数最多、也最豪华的送葬队伍。震撼大地的隆隆炮声、军乐队吹奏出的不和谐乐声，以及盖过了所有教堂自前一天起就敲个不停的丧钟的哀歌声，这一切交织在一起，把她从午睡中惊醒。她从阳台上看见穿着仪仗队制服骑在马上的军人、宗教团体、学校学生、政府要员乘坐的黑色长轿车、葬礼马车（拉车的马匹头上戴着插有羽毛的盔帽，身上披着金色披挂），以及一辆历史悠久的炮车，上面载着盖有国旗的黄色棺木，走在最后的是一列至今仍用来运送花圈的老式敞篷马车。午后不久，送葬队伍刚从普鲁登西娅·皮特雷的阳台前经过，便下起了倾盆大雨，人群惊慌散开。

“这样的死法真是荒唐啊！”她说。

“死是不会有滑稽之意的。”他说，又感伤地补了一句：“特别是到了我们这个年纪。”

他们坐在露台上，面对广阔的大海，望着光晕几乎占据了半个天空的月亮，欣赏着地平线上一条条轮船的五彩灯光，享受着暴风雨后温和芳香的微风。他们一边喝着波尔多葡萄酒，一边就着腌菜吃着普鲁登西娅·皮特雷从厨房的一个乡村面包上切下来的面包片。她无儿无女，自从守寡后，他们一起度过了无数个这样的夜晚。弗洛伦蒂诺·阿里萨刚遇见她时，正是她可以接待任何愿意陪她的男人的时候，即便那男人是按小时租来的。但两人最终却建立起一种比表面看上去更严肃、也更长久的关系。

尽管她从没有暗示过，但如果能与他一起再次步入婚姻殿堂，那么，即便是让她把灵魂出卖给魔鬼，她也会心甘情愿。她知道，要适应他的吝啬，他早熟外表下不谙世事的执拗，他古怪的性情，他只知索取、不愿付出的渴望，这一切都不容易，但尽管如此，却没有哪个男人是比他更好的伴侣了，因为这世上没有哪个男人比他更需要爱。但同时，也没有哪个男人比他更油滑，因此，他们的爱从不会超越他所掌控的界线：一切以不干扰他为费尔明娜·达萨保持自由之身的决心为准则。不过，他们的爱情还是持续了很多年，即便是在他安排好一切，让她嫁给了一个商业代理人后依旧如此。那个代理人每次在家里待三个月，然后便要四处跑三个月，她和他有一个女儿和四个儿子，据她发誓说，其中一个儿子是弗洛伦蒂诺·阿里萨的。

他们不顾时间地交谈着，因为自年轻时起两人就习惯了分享失眠之夜，老了以后，失眠就更不会让他们失去什么了。虽然弗洛伦蒂诺·阿里萨喝酒几乎从不超过两杯，可这回，三杯下肚后，他仍旧没缓过气来。他汗如雨下，于是“二夫寡妇”让他脱掉外套、背心和长裤，如果愿意，全部脱掉也可以，这他妈的又算什么，说到底，比起穿着衣服，他们赤身裸体时更加了解对方。他说，如果她脱，他就脱。可她不愿意：很久以前，她就在衣橱的镜子里照过，立刻明白，她不会再有勇气让他或者任何人见自己的裸体。

弗洛伦蒂诺·阿里萨处于兴奋之中，喝了四杯波尔多还是静不下来。他继续回忆往事，述说着美好的过去，从很久以前开始，这就是他唯一的话题了。事实上，他迫切希望的，是从对往昔的回忆中找到一条秘密之路，以让自己得到发泄。因为这就是他急需的：把灵魂从嘴中释放出来。当他看到地平线上最初的几道光亮时，尝试着旁敲侧击地接近目标。他用一种看似随意的方式问道："比如像你这样，身为寡妇，又到了这把年纪，如果有人向你求婚，你会怎么办？"她笑了，笑出一脸老太婆的皱纹，反问道：

"你是在说乌尔比诺的寡妇吧？"

弗洛伦蒂诺·阿里萨总是在最不该忘记的时候忘记这一点：女人们对问题中隐含的意思比对问题本身想得更多，而普鲁登西娅·皮特雷尤其如此。她一针见血得令人心惊胆寒，他惊慌失措，想赶紧找一扇假门溜走："我是说你。"她又笑了："去逗你的婊子娘吧。愿她的在天之灵安息。"她催他把想说的事说出来，因为她知道，无论他，还是任何一个男人，都不会在久别多年之后，仅仅为了喝波尔多、吃乡村面包就腌菜而在凌晨三点把她叫醒。她说："只有当一个人想找人大哭一场时，才会这样做。"弗洛伦蒂诺·阿里萨败下阵来。

"这回你可错了。"他说，"我今晚来其实是为了唱歌。"

"那咱们唱吧。"她说。

他用动听的嗓音唱起了当时的流行曲：拉蒙娜，没有你，我无法活下去。这一夜就这样结束了，因为他不敢再和这个已反复证明了她了解月亮的另一面的女人玩这种禁忌游戏。他走出门去，仿佛来到了另一座城市，六月里最后的大丽花香飘四溢，而他仿佛走在年轻时的街道上，又一次见到一个接一个的寡妇在黑暗中去望五点钟的弥撒。但如今，是他，而不是她们，不得不走到另一边的人行道上去，为了不让人看到他止不住的泪水。他以为这都是从半夜开始才流淌不息的，但其实并不是，这是五十一年九个月零四天以来，他一直强压在心头的泪水。

当他在一扇耀眼的窗前醒来时，不知道自己身在何处，也失去了对时间的把握。阿美利加·维库尼亚和女佣们在花园里玩球的声音把他带回了现实：他躺在母亲的床上，这间卧室始终保持着原样，在少有的孤独让他不安的时候，他常常睡在这里，以减少一点寂寞。床对面是堂桑丘餐厅那面大镜子，每每醒来时就能看见它，看见镜子深处反射出的费尔明娜·达萨的身影，对他来说就已足够了。他知道今天是星期六，因为每到这一天，司机便会从寄宿学校把阿美利加·维库尼亚接出来，送到他家。他意识到之前一边梦见自己无法入睡，一边却不知不觉睡着了，还做了一个梦，梦里被费尔明娜·达萨愤怒的脸庞扰得心神不宁。他一边洗澡，一边想下一步该怎么办。他不慌不忙地穿上最好的衣服，喷了香水，给那两撇尖尖的白胡子上胶。刚走出卧室，他便从二楼的走廊上看见了那个穿校服的漂亮姑娘。她正在跃起身子接住空中的皮球，那迷人的身姿曾在那么多个星期六让他战栗不止，但这天早上，却没有在他心中激起丝毫涟漪。他示意她跟他走。上汽车前，他毫无必要地对她说："今天我们不玩小游戏。"他带她来到美洲冷饮店，那里挤满了和孩子一起在天花板的大吊扇下吃冰激凌的父母们。阿美利加·维库尼亚要了一个好几层的冰激凌，装在一只巨大的杯子里，每一层的颜色都不同。这是她最喜欢的冰激凌，也是这里卖得最好的，因为它能散发一种神奇的烟雾。弗洛伦蒂诺·阿里萨一边喝着黑咖啡，一边一言不发地看着女孩，她用一把很长的勺子吃着冰激凌，一直够到杯底。他目不转睛地看着她，突然说道：

"我要结婚了。"

她拿着勺子的手停在空中，脸上露出一丝疑惑，她看着他的眼睛，随即又镇静下来，笑了笑。

"撒谎，"她说，"老头儿是不会结婚的。"

那天下午，他们一起去看了公园里的木偶戏，在防波堤的炸鱼摊上吃了午饭，看了刚到本城的一个马戏团关在笼子里的野兽，在"代笔人门廊"那儿买了准备带回寄宿学校的各种甜食，又乘着敞篷汽车在城中转了几圈，这都是为了让她逐渐习惯一点，即他是她的监护人，而不是她的情人。之后，在一场没完没了的大雨中，刚好赶在《三钟经》祈祷之前，他把她送回了学校。星期日，他给她派了汽车，以便她和女伴们外出散心，但他不想见她，因为从上星期起，他已完全意识到了两人年龄上的差距。那天晚上，他下定决心要给费尔明娜·达萨写一封请求原谅的信，哪怕只是为了表明自己并没有放弃，但最后又决定第二天再写。星期一，就在饱受煎熬整整三个星期的时候，被大雨淋得湿透的他走进家门，发现了她的信。

那是晚上八点。两个女佣都已睡下，她们留着走廊里唯一的一盏长明灯，好照着弗洛伦蒂诺·阿里萨走进卧室。他知道，他那简单乏味的晚餐就摆在饭厅的桌子上，很多天以来，他都只是随便吃两口东西，而此刻，好容易累积下来的一丝饿意又因为激动被抛到了九霄云外。由于双手颤抖，他费了好大劲才把卧室的大灯点亮。他把湿漉漉的信放在床上，点亮床头柜上的小灯，故作镇定——这是他让自己平静下来的一贯做法。他脱掉湿透的外套，把它挂在椅背上，又脱掉背心，折好放在外套上，然后，他解下黑色的丝质领结，摘下如今已经过时的赛璐珞衣领，把衬衫的扣子解至腰间，松开皮带，以便更好地呼吸，最后，他摘下帽子，把它晾在窗边。突然，他浑身颤抖了一下，忘记把信放到哪里去了，这让他紧张万分，以至于最后找到信时大吃一惊：他已经不记得自己把它放到床上了。打开之前，他用手绢擦干信封，小心翼翼不让写着自己名字的墨水洇开。这样做时，他突然意识到这个秘密已非他们两人独享，而是至少有第三人知晓，因为不管送信人是谁，那人必会注意到乌尔比诺的遗孀在丈夫死后仅三个星期便写信给一个她圈子以外的人，而且如此急迫，没有通过邮寄，还如此神秘，嘱咐他不能交到对方手中，而是要像匿名字条一样，从门下塞进来。他无需撕坏信封，因为胶水已被水浸开了。但信还是干的：密密麻麻的三页纸，没有抬头，末尾签名是她婚后姓名的首字母。

他坐在床上，先飞快地读了一遍。比起内容来，信的语气更让他好奇。还没读到第二页，他就已经知道这正是一封他一直在等的辱骂信。他把信展开，放在床头灯的光亮下，然后脱下湿漉漉的鞋袜，走到门口熄了大灯，戴上岩羚羊皮的护须罩，没脱裤子和衬衫就躺了下来，头倚在他阅读时常用来当靠背的两个大枕头上。他又读了一遍，这次是一字一句，逐字推敲，不放过任何一个隐藏的含义。之后，他又读了四遍，直到脑中充满了那些字句，而它们开始失去原本的意义。最后，他把没套信封的信放到床头柜的抽屉里，仰面躺下，两手交叉枕在脑后。四个小时里，他的眼睛一眨不眨地呆望着那面她曾出现在其中的空镜子，几乎没有了呼吸，比死人还像死人。午夜十二点整，他来到厨房，煮了一壶浓得像原油似的咖啡，拿到房间里，然后将假牙放进床头柜上一直为他准备好的硼酸水中。之后，他又恢复了刚才那种大理石像似的躺卧姿势，但每隔一段时间会呷一口咖啡，只在这片刻才动弹一下，直到第二天早上六点，女佣又送来满满一壶咖啡。

这时候，弗洛伦蒂诺·阿里萨已经知道接下来的每一步该怎么做了。事实上，那些侮辱并没有让他心痛，他也无意去澄清那些不公的罪名，他了解费尔明娜·达萨的性格，也清楚她此番义正词严的理由，她的言词原可以更锋利些的。他唯一感兴趣的是这封信本身给了他机会，甚至是承认了他有权回复。进一步说，她其实是在要求他做出答复。这样一来，生活此刻正处于他期望中的转捩点。剩下的一切就看他的了，他十分确信，自己那持续了半个多世纪的私人地狱还会将很多生死考验摆到他面前，而他也准备好了带着前所未有的热情、痛苦和爱去面对它们，因为这将是最后的考验。

接到费尔明娜·达萨的信五天以后，他来到办公室时，感觉自己仿佛漂浮在某种突如其来而又不同寻常的打字机真空之中，那机器雨点般的声音反而让寂静显得格外引人注意。原来，是它暂时停了下来。当声音重新响起时，弗洛伦蒂诺·阿里萨把身子探进莱昂娜·卡西亚尼的办公室，看见她坐在自己的打字机前，而那台机器像有灵气似的在她的指尖下听从着指挥。她发觉有人在窥视她，便带着她那令人生畏的灿烂微笑朝门口看了看，但没有停下来，直到把那段文字打完。

"告诉我一件事，我亲爱的母狮，"弗洛伦蒂诺·阿里萨问，"如果你收到一封用这玩意儿写的情书，你会有何感觉？"

早已处事不惊的她听了这话，也露出惊诧的表情。

"天哪！"她惊呼道，"我可从来没遇到过这样的事。"

因此，她也就无法做出其他回答。而在此之前，弗洛伦蒂诺·阿里萨也没有想过这种可能性，但他决定冒险到底。他将办公室的一台打字机搬回家，引来下属一片友好的嘲笑："老鹦鹉是学不会说话的啦。"莱昂娜·卡西亚尼对任何新鲜事都抱有热情，自告奋勇到家中去给他上打字课。可是，自从洛达里奥·图古特想教他按照乐谱拉小提琴的时候起，他就反对系统学习。洛达里奥·图古特吓唬他说，入门至少需要一年，要想得到专业管弦乐队的认可，需要五年，而若想真真正正拉好琴，则需要一生的时间，而且每天都要练习六个钟头。可他最终说服母亲给他买了一把盲人小提琴，按照洛达里奥·图古特教给他的五条基本规则练了不到一年，就敢去大教堂的唱诗班里演奏，还能从贫民墓地根据风向为费尔明娜·达萨送去一首首小夜曲。如果说能在二十岁学会像拉小提琴这样困难的事，他想不出自己为何就不能在七十六岁学会像打字这样只需要动用一根手指的活计。

他想得没错。他用了三天时间来记住键盘上字母的位置，又花了六天时间学会如何一边打字一边思考，最后用三天时间，在撕碎了半令纸后，打出了第一封准确无误的信。他用了一个庄严的抬头：夫人，落款则是自己名字的首字母，就像年轻时那一封封飘香的信一样。他把信邮寄出去，用的是绘有哀悼纹饰的信封，这是给新近孀居的寡妇写信的规矩，并且，信封背面没有署寄信人的姓名。

这是一封六页的信，和过去他写过的任何一封信都大相径庭。没有了初恋时的语气、文风和飘逸修辞，论述得如此合情合理，而且恰如其分，以至于若配上栀子花的香气都会显得唐突。在某种意义上说，这是他写得最接近商业信函的信，尽管他从来也没写好过这类信件。多年以后，一封用机器打出的私人信件几乎会被视作一种侮辱，但在当时，打字机还是办公室里的一头猛兽，尚没有自己的伦理特征，礼仪教科书也还没预见到它将被驯化用于私人用途。这更像是一种大胆的现代主义行为，至少费尔明娜·达萨定是这样理解的，因为就在她写给弗洛伦蒂诺·阿里萨的第二封信中，一开头就请求他原谅她潦草的字体，因为她没有比钢笔更先进的书写工具。

弗洛伦蒂诺·阿里萨在信中甚至都没有提到她寄给他的那封可怕的信，而是从一开始就试图采取一种截然不同的方式诱导她，对过去的爱情只字不提，连带过去的一切都不再提起：所有往事一笔勾销，一切重新开始。他写下的更像是对人生的一种广泛性的思考，依据的是多年来他对男女之间关系的看法和经验，他曾一度想把这些作为《恋人指南》的增订本写出来，只不过此时，他把这种思考隐藏在一种家长式的淳朴文风之下，如同一个老者的回忆，为的就是不那么明显地被人看出，这实际上是一封倾诉爱情的书信。他原本也按照旧时的文风写了很多份草稿，但以冷静的头脑一读再读之后，最终在一瞬间把它们付诸一炬。他知道，任何一个不起眼的疏忽，或者哪怕轻率流露出的一点点怀旧之情，都可能搅起她对往事的反感。虽然他预料到她有可能在鼓足勇气打开第一封信之前先退上个上百封信，但还是盼望这样的事一次也不要发生。所以，他像筹划最后一场决战那样，对每个细枝末节都思虑周详：一切都要与众不同，如此方能在一个于巅峰上过完一生的女人心中激起新的好奇、新的兴致和新的希望。这封信应该要提供一种蠢蠢欲动的幻想，并且给予她足够的勇气，把某个阶层的不公偏见扔进垃圾堆里去。她原本并不出身于那个阶层，可那个阶层最终却变得比其他任何阶层都更像她的出身之处。这封信应该教会她把爱情想成一种美好的状态，而非达到任何目的的途径，爱情自有其本身的起点和终点。

他清楚地知道不能期待立刻得到答复，其实只要信不退回，他也就心满意足了。这封信果然没有退回来，以后的每一封也都没有退回来。随着日子一天天过去，他的焦虑与日俱增。越久不见退信，他就越希望得到一封回信。一开始，他写信的频率取决于他手指的灵活程度：先是每星期一封，后来每星期两封，最后是每天一封。对于邮电事业从他当旗手的时代到目前为止所取得的进步，他备感欣慰，因为他不必再冒被人发现每天到邮局去给同一个人寄信的风险，也不必冒险找人送信，因为这人有可能把事情说出去。相反，只要派一个职员买回能用上一个月的邮票，再把信塞进分布在老城区的三个邮筒中的任何一个，这简直易如反掌。很快，他把这个习惯纳入了他的生活常规：他利用不眠的夜晚写信，然后在第二天去办公室的路上，让司机在街角的邮筒前停一分钟，自己下车亲自把信放进去。他从不让司机代他投信，尽管在一个雨天的早晨，司机曾想帮他这样做。还有时，他小心谨慎，不止带一封信，而是同时带上好几封，为了显得更加自然。司机当然不知道，那些凑数的信件不过是弗洛伦蒂诺·阿里萨寄给自己的几张白纸，因为他从不与任何人互通私人信件，除了每个月末会写信给阿美利加·维库尼亚的父母，作为监护人汇报一下他对姑娘的行为、精神状态、健康情况以及她在学习上取得的好成绩的个人印象。

从第一个月起，他就开始给信编号，像报纸上的连载小说一样，在每封信的开头对上一封信做一小结，生怕费尔明娜·达萨看不出它们之间存在着一定的联系。此外，自从信的频率变成每日一封后，他把带有哀悼纹饰的信封换成白色的长信封，这样一来，它们看上去就像千篇一律的商业信函，不知出自何人之手。从一开始，他就准备好让自己的耐心经受更大的考验，至少，只要没有确凿的证据表明他是在用所能想出的唯一与众不同的方法浪费时间，就要坚持下去。的确，他等待着，不像年轻时那样带有种种苦痛烦忧，而是以一个坚如磐石的老人的固执等待。反正，这个老人在一家已经一帆风顺、只身前进的河运公司里也别无他事可想，别无他事可做。他坚信自己能活下去，并能完美地保持他的男性机能，一直等到明天、后天，或者永远等下去。费尔明娜·达萨最终会说服自己，她那孤独寡妇的焦虑与痛苦没有其他出路，唯有向他放下吊桥。

与此同时，他仍旧过着有条不紊的生活。由于预见自己会得到一个圆满的答复，他对房子进行了第二次整修，以使它配得上那个自它被买下来那天起，就该来当女主人的人。他遵守承诺，又去看了几次普鲁登西娅·皮特雷，以向她证明尽管年岁不饶人，他还是爱她的，而且不只是在孤苦无依的夜晚，有几次还是在大白天，从敞开的大门走进去的。他仍旧从安德雷娅·瓦隆的家门前经过，直到有一天看见浴室的灯熄着，便进去在她的床上粗野地尝试各种疯狂的举动，尽管这样做不过是为了让自己不失去爱的习惯，其依据是他的一个到那时为止尚未被证伪的迷信，即一个人只要坚持做爱，身体就会一直管用。

唯一的障碍是他与阿美利加·维库尼亚的关系。他继续让司机每星期六上午十点到寄宿学校去接她，但他不知道周末该拿她怎么办。他第一次没有亲自陪她，她对这一变化十分不悦。他将她托付给女佣，让她们带她去看下午场的电影，听儿童公园的露天音乐会，参加慈善抽奖；又或者为她安排好星期日的活动，让她和同学一起玩，为的就是不必再把她带进办公室后面那座隐秘的天堂——她第一次去过之后，就总想再去那里。他沉浸于对未来的崭新幻想之中，竟没有注意到，女人其实可以在三天内就变得成熟，而自从他到父亲港的机动帆船上把她接来，已经过去了整整三年。不管他如何想让这一变化进展温和，对她来说都是极其残忍的，而且她无法明白这其中的缘由。那天在冷饮店里，他告诉她真相，说自己就要结婚了，她霎时间被吓坏了，可随后又觉得这种可能性近乎荒谬，便又把它抛在脑后。然而，她很快看出来，他表现得就像真的一样，总是莫名其妙地支支吾吾、闪烁其词，就好像他不是比她大六十岁，而是比她小六十岁似的。

一个星期六的下午，弗洛伦蒂诺·阿里萨看见她在他的卧室里试着用打字机打字。她打得相当不错，因为在学校学过这门功课。她已经打了多半页纸，全都是不假思索自动打出来的，但时不时就很容易从某个词中瞧出她的心境来。弗洛伦蒂诺·阿里萨弯下身子，趴在她肩上读着她写的话。他那男人的热气、断断续续的呼吸，以及衣服上散发出的和枕头上一样的香水味，使得她一阵慌乱。她已不再是那个初来乍到的小姑娘了。那时，他得一件一件地为她脱掉衣服，像哄骗婴儿似的哄她说：先脱掉小鞋子，给小熊穿，再把小衬衫脱下来给小狗穿，再把小花衬裤脱下来给小兔子穿，现在，亲亲爸爸香喷喷的小鸟。不，她如今已成了一个真真正正、地地道道的女人，喜欢享有主动权。她继续用右手的一个指头打字，左手却在摸索他的大腿，探寻着它，找到了它，感觉到它又复活了、生长了、急促地喘着气，他那老人的呼吸变得磕磕绊绊，艰难无比。她了解他：从这一刻起，他就会失去控制，抛开理智，屈服于她的意志，在一切结束之前，无法再找到回头的路。她拉着他的手，慢慢把他带到床上，就像牵着一个走在街上的可怜的盲人。她带着居心不良的温柔，一块块地把他肢解，按照她的喜好撒上盐、胡椒，再放上一瓣蒜、一片月桂叶，倒进切碎的洋葱和柠檬汁，在盘中腌至恰到好处，而炉子早已调到合适温度，一切都准备妥当。家中没有别人。女佣们出门了，负责修缮房子的泥瓦匠和木匠星期六不干活——整个世界都是他们两个人的。但在深渊的边缘，他竟步出了销魂的仙境，推开她的手，坐起身来，用颤抖的声音说：

"小心，我们没有小橡胶套了。"

她仰面朝天地在床上躺了许久，一直在想。当她提前一小时返回寄宿学校时，已经完全不再有想哭的欲望了。她调整好嗅觉，磨尖了爪子，定要找出那只躲在背后搅乱她生活的狡兔的踪迹。而弗洛伦蒂诺·阿里萨再次犯了一个男人的错误：他以为她在自己的努力徒劳无功之后，已经决定忘记一切了。

他忙着自己的事情。六个月过去了，完全没有一点回音。他在床上辗转反侧，直到天明，迷失在一种新的失眠的荒漠之中。他想，费尔明娜·达萨一定由于那淡雅的信封打开了第一封信，也一定看到了那在往日的信中熟识的首字母，她一定是把它扔进了烧垃圾的火堆，甚至都不愿费事去撕碎它。此后的信，她也定是一看到信封便连拆也不拆地做出了同样处理，直到时间的尽头，而最终，他也文思枯竭，再写不出什么新鲜东西来了。他不相信这世上有女人能抵制住这样的好奇，对半年来每天收到的信是用什么颜色的墨水写的都不关心。但如果真有这样的女人，那也只可能是她。

弗洛伦蒂诺·阿里萨感到，暮年的岁月不是奔涌向前的激流，而是一个无底的地下水池，记忆从这里慢慢流走。他的智慧渐渐枯竭。在拉曼加的那座别墅周围转悠了几天之后，他意识到，用年轻时的手段终究难以敲开被葬礼封死的大门。一天早上，他在电话簿上寻找某个号码时，偶然找到了她的号码。他拨通了电话。铃声响了好几遍，终于，他听到并辨出她的声音，声音严肃而微弱："喂？"他没有说话，挂上了话筒，那个虚无缥缈的声音感觉无限遥远，削弱了他的意志。

就在那几天前后，莱昂娜·卡西亚尼庆祝自己的生日，把为数不多的几个朋友邀请到她家。弗洛伦蒂诺·阿里萨心不在焉，把鸡肉的酱汁洒在了身上。她把餐巾的一角在水杯中蘸湿，为他擦净衣服的翻领，接着又给他戴上围嘴，以免发生更糟糕的事故：这样一来，他简直就像一个老婴儿。她发现，用餐时他好几次把眼镜摘下来，用手帕擦拭，因为他的眼睛不停地流泪。喝咖啡时，他竟然手拿着杯子睡着了，她想不吵醒他，悄悄地把杯子接过来，可是他却惊醒了，尴尬地掩饰道："我只是在休息眼睛。"莱昂娜·卡西亚尼上床睡觉时，吃惊地想着，他竟已老得这般明显。

胡维纳尔·乌尔比诺医生去世一周年时，他的家人送出请柬，邀请大家出席大教堂举行的纪念弥撒。弗洛伦蒂诺·阿里萨此时仍没有收到任何回音。这促使他大胆决定，尽管没受到邀请，也要去参加弥撒。这是一次奢华多过伤感的社交活动。前几排的座位是终身及世袭的荣誉席位，椅背的铜牌上刻着主人的名字。弗洛伦蒂诺·阿里萨是最早到达的客人之一，为的是能坐在一个费尔明娜·达萨必然会经过并且看见的位置上。他想，最佳位置应该是正殿，在那些保留座位的后面。但出席的人太多了，那里根本找不到空位子。于是，他不得不坐到了穷亲戚们所在的中殿。从那里，他看见费尔明娜·达萨挽着儿子的手臂走进来，穿着一袭黑色天鹅绒裙子，袖子长及手腕，没有佩戴任何首饰，一长排扣子从脖子直到脚尖，就像主教的长袍。她肩上搭着一块卡斯蒂利亚手工编织的窄披肩，而没有像其他寡妇，甚至许多渴望成为寡妇的女人那样头戴面纱帽。她那未施粉黛的脸颊发出一种雪花石膏般的光芒，柳叶形的眼睛在正殿巨大的吊灯下显现出特有的勃勃生机。她走路的时候，腰板是那样的笔直，神情是那样的高傲，姿态是那样的从容，看上去似乎还没有儿子年龄大。弗洛伦蒂诺·阿里萨站在那里，用指尖撑着前排座椅的靠背，直到一阵眩晕的感觉过去，他感到自己和她不止七步之遥，而是处在两个不同的时空。

费尔明娜·达萨在几乎整个仪式期间都站在正对主祭台的家族座位那儿，像看歌剧一样神态优雅。但最后，她打破礼拜仪式的常规，没有按照当时的习惯在原地接受人们向她重表哀悼之情，而是走了出来，向每一位来宾表示谢意：这是一个革新举动，与她的为人十分相配。她逐一向大家问候，最终来到穷亲戚的座位跟前。然后，她又环视了一下四周，以确保没有漏掉一位相识的客人。这时，弗洛伦蒂诺·阿里萨感到有一股超自然的风将他从众人中推了出来：她看见了他。费尔明娜·达萨以她在社交场合一贯的敏捷自如离开陪伴在她身边的人，向他伸过手来，带着极为甜美的微笑对他说：

“感谢您的到来。”

这是因为，她不仅仅收到了他的信，还以极大的兴趣读完了，并在其中发现了严肃而发人深省的理由让她活下去。收到第一封信时，她正坐在餐桌前，和女儿一起吃早餐。因为信是用打字机打的，她好奇地拆开了。认出签名的首字母时，她的脸一下子红得像烧着了一般。但她很快就恢复了自然的神态，将信收进围裙的口袋里，说：“是政府的吊唁信。”她的女儿很惊讶：“所有的吊唁信都已经到了呀。”她泰然自若：“这是另一封。”她本打算等过后女儿不再追问的时候将信烧掉，可最终还是没能抵制住先看上一眼的诱惑。她以为信中是对她那封辱骂信应有的回应，事实上，那封信她刚一送出去便后悔了。可是，从庄重的称谓和第一段的主题，她便明白世界已经发生了变化。她如此好奇，于是把自己关在卧室里，以便在烧掉之前能从容地读上一读。结果，她一口气读了三遍。

那是对人生、爱情、老年和死亡的思考：这些想法曾无数次像夜间的鸟儿一般扑扇着翅膀掠过她的头顶，可每当她想抓住它们时，它们就惊飞四散，只剩下散落的片片羽毛。而如今，它们就在这里，清晰明了，正如她自己原本想表达的那样。她又一次感到难过，丈夫已经不在了，无法再和他一起讨论这些，就像每晚睡前他们都会讨论这一天发生的事情一样。由此，她发现了一个陌生的弗洛伦蒂诺·阿里萨，他的真知灼见和他年轻时那些炽热的情书不相符，也和他一生阴郁的举止不相符。他的话更像是出自一个埃斯科拉斯蒂卡姑妈所认为的受到圣神启示的男人之口。这个想法又让她像第一次收到他的信时那样害怕起来。但无论如何，最令她安心的是，她确信这封由一个睿智老人所写的信并非试图重申葬礼那天的无礼言语，而是意在抹掉过去，可谓高尚之举。

接下来的那些信最终使她平静下来。但不管怎样，她还是在怀着越来越浓厚的兴趣读过之后，便把它们烧掉了，尽管随着信一封封地被烧掉，她的心底渐渐沉积下一种挥之不去的愧疚。于是，当她开始收到有编号的信时，她终于找到了一直期待的不毁掉这些信的道德依据。无论如何，她最初的意图并非是为自己保留它们，而是想等待机会将它们还给弗洛伦蒂诺·阿里萨，以免这些在她看来对人类如此有用的东西被白白扔掉。但糟糕的是，随着时间流逝，信件一如既往地到达，整整一年里每隔三四天便收到一封，她却不知道如何将它们归还，才能既不让他难堪，因为她已不想再如此，又无需写一封信前去解释，因为她的骄傲不会允许她这样做。

这最初的一年已足够她适应寡妇的生活。对丈夫的纯净回忆不再妨碍她的日常行动，不再妨碍她的内心思考，也不再妨碍她的一些最简单的意图了，而是变成一种时时注视着她的存在：指引她，但并不烦扰她。有时，她会看到他，并不是看到一个幽灵，而是一个有血有肉的人，出现在当真需要他的场合。确信他就在那里，她感到鼓舞。他还活着，但没有了男人的任性，没有了家长式的命令，也没有了那些令她精疲力竭的需求：时时要求她以他爱她的那些方式来爱他，比如不合时宜的亲吻，以及时时挂在嘴边的甜言蜜语。她比他活着的时候更加理解他了，理解他对爱的渴望，理解他迫切地需要在她身上找到足以支撑起他的社交生活的安全感，而事实上，这种安全感他从未得到过。曾有一天，她绝望之极，冲他喊道：“你就没有发现我一点也不幸福吗？”而他以他特有的姿势摘下眼镜，不温不火，用他那孩童般天真的眼睛中的一汪清水淹没了她，只说了一句话，就让她体会到他那令人难以忍受的智慧的全部分量："你要永远记住，对于一对恩爱夫妻，最重要的不是幸福，而是稳定。"从守寡最初的寂寞时光开始，她便明白，这句话中隐藏的并不是她当初所认为的卑劣威胁，而是一块为两人带来过无数幸福时光的月亮宝石。

在多次周游世界的旅行中，费尔明娜·达萨买回所有因新奇而引起她注意的东西。她想要得到它们都是因为一时的冲动，但丈夫却乐于为她的冲动找出合适的理由。这些东西摆在它们原来的环境中，都是美丽且有用的，比如在罗马、巴黎、伦敦的玻璃橱窗里，或是在正因查尔斯顿舞而抖动不止、一座座摩天大楼拔地而起的纽约的橱窗里。然而，它们经不起施特劳斯的圆舞曲、煎猪皮，以及在四十度的高温下找个阴凉处举行节日庆典的考验。她每次回来都带着五六个巨大的立式箱子，由上过漆的金属制成，锁和包角都是铜的，就像神话故事中的棺材。带回来的东西让她成为世界最新奇迹的代言人，可实际上，除了他们本地的圈中人看见这些东西的第一瞬间，其余时候，它们根本不值那高昂的价格。不过，它们本来也就是为了让别人看见一次才买的。她在步入老年之前很久，就已经意识到自己的公众形象不过是虚荣，因而常常能听见她在家里说："得弄走这些破烂才行，都没有住的地方了。"乌尔比诺医生嘲笑她的这种想法徒劳无益，因为他知道，腾出的地方只会被重新填满。但是她坚持要这样做，因为多一件东西确实也放不下了，更何况所有地方没有一件东西是真正能派上点用场的，比如挂在门把手上的那些衬衫，还有压了又压才塞进厨房柜子的欧洲冬衣。于是，一天早晨，她情绪高涨地爬起床来，翻箱倒柜，把阁楼翻了个底朝天，发动了一场战争般的扫荡，清理了一堆堆过时已久的衣服、一顶顶在流行时都没有机会戴的帽子，以及欧洲设计师们依据女王们加冕时穿的式样设计的鞋子——它们在本地被那些门第高贵的小姐们鄙视，因为款式和黑女人从市场上买回来的居家便鞋一模一样。整个早上，内阳台一直处于一片忙乱之中，樟脑球散发出的一阵阵刺鼻气味让家里的人呼吸困难。但几小时后，家中又恢复了平静，因为她最终心软了，那么多的丝绸衣物被扔在地上，那么多的锦缎、废弃的金银丝带、蓝狐尾，竟通通要被扔进火堆。

“烧掉这些东西真是罪过，”她说，“还有那么多人连饭都吃不上呢。”

就这样，焚烧活动被推迟了，而且是无限期地推迟。东西不过是换了个地方，从特权的位置挪到已变成废旧物品仓库的旧马厩里，而腾出来的空间，正如他所言，又重新被塞进新的东西，满得几乎要溢出来。这些东西都只为一刻而活，注定要死在衣橱里，直到下一次清理焚烧。她说：“真该发明个办法，好处理那些既派不上用场又不能扔掉的东西。”正是如此：物品的贪婪使费尔明娜·达萨害怕，它们逐渐侵占着空间，代替了人，把人挤到角落里去生活，直到她把它们放进看不见的地方去。她不像别人想象的那样有条理，但她有自己的办法，一个绝望中的办法：把混乱的东西藏起来。在胡维纳尔·乌尔比诺去世那天，大家不得不腾出半间书房，把东西都堆到卧室里去，以便有个地方为他守灵。

死神的来访使问题得到了解决。在烧掉了丈夫的衣服后，费尔明娜·达萨发现自己的手并没有颤抖。于是，她以同样的动力继续每隔一段时间就点起火堆，把所有的东西都丢进去，不管是新的还是旧的，也不顾忌富人的忌妒和饿得要死的穷人的报复。最后，她让人把芒果树连根砍倒，让这场不幸彻底不留一点痕迹，又将活着的鹦鹉赠给了新建的城市博物馆。直到这时，她才得以在这个家里畅快地呼吸，像她一直梦想的那样：一个宽敞、自由、只属于她的家。

女儿奥菲利娅陪伴她三个月后就回新奥尔良去了。儿子每星期日都带着家人过来吃午餐，其他日子，只要有可能也会来。服丧期一过，费尔明娜·达萨最亲近的女友们便开始来看望她，面对着光秃秃的院子玩牌，试验新菜谱，还把她缺席的这些日子里这个依旧运转的贪婪世界里的种种秘闻讲给她听，以让她跟上潮流。最常来的女友之一是卢克雷西娅·德尔雷亚尔·德尔奥比斯波，一个老派贵族，费尔明娜·达萨一直和她很要好，自从胡维纳尔·乌尔比诺死后，她和她更加亲近。被关节炎折磨得身体僵硬并对自己昔日的放荡生活感到懊悔的卢克雷西娅·德尔雷亚尔不仅是她最好的女伴，还常常会向她询问城中正在酝酿什么爱国举动或世俗活动。这让她感到自己还是有用的，而不是仅仅倚仗着丈夫的保护伞。然而，人们从来没有像现在这样把她同丈夫视为一体，大家不再像以前那样叫她做姑娘时的名字，而是开始称呼她乌尔比诺的寡妇。

这让她无法理解。但随着丈夫去世一周年的临近，费尔明娜·达萨觉得自己渐渐进入一种阴凉、清爽、安静的环境之中：无法避免的必然之境。但她还不十分清楚，之后的很多个月里她也没有意识到，弗洛伦蒂诺·阿里萨笔下的见解对她重获精神的平静起到了多大的作用。她将他的思考付诸实践，这才渐渐懂得了自己的生活，平静地等待着暮年的种种安排。周年弥撒上的相遇是上天赐予的一次机会，她借此让弗洛伦蒂诺·阿里萨明白，多亏了他那些令人鼓舞的信，她也正准备忘掉过去。

两天以后，她收到一封他寄来的与往日截然不同的信，是手写的，用的是一张亚麻纸，信封背面清晰地署了寄信人的全名。和早年的那些信一样，同样的花体字，同样的情真意切，但内容就只有一段简短的感激之言，感谢费尔明娜·达萨在大教堂里对他与众不同的问候。读过之后的好几天里，费尔明娜·达萨都怀着一种躁动不断地想起这封信。她胸怀坦荡，于是，在接下来的那个星期四，她突兀地问起卢克雷西娅·德尔雷亚尔·德尔奥比斯波，问她是否凑巧认识弗洛伦蒂诺·阿里萨，内河航运公司的老板。卢克雷西娅回答说认识："好像是个放荡的魔鬼。"她重复了那个流行的说法，说他从不结识女人，但为人很大方，还说他有一间秘密办公室，专为把夜晚在码头上弄到手的男孩带去。费尔明娜·达萨几乎自打有记忆以来就听到这种传言，她从来不信，也不放在心上。但她听到也曾一度被认为有些怪异嗜好的卢克雷西娅·德尔雷亚尔·德尔奥比斯波也言之凿凿地说起此事时，忍不住要即刻把事情解释清楚。她告诉她，自己从小就认识弗洛伦蒂诺·阿里萨。她还说，记得他的母亲在窗户街有一家杂货铺，除此之外，还在内战时期收购旧衬衫和床单，拆开后当作急救药棉出售。最后，她十分肯定地得出结论："他是个正经人，全凭双手养活自己。"见她说得如此激动，卢克雷西娅收回了自己的话："说到底，别人也是这样说我的。"费尔明娜·达萨并没有好奇地自问，为何她会如此热切地维护一个不过是她生活中的影子的男人。她继续想着他，特别是当邮差到来却没有带来他的新信时。就这样，无声无息地过了两个星期，直到这天，一个女佣用慌张的口吻小声地在她耳边把她从午睡中叫醒。

“夫人，”女佣对她说，“弗洛伦蒂诺先生来了。”

他真的来了。费尔明娜·达萨的第一反应是惊慌。她甚至想，不行，让他改日找个合适的时间再来吧，她现在无法接待来访，而且也没有什么可谈的。但她马上镇定下来，吩咐女佣把他带到客厅，给他送上一杯咖啡，她收拾好就去见他。弗洛伦蒂诺·阿里萨等在临街的大门前，在下午三点地狱般的烈日下炙烤着自己，但自信十足。他已做好被拒绝的准备，尽管她的借口很可能是和善的。确信了这一点反倒使他非常平静。但她传来的口信之坚决让他颤至骨髓。走进阴凉的客厅中时，他根本没时间去思考自己正在经历的这一奇迹，因为他的腹部突然胀起来，像要爆炸一般，充满了疼痛的气泡。他屏住呼吸坐下来，被该死的回忆纠缠着，想起他的第一封情书落上鸟粪的情景。他一动不动地坐在阴凉处，第一阵寒战过去之后，他决心在此时接受任何不幸，只要不让那件不公平的倒霉事重演就行。

他非常了解自己：虽然患有先天性便秘，但这么多年来，肚子还是有三四次当众背叛了他，而每一次他都不得不投降。只有在那几次，以及另外几次紧急情况中，他才发现自己开玩笑时常说的一句话千真万确：“我不信上帝，但我怕上帝。”他来不及去怀疑，试图找出任何一句所能记得的祈祷词来祷告，却一句也找不到。小时候，另一个小孩曾教过他一句用石头打鸟儿的神奇咒语：“打中，打中，若打不中，就把你变。”他第一次上山时，用一把新弹弓试验了这句咒语，鸟儿果然被击中，掉下来死了。他迷茫地想，一件事和另一件事之间总有些关联，便带着祈祷的热情重复了这句咒语，但没有产生同样的效果。肠子像根螺旋轴似的绞动着，使得他从椅子上站了起来，肚子里的气泡越来越密，越来越疼，最后发出了一声呻吟，他则出了一身冷汗。给他送咖啡的女仆看见他死人般的脸色，吓了一跳。他叹了一口气："是因为热。"她打开窗，以为这样会使他满意，可下午的太阳正好照到他脸上,她不得不又把窗户关上。他心里明白，再多一分钟自己也忍不了了。正在此时，费尔明娜·达萨出现了，她的身影在阴暗之中几乎看不清楚。看到他这副样子，她也吓坏了。

"您可以脱掉外套。"她对他说。

比起要命的绞痛，若是让她听见自己肚子里叽里咕噜的声音，他会更加痛苦。他尽全力要多忍片刻，说了一声"不"，并说自己此次前来是为了问她何时能接受他的拜访。她站在那儿，困惑地说："可您已经在这里了呀。"她请他随她到院子里的露台上去，那里会凉快些。他拒绝了，声音在她听来更像一声遗憾的叹息。

"我恳求您，明天吧。"

她想起明天是星期四，是卢克雷西娅·德尔雷亚尔·德尔奥比斯波定时来访的日子，但她还是给了他一个不容申辩的解决办法："后天下午五点。"弗洛伦蒂诺·阿里萨向她表示了感谢，拿着帽子匆忙地做了一个告别的姿势，一口咖啡也没喝就走了。她困惑地站在大厅中央，不明白刚才到底发生了什么事，直到汽车的声音消失在街道尽头。弗洛伦蒂诺·阿里萨在车后座上找了个可以减轻疼痛的姿势，闭上双眼，放松肌肉，让自己屈从于身体的意愿。他仿佛得到了重生。司机为他开了那么多年车，早已见怪不怪，对此泰然处之。但在家门口为他打开车门时，司机对他说：

"您要当心啊，弗洛伦先生，这可有点像霍乱。"

幸好，这不过是老毛病。星期五下午五点整，当女仆领他穿过阴凉的客厅，来到院子里的露台上时，弗洛伦蒂诺·阿里萨为此感谢了上帝。在那里，他见到了费尔明娜·达萨，她正坐在为两人准备好的小桌前。她问他要茶、巧克力，还是咖啡。弗洛伦蒂诺·阿里萨要了咖啡，那种很热很浓的咖啡，她则吩咐女仆说："我还是老样子。"所谓老样子，就是好几种东方茶叶混合在一起的茶，可以在午睡后为她提神。她喝完一壶茶的时候，他也喝完了一壶咖啡。他们已经试着开始并又中断了好几个话题，并非因为真的对这些话题感兴趣，而是因为想避开另外一些无论他还是她都不敢触及的话题。两人都有些胆怯，都不知道在距离年轻岁月已如此遥远的时候，在一座不属于他们的房子里，在用来下象棋的露台上，在还飘着墓地花香的地方，究竟要做些什么。这是半个世纪后两人第一次面对面地坐在一起，距离是如此之近，并且有充足的时间静静地看着对方。他们看得如此清楚：这两个被死神窥视的老人，没有旁的什么共同之处，一起享有的只是对那个短暂过去的回忆，然而那个回忆早已不再属于他们，而是属于两个消失了的年轻人，那两个人足可以做他们的孙子了。她想，他最终会说服自己，会看到他的梦想是多么的不现实，从而把他从荒唐中解救出来。

为避免尴尬的沉默或不愿触及的话题，她问了一些有关内河船的浅显问题。令人难以置信的是，他作为船主，只做过一次河上旅行，还是在多年以前，那时他和这家公司还没有任何关系。她不知道其中的原因，而如果能够告诉她，他真愿为此付出灵魂。而且她也不了解河道，她丈夫厌恶安第斯山地区的空气，却找出各种理由来掩饰，说什么高山对心脏有危险呀，有得肺炎的可能呀，那里的人虚伪狡诈呀，集权主义的不公正呀，等等。所以，他们走遍半个世界，却不了解自己的国家。现在，有一种容克斯水上飞机，能沿马格达莱纳河流域从一个村镇飞到另一个村镇，就像铝做的蚱蜢一样，上面载着两名飞行员、六名乘客，还有一袋袋的邮件。弗洛伦蒂诺·阿里萨评价道："就像一具空中棺材。"她参加过首次气球旅行，当时一点儿也没有感到害怕，但如今她几乎难以置信，那个敢于如此冒险的人是她自己。她说："一切都变了。"她是指她变了，而不是旅行的方式变了。

有时，飞机的声音让她吃惊。她在解放者逝世一百周年时看过飞行特技表演，它们飞得低极了，其中一架，黑得就像一只巨大的兀鹫，擦着拉曼加的房顶飞了过去，在邻居家的一棵树上碰掉一块翅膀，最后挂在了电线上。即便这样，费尔明娜·达萨还是没有接受飞机这种东西的存在。最近几年，她也完全没有兴趣到曼萨尼略湾去看看：自从警卫艇把渔民的独木舟和数量越来越多的游艇都赶走后，水上飞机就降落在那里。她都这么老了，人们还选她带着一束玫瑰花去迎接兴致勃勃开着飞机前来的查尔斯·林白，她不理解，一个那么英俊魁梧、头发金黄的男人，怎么会坐在那样一个皱巴巴的马口铁家伙里升到空中去呢，还得有两名机械师推着尾巴帮助那玩意儿起飞。而一些飞机看上去也不比那一架大多少，竟可以同时装下八个人，这个想法更是无论如何也塞不进她脑袋里。相反，她倒听说，乘坐内河船旅行是很惬意的，因为不会像海轮那么摇晃，但也有另一些更严重的威胁，比如浅滩和强盗的袭击。

弗洛伦蒂诺·阿里萨向她解释说，那都是些过去的传奇：现在的船上有舞厅，有像饭店房间一样宽敞、豪华的客舱，里面有私人卫生间，还装有电风扇。而最后一次内战结束之后，武装抢劫的事就再也没有发生过。他还得意地告诉她，这些进步多要归功于他所倡导的航运自由，由此鼓励了竞争：原来的独家经营被取代，如今有了三家活跃、繁荣的公司。然而，航空事业的迅速发展对所有航运公司构成了真正的威胁。她试图安慰他，轮船将会永远存在下去，因为愿意钻进那个看上去违反自然的玩意儿的人并不多。最后，弗洛伦蒂诺·阿里萨说到邮政的发展，既包括运输也包括投递，试图引导她提起他写的那些信。但他没有达到目的。

然而，不一会儿，机会自己来了。就在他们远离这个话题时，女仆打断了他们，交给费尔明娜·达萨一封刚刚由城市特殊邮政送来的信，这是新开创的业务，和电报使用的是同一个分发系统。像往常一样，她又找不到看信的眼镜了。弗洛伦蒂诺·阿里萨保持了平静。

“没必要找了，”他说，“这信是我写的。”

的确如此。这封信是他前一天写的，当时他还无法摆脱第一次见面失败的羞愧，处于极度的沮丧之中。在信里，他请求她原谅自己没有事先征得允许就冒昧拜访的无礼行为，并且放弃了再次上门的打算。他没有再想第二遍，就把信投进了信筒，等到细想时已经太迟，信已经拿不回来了。然而，他觉得没有必要解释这些，只是请求费尔明娜·达萨不要再看这封信了。

“当然。”她说，“归根到底，信是属于写信人的。不是吗？”

他往前迈出了大胆的一步。

“正是，”他说，“所以，当关系破裂时，首先退还的就是信件。”

她没有听出他的弦外之音，把信还给了他，说：“不能读这封信真令人遗憾，因为之前的信让我获益良多。”他深深地吸了一口气，她说得那么自然，远超他的期待，令他惊诧不已。他对她说：“您想象不到，能听到您这样说，我有多么幸福。”但是她改变了话题，下午余下的时光里，他都没能让她继续说起这件事。

六点过后，屋里四处亮起灯来，他起身告辞。他感到信心更加充足，却也不敢抱过多幻想，因为他没有忘记费尔明娜·达萨二十岁时反复无常的性格和令人无法预知的反应，他可没有什么理由认为她已经改变了。因此，他怀着真诚的谦卑，鼓起勇气问她自己日后能否再来。她的回答又让他大吃一惊。

“您可以在任何想来的时候来，”她说，“我几乎总是一个人。”

四天后的星期二，他没有事先通知就又来了。没等仆人端上茶，她就对他讲起他那些信令她多么受益。他说，严格来讲，那些并不是信，而是他很想写的一部书里的零散篇章。而她也正是这样看的。因此，如果他不会把这当作一种轻视的话，她很想把信还给他，以便让它们有更好的用途。她继续讲着那些信在她最艰难的紧要关头给她带来的教益，说得那么热情激动，充满感激，甚至或许还满怀着深情，以至于让弗洛伦蒂诺·阿里萨大起了胆子，不只是又往前迈了一步，而是拼死向前一跃。

“从前我们是以‘你’相称的。”他说。

这是个禁忌的词：从前。她仿佛看到曾经的那个空想天使又从身边经过，于是试图逃避。但他又深入一步：“我是说，在我们从前的信里。”她有些不悦，不得不做出极大努力来掩饰这一点。但他还是发现了，于是明白自己应该更加小心地摸索前进。虽然这个挫折向他表明，她仍和年轻时一样难以接近，但她毕竟已经学会让自己表现得温和一些了。

“我的意思是，”他说，“这些信已经完全不同了。”

“世界上的一切都变了。”她说。

“我没有变，”他说，“您呢？”

她的第二杯茶停在了半途，一双毫不留情的眼睛指责着他。

“已经无所谓了。”她说，“我都七十二岁了。”

弗洛伦蒂诺·阿里萨心里受到一击。他本想像箭一般快速地凭借本能做出反驳，但年龄的重负战胜了他：他从未在这样短暂的谈话中感到如此筋疲力竭，他觉得心脏在隐隐作痛，每跳一下，便在动脉中产生一声金属般的回响。他感到自己衰老、凄凉、无用，有一种想哭出来的急切渴望，以至于再也说不出什么话来。在被各种预感犁出一道道沟壑的沉默之中，他们喝完了第二杯茶。她再开口时，不过是为了让女仆把收着信件的夹子取来。他差点就想请求她将信留下，因为他已用复写纸存下了副本，但又想到这种谨慎反而会让人觉得不够高尚。于是，已经无话可说。告辞前，他请她允许自己在下一个星期二的同一时间再来。她暗自思忖是否应该如此迁就他。

“我看不出，见这么多次面有什么意义。”

“我没想过见面要有什么意义。”他说。

于是，星期二下午五点他又来了。并且，以后的每个星期二都例行如此，从不按惯例事先通知，因为到了第二个月的月末，每星期的见面已纳入了两人的日常习惯。弗洛伦蒂诺·阿里萨总是会带来喝茶时吃的英国饼干、糖渍栗子、希腊橄榄，以及远洋轮船上各种聚会时吃的精致美味。有一个星期二，他给她带来了她和伊尔德布兰达的照片，就是半个多世纪前比利时摄影师拍的那张，他在“代笔人门廊”的一次明信片拍卖中花了十五生太伏买下来。费尔明娜·达萨搞不明白照片怎么会到了那里，他也不明白，但他把这看作爱情的奇迹。一天早上，在花园中修剪玫瑰时，弗洛伦蒂诺·阿里萨禁不住诱惑，想在下次拜访时为费尔明娜·达萨带去一枝。但给新寡的女人送花，花语成了难题。红玫瑰象征着火一般的激情，对守丧的她来说可能是一种冒犯。而黄玫瑰呢，有时象征着好运，但更普遍的时候表达的是忌妒。他曾听人说起土耳其黑玫瑰，或许那是最合适的，但他一直没能让它们适应自己院子里的气候。想来想去，他决定冒险带一枝白玫瑰，他从不像喜欢其他玫瑰那样喜欢它，就因为它平淡无奇，无声无息：什么也不能表达。在最后时刻，为避免精明的费尔明娜·达萨赋予它什么含义，他剪掉了玫瑰上的刺。

作为一件没有任何隐藏含义的礼物，玫瑰被欣然接受了。就这样，星期二的例行仪式得以丰富，以至于每当他手持白玫瑰到来时，茶几上都已准备好了盛着水的花瓶。一个星期二，把玫瑰插在花瓶中时，他看似随意地说：

“在我们那个时代，送的可不是玫瑰，而是山茶花。”

“的确，”她说，“但用意不一样，这您是知道的。”

总是如此：他试图前进，而她却堵住他的去路。不过这一次，虽然她回答得恰到好处，弗洛伦蒂诺·阿里萨却发现自己已经击中了目标，因为她不得不转过脸去，为的是不让他看到她脸上的红晕。那一片燃烧着的、青春萌动的红晕，仿佛拥有自己的生命似的，搅起费尔明娜·达萨心中的不悦：她为这种失态而怨恨起自己来。弗洛伦蒂诺·阿里萨小心翼翼地把谈话转向不那么敏感的话题，但他的彬彬有礼是如此明显，她知道自己已被识破，而这更增加了她的愤怒。两人度过了一个糟糕的星期二。她差点就让他不要再来，但想到两人竟在如此年纪和如此境况，像恋人一般吵架，她又觉得荒唐不已，险些笑出声来。接下来的那个星期二，当弗洛伦蒂诺·阿里萨把玫瑰花插到花瓶里时，她检视了一下自己的内心，高兴地发现上星期的不悦没有留下哪怕最微小的一丝痕迹。

这种拜访很快便尴尬地扩展到家庭范围，因为乌尔比诺·达萨医生和他的妻子常常意外地出现，而且还会留下来玩纸牌。弗洛伦蒂诺·阿里萨本来不会玩牌，费尔明娜·达萨在某次见面时教会了他，于是两人给乌尔比诺·达萨夫妇发出了下星期二一决高下的书面挑战。那几局牌大家都玩得很愉快，很快，牌局便像拜访一样被正式确定下来，并规定好每人需为此做出的贡献。乌尔比诺·达萨医生一家贡献出每次都不一样的别出心裁的蛋糕，因为他的妻子可以称得上是一位杰出的糕点师。弗洛伦蒂诺·阿里萨继续带来在欧洲船上找到的新奇玩意儿。费尔明娜·达萨则每星期都绞尽脑汁搞出些令人惊喜的花样。纸牌比赛在每个月的第三个星期二举行，赌注并不是钱，而是输者必须在下一次的牌局中做出点特别的贡献。

乌尔比诺·达萨医生本人与他的公众形象并无差别：头脑贫乏，行事笨拙，不论喜怒都爱一惊一乍，动不动就脸红更是让人担心他的心理承受能力。但毫无疑问，一眼就能看出他是个好人，而弗洛伦蒂诺·阿里萨最怕别人这样评价自己。医生的妻子却正好相反。她活跃，有一股小老百姓的机灵劲儿，一切都能做得合乎时宜且恰到好处，这使她在优雅之外更添了一点儿人情味。没有比他们更完美的牌局对手了。弗洛伦蒂诺·阿里萨对爱的贪婪需求由此得到了满足，他幻想自己是和家人在一起共享天伦。

一天晚上，他们一同走出家门时，乌尔比诺·达萨医生邀请他共进午餐："明天，中午十二点半，在社交俱乐部。"这就像是给一顿美味佳肴配上有毒的葡萄酒：出于种种考虑，社交俱乐部保留拒绝客人进入的权利，其中最重要的规则之一就是拒绝私生子入内。叔叔莱昂十二就有过这类令人恼火的经历，弗洛伦蒂诺·阿里萨自己也曾在已就座的情况下受此侮辱。当时，邀请他的是俱乐部的一位合伙创始人，弗洛伦蒂诺·阿里萨曾在河运生意中帮过他很大的忙。最后，这位合伙人不得不带他到别的地方去吃饭。

"我们这些制定规则的人，更有责任身体力行。"他对他说。

尽管如此，弗洛伦蒂诺·阿里萨还是跟着乌尔比诺·达萨医生冒了一次风险。结果，虽然没有人邀请他在金色的贵宾签名簿上签名，他却受到了特殊的礼遇。午餐很简短，只有他们两人，在低沉的小调气氛中进行。第一杯波尔多开胃酒下肚，从前一天下午起便一直烦扰着弗洛伦蒂诺·阿里萨的愁云一下子消散了。乌尔比诺·达萨医生想和他谈一谈自己的母亲。他滔滔不绝地讲了很多，从他的话里，弗洛伦蒂诺·阿里萨发现她跟儿子说起过他，而更让他吃惊的是，她竟然为他撒了谎。她告诉儿子，他们从小就是朋友，自从她从圣胡安·德拉希耶纳加来到此地，他们就一起玩耍，是他教会她识字读书，因此，她对他一直怀有深深的感激之情。她还告诉儿子，每当她放学回家，都会先去特兰西多·阿里萨的杂货铺里和她一起做好几个小时的精美刺绣，因为她是一位出色的老师。后来，她没有再和弗洛伦蒂诺·阿里萨经常见面，并非出于她的意愿，而是因为他们各自有了不同的生活。

在没有深入谈到自己的意图之前，乌尔比诺·达萨医生先信口开河地谈论了一番对老年的看法。他认为，如果没有老人阻碍，世界会发展得更快。他说："人类，就如同远征的军队一样，是以队伍中步伐最慢者的速度前进的。”他预见将会有一个更人道，从而也更文明的未来，那时，人到了不能自我料理的年龄，都将被隔离到边远城市，以避免老年的耻辱、痛苦和可怕的孤独。从医生的角度来看，他认为界限应该是六十岁。但在社会达到那样一个仁慈的高度之前，唯一的解决办法就是养老院。在那里，老人们可以互相安慰，分享自己的好恶、怪癖和痛苦，并逃开与下几代人不可避免的分歧。他说：“老人在老人们中间，就显得没那么老了。”因而，他很想感谢弗洛伦蒂诺·阿里萨在他母亲孤独的寡妇生活中，很好地陪伴了她，并恳求他为了他们两人好，也为了让所有人都舒心，继续这样做下去，另外，他还请他对母亲上了年纪后的坏脾气抱有耐心。这次会面的结果令弗洛伦蒂诺·阿里萨感到如释重负。“请您放心，”他说，“我比她大四岁，而且不只现在如此，从很久以前，在您出生很久以前就是如此了。”接着，他忍不住用隐晦的讥讽一吐为快。

“在未来的社会里，”他总结道，“您这会儿就得去墓地为我和您母亲的午餐送上一束火鹤了。”

直到这时，乌尔比诺·达萨医生才意识到自己的预言是不恰当的。他匆忙钻进解释的峡道，结果又把自己绕了进去。但弗洛伦蒂诺·阿里萨帮他走了出来。他容光焕发，因为他清楚自己迟早要和乌尔比诺·达萨医生有这样一次会面，以便履行一项不可避免的社会手续：向他的母亲正式求婚。这顿午餐很是振奋人心，不仅由于它的初衷，更是因为它向他表明，他那势在必行的求婚将会被愉快而顺畅地接受。事实上，要是他现在已经征得了费尔明娜·达萨的同意，那么没有比此刻更合适的机会了。甚至可以说，在这次历史性的午餐谈话之后，形式上的求得允许已显得多余了。

还年轻时，弗洛伦蒂诺·阿里萨上下楼梯就特别小心，因为他知道老年常常是在一次无关紧要的摔倒之后开始的，而死神则跟随着第二次跌倒到来。在所有楼梯里，他觉得办公室的楼梯最危险，因为它又陡又窄。而且，早在他还不太费力就能不拖着双脚上楼之前很久，他便在每次上楼时双眼紧盯台阶，双手紧扶栏杆。大家曾多次建议他换一个不那么危险的楼梯，但他总是推说下个月再做决定，因为在他看来，这是向衰老让步的表现。随着岁月的流逝，他上楼需要的时间越来越长，但并非像他匆忙解释的那样，是因为越来越吃力，而是因为越来越小心。然而，在跟乌尔比诺·达萨医生共进午餐后回来的那天下午，由于喝了一杯波尔多开胃酒和半杯佐餐红葡萄酒，尤其是又进行了那么鼓舞人心的对话，他试图以年轻人的舞步一下跃上第三级台阶，结果扭伤了左脚脚踝，仰面朝天地跌下来，没有摔死已属奇迹。在摔倒的那一瞬，他头脑十分清醒地想，他不会跌一跤就死掉，因为在生活的逻辑中，两个在这么多年以来一直深爱着同一个女人的男人，不可能前后只隔一年就以同样的方式死掉。他是对的。他从脚一直到小腿都被打上了石膏,并被迫卧床静养，但人却比摔倒之前还要精神。当医生命令他六十天不许走动时，他无法相信自己竟会如此不幸。

“请别这样对我，医生。”他哀求道，“我的两个月就如同您的十年啊。”

他好几次试图用双手抬着那条雕塑般的腿站起来，但每一次，现实都打败了他。当他终于拖着那只仍旧疼痛的脚踝、挺着裸露鲜肉的脊背重新开始行走时，他有充分的理由相信，命运用一次天意的跌倒嘉奖了他的坚贞。

最糟糕的一天是跌倒后的第一个星期一。疼痛已经减弱，医生所下的诊断也令人鼓舞，但他拒绝接受第二天下午不能去看望费尔明娜·达萨的命运，这是四个月以来他第一次无法赴约。然而，无可奈何地睡过午觉之后，他向现实屈服了，给她写了一封表达歉意的信。信是手写的，写在一张散发着香味的纸上，用的是在黑暗中也能阅读的发光墨水。他毫不害羞地戏剧性夸大了这个不幸事件的严重性，企图引起她的同情。两天后，她给他回了信，很有感情，也很和善，但一字不多一字不少，中规中矩，就像当初热恋的日子里她写的那些信一样。他立即抓住机会，又给她写了一封信。她第二次回信后，他决定要前进一大步，超越每星期二那打哑谜似的交谈，同时，他以监督公司每日工作进度为借口，在床前装了电话。他请总机接线员接通了那个他从第一次拨过后就牢记于心的三位数号码。那个由于神秘的距离而有些紧张的低沉音色、那个他倾心爱慕的声音接了电话，并听出了打电话的人是谁，但只客套地问候了两三句就和他道别了。弗洛伦蒂诺·阿里萨因她的冷漠伤心欲绝：他们又回到了最初的阶段。

然而两天后，他收到一封费尔明娜·达萨的信。她在信中恳求他不要再给自己打电话。她的理由非常充分：城中的电话屈指可数，而且是通过同一位接线员转接，她认识所有用户，了解他们的生活和奇闻逸事，而且不管用户是否在家，她能在任何地方找到他们。她那高效工作的回报，便是她知晓用户之间的全部对话，能窥见他们私人生活中的大小秘密，发现他们那些隐藏得最好的动人故事。有时，她甚至会介入他们的谈话，发表自己的观点，或平息他们的情绪，这都不足为奇。另一方面，那一年城中创办了一份晚报，叫《正义报》，唯一的宗旨就是抨击拥有长长姓氏的家族，指名道姓，毫无顾忌。那是报纸主人的报复，因为他的子女未被获准进入社交俱乐部。费尔明娜·达萨向来洁身自好，尤其是此时，她比任何时候都更留意自己的一言一行，即使是对最亲密的朋友。因此，她仍然采用通信这种不合潮流的方式与弗洛伦蒂诺·阿里萨保持联系。最终，他们来往的信件如此频繁而密切，以至于他忘记了自己的脚伤，忘记了卧床的惩罚，忘记了一切，全身心地投入到写信之中，整日伏在一张医院里供病人吃饭用的轻便小桌上。

他们又开始以“你”相称了，又像昔日的信中那样交换起对生活的看法来。但弗洛伦蒂诺·阿里萨又一次操之过急：他把她的名字用大头针的针尖刻在一朵山茶花的花瓣上，夹在一封信中寄给了她。两天以后，他收到她退回的花，没有任何评论。费尔明娜·达萨无法不这么做，因为她认为这些都是小孩子的把戏。尤其是当弗洛伦蒂诺·阿里萨坚持回忆他在福音花园中阅读伤感诗句的那一个个下午、她上学路上的那一个个藏信地点，以及杏树下那一堂堂刺绣课的时候，她更是如此以为。她怀着内心的痛苦，试图让他回到他应在的位置，用一个夹杂在平常评论中的看似偶然的问题点醒他：“你为什么偏偏要说一些根本不存在的事呢？”后来，她又责怪他那永不会有结果的固执，责怪他不肯顺从自然让自己老去。在她看来，这就是他常常堕入并迷失在回忆之中的原因。她不明白，一个善于思考并以其思考让她获益良多，帮她减轻了寡妇生活的种种苦楚的男人，为何在思考自己的人生时，却用那样一种幼稚的方式陷入到一团乱麻之中。于是，两人的角色颠倒过来。此时，反而是她尽力给予他展望未来的新的勇气，在信中写道：让时间流逝吧，我们会看到它究竟带来了什么。他在一时的茫然间不知该如何破解这句话，要知道，他从来不是一个像她那样的好学生。被迫卧床不动、一天比一天更清楚地意识到时光飞逝，同时又要忍受想见她的疯狂渴望，这一切都在向他证明，他对跌倒的恐惧比他所预见的更加合情合理，也更具有悲剧性。他第一次开始用一种理智的方式思考死亡的现实。

莱昂娜·卡西亚尼每两天来帮他洗一次澡，更换睡衣。她为他灌肠，为他放好尿壶，为他在脊背的溃烂处敷上山金车花药膏，还遵照医生的嘱咐给他按摩，以免缺少活动让他患上其他更严重的疾病。星期六和星期日，阿美利加·维库尼亚来替换她。这年的十二月，她就能获得教师学位了。他答应她，由河运公司出钱，送她到阿拉巴马州的高等学府去。这样做，部分是为了让自己的良心得到安慰，但更多的是为了逃避她尚没有找到方式提出的指责以及他欠她的一个解释。他永远也想象不到她在寄宿学校里度过了多少个不眠之夜，在没有他的周末、没有他的生活中过得多么痛苦，因为他永远也想象不到她有多么爱他。从学校寄来的官方信件中，他得知她由原来一贯的第一名跌至最后一名，在期末考试中还险些没有及格。然而，他逃避了监护人的责任：他试图逃避自己的负罪感，因而没有向阿美利加·维库尼亚的父母报告任何情况，也没有跟她本人谈过此事，因为他有足够的理由害怕，她会把他和自己学业上的失败牵连在一起。于是，他对一切听之任之。他没有意识到，他已经在开始拖延自己的种种问题，期盼死亡能解决一切。

不仅这两个照顾他的女人，就连弗洛伦蒂诺·阿里萨本人也对自己的变化之大感到吃惊。不到十年前，他还在家中的主楼梯后面突袭了一个女仆。她当时穿着衣服站在那儿，而他竟以比菲律宾斗鸡还短暂的时间迅速让她受了孕。他不得不赠给她一幢带家具的房子，才让她发誓说使她失去贞洁的罪魁祸首，是那个每逢星期日才见上一面、连吻都没吻过她、顶多算半个情人的男人。她的父亲和叔叔都是砍甘蔗的好手，强迫那小伙子跟她结了婚。弗洛伦蒂诺·阿里萨简直和过去判若两人。两个在几个月前还令他爱得颤抖的女人，如今在他身上摸来摸去，把他翻过来又掉过去，给他全身上下涂满肥皂，又用埃及棉毛巾为他擦干身体，给他做全身按摩，可他却连一声神魂颠倒的叹息也没有发出。对于他没有了欲望这事，两个女人各有各的解释。莱昂娜·卡西亚尼认为这是死亡的前奏。阿美利加·维库尼亚则把它归为一个隐秘的缘由，但这其中的来龙去脉她尚未琢磨清楚。事实上，只有他知道真相，而这真相只有一个名字。无论如何，这是不公平的：她们照顾着他，他享受着无微不至的照顾，可她们却遭受着比他更大的痛苦。

仅仅三个星期二，就足以让费尔明娜·达萨察觉到自己有多想念弗洛伦蒂诺·阿里萨的拜访。她和一直来往的女伴们相处得不错，特别是随着时间的推移，她离死去丈夫的习惯越来越远，而她们也相处得越来越愉快。卢克雷西娅·德尔雷亚尔·德尔奥比斯波去了一趟巴拿马，为的是治疗用什么办法都无法缓解的耳痛。一个月后她回来了，疼痛大为减轻，但别在耳上的助听器反而使她听到的东西比以前更少了。费尔明娜·达萨是她的朋友中最能忍受她答非所问的一个，这让她很受鼓舞，几乎每一天都随时可能出现在她家里。但费尔明娜·达萨无法用任何人来取代她和弗洛伦蒂诺·阿里萨度过的那一个个平静的下午。

并不像他坚持相信的那样，回忆并不能拯救未来。恰恰相反，对过去的记忆更加坚定了费尔明娜·达萨的信念，那就是二十岁时的火热躁动是某种高贵而美丽的东西，但绝不是爱情。尽管她率真到有些刻薄的地步，却也不愿亲自向他揭示这一点，无论是写信还是当面。她也没有勇气告诉他，在认识到他笔下的那些思考多么具有抚慰心灵的奇迹作用之后，他信中那些伤感主义的言语听上去有多么虚伪，那些抒情诗似的谎言又会多么贬损他的价值，那样发了疯似的坚持要回到过去更会多么损毁他的事业。不，他往昔的信中没有一行字，她自己那百无聊赖的青春中也没有片刻像此时这样，让她感受到没有他的星期二下午竟会如此漫长、如此孤独、如此不堪忍受，可事实的确就是这样。

有一次，她曾在单纯的冲动之下，把丈夫在某个结婚纪念日送给她的立式收音机发配到马厩里去。她也想过要把它捐赠给博物馆，因为这毕竟是本城的第一台收音机。在服丧的灰暗日子里，她决定不再使用它，因为像她这样姓氏高贵的寡妇，听任何一种音乐都有辱对死者的哀思，即便在私下里也不行。可是，在度过了第三个孤独的星期二以后，她命人把收音机搬回了客厅。她这样做并不是为了像以前那样欣赏里奥班巴电台的伤感歌曲，而是想用古巴圣地亚哥电台催人泪下的小说连播打发一潭死水的时间。这样做是明智的，因为自从女儿出生后，她便开始丢掉丈夫从新婚旅行起就努力在她身上培养的阅读习惯。随着视力的逐渐衰退，她最终完全放弃了这个习惯，以至于好几个月里都不知道眼镜放到哪儿去了。

她迷恋上了古巴圣地亚哥电台的小说广播，每天都焦急地等待收听新的章节。她偶尔也听听新闻，以便了解世界上发生的事。极少数单独在家的时候，她也会把声音调到最低，遥远而清晰地听一听圣多明哥的美瑞格舞曲和波多黎各的普莱纳舞曲。一天晚上，她突然收到一个陌生电台，声音洪亮清晰，就像从邻居家里传来的。通过这个电台，她听到一则令人心碎的消息：一对来到四十年前的故地重温蜜月旅行的老人，竟被载他们出游的船夫用桨打死了，为的是抢走他们身上带的钱：十四美元。当卢克雷西娅·德尔雷亚尔把刊登在本地一份报纸上的整件事情的始末讲给她听时，她的感触更深了。警察发现两个老人是被活活打死的，女的七十八岁，男的八十四岁。他们是一对秘密情人，四十年来一直一起度假，但各自都有幸福而稳定的婚姻，而且子孙满堂。听小说连播时从未落过泪的费尔明娜·达萨，此刻却不得不强忍住哽在喉头的泪水。在接下来的一封信中，弗洛伦蒂诺·阿里萨将这则消息的剪报寄给了她，但没有做出任何评论。

这并不是费尔明娜·达萨最后一次必须强忍住的泪水。弗洛伦蒂诺·阿里萨还没有完成六十天的幽禁，《正义报》就在头版以最大的篇幅披露了胡维纳尔·乌尔比诺医生和卢克雷西娅·德尔雷亚尔·德尔奥比斯波之间可能存在的私情，还刊登了两位当事人的照片。报纸推测了他们私通的种种细节、频繁程度和方式等等，还提到卢克雷西娅·德尔雷亚尔的丈夫对此欣然接受，因为他更热衷于鸡奸自己蔗糖厂中的黑人。用血红色的特大号印刷字体刊登出来的这篇报道，像一声灾难性的轰雷，震撼了本地早已四分五裂的贵族阶层。事实上，报道中没有一行字是真的：胡维纳尔·乌尔比诺医生和卢克雷西娅·德尔雷亚尔从单身时起就是亲密的朋友，结婚后依旧如此，但他们从不是情人。无论如何，这篇报道的目的似乎并不是为了玷污胡维纳尔·乌尔比诺医生的名誉，人们对他的回忆一致是充满敬意的，而是为了毁掉卢克雷西娅·德尔雷亚尔的丈夫，他在上周刚刚被选为社交俱乐部的主席。没过几个小时，丑闻就被平息了。但卢克雷西娅·德尔雷亚尔从此却再没去拜访过费尔明娜·达萨。费尔明娜·达萨把此举视作她默认了自己的过错。

然而，接下来的事很快就表明，费尔明娜·达萨也没能逃脱她这个阶层所要面临的危险。《正义报》残忍地攻击了她唯一脆弱的一面：她父亲的生意。当初父亲被迫远走他乡时，她只了解到他那龌龊生意中的一小段插曲，还是加拉·普拉西迪娅告诉她的。后来，乌尔比诺医生在和省长会面后向她证实了此事，但她仍然坚信，父亲是某桩卑鄙行径的牺牲品。事情是这样的：两名政府警探带着搜查令出现在福音花园的家中，从上到下搜了个遍，都没找到他们要找的东西。最后，他们命令打开费尔明娜·达萨原来那间卧室中那个门上带镜子的衣柜。当时，只有加拉·普拉西迪娅一个人在家，而她又无法通知任何人，于是就借口没有钥匙，拒绝打开衣柜。这时，其中一个警探用左轮手枪的枪柄打碎了柜门上的镜子，结果发现镜子与木板之间的空隙里塞满了一百美元的假钞。这是他们原先发现的一连串线索的终点，最终指向洛伦索·达萨，表明他是一桩巨大的国际交易的最后一环。假钞做得很高明，居然带有真钞的水印：他们通过魔法般的化学手段抹掉了一美元纸币的票面，再将其印成一百美元的面值。洛伦索·达萨辩解说，衣柜是女儿结婚后很久才买回来的，假钞应该是买来时就已经藏在里边了。可警察却证实衣柜从费尔明娜·达萨上学时起就已经在那里，除了他之外，任何人都不可能把假钞藏到镜子后面去。这就是乌尔比诺医生当时告诉妻子的所有情况，他向省长许诺，会把岳父送回老家，以遮盖丑闻。但这一次，报纸上讲的要多得多。

报上说，在上个世纪那无数次内战中的一次，洛伦索·达萨曾是自由党总统阿吉莱奥·帕拉政府和一个名叫约瑟夫·科·科泽尼奥夫斯基的波兰人之间的牵线人。这个波兰人混在挂法国旗的商船圣安东尼号的船员中间，在本地逗留了数月，试图做成一笔不清不楚的军火生意。这位后来以约瑟夫·康拉德之名闻名于世的科泽尼奥夫斯基，不知怎么与洛伦索·达萨联系上了。后者用政府的钱向他买下了这船武器，手中持有政府的委任状和正式收据，而且是用法定纯金支付的。之后，据报上的说法，洛伦索·达萨声称那批武器在一次偷袭中丢失了，而那次偷袭根本是不可能发生的，事实上，他是以实打实的双倍价格把武器卖给了正在与政府作战的保守党人。

《正义报》还说，洛伦索·达萨曾以很低廉的价钱买下了英国军队一船多余的靴子，那时正值拉法埃尔·雷耶斯将军组建海军的时期，单凭这一笔买卖，他就在六个月里把自己的财富翻了一番。据报上说，这批货物到港时，洛伦索·达萨拒绝接收，因为运来的全都是右脚靴子。可当海关按照当时的法律将货物拍卖时，他却又是唯一的参加者，于是，他只以一百比索的象征性价格买下了货物。而几乎与此同时，他的一个同伙也在相同条件下买了一船进入里奥阿查港海关的左脚靴子。两批靴子配成对后，洛伦索·达萨利用自己与乌尔比诺·德拉卡列家族的亲戚关系，把它们以百分之两千的利润卖给了新建的海军。

《正义报》最后说道，洛伦索·达萨上世纪末之所以离开圣胡安·德拉希耶纳加，并非像他常常爱说的那样，是要为女儿的未来寻找更好的天空，而是因为他在进口烟中掺杂碎纸屑的勾当被逮了个正着。他的手段极其精巧，就连最讲究的吸烟者也不会察觉到其中的骗局，他的生意因此十分兴隆。报纸还披露了他与一家地下国际公司之间的联系。这家公司在上世纪末利润最大的买卖便是从巴拿马非法引渡中国移民。看起来，曾最令他名誉受损的可疑的骡子生意反倒成了他唯一做过的诚实买卖。

当弗洛伦蒂诺·阿里萨带着仍在灼烧的后背走下床来，第一次用雨豆树做的硬木拐杖代替雨伞出门时，去的第一个地方便是费尔明娜·达萨的家。他几乎认不出她来，在他面前的仿佛是一个备受摧残的陌生老妇，忿恨夺走了她活下去的欲望。在弗洛伦蒂诺·阿里萨被放逐于世外般的养伤期间，乌尔比诺·达萨医生去看望过他两次，还把《正义报》的两篇文章给母亲带来的沮丧与绝望告诉了他。第一篇文章几乎使她丧失理智，对丈夫的不忠和女友的背叛愤怒之极，甚至放弃了每月都找某个星期日去家庭墓地祭奠的习惯，因为只要一想到他在那只盒子里根本听不见她的大声咒骂，她就不禁怒火中烧：她是在和死人吵架。她找愿意带话的人告诉卢克雷西娅·德尔雷亚尔，在和她上过床的那么多人中间，至少有一个男人，她也算有个安慰了。至于有关洛伦索·达萨的报道，她不知道究竟哪一点最让她难过，是文章本身，还是自己这么晚才发现父亲的真正身份。但这两者之一，或是两者一起，把她彻底击垮了。那曾将她的面容衬得高贵无比、有着纯净的钢铁颜色的头发，此时变成了黄色的玉米须，美丽的母豹眼睛即使闪烁着愤怒的火花，也已失去昔日的光芒。不愿再活下去的决心表现在她的一举一动之中。很久之前，她就已放弃了抽烟的习惯，无论是把自己关在浴室里，还是在其他什么地方，可如今，她竟当众抽起烟来，而且抽得十分放纵。刚开始，她仍像从前喜欢的那样，抽自己卷的烟，但随后竟抽起从市场上买的最普通的烟来，因为她已没时间，也没耐心去卷了。事实上，除了弗洛伦蒂诺·阿里萨以外的任何一个男人，见此情景都一定会自问，像他这样一个跛着腿、后背像被磨破了皮的驴子一样火辣辣疼的老人，像她那样一个除了死亡已不再渴望其他任何一种幸福的女人，未来究竟还能给他们带来些什么？但阿里萨不这样想。他在灾难的瓦砾中找到了一线希望之光，因为他觉得，费尔明娜·达萨的不幸使她得到升华，愤怒使她更加美丽，对世界的怨恨使她恢复了二十岁时那桀骜的个性。

而她对弗洛伦蒂诺·阿里萨的感激刚刚又多了一个新理由，因为就在那两篇卑鄙的文章发表后不久，他给《正义报》发去了一封堪称典范的信，谈论报纸所应负的道德责任以及对别人应有的尊重。该信未能得到发表，但他又把信的副本寄给了加勒比沿岸历史最悠久、态度也最严肃的一家报纸——《商业日报》。他们把信醒目地刊登到头版上。信上署的笔名是朱庇特，整封信文采斐然，有理有据，一针见血，以至于人们认为它定是出自本省最杰出的某位作家之手。那是汪洋大海中一个孤独的声音，但听上去是那么的深邃，一直传到遥远的地方。无需别人指明，费尔明娜·达萨也知道信的作者是谁，因为她看出了弗洛伦蒂诺·阿里萨的见解，甚至看到了一句有关道德思考的原话。因此，在她自暴自弃、心乱如麻的时候，还是怀着一种复苏的亲切接待了他。也正是在这段时期，一个星期六的下午，阿美利加·维库尼亚独自一人在窗户街的卧室中，纯属偶然地发现了那些记录着弗洛伦蒂诺·阿里萨的思考的打字机信件的副本，以及费尔明娜·达萨手写的信件，就在一个没上锁的衣柜里。

乌尔比诺·达萨医生很高兴地看到，弗洛伦蒂诺·阿里萨的重新登门极大地鼓舞了母亲。可他妹妹奥菲利娅的态度却截然相反。她刚一听说费尔明娜·达萨与一个品行不那么端正的男人保持着一种奇怪的友谊，便立刻搭乘最早一班运送水果的轮船从新奥尔良赶了回来。从第一周起，她的惊恐就变成了一种危机感。弗洛伦蒂诺·阿里萨走进她家大门时对一切都很熟悉，随意自如，并且拜访一直持续到天黑后很久，其间不断传来两人的窃窃私语，偶尔还有像情人一样的短暂争吵。在乌尔比诺·达萨医生看来，两位孤独的老人情投意合是件有益健康的好事，可她却认为，那是一种无异于秘密姘居的丑陋行为。奥菲利娅一向是这个样子，她更像她的祖母布兰卡夫人，简直就像祖母的亲生女儿，甚至比女儿还像。她和她一样出类拔萃，和她一样自命不凡，也和她一样依靠偏见生活。她无法想象一个男人和一个女人之间能有纯洁的友谊，就连五岁时都不可能，更何况八十岁。在与哥哥的一次激烈争论中，她嚷道，弗洛伦蒂诺·阿里萨就差和母亲一起钻到她那张寡妇床上去安慰她了。乌尔比诺·达萨医生没有勇气和她对峙，从来如此。但他的妻子为他解了围，平静地辩解道，任何年龄的爱情都是合情合理的。奥菲利娅失去了控制。

"我们这个年龄的爱情已属荒唐，"她叫喊道，"到了他们那个年龄，那就是卑鄙！"

她义无反顾，坚持要把弗洛伦蒂诺·阿里萨从家中赶出去。最终，她的话传到了费尔明娜·达萨的耳朵里。她把她叫进卧室——当她想说一些不让女仆听见的话时就会这样做——让她把那些指责再说一遍。奥菲利娅没有减缓语气，声称弗洛伦蒂诺·阿里萨的堕落行径尽人皆知，她敢肯定，他试图得到一种可疑的关系，而这会比洛伦索·达萨的胡作非为和胡维纳尔·乌尔比诺的天真冒险更加有损家庭清誉。费尔明娜·达萨一言不发地听着，甚至连眼皮都没有眨一下，但等女儿一说完，她就仿佛变了一个人似的：她又有了生命。

“我唯一感到难过的，是没有力气用鞭子抽你一顿，那是你应得的，为的是你的无礼兼恶毒。”她说，“你现在马上给我滚出这个家，我以我母亲的遗骨发誓，只要我活着，你就休想再踏进这个家门。”

没有什么力量能使她收回成命。奥菲利娅只好搬到哥哥家去住，并且从那里派来一位又一位德高望重的说客，转达了各种恳求。但无济于事。儿子的调停和女友们的介入都没能使她心软。最后，她用她最好岁月里的精妙口才，对一直以来与她保持着某种庸俗默契的儿媳道出了心里话：“一个世纪前，人们毁掉了我和这个可怜男人的生活，因为我们太年轻；现在，他们又想在我们身上故伎重施，因为我们太老了。”她用烟蒂点燃另一支香烟，将侵蚀着她五脏六腑的毒气彻底呼出体外。

“让他们见鬼去吧！”她说，“如果说我们这些寡妇有什么优势的话，那就是再也没人能对我们发号施令了。”

没有什么可做的了。奥菲利娅最终确信她的一切请求都徒劳无用时，就回新奥尔良去了。她从母亲那里唯一得到的，是允许跟她道别。这是她再三恳求后，费尔明娜·达萨才答应的，但不允许她踏进家门：她已向母亲的尸骨发了誓，对她来说，在那段黑暗的日子里，母亲的尸骨是唯一干净的东西。

在最初的几次拜访中，说起自己的轮船时，弗洛伦蒂诺·阿里萨曾向费尔明娜·达萨发出过正式邀请，请她沿河去做一次散心旅行。

而如果她愿意再坐一天火车，就可以到达共和国的首都，和同时代的大部分加勒比人一样，他们仍旧使用着首都在上世纪的旧名：圣菲。但她心中还保留着丈夫的偏见，不想去认识那座冰冷阴暗的城市。她曾被告知，那里的女人除了去望五点钟的弥撒，从不走出家门，既不能进冷饮店，也不能进公共事务场所；那里的街道每时每刻都挤满了送葬的队伍，而且从钉马掌的骡子[①]的年代起，就一直下着绵绵细雨，简直比巴黎还要糟糕。不过，她对河流有着强烈的兴趣，很想看看在沙滩上晒太阳的短吻鳄，还想在半夜被海牛那女人哭泣般的叫声惊醒。但想到自己这把年纪，又是孤身一人的寡妇，她便觉得如此艰难的旅行并不现实。

后来，当她决心没有丈夫也要继续活下去时，弗洛伦蒂诺·阿里萨又重提了他的邀请，她觉得可能性似乎大了一些。再后来，由于跟女儿大吵一架，再加上父亲所受的侮辱、对死去丈夫的怨恨，以及对卢克雷西娅·德尔雷亚尔虚伪恭维的愤怒——多年来，她一直视她为最好的朋友——这一切都让她痛心不已，她甚至觉得自己在家里已是个多余的人。一天下午，她喝着那种用世界各地的叶子泡出的茶，望了一眼院中的泥塘，那棵带给她不幸的树再也不会长出新芽了。

“我真想离开这个家，一直走，一直走，一直走，永远不再回来。”她说。

“乘船去吧。”弗洛伦蒂诺·阿里萨说。

---

①钉马掌的骡子，典出哥伦比亚、洪都拉斯和墨西哥等国的一个传说。西班牙殖民时期，一个穷苦人家的姑娘嫁给一个西班牙贵族青年后，忘了本，最后受到上天的惩罚，变成一头钉马掌的骡子。

费尔明娜·达萨沉思地看了他一眼。

"嗯，这是有可能的。"她说。

在说出这句话的前一刻，她其实还从未这样想过，但一旦承认了这种可能性，她就足以视其为铁板钉钉的事实了。儿子和儿媳听了很高兴。弗洛伦蒂诺·阿里萨连忙保证，费尔明娜·达萨将在他的船上被奉为上宾，她会拥有一间专为她准备的舱室，让她感觉像在家里一样，还会享受到完美的服务，船长将亲自负责她的安全和起居。为了振奋她的精神，他给她带来了路线图，绚丽的黄昏景色明信片，还有歌颂马格达莱纳河畔原始天堂的诗篇，这些诗出自几位著名的旅行家之手，又或者可以说，正是因为这些诗，他们才成了著名的旅行家。她心情好时，会把这些东西翻上一翻。

"你不必像哄小孩子那样哄我。"她说，"我去旅行，是因为我决定了要去，并不是因为对风景的兴趣。"

当儿子建议让自己的妻子陪同她去时，她断然拒绝了："我这么大个人，不需要别人照顾。"她亲自安排了这次旅行的细节。想到那八天上行、五天下行的旅程，除了一些必需品什么都不用带，她就感到无比轻松。半打棉制衣服、梳妆和洗漱用品、一双登船和下船时穿的鞋子，还有旅行中穿的家用拖鞋，此外别无其他：这是她一生的梦想。

一八二四年一月，海军准将、内河航运的创始人胡安·贝尔纳多·埃尔勃斯，注册了第一艘在马格达莱纳河上航行的蒸汽轮船，那是一艘四十马力的原始家伙，取名"忠诚号"。而一个多世纪以后，某个七月七日的下午六点钟，乌尔比诺·达萨医生和妻子陪伴着费尔明娜·达萨登上了将载她进行第一次河上旅行的航船。这是当地船厂造出的第一艘轮船，弗洛伦蒂诺·阿里萨为纪念光荣的前辈，将它命名为“新忠诚号”。费尔明娜·达萨永远也无法相信，这个对他们来说如此意味深长的名字的确是历史的巧合，而非弗洛伦蒂诺·阿里萨那旷日持久的浪漫主义的又一个花样。

不管怎样，与其他老式与现代的内河船都不同，“新忠诚号”在船长室旁设有一个宽敞舒适的加舱，包含一间摆着色彩喜庆的竹制家具的客厅，一间全部用中国图案装饰的双人卧室，一个同时装了浴缸和淋浴设施的卫生间，一个十分宽阔的吊着蕨类植物的封闭瞭望台（从那里可以完整地看到船的前方和两侧），还有一套安静的制冷系统，使整个环境免受外界的干扰，而且始终保持春天的气候。这套豪华的舱室被称为“总统舱”，因为到那时为止，已有三位共和国总统在此度过航程。它并不用于商业目的，而是留给高级官员和一些极为特殊的客人使用的。弗洛伦蒂诺·阿里萨刚被任命为CFC的董事长，就以树立公共形象为由，下令建造这个舱室，但他内心确信，迟早有一天，这里会成为他和费尔明娜·达萨新婚旅行中幸福的世外桃源。

这一天终于来了，她以女主人和夫人的身份占据了总统舱。船长迭戈·萨马利塔诺用香槟和烟熏鲑鱼款待登船的乌尔比诺·达萨医生夫妇和弗洛伦蒂诺·阿里萨。他身穿白色亚麻制服，从靴子尖一直到用金线绣着CFC徽章的帽子，浑身上下完美无缺。和所有内河船长一样，他拥有木棉树般的魁梧身材、坚定果决的声音和佛罗伦萨红衣主教般的气派。

晚上七点，鸣响了第一声起航的汽笛。费尔明娜·达萨感到那回荡的汽笛声给自己的左耳带来一阵尖锐的刺痛。前一晚，她的梦中出现了好些不祥的预兆，她甚至不敢去分析其中的意思。一大早，她便让人把她带到离家不远的神学院墓地去，那里当时叫拉曼加墓地。她站在丈夫的墓前，自言自语地把从前压在心中的合理的斥责一股脑儿倾诉出来，最终原谅了这个死去的男人。之后，她对丈夫讲起这次旅行的细节，向他暂时告别。就像每次去欧洲旅行一样，她不想把自己出门的消息告诉其他任何人，以避免令人疲惫的送别。虽然她已有过很多次旅行，却感觉这仿佛是第一次。随着这一天的临近，她的忧虑不断增加。刚一登船，她便凄楚地感到自己被遗弃了，真想独自痛哭一场。

最后一声警示的汽笛响起时，乌尔比诺·达萨医生和妻子程式化地与她道了别，弗洛伦蒂诺·阿里萨陪他们走到下船舷梯。乌尔比诺·达萨医生想为他让路，让他跟在妻子后面，直到这时，他才意识到原来弗洛伦蒂诺·阿里萨同去旅行。乌尔比诺·达萨医生顿时无法掩饰自己的手足无措。

"您没跟我们说过呀。"他说。

弗洛伦蒂诺·阿里萨把自己舱室的钥匙拿给他看，意思很明确：他住的只是公共甲板上的一间普通舱室。可乌尔比诺·达萨医生觉得这个证据并不足以证明他的清白。他像遭遇了海难一般向妻子投去求助的一瞥，想为自己的彷徨无助寻找支点，但遇到的却是一双冰冷的眼睛。她严厉地低声说："难道你也一样？"是的，他也一样，同他的妹妹奥菲利娅一样，认为爱情到一定年龄就变得不体面了。但他善于及时做出反应，同弗洛伦蒂诺·阿里萨握了握手以示告别，心中的无奈多过感激。

弗洛伦蒂诺·阿里萨从大厅栏杆处看着他们走下船去，正如他所等待与希望的那样，乌尔比诺·达萨医生和妻子在上汽车前，转过身来看了看他，于是，他向他们挥手告别。他们也朝他挥挥手。他继续站在栏杆前，直到汽车消失在货场的尘土之中，他才回到自己的舱室，换上一套更适合在船长的私人餐厅里享用登船后第一顿晚餐的衣服。

这是一个美妙的夜晚，迭戈·萨马利塔诺船长用其四十年河运生涯的多彩故事为它增添了调料，可费尔明娜·达萨费了好大劲儿才装出开心的样子。虽然八点钟就拉响了最后一声汽笛，送行的人被请下船，舷梯也被升起，但直到船长用完晚餐，走上指挥台开始指挥，船才起锚。费尔明娜·达萨和弗洛伦蒂诺·阿里萨站在公共大厅的栏杆旁，混在那些极力辨认着城中每一处灯火的嘈杂旅客中间，探身远眺，直到轮船驶出港湾，进入看不清的河道和散布着起伏的渔船灯火的沼泽之中，最后，它终于在马格达莱纳大河自由的空气里顺畅地呼吸起来。这时，乐队奏起了一首流行的民间乐曲，旅客中爆发出一阵欢腾，舞会在一片混乱中开始了。

费尔明娜·达萨更愿意躲到自己的舱室里去。整个晚上她都没说一句话，弗洛伦蒂诺·阿里萨也任由她迷失在自己的思绪当中，只是在舱室前向她道了一声晚安。但她没有困意，只觉得有点冷。她建议两人一起坐上一会儿，在私人瞭望台上看一看河水。弗洛伦蒂诺·阿里萨把两把靠背藤椅拖到栏杆前，关了灯，拿一条羊毛毯子披在她肩上，在她身边坐了下来。她从他送的一个小烟盒里取出烟丝，卷了一支，手法熟练得让人吃惊。她把点着的一端放进嘴里，慢慢地吸着，一言不发，接着又连卷了两支，续着抽完了。弗洛伦蒂诺·阿里萨则一口接一口地喝下了两保温瓶的浓咖啡。

城市的灯火已消失在地平线上。从漆黑的瞭望台上看去，平缓而沉寂的河水和一轮满月下两岸的草丛，都变成了一片泛着磷光的平原。偶尔可以看到一间间茅屋，旁边点着熊熊的篝火，示意人们那里出售供轮船锅炉使用的木柴。对年轻时的那次旅行，弗洛伦蒂诺·阿里萨只保持着模糊的记忆，但河上的景象使那些回忆复活了，一幕幕争抢着闪现在眼前，宛如昨日。他给费尔明娜·达萨讲了当时的一些情景，以为可以使她振奋起来，可她只是抽烟，仿佛置身于另一个世界。弗洛伦蒂诺·阿里萨放弃了讲述，让她独自沉浸在自己的回忆之中。她不断卷着烟，一支接一支抽着，直到盒里的烟丝全都抽光了。午夜过后，音乐停下来，旅客的喧闹声也消散了，变成了枕边的窃窃私语。只剩下两颗孤独的心留在黑暗中的瞭望台上，随着轮船急促的喘息声跳动。

过了好一会儿，弗洛伦蒂诺·阿里萨借着河水的反光看了看费尔明娜·达萨。她仿佛一个神秘的幽灵，雕塑般的侧影在微微的蓝色光芒下显得柔和甜蜜。他发现她竟在默默地哭泣。他没有安慰她，也没有像她希望的那样，在旁边耐心地等她眼泪流尽，而是有些惊慌失措。

“你是想独自待着吗？”他问。

“如果是，我就不会叫你进来了。”她说。

于是，他伸出冰冷的手指，摸索着黑暗中的另一只手，找到它时，他发现它正在等待着。一瞬间，两人都非常清楚地意识到，这两只苍老的手都不是他们在互相触碰之前所想象的样子。但片刻过后，它们就变成他们想象中的样子了。她开始讲起已故的丈夫，用的是现在时，好像他仍然活着。弗洛伦蒂诺·阿里萨明白，她是到了一个自省的时刻，她将带着尊严、带着高傲、带着无法抑制的活下去的渴望自问，她要如何对待心中这份无主的爱情。

为了把手留在他的手中，费尔明娜·达萨停止了抽烟。她迫切地渴望能理解自己。她不能想象有哪个丈夫会比她曾经的丈夫更好，然而，回忆起他们的一生，她想到更多的是挫折，而非满足，他们之间曾有太多的误解，太多无谓的争执，以及太多没有释然的怨恨。突然，她叹了口气："真无法相信，经历了那么多的吵闹与厌烦，这许多年竟还能感到幸福，见鬼，我都不知道那到底是不是爱情。"正当她把心里话一吐为快时，有人把月光熄灭了。轮船稳健地缓缓前行，一步接着一步，仿佛一只伺机而动的巨大猛兽。费尔明娜·达萨从热切的渴望中清醒了过来。

"现在，你走吧。"她说。

弗洛伦蒂诺·阿里萨握紧了她的手，俯下身去，想亲吻她的面颊。她却躲开了，用沙哑而温柔的声音拒绝了他。

"已经不行了，"她对他说，"我闻起来尽是老太婆的味道。"

费尔明娜·达萨听见他在黑暗中走了出去，听见楼梯上响起他的脚步声，又听见他渐渐消失，第二天之前将不再出现。她又点燃了一支烟。正抽着，她看见了胡维纳尔·乌尔比诺医生。他穿着他那身完美无瑕的亚麻衣服，带着他那职业性的严肃，那令人头晕目眩的翩翩风度，以及那彬彬有礼的爱情，站在一艘往昔的船上，挥动着他白色的帽子向她告别。"我们男人都是偏见的可怜奴隶。"有一次他对她说，"相反，当一个女人决定和一个男人睡觉时，就没有她跃不过去的围墙，没有她推不倒的堡垒，也没有她抛不下的道德顾虑，事实上，根本就没有能管得住她的上帝。"费尔明娜·达萨继续坐在那里，纹丝不动，直到天亮。她在想弗洛伦蒂诺·阿里萨，但不是福音花园中那个忧郁的哨兵，那个人已无法在她心中激起丝毫思念的涟漪，她想的是此时的他，老态龙钟，步履蹒跚，却如此真实：这人一直就在她触手可及的地方，她却从未认出他真实的样子。当轮船喘着粗气，拖着她驶向第一缕玫瑰色的霞光时，她唯一祈求上帝的，是让弗洛伦蒂诺·阿里萨知道第二天应从何处重新开始。

他的确知道。费尔明娜·达萨吩咐侍者不要叫醒她，让她尽情地睡上一觉。她醒来时，床头柜上放着一个花瓶，里面插着一枝新鲜的白玫瑰，花瓣上还挂着露珠，旁边是一封弗洛伦蒂诺·阿里萨的信，厚厚的一沓，他一定是从她这里回去后就开始写，才能写出这么多页来。这是一封平静的信，仅仅为了表达他昨晚以来的心境：它和以往的信一样抒情，也和他所有的信一样字斟句酌，但却立足于现实。费尔明娜·达萨读完信，为自已那毫无顾忌的心跳感到有些害羞。在信的末尾，他请求她准备好之后通知侍者，因为船长正在指挥台上等着他们，想给他们展示一下轮船是如何运转的。

十一点钟时，她已准备停当，洗过澡，浑身散发着花一般的香皂气味，身着一套极为朴素的灰色纱罗寡妇服，已完全从夜晚的苦痛中恢复过来。她向穿着一尘不染的白色制服、专为船长服务的侍者要了份简单的早餐，但没有让他捎口信叫谁来接她。她独自走到指挥台上，天空万里无云，有些晃眼。她看见弗洛伦蒂诺·阿里萨正在与船长交谈。她觉得他像变了个人似的，不是因为她此时已对他另眼相看，而是因为他真的变了模样。他没有穿他那身穿了一辈子的参加葬礼似的衣服，取而代之的是一双舒适的白皮鞋，亚麻长裤，亚麻开领短袖衬衫，胸前的口袋上绣着他姓名首字母的花押字。此外，他头上还戴了顶苏格兰帽，也是白色的，那副他始终戴着的近视镜上则夹了一副可拆卸的深色镜片。显然,这些东西他都是第一次穿戴，而且是专为这次旅行才买的。只除了那条早已过旧的棕色皮带，费尔明娜·达萨一眼就看见了它，仿佛发现了汤中的苍蝇一般。看到他如此明显地为自己着意打扮，她的脸颊不禁泛起一抹火辣辣的红晕。跟他打招呼时，她心慌意乱。见她如此，他也慌乱起来。当两人意识到他们的举止竟像情侣一般，便越发不知所措，而当他们又意识到自己的窘态时，更是慌乱得一发不可收拾，以至于萨马利塔诺船长也注意到了这一点，心中不禁同情地为之一颤。他把他们从尴尬中解救出来，花了整整两个小时，向他们讲解如何指挥轮船以及轮船的机械构造。他们缓慢地航行在一段看不见两岸的河道上，河水在荒芜的河滩间一直延伸到地平线上。与交汇处的浑浊水流不同，这里的河水平缓而清澈，在无情的烈日下闪烁着金属的光芒。费尔明娜·达萨觉得，这里就像一片被沙岛包围的三角洲。

“这是我们仅剩的一片河水了。”船长对她说。

的确，弗洛伦蒂诺·阿里萨对河道的变化感到诧异。第二天，当航行变得更加艰难时，他就更是惊讶了。他发现，世界大河之一，他的父亲河马格达莱纳河，如今已成记忆中的幻影。萨马利塔诺船长向他们解释了毫无理性的滥伐森林如何在五十年里毁掉了河流：轮船的锅炉将茂密的雨林消耗殆尽，想当初，弗洛伦蒂诺·阿里萨第一次旅行时还曾因那些参天的大树感到压抑呢。费尔明娜·达萨也不会看到她梦中的动物了：新奥尔良皮革厂的猎人们杀光了在河岸峭壁上一连几小时张着大嘴装死、伺机捕捉蝴蝶的短吻鳄；随着枝繁叶茂的森林的消亡，叽里呱啦叫个不停的鹦鹉和像疯子一般吵嚷的长尾猴也逐渐销声匿迹；而用硕大的乳房在河滩上给幼畜喂奶、像悲伤的女人一样哭泣的海牛，也被寻开心的猎人用穿甲子弹灭绝了。

萨马利塔诺船长对海牛有着一种近乎母性的爱，因为他觉得它们就像是因某种误入歧途的爱情而被判罪的夫人们，而且，他相信传说，即海牛是动物王国中唯一一个只有雌性而没有雄性的物种。他一向反对人们从船上射杀海牛，但尽管有法律明令禁止这一行为，人们还是会习惯性地举枪。曾经有一个带着合法证件的北卡罗来纳猎人，违背船长的命令，用他那杆斯普林菲尔德步枪一枪打爆了一只母海牛的脑袋，小海牛痛苦得发了疯，趴在母海牛的尸体上哭号。船长命人把孤零零的小海牛弄上船，亲自照料，而把猎人扔在了荒无人烟的河滩上，就在被他射杀的海牛妈妈的尸体旁。由于来自外交方面的抗议，船长坐了六个月牢，差点丢掉航海执照。但出狱后，他仍准备坚持己见——类似的事见一次就管一次。不过，这次事件已被载入历史：那只海牛孤儿后来在巴兰卡斯的圣尼古拉斯稀有物种动物园里长大，并且生活了许多年，它是人们在这条河上见过的最后一只海牛。

“每次经过这段河滩时，”船长说，“我都恳求上帝让那个美国佬再来坐我的船，我好再次把他扔在这里。”

起初对船长并没有什么好感的费尔明娜·达萨，此刻被这个充满柔情的彪形大汉深深打动，从这天早晨起，她就把他摆在了自己心里一个特殊的位置上。她是对的，旅行才刚刚开始，日后她将有更多机会发现自己做得没有错。

费尔明娜·达萨和弗洛伦蒂诺·阿里萨在指挥台上一直待到午饭时间，那时船刚刚经过卡拉玛尔村。这个村庄在几年前还天天都像过节一样喜庆，如今，街道上却满目荒凉，成了一个废墟港口。从船上能看到的唯一生命是一个身穿白衣的女人，正挥动手绢打着手势。费尔明娜·达萨不明白，她那么可怜，为何不把她接上船来。船长解释说，那是个溺水而死的女人的灵魂，做出欺骗的手势，为的是把船错误地引向对岸危险的旋涡。他们从离她很近的地方驶过，阳光下，费尔明娜·达萨真切地看清了所有的细节，毫不怀疑那个女人事实上并不存在，可她的脸却让费尔明娜·达萨觉得似曾相识。

那是漫长而炎热的一天。费尔明娜·达萨吃过午饭，便回到舱室去睡她那必不可少的午觉。但因为耳朵痛，她没能睡好。在“老峡谷”上游几里处，他们的船和另一艘 CFC 的船相遇，按规矩互相鸣笛致意，这让她的耳痛更严重了。弗洛伦蒂诺·阿里萨坐在大厅里打了个盹儿。和夜里一样，大部分没有舱室的旅客此刻都在那里睡觉。在离他当初看见罗萨尔芭上船的地方不远处，他在梦中见到了她。她在独自旅行，还穿着那身上世纪蒙波斯的衣服。但这一次是她，而不是那个婴儿，在那只挂在廊檐下的柳条鸟笼里午睡。这是一个既令人费解又十分有趣的梦，整个下午，他都一边和船长及两名旅客朋友玩多米诺骨牌，一边回味着这个梦。

太阳落山时，炎热消退，船上又恢复了生气。旅客们像刚从冬眠中苏醒一般，洗好澡，换上干净的衣服，纷纷露面，占据了大厅的藤椅，等待开晚饭。五点钟整，一名侍者从甲板的一头跑到另一头，在人们嘲弄的掌声中摇响教堂司事的铃铛，宣布晚餐开始。用餐时，乐队奏起方丹戈舞曲，舞会将一直持续到半夜。

费尔明娜·达萨由于耳痛的烦扰，不想吃晚饭。她看见了航船首次加装锅炉木柴的情景。那是在一个光秃秃的峭壁旁，除了成堆的木头，以及照顾这项生意的一个年迈的老头儿之外，周围什么也没有，甚至方圆几里都空无一人。在费尔明娜·达萨看来，一次如此漫长而枯燥的临时停靠，在欧洲的远洋轮船上简直是不可想象的，即便在装有冷气的瞭望台里，她依旧感到酷热难耐。但当轮船重新起锚后，一阵清风吹来，仿佛让人闻到了森林内心的芬芳，船上的音乐也变得更欢快了。在希蒂奥·诺埃沃镇，只有一所房子中的一扇窗里亮着一盏孤灯，港口办公室也没有发出有货物或乘客登船的信号，因此，轮船没有鸣笛致意便开了过去。

整个下午，费尔明娜·达萨都在问自己，弗洛伦蒂诺·阿里萨会用什么办法在不敲开她舱门的情况下见到她。快到八点时，她再也按捺不住想跟他在一起的渴望。她来到走廊上，希望以一种看似偶然的方式遇见他。事实上，她不需要走多远：弗洛伦蒂诺·阿里萨就坐在走廊的一张长靠背椅上，像在福音花园中一样沉默而忧伤，从两小时前，他就在问自己如何才能见到她。两人都露出同样吃惊的表情，但心里都清楚那是装出来的。他们一起漫步在一等舱的甲板上。那里挤满了年轻人，大部分是吵闹的学生，他们正急切地享受假期的最后狂欢，筋疲力尽地欢闹着。在小酒吧里，弗洛伦蒂诺·阿里萨和费尔明娜·达萨也像学生一样，坐在吧台前各自喝下了一瓶冷饮。她突然发现自己处于一种可怖的境地，不禁说道："多可怕啊！"弗洛伦蒂诺·阿里萨问她在想什么，是什么带给她这样的感觉。

"我在想那对可怜的老人。"她说，"就是在小艇上被人用桨打死的那两个。"

他们在昏暗的瞭望台上畅快地长谈起来，直到音乐停歇，才回去睡觉。这晚没有月亮，天空阴沉，地平线上划过一道道无声的闪电，时而在一瞬间将他们照亮。弗洛伦蒂诺·阿里萨为她卷好一支支香烟，但她被耳痛折磨着，只抽了四支。疼痛偶尔会减轻一些，但每当他们的船与其他船只相遇，或是从某个熟睡的村庄前经过，又或是为了试探水深而缓慢前行时，它那汽笛的鸣叫声便会加剧她的痛楚。他告诉她，每当他在花会上，在热气球飞行时，在杂技脚踏车的展览中看见她，他的心情是多么激动，一年又一年里，他又是多么热切地盼望公众节日的到来，只为了能够看见她。她也曾见过他许多次，但从未想过他出现在那里仅仅是为了与她相遇。然而，不到一年前，当读到他的信时，她曾突然问自己，他怎么可能从未参加过花会的诗赛。毫无疑问，如果他参加了，一定会获奖。弗洛伦蒂诺·阿里萨向她说了谎：他只为她写作，所有的诗句都是献给她的，而只有他自己是那些诗句的读者。这时，换成她在黑暗中主动搜寻他的手，当她找到时，它并不像前一晚她的手那样在等待，而是在被抓住时惊慌失措。弗洛伦蒂诺·阿里萨的心仿佛凝固了。

“女人多奇怪啊！”他说。

她发出一阵深沉的笑声，像年轻的小鸽子一般，但随即又想起小艇上的那对老人。命中注定，那影子将会一直跟随着她，但这天晚上，她承受住了，因为她觉得平静安详，这是她一生中少有的时刻：一身清白，毫无负罪感。她真想就这样一直待到天亮，什么也不说，只把他那汗涔涔的冰冷的手握在自己手中，但无奈，她忍受不了耳痛的折磨。当音乐停下来，普通舱的旅客在大厅里忙碌了一阵，纷纷挂起吊床之后，她感到自己耳痛的程度超过了想和他在一起的愿望。其实她知道，单是把疼痛告诉他就能减轻自己的痛楚，但她没有这样做，为的是不让他担心。因为此时的她觉得自己已对他了然于心，就仿佛和他共度了一生似的，她相信，只要能让她减轻疼痛，他会下令让船开回港口。

弗洛伦蒂诺·阿里萨预料到这一晚事情会如此发展，于是起身告退。走到舱室门口时，他试图亲吻告别，但她向他侧过了左脸。他一再坚持，呼吸急促起来。于是，她又凑过右边的脸颊，那妩媚的娇态甚至在她上学时他也不曾见过。他再次坚持，终于，她用双唇迎接了他。她发自内心地颤抖着，试图用自新婚之夜起就已经忘记的笑声压制住自己的颤抖。

“我的上帝！”她说，“在船上我多疯狂啊！”

弗洛伦蒂诺·阿里萨战栗了一下：的确，如她先前所说，她身上有一股上了年纪的酸味。然而，当他在熟睡的旅客那一张张吊床组成的迷宫中辟出道路向舱室走去时，还是自我安慰地想，他身上肯定也有同样的味道，而且还要再老上四岁，而她一定也怀着同样的激情感受到了这一点。这是人发酵后的气味，他曾在那些最老的情人身上察觉到过，而她们也在他身上闻到过。拿撒勒的寡妇向来毫无顾忌，说的话更为刻薄：“我们闻上去已经有股兀鹫的味儿了。”两人互相忍受，是因为彼此半斤八两：我的味儿正好与你的味儿相当。然而，对阿美利加·维库尼亚，他很多时候都要小心翼翼，她身上那股襁褓中婴儿的味道时常唤起他内心母性的本能，可一想到她一定无法忍受他那股老色鬼的气味，他便十分不安。但这一切都过去了。重要的是，自从埃斯科拉斯蒂卡姑妈将弥撒经书放在电报室的柜台上的那个下午，弗洛伦蒂诺·阿里萨从未像今晚这样幸福过：这种幸福如此强烈，他甚至惶恐起来。

五点钟时，他才刚刚睡着，船上的会计在桑布拉诺港把他叫醒，为的是交给他一封加急电报。电报的署名是莱昂娜·卡西亚尼，于前一天发出。全部的惊恐集中于一行文字：阿美利加·维库尼亚昨日死亡，原因不详。早上十一点，他通过电报与莱昂娜·卡西亚尼取得了联系，了解了事情的细节。他亲自操作发报设备，自从他不再当电报员以来，这还是第一次。由于期末考试不及格，阿美利加·维库尼亚陷入了极度的沮丧，喝下了一瓶从学校医务室偷出来的阿片酊。弗洛伦蒂诺·阿里萨内心深知，这并非事情的全部。但是，不，阿美利加·维库尼亚没有留下只言片语，能让人们将她的决定归咎于什么人。她的家人此刻正从父亲港赶来，是莱昂娜·卡西亚尼通知了他们，葬礼将在当天下午五点举行。弗洛伦蒂诺·阿里萨吸了口气。为了继续活下去，他唯一能做的，就是不让这个回忆折磨他。他把它从记忆中抹掉了，尽管在余下的岁月里，他时常会不合时宜地突然想起这件不幸的事故，就像旧日的伤疤带来的那种瞬间的刺痛。

接下来的几天炎热而没有尽头。河水变得浑浊不堪，河道也越来越窄，初次旅行中曾让弗洛伦蒂诺·阿里萨大吃一惊的那些纵横交错的参天大树已然不见，取而代之的是烧焦的平地、被轮船锅炉耗尽的整片森林的残骸，以及被上帝遗弃的村庄的瓦砾——如今，这些村庄的街道，即使在最为干旱的时期也会洪水泛滥。夜晚，让他们醒来的不是河滩上的海牛那塞壬般的歌声，而是漂向大海的尸体恶臭。虽然战争已经结束，瘟疫也不再流行，但一具具肿胀的尸体还是源源不断地漂过。船长第一次欲言又止："我们奉命告诉旅客，这些人都是意外溺水而亡。"昔日里，鹦鹉叽里呱啦的叫声和看不见的长尾猴的喧闹，会加剧午间的闷热，而此时，只剩下荒芜的大地上无边的寂静。

供应木柴的地方少之又少，而且间隔很远，旅行的第四天，“新忠诚号”就断了燃料。船停泊了几乎一个星期，在此期间，船上的人分批深入到四处漂浮着灰烬的沼泽中去，寻找零星分散的最后几棵树木。这里一个人也没有：樵夫们已离开了林间小路，以逃避大地之神的暴虐惩罚，逃避看不见的霍乱，以及政府借转移视线的法令试图掩盖的隐秘战争。这段时间，百无聊赖的旅客搞起了游泳比赛，还组织了狩猎探险队。他们带回一只只活鬣蜥，从上而下剖开它们的肚子，取出一串串半透明、软乎乎的蛋，然后用打背包的针把肚子缝上，将那一串串蛋挂在栏杆上晒干。附近村庄的穷妓女们追随着探险队的足迹，在岸边的峭壁上搭起临时帐篷，带来音乐和酒桶，在停泊不前的轮船对面狂欢起来。

早在还没当上 CFC 的董事长之前，弗洛伦蒂诺·阿里萨就多次接到过有关河流状况的警示性报告，但他几乎连看都没有看。他让股东们安心：“诸位别担心，等木柴烧光的时候，就已经有烧油的船了。”对费尔明娜·达萨的激情使他晕头转向，从未为此事操过心，待到发现实情时，已经无计可施，除非能开辟一条新的河流。晚上，即使在河水情况最好的时候，也必须停下船来才能睡觉。此时，单是活着这件事，都变得让人无法忍受。大部分旅客，特别是欧洲人，都走出腐臭的舱室，在甲板上来回踱步以度过漫漫长夜，用毛巾一边擦拭不断渗出的汗水，一边驱赶各种活物。天亮时，他们都精疲力竭，个个被叮咬得鼻青脸肿。十九世纪初，一个英国旅行者在提及某次可能持续了五十天之久的驾独木舟与骑骡相结合的旅行时写道：“这是一个人所能经受的最糟糕、最难耐的长途跋涉。”在蒸汽船开航后的前八十年，情况已得到了极大的改善，但当短吻鳄吞掉了最后一只蝴蝶，母海牛被赶尽杀绝，鹦鹉、长尾猴和村庄销声匿迹，所有都不见了踪影的时候，一切就又回到了老样子，而且将永远持续下去。

“没关系。”船长笑着说，“几年后我们再来时，将开着豪华汽车跑在干枯的河床上。”

旅行的前三天，费尔明娜·达萨和弗洛伦蒂诺·阿里萨被保护在瞭望台柔和的春光里。但自从木柴定量配给、冷气系统无法运行，总统舱就变成了一只蒸汽咖啡壶。她借着从敞开的窗子吹进来的河风，才得以熬过夜晚的难关，还得不停地用毛巾驱赶蚊子，因为船停泊时，杀虫剂喷筒已毫无用处。耳痛变得无法忍受。可一天早上她醒来时，疼痛突然消失了，就像一只唱破了肚皮的知了，歌声戛然而止。直到晚上，她才发现左耳已失去听觉。弗洛伦蒂诺·阿里萨从左边跟她说话时，她不得不转过头才能听见。她没有告诉任何人，顺从地忍受着，这不过是在年龄带来的那许多无法挽回的缺陷上再加一条罢了。

不管怎样，轮船的延误对他们来说是天意的磨难。弗洛伦蒂诺·阿里萨曾读到过这样一句话：“灾难中的爱情更加伟大而高尚。”总统舱里的潮湿使他们沉浸在一种超乎现实的昏睡之中，这种环境更容易使人相爱而互不询问。在难以想象的漫长时间里，他们几小时几小时地坐在栏杆前的靠背椅上，手拉着手，缓慢地亲吻，陶醉于爱抚之中，从不会因失去耐心而扫兴。第三个昏沉的夜晚，她准备了一瓶茴香酒等他到来。她曾同伊尔德布兰达那群表姐妹们一起偷偷喝过这种酒，结婚生子之后，她又和那个本不属于她的世界的女友们一起关起房门来喝过。此刻，她需要让自己糊涂一点，为的是不必太清醒地去思索命运。可弗洛伦蒂诺·阿里萨却以为，她这样做是为了鼓起勇气迈出最后一步。在这种幻想的驱使下，他大起胆子，用手指肚探索着她那干瘪的脖颈，她那仿佛装着金属骨架的胸部，骨骼已被销蚀的臀部，以及那老母鹿般的大腿。她闭着眼，心满意足地任他抚摸，但并没有颤抖，只是抽着烟，时不时地呷一口酒。最后，当他的爱抚滑至她的小腹时，她的心里已经充满了足够的茴香酒。

"如果我们一定要干那种见不得人的事，那就干吧。"她说，"不过要像成年人那样。"

她把他带到卧室，亮着灯，开始毫不扭捏地脱起衣服来。弗洛伦蒂诺·阿里萨仰躺在床上，努力控制着自己，他又一次在杀死老虎后不知该如何处置虎皮了。她对他说："你别看。"他问为什么，视线始终没有离开天花板。

"因为你不会喜欢的。"她说。

于是，他瞥了她一眼，看见她赤裸的上身，跟想象中的一模一样。她的肩膀布满皱纹，乳房耷拉着，肋骨被包在一层青蛙皮似的苍白而冰凉的皮肤里。她用刚刚脱下来的衬衫挡在胸前，关掉了灯。这时，他坐起身来，在黑暗中脱下衣服，每脱一件就扔到她身上，而她又把它们扔回去，笑得前仰后合。

两人仰面朝天地躺了好一阵子。随着醉意退去，他越来越不知所措。她却很平静，几乎失去了意志力，但她祈求上帝不要让自己无缘无故地笑起来，就像每次喝多了茴香酒时那样。他们交谈着，为的是消磨时间。他们谈起自己，谈起各自不同的生活，谈起这种令人难以置信的偶然性：就在应该去思考时间对他们来说已所剩无几、只能用来等死的时候，他们却赤身裸体地躺在一艘停泊轮船的漆黑舱室里。在他们的城市，一切甚至在发生之前就会尽人皆知，可她却从未听说过他有女人，一次也没有。她以一种随意的方式提及此事，而他立刻做出了回答，声音中没有一丝颤抖：

“那是因为我为你保留了童贞。”

即便这是真的，她也无论如何都不会相信。因为他写的那些情书里也尽是一些这样的句子，其价值并不在于它们准确的含义，而在于那种令人头晕目眩的力量。但她喜欢他说这话时的勇气。而此时，弗洛伦蒂诺·阿里萨却突然问了自己一个从未敢问过的问题：她在婚姻之外，还有过怎样不为人知的生活。无论答案是什么，都不会让他感到惊奇，因为他知道，在秘密冒险这方面，女人和男人一样：同样的狡诈伎俩，同样的心血来潮，同样的没有丝毫愧疚的背叛。但他没有张口问她，这是对的。曾经，在她和教会的关系相当不愉快的那段时期，忏悔神甫竟出其不意地问她是否对丈夫有过不忠。她直接站了起来，没有回答，没有做完忏悔，甚至没有向神甫告别。此后，她再也没有做过忏悔，无论是向这位神甫，还是向其他任何一位神甫。此刻，弗洛伦蒂诺·阿里萨的谨慎给他带来了意想不到的回报：她在黑暗中伸出手去，抚摸着他的小腹，他身体的两侧，以及他那几乎已经没有毛发的耻骨。她说：“你的皮肤就像婴儿一样。”接着，她迈出了最后一步：她寻找着它，发现它并不在那里，她继续无望地找着，终于找到了那个手无寸铁的东西。

“它死了。”他说。

这种事在他身上常常发生，他已学会了和这个幽灵共处：只是每一次他都像第一次似的，要重新去学习面对之法。他拿起她的手，把它放在自己的胸口上：费尔明娜·达萨几乎能清清楚楚地感受到他那颗不知疲倦的老人之心正以年轻人的力量、速度和慌乱跳动着。他说：“过多的爱和过少的爱都对它有害。”但他说这话时并没有信心，事实上，他羞愧难当，正和自己怄气，渴望找个理由把失败归咎于她。她看出了这一点，开始用嘲弄似的爱抚挑逗这个毫无自卫能力的身体，就像一只残忍地幸灾乐祸的温柔小猫。终于，他无法再忍受这种折磨，起身回自己的舱室去了。她一直想着他，直到天亮，终于确认了自己对他的爱。随着茴香酒带来的醉意散去，她独自漂浮在缓慢的海浪中，忧郁渐渐袭上心头，她担心他生她的气，不会再来了。

然而，他当天就来了，在上午十一点这个不同寻常的时间，还容光焕发，精神抖擞。他带着某种炫耀的神情，当着她的面脱光了衣服。在光天化日之下，她高兴地看到他和自己在黑暗之中想象的一模一样：一个没有年龄的男人，皮肤很黑，像撑开的伞一样光亮、紧绷，除了腋下和耻骨处几根稀疏而平直的毛发，浑身再无其他茸毛。他的侍卫昂首挺立，她发现他并非偶然让她看见他的武器，而是像炫耀战利品一样有意地展示，以鼓舞自己的士气。他甚至没给她时间脱掉她在清晨吹起微风时穿上的睡衣，这种新手般的仓促慌乱使她因感到同情而浑身一颤。但这并没有令她不快，因为在这种情况下，她很难分清自己是出于同情还是爱情。然而，做完之后，她却感到心里空荡荡的。

这是她二十多年来第一次做爱。整个过程中，她因为好奇而恍惚出神，体会着停歇了这么久之后，又在这样一个年龄，再做这件事究竟是一种什么样的感受。但他没有给她足够的时间，让她想清楚自己的身体是否也同样爱他。一切迅速而可悲。她想：“现在可好，我们把事情搞砸了。”但她错了。尽管他们都有些失望，尽管他为自己的笨拙而后悔，尽管她因茴香酒带来的疯狂而内疚，在余下的日子里，他们却片刻也没有再分开过，甚至连吃饭都几乎没再走出过舱室。萨马利塔诺船长凭借着本能，向来能够洞悉他的船上任何一个试图隐藏的秘密。他每天早上派人给他们送来白玫瑰，夜晚为他们演奏他们那个时代的华尔兹小夜曲，还打趣似的吩咐厨师为他们准备添加了催情佐料的食物。此后很久，他们才又一次尝试了做爱——等到灵感自然而然地找上门来，而非他们刻意去寻找灵感。能够待在一起，这种简单的幸福对他们来说就已经足够。

他们从未想过要走出舱室，直到船长用一张纸条通知他们，经过十一天的航行，船在午餐后就将到达此行的最后一个港口：黄金港。费尔明娜·达萨和弗洛伦蒂诺·阿里萨从舱室中看见，山冈上的房子在苍白的阳光下闪闪发光，便自以为理解了港口名字的由来，但当他们感到空气蒸得像在锅炉里一样，看见街道上的沥青都已沸腾时，又觉得那个名字没那么贴切了。他们的船并没有停靠在港口这边，而是停到了对岸，那里是开往圣菲的火车的起点站。

旅客们一下船，他们就离开了自己的避难所。费尔明娜·达萨在空荡荡的大厅里呼吸着未受污染的新鲜空气。两人从船舷上望向一群喧嚷躁动的游客，他们正在一列玩具一样的火车车厢里寻找自己的行李。他们很可能来自欧洲，尤其是那些女人，她们身上罩着的北欧式的大衣和上世纪的帽子同这里尘土飞扬的夏日气候格格不入。一些女人的头发上还装饰着的美丽的土豆花，已经开始在炎热中枯萎。他们坐了一天的火车，穿过梦幻般的大草原，刚刚从安第斯平原来到这里，还没来得及换上适合加勒比的衣服。

在喧闹的市场中，一位看上去很可怜的老人正从乞丐外衣的各个口袋里掏出一只只小鸡来。他是突然从人群中挤出来的，身上那件破烂不堪的大衣显然曾属于一个比他魁梧得多的人。他摘下帽子，口朝上放到码头上，看看是否有人愿意往里面扔一枚硬币。接着，他从各个口袋里掏出一只一只稚嫩的、几乎没有颜色的小鸡来，仿佛是从他的指间繁殖出来的。一时间，码头上像铺了一层小鸡地毯，它们惊慌失措地啾啾叫着，到处乱跑，有些匆忙的旅客把它们踩在脚下都全然不知。费尔明娜·达萨被眼前神奇的景象迷住了，她觉得这仿佛是在欢迎她的到来，因为只有她看到了这一切。她看得出神，甚至没有注意到返程的旅客是何时开始上船的。她的节日狂欢结束了：在陆续登船的人中，她看到了许多熟悉的面孔，其中一些是她的朋友，前不久还曾在服丧期间陪伴过她。她仓皇地躲回舱室。弗洛伦蒂诺·阿里萨发现她万分沮丧：她宁愿死，也不愿被那个圈子中的人发现她在丈夫刚去世不久就愉快地出门旅行。她的垂头丧气让弗洛伦蒂诺·阿里萨心疼不已，他发誓要想出办法来保护她，而不是让她像坐牢似的待在舱室里。

当他们在私人餐厅用晚餐时，他突然想出了主意。船长一直在为某个问题烦恼，好久以前就想跟弗洛伦蒂诺·阿里萨讨论一下，但阿里萨总是以他那一贯的理由避而不谈："这些琐事，莱昂娜·卡西亚尼比我处理得更好。"然而，这一次他仔细听了船长的话。事情是这样的，船上行时载着货物，回程却是空的，而载客情况却正好相反。"载货是有利的，付的钱多，而且货物还不用吃饭。"他说。费尔明娜·达萨的这顿晚餐吃得索然无味，两个男人就设立不同票价制度的好处进行的冗长讨论让她感到无聊。但弗洛伦蒂诺·阿里萨坚持到最后，才提出了一个在船长看来可能是拯救方案之前奏的问题：

“我们来假设一下，”他说，“有没有可能做一次直航，既不载货，也不运送旅客，不在任何港口停靠，总之就是，途中什么都不做？”

船长说，这只在假设中成立。CFC有各种劳务协议，这一点弗洛伦蒂诺·阿里萨比谁都清楚，关于载货、载客、邮件运输以及其他很多项义务都签有合同，其中大部分是不能推卸的。唯有一种情况可以跳过一切条款，那就是船上发生瘟疫。轮船宣布进入隔离检疫，升起黄旗，在紧急状态下航行。由于沿河出现过很多次霍乱，萨马利塔诺船长曾有好几次不得不这样做，尽管后来卫生部门强迫医生签署了死者死于普通痢疾的证明。此外，在这条河流的历史上，很多时候轮船升起代表瘟疫的黄旗是为了逃避税收，或是不愿搭载某个乘客，又或是躲避不合时宜的检查。弗洛伦蒂诺·阿里萨在桌下找到了费尔明娜·达萨的手。

“那么好，”他说，“我们就这么办。”

船长大吃一惊，但很快，他就凭着自己老狐狸的本能洞察了一切。

“我指挥这条船，而您指挥我们所有人。”他说，“因此，如果您是认真的，就请给我一份书面命令，我们马上开船。”

弗洛伦蒂诺·阿里萨当然是认真的。他签署了命令。不管怎么说，谁都知道，尽管卫生部门对形势估计乐观，但霍乱时期远未结束。至于船本身，并不是问题。已经装船的货物本就不多，它们被转移到了别的船上，旅客则被告知轮船的机器出了故障，当天清晨已被安排搭乘其他公司的一艘轮船。如果说这样做的理由并不道德，甚至有些令人不齿，但在弗洛伦蒂诺·阿里萨看来，既然都是为了爱，那么也就没有什么不合理不合法的。船长唯一的请求是在纳雷港停一下，把一个陪他旅行的人接上船来：他也有自己隐秘的心思。

于是，“新忠诚号”在第二天天蒙蒙亮时就起锚了。没有货物，也没有旅客，主桅杆上一面标志着霍乱的黄旗欢快地飘荡。傍晚时，他们在纳雷港把一个比船长还要高大结实的女人接上了船。她的美与众不同，只差一把胡子就可以被马戏团聘用了。她叫塞娜依达·内维斯，可船长却称呼她“我的魔女”。她是船长的老情人，他常常把她从一个港口接上船，再在另一个港口放下，而且每次她一登船，便会带来一股幸福的劲风。在这个令人伤心的死亡之地，看着恩维加多的火车在昔日骡子走过的飞檐般的峭壁上吃力爬行，弗洛伦蒂诺·阿里萨的心中不由泛起对罗萨尔芭的思念。正在此时，亚马逊的暴雨倾盆而下，在余下的旅途中几乎没有停歇过。但谁都没有在意：旅行中的狂欢自有其避风挡雨的屋檐。那天晚上，作为个人对狂欢的贡献，费尔明娜·达萨在船员们的欢呼声中下了厨房，为大家做了一道她自创的菜肴，弗洛伦蒂诺·阿里萨将其命名为“爱情茄子”。

白天，他们玩牌，吃到肚皮要爆炸，午觉也睡得酣畅淋漓，以至于醒来时精疲力尽。太阳刚一下山，乐队便开始演奏，他们饮茴香酒吃鲑鱼，直到餍足还不罢休。这是一次快速旅行，船轻水顺：那个星期乃及整个旅途中都在下雨，上游涨起的水滚滚而下，改善了河流的状况。一些村镇怀着同情为他们鸣炮驱赶霍乱，他们则用汽笛的哀鸣表示谢意。途中，无论哪家公司的船与他们相遇，都向他们发出致哀的信号。在马冈盖镇，梅塞德斯出生的地方，他们备足了余下旅程所需的所有木柴。

当费尔明娜·达萨那只好使的耳朵又听到轮船的汽笛声时，她吓了一跳，但在畅饮茴香酒的第二天，她的两只耳朵就都听得比以往更清楚了。她发现玫瑰花比从前更香,鸟儿黎明时的歌声也更动听了。她还发现，上帝又造了一头海牛，把它放到了塔玛拉梅克的河滩上，目的就是把她唤醒。船长也听到了海牛的叫声,命令改变航向。于是，他们看见了这个体形巨大、刚刚分娩的母亲，它正把幼子抱在怀中喂奶。无论是弗洛伦蒂诺还是费尔明娜，都没有注意到他们彼此间是多么情投意合：她帮他灌肠，在他之前起床为他刷净他睡觉前放在杯中的假牙；她总找不着眼镜的问题也解决了，因为她看书和缝补时可以戴上他的眼镜。一天早上她醒来，见他正在昏暗中钉衬衫上的纽扣。在他说出那句“男人需要两个妻子”的仪式性话语之前，她赶忙把活儿抢到自己手中。而她唯一需要他做的，只是给她拔火罐消除背痛。

至于弗洛伦蒂诺·阿里萨，则开始用乐队的小提琴来抒发旧情。只练了半天，他便能为她演奏“花冠女神”的华尔兹。他几小时不间断地拉着这首曲子，直到大家不得不强迫他停下来。一天夜里，费尔明娜·达萨平生第一次在痛苦而非愤怒的哭泣中因窒息醒来，由于她又想起了那两个在船上被桨活活打死的老人。一直下个不停的雨反倒没有在她心中激起波澜，她为时已晚地想着，或许巴黎并不像自己感觉的那样阴郁，圣菲的街道上或许也并没有那么多葬礼。未来再同弗洛伦蒂诺·阿里萨一起出游的梦想在天边浮现：那将是一次又一次疯狂的旅行，不带箱子，没有应酬：纯粹的爱之旅。

到港的前一天晚上，他们举行了一场盛大的晚会，四处挂起纸花环和彩灯。黄昏时，雨停了。船长和塞娜依达搂得紧紧地跳了几曲波莱罗舞，在那年月，这种舞正开始迷醉人心。弗洛伦蒂诺·阿里萨大着胆子向费尔明娜·达萨提议，他们也伴着那首只属于两人的华尔兹跳上一曲，但她拒绝了。不过整个晚上，她都在用脑袋和鞋跟打着拍子，甚至有那么片刻，当船长和他那温柔的魔女在昏暗中如胶似漆地跳着波莱罗时，她竟不知不觉地在椅子上舞动起来。她喝了那么多茴香酒，以至于最后大家不得不扶着她走上楼梯。她突然一边哭一边笑起来，让所有人都慌了手脚。但在舱室里那凝滞的香气中，她最终控制住了自己。他们平静而健康地做了爱。这是满脸皱纹的祖父祖母之间的爱，它将作为这次疯狂旅行中最美好的回忆，铭刻在两个人的记忆之中。同船长和塞娜依达猜想的不同，他们之间的感觉并不像新婚燕尔的夫妇，更不像相聚恨晚的情人。他们仿佛一举越过了漫长艰辛的夫妻生活，义无反顾地直达爱情的核心。他们像一对经历了生活磨炼的老夫老妻，在宁静中超越了激情的陷阱，超越了幻想的无情嘲弄和醒悟的海市蜃楼：超越了爱情。因为他们已在一起生活了足够长时间，足以发现无论何时何地，爱情始终都是爱情，只不过距离死亡越近，爱就越浓郁。

六点钟，他们醒了。她的头因昨晚的茴香酒还剧烈地疼着，而且心慌意乱，因为她仿佛觉得胡维纳尔·乌尔比诺医生回来了，比从树上摔下去时更胖了一些，也更年轻了，正坐在家门口的摇椅上等着她。然而，她很清醒地意识到，这并非茴香酒产生的作用，而是对马上就要到家的恐惧。

“这就像要死了一样。”她说。

弗洛伦蒂诺·阿里萨吃了一惊，因为她的话道破了自返程起就时刻折磨着他的一个想法。无论他还是她，都无法想象自己在舱室以外的另一个家里，吃着与船上不同的饭菜，投身到一种对他们来说将永远陌生的生活中去——那真的像死一样。他再也睡不着，仰面躺在床上，双手交叉枕在脑后。片刻之后，对阿美利加·维库尼亚的回忆刺痛了他，他蜷起身子，再也无法逃避真相。于是，他把自己关在卫生间里，痛痛快快、从容不迫地大哭了一场，直至哭尽最后一滴眼泪。也只有在这时，他才有勇气向自己承认他曾多么爱她。

当他们起床穿好衣服准备下船时，轮船已把昔日西班牙人关口的狭窄水道和沼泽抛到身后，行驶在海湾破旧的船骸和废弃的油罐之间。一个灿烂的星期四从这座总督之城的金色穹顶上徐徐升起。然而，站在栏杆前的费尔明娜·达萨已无法忍受它那腐臭的荣耀，以及那些早已被鬣蜥亵渎的城堡的高傲：可怕的现实生活。两人都没有说话，但无论他，还是她，都感到自己无法如此轻易地屈服投降。

他们在餐厅里找到了船长。他那副狼狈的样子与平日里的干净利落判若两人：胡子没刮，双眼因失眠而布满血丝，衣服上还浸着昨晚的汗水，说话颠三倒四，不时地打着茴香酒嗝。塞娜依达还在睡着。当他们开始默默地吃早餐时，港口卫生局的汽油快艇命令他们把船停下来。

船长从指挥台上大声叫嚷着回答了武装巡逻队的问话。他们想知道船上染的是什么瘟疫，有多少旅客，又有多少病人，传染的可能性有多大。船长回答说，只有三名旅客，得的全是霍乱，但一直处于严格的隔离之中。无论是那些本应在黄金港上船的旅客，还是二十七名船员，都没和他们有过任何接触。但巡逻队队长并不满意这个回答，命令他们离开海湾，在为船办理隔离手续期间，他们要在拉斯·梅塞德斯沼泽等候到下午两点。船长狠狠地咒骂了一句，做了个手势，命令领航员掉头回沼泽去。

费尔明娜·达萨和弗洛伦蒂诺·阿里萨在餐桌前听到了这一切，

船长却好像满不在乎。他继续默不作声地吃着饭，糟糕的心情一目了然，已顾不上保持内河船长在礼仪和修养方面一贯的好名声。他用刀尖剖开盘子里的四只煎鸡蛋，把它们同整块整块的油炸青香蕉卷在一起塞进嘴里，带着野蛮的喜悦大嚼起来。费尔明娜·达萨和弗洛伦蒂诺·阿里萨一言不发地看着他，就像坐在学校板凳上等待宣读期末考试成绩的学生。在船长和卫生局的武装巡逻队对话时，他们彼此一句话也没有说，今后的生活会变成什么样，他们心中一点主意也没有。但两个人都清楚，船长正在为他们打算：从他太阳穴的跳动就可以看出。

就在船长打发掉那盘煎鸡蛋和油炸香蕉块，喝光一罐牛奶咖啡时，轮船带着安安静静的锅炉，驶出了海港，穿过狭窄的水道，在一层厚厚的凤眼莲、深紫色的莲花和心形的大荷叶中间开出一条路来，返回沼泽地去了。水面上闪着银光，到处都漂浮着横陈的死鱼，全是被偷偷捕鱼的渔民用炸药炸死的。陆地和水上的鸟儿在它们的上空盘旋，发出金属般刺耳的叫声。加勒比的海风伴随着鸟儿的喧闹从窗户飘了进来。费尔明娜·达萨感到自己血液中的自由意志一阵沸腾。右边，马格达莱纳大河潮淹区的河水，浑浊而缓慢地向世界的另一边延伸。

当盘子里再没有东西可吃时，船长用桌布的一角抹了抹嘴，放肆无礼地大骂了一通黑话，彻底毁掉了内河船长言行文雅的美誉。他不是冲他们，也不是冲着任何人说的，只是想要发泄心中的怒火。在一连串粗鲁的咒骂之后，他的结论是他实在不知道如何才能走出霍乱黄旗带来的困境。

弗洛伦蒂诺·阿里萨眼睛都不眨一下地听他说完。然后，他透过窗子看了看航海罗盘上那一整圈刻度表，又望了望清晰的地平线，望了望十二月万里无云的天空和可以永远航行下去的一望无际的水面，说：

“我们走，一直走，一直走，重回黄金港！”

费尔明娜·达萨浑身一震，因为她听出了昔日那个被圣神恩典照亮的声音。她看了看船长：他是他们命运的主宰者。但船长没有看她，他被弗洛伦蒂诺·阿里萨那灵感的巨大力量震慑住了。

“您此话当真？”他问他道。

“从我出生起，”弗洛伦蒂诺·阿里萨说，“就没说过一件不当真的事。”

船长看了看费尔明娜·达萨，在她睫毛上看到初霜的闪光。然后，他又看了看弗洛伦蒂诺·阿里萨，看到的是他那不可战胜的决心和勇敢无畏的爱。这份迟来的顿悟使他吓了一跳，原来是生命，而非死亡，才是没有止境的。

“见鬼，那您认为我们这样来来回回的究竟走到什么时候？”他问。

在五十三年七个月零十一天以来的日日夜夜，弗洛伦蒂诺·阿里萨一直都准备好了答案。

“一生一世。”他说。

图书在版编目(CIP)数据

霍乱时期的爱情/〔哥伦〕马尔克斯著；杨玲译.
-2版.-海口：南海出版公司，2015.6
ISBN 978-7-5442-7761-7

Ⅰ.①霍… Ⅱ.①马…②杨… Ⅲ.①长篇小说-哥
伦比亚-现代 Ⅳ.①I775.45

中国版本图书馆CIP数据核字(2015)第081390号

著作权合同登记号 图字：30-2011-152

霍乱时期的爱情
〔哥伦比亚〕加西亚·马尔克斯 著
杨玲 译

出　　版 南海出版公司 (0898)66568511
　　　　 海口市海秀中路51号星华大厦五楼 邮编 570206
发　　行 新经典发行有限公司
　　　　 电话(010)68423599 邮箱 editor@readinglife.com
经　　销 新华书店

责任编辑 黄宁群 刘灿灿
装帧设计 韩 笑
内文制作 田晓波

印　　刷 北京汇林印务有限公司
开　　本 850毫米×1168毫米 1/32
印　　张 13
字　　数 284千
版　　次 2012年9月第1版 2015年6月第2版
印　　次 2015年7月第14次印刷
书　　号 ISBN 978-7-5442-7761-7
定　　价 49.50元